Harper
Collins

Zum Buch:

An diesem Abend fuhren wir mit allem, was es auf dem Rummelplatz gab, und standen am Ende vor dem Riesenrad. Ralph und ich kuschelten uns ganz eng zusammen. Mary und Elton saßen in dem Sessel über uns, und wir konnten sie kreischen hören, als uns das Rad hoch über die Menge trug. Hier oben war es windig, und die Haare wurden mir übers Gesicht geweht. Am liebsten hätte ich die Zeit angehalten, und ich wünschte mir, dieser Abend würde nie zu Ende gehen. Ich schwebte mit dem Jungen, den ich liebte, hoch über der Welt, und meine beste Freundin war endlich wieder glücklich. Auch ich war glücklich. So glücklich.

»Ich fand diesen Roman großartig – und das obwohl er mir so dermaßen das Herz gebrochen hat, wie kein anderer dieses Jahr … Dieses Buch wird dich voll und ganz für sich beanspruchen und dein Herz in Beschlag nehmen.«

That Thing She Reads

Zur Autorin:

Sandy Taylor wuchs in den 60er-Jahren in der englischen Küstenstadt Brighton auf. In ihrem Haus gab es keine Bücher, ihre Liebe zum geschriebenen Wort wurde in der kleinen Bibliothek nebenan entfacht. Sandy hat als Comedienne, Sängerin und Drehbuchschreiberin gearbeitet und lebt mittlerweile in Somerset. »Du und ich und das Meer« ist ihr erster Roman.

Sandy Taylor

Du und ich und das Meer

Roman

Aus dem Englischen von
Marion Ahl

Harper
Collins

HarperCollins®
Band 100143

FSC
MIX
Papier
FSC® C014496

1. Auflage: Juni 2018
Ungekürzte Ausgabe im HarperCollins Taschenbuch

Originaltitel: »The Girls from Seesaw Lane«
Erschienen bei: Bookouture,
ein Imprint von StoryFire Ltd., Ickenham, UK

Published by arrangement with
Bookouture, Ickenham

Umschlaggestaltung: HarperCollins Germany / Birgit Tonn,
Artwork HarperCollins *Publishers* UK, Gregg Kulick
Umschlagabbildung: Interfoto_Mary Evans, ROGER MAYNE, Friedrich,
GettyImages_IakovKalinin, Andyborodaty
Redaktion: Maya Gause
Satz: GGP Media GmbH, Pößneck
Printed in Germany
Dieses Buch wurde auf FSC®-zertifiziertem Papier gedruckt.
ISBN 978-3-95967-192-7

www.harpercollins.de

Dieses Buch ist dem Andenken an meine liebe Freundin Carol Faithful gewidmet, die viel zu früh von uns gegangen ist. Carol, ich wünschte, du hättest mein Buch lesen können.

PROLOG

Brighton 1965

Du betrachtest deine Füße, während du den Krankenhausflur entlanggehst, und deine Absätze klappern über den Boden. Draußen, auf der anderen Seite der schweren Schwingtüren, hast du einen sonnigen Julitag hinter dir gelassen. In der Stadt herrscht fröhliches Treiben. Der Tag ist strahlend hell, es geht ein laues Lüftchen, und in Brighton tummeln sich Urlauber und Leute, die alle die Sonne genießen. Kinder spielen am Strand, Erwachsene sitzen Zeitung lesend auf Liegestühlen, essen Eis und amüsieren sich. Die Verkäufer machen gute Geschäfte. Sie verkaufen bunte Windrädchen, Eimerchen und kleine Schaufeln, Zuckerwatte und Papierschachteln mit Herzmuscheln und Schnecken. Musik dringt aus den Plattenläden und Cafés und vom Rummelplatz am Ende des Piers herüber. Der trockene, intensive Geruch von Zuckerwatte vermischt sich mit dem der salzigen Seeluft und dem von heißem Frittierfett – allein der Gedanke an diesen Duft lässt deinen Magen knurren.

Im Innern des Krankenhauses ist es immer dasselbe: Alles ist dunkelbraun, es riecht nach Desinfektionsmittel, Bohnerwachs, nach sterbenden Blumen und Tränen. Dir wird jedes Mal ein wenig schwerer ums Herz, wenn du zu Besuch kommst. Du brauchst nicht mehr zu überlegen, wo du entlanggehen musst; inzwischen bist du so oft hier gewesen, dass du an der Stationstür anlangst, ohne zu wissen, wie du überhaupt da hingekommen bist. Mit den Besuchszeiten nehmen sie es eigentlich sehr genau hier, doch seit ungefähr einer Woche hat sich niemand mehr darüber beschwert, dass du etwas früher kommst. Die gertenschlanke Krankenschwester mit der

Bienenkorbfrisur legt ihr Strickzeug weg und lächelt dir zu, als du die Station betrittst. Du nennst sie Audrey Hepburn.

»Sie sind ihre Freundin, nicht wahr?«

Du nickst.

»Bitte warten Sie einen Augenblick hier«, sagt sie.

Du bleibst stehen und senkst den Blick, denn sonst sähest du die Gesichter der Leute in den Betten, und du weißt nie, wie du sie ansehen sollst. Es kommt dir unpassend vor zu lächeln, aber was sollte man sonst tun? Also schaust du nach unten auf die Rosen in deinen Händen. Sie sind gelb mit rötlichen Sprenkeln am äußeren Rand des Blütenblatts.

Du hältst die Blumen hoch, um ihren Duft einatmen zu können. Sie riechen süß, der Duft erinnert dich an zu Hause und deine Eltern.

Und so bleibst du stehen und wartest, die Blumen in der Hand, bis die Krankenschwester zurückkehrt.

Sie legt dir eine Hand auf den Arm.

»Sie hat keinen guten Tag gehabt«, sagt die Krankenschwester sanft. »Sie ist sehr müde. Das verstehen Sie doch sicher?«

Du nickst.

Die Krankenschwester lächelt dich an. Sie beugt sich vor und streicht dir das Haar aus den Augen.

»Sie sind sehr tapfer«, sagt sie. »Sie hat Glück, eine Freundin wie Sie zu haben.«

Doch die Krankenschwester weiß nicht, was du getan hast, wie du deine Freundin verraten hast. Sie kennt die Wahrheit nicht.

Dieses Buch gehört Mary Pickles
See Saw Lane 46
Brighton
Die Welt.

Diehs ist mein gehaimes Tahgebuch. Nimand darf es sich ansehn, bei Totesstrafe oder Schlimmererem.

Liebes Tahgebuch!

Ich werde jedn Tag oder ab und zu in dich hineinschraibn.
Ich hab in London gewohnt
und jetz in der See Saw LAane. Mir gefällt es in der See Saw Lane.

von
Mary Pickles
Acht Jahre und zwei Wochen alt

1. KAPITEL

1963

Mary Pickles und ich liefen Arm in Arm die Straße entlang und sahen in die Schaufenster. Die Sonne schien und zauberte Lichtreflexe auf die Motorhauben der Ausflüglerautos. Brighton war geschäftig wie stets im Sommer. Wir liefen zügig in perfektem Gleichschritt, und mein Herz schäumte förmlich über beim Gedanken an all das, was wir mit einem freien Tag so alles anfangen konnten. Ab und zu warf mir Mary einen Blick zu und lächelte, und ich lächelte zurück. Ich glaube, wir fühlten beide dasselbe; wir waren beste Freundinnen, und gemeinsam waren wir unschlagbar.

Es war Samstag. Mary Pickles und ich hatten es geschafft, denselben Tag freizubekommen, was schon fast an ein Wunder grenzte. In der Regel musste mindestens eine von uns samstags arbeiten, üblicherweise sogar wir beide, doch unsere Abteilungsleiterin Sally hatte besonders gute Laune, weil sie bei Marks & Spencer angesprochen und gefragt worden war, ob sie bei der Wahl zur Miss Brighton antreten wolle. Deshalb – und weil sie uns mochte – hatte Sally zugestimmt, dass wir beide diesen Samstag im Sommer freinehmen konnten.

Hier waren wir nun also, mitten in Brighton, und hatten weiter nichts zu tun, als uns zu vergnügen. Wir liefen auf der High Street auf und ab, betrachteten die Schaufenster, sahen uns nach Jungs um. Mary begutachtete immer wieder ihr Spiegelbild in den Scheiben und lächelte bei dem, was sie sah. Ihr dunkles Haar war mit einem gelben Band zu einem Pferdeschwanz zusammengebunden; sie wirkte hübsch und adrett. Vor Woolworths, die das größte Schaufenster auf der High Street hatten, machten wir halt. Hier arbeiteten wir beide.

Ich stand für gewöhnlich in der Kosmetikabteilung und Mary bei den Süßwaren, denn Sally meinte, sie sei zu klein, um in der Kosmetikabteilung zu arbeiten. Mary war mehr als verstimmt darüber, aber ich fand, dass Sally recht hatte. Mary war so klein, dass es aussehen würde, als wäre niemand da, wenn sie hinter dem Tresen der Kosmetikabteilung mit den Gestellen voller Lippenstifte und Lidschatten stünde. Ich hatte es Mary nicht erzählt, denn ihre Körpergröße war ein empfindliches Thema für sie. Sie war noch empfindlicher deswegen als ich wegen meines Gewichts, und das wollte etwas heißen.

Woollies war an diesem Samstag brechend voll, Frauen mit Einkaufstaschen und kleinen Kindern an der Hand und Männer, die Farbe und Zeitungen kauften. Mary schnitt hinter dem Rücken von Mr. Rankworthy, dem Leiter der Heimwerkerabteilung, Grimassen, doch als er ans Schaufenster trat, lächelte sie und winkte ihm zu. Man konnte sehen, wie er dahinschmolz. Sie hatte diese Wirkung auf die Leute.

Mr. Rankworthy kam nach draußen und zündete sich eine Zigarette an.

»Was machst du hier an deinem freien Tag?«, fragte er und schielte Mary auf die Brüste.

Sie trug ein enges, kurzärmliges Oberteil, in dem sie fantastisch aussah.

»Gibt es nichts Besseres für dich zu tun an einem Samstag? Hast du keinen Freund?«

Er sprach zu Mary, als wäre ich überhaupt nicht da. Das war die Wirkung, die ich auf Leute hatte.

Mary lächelte. »Warum wollen Sie wissen, ob ich einen Freund habe, Jeffrey?«, fragte sie. Sie leckte sich mit der Zunge über die Lippen und blickte ihn aus weit geöffneten Augen an. Mr. Rankworthy zerrte am Kragen seines Overalls.

»Komm schon«, sagte ich und zog sie am Arm. Ich mochte Mr. Rankworthy. Doch ich mochte es nicht, wie sein Gesicht rot wurde und wie er schwitzte, wenn er Mary ansah. Außerdem war es bescheuert, unseren einzigen freien Tag in der ganzen Woche damit zu verbringen, vor dem Laden herumzustehen, in dem wir arbeiteten.

Ich war nicht etwa undankbar oder so.

Jeder wusste, dass man in Brighton keinen besseren Arbeitsplatz finden konnte als bei Woolworths. Während der Sommermonate gab es in der Stadt jede Menge Jobs in den Spielhallen, in den Süßwarengeschäften und den Verkaufsbuden am Strand. Für die Ferienzeit war das gut, aber im Winter hatten die meisten dieser Läden geschlossen. Woolworths gehörte zu den wenigen Geschäften, die das ganze Jahr über zu tun hatten, die Bezahlung war gut, die Arbeitskleidung in Ordnung, und das Team bestand aus aufgeweckten, meist jungen Mitarbeitern. Auch die Kundschaft waren meist junge Leute, die zum Stöbern und auf einen Schwatz vorbeischauten. Seit wir die Schule verlassen hatten, arbeiteten Mary und ich schon bei Woolworths. Auch wenn wir uns darüber beklagten, dass wir fast unsere ganze Zeit dort verbringen mussten, arbeitete ich doch gerne dort, wenn ich aufrichtig war. Es war so, als würde ich einen Jugendtreff besuchen und noch dafür bezahlt werden. Ich ging sehr gern hin, doch für Mary war Woolworths nie gut genug. Ihr Herz schlug für Paris.

Als wir davonschlenderten, seufzte Mary theatralisch und sagte: »Nun ja. Wenigstens werde ich Mr. Rankworthy nicht mehr lange ertragen müssen.«

»Warum nicht?«, fragte ich. »Geht er weg?«

»Nein«, entgegnete Mary lachend, »er wird hierbleiben, bis er steinalt ist. Nein, ich bin es, die fortgehen wird, zum *L'Institut d'Art.*«

Sie strahlte mich an, als sie mir diese Freudenbotschaft verkündete, und ich sagte nur: »Aber sicher.«

Mary stemmte die Hände in die Hüften. »Oh, Dottie«, sagte sie, »könntest du nicht vielleicht versuchen, ein wenig mehr Begeisterung zu zeigen?«

»Könnte ich versuchen«, antwortete ich, doch ich wusste, dass mir das nicht gelingen würde, denn davon, dass Mary weggehen wollte, war ich nicht im Geringsten begeistert.

Mary verfolgte einen Plan. Denselben, den sie schon in der Schule gefasst hatte. Sie wollte Künstlerin werden. Sie wollte die Welt bereisen und malen.

Als ersten Schritt sah dieser Plan vor, eine Kunstakademie in Paris zu besuchen. Es war eine besondere Schule; nur die besten jungen Talente wurden dort angenommen – diejenigen, die es ernst meinten. Mary wollte für drei Jahre nach Paris gehen und an dem Institut studieren. Ich verstand nicht, warum sie Brighton verlassen wollte. Schließlich gab es auch hier eine gute Kunsthochschule und jede Menge Motive, die es zu malen lohnte. Aber nein, Mary hatte ihr Herz an Paris verloren. Wir bogen um die Ecke in eine Seitenstraße und wandten uns in Richtung Meer.

Aus den Spielhallen drang Musik, und auf den Gehwegen drängten sich die Leute. Die meisten lächelten, und alle waren sommerlich gekleidet.

»Du musst mitkommen, wenn ich gehe!«, sagte Mary. »Das wird großartig werden! Stell dir vor, wie wir beide am Ufer der Seine sitzen oder auf die Spitze des Eiffelturms klettern. Stell dir vor, wir würden in Paris leben, Dottie, in dieser wundervollen Stadt! Die Welt würde dir zu Füßen liegen!«

»Da müsste ich mich ja bücken!«

»Sehr witzig.«

»Wie auch immer«, sagte ich zu ihr. »Leute wie wir gehen nicht an solche Orte.«

»Was meinst du damit, ›Leute wie wir‹?«

»Na ja«, erwiderte ich, »Leute, die in Siedlungen mit Sozialwohnungen leben. Leute, die bei Woolworths arbeiten.«

Mary verdrehte die Augen. »Manchmal versteh ich dich einfach nicht.«

»Warum?«

»Wo du wohnst und arbeitest, bestimmt doch nicht, was aus dir wird! Paul McCartney hat schließlich auch nicht aufgehalten, dass er in einer Siedlung mit Sozialwohnungen aufgewachsen ist! Ich bin Mary Pickles, und du bist Dottie Perks, und wir sind genauso gut wie jeder andere auch, und wenn wir auf den Eiffelturm steigen möchten, dann werden wir das gefälligst auch tun.«

Ich zweifelte keine Sekunde daran, dass Mary eines Tages auf jenen Turm klettern würde. Aber ich würde das wohl nicht tun. Ich wollte nicht aus Brighton weggehen, denn ich fand es schön hier. Die Arbeit bei Woolworths machte mir Spaß, und ich lebte gern in der Siedlung. Ich wollte so sein wie meine Mutter, eines Tages heiraten und Kinder bekommen. Das war alles, was ich wollte.

Mary musste meine Gedanken erraten haben. »Die Welt beginnt und endet nicht in Brighton, weißt du.«

»Ich weiß. Aber ich kann mir gar nicht vorstellen, wegzugehen. Vielleicht wenn ich älter bin. Nachdem ich geheiratet habe und wenn meine Kinder groß sind.«

Mary schnaubte entrüstet. »Du wirst zu alt sein, um noch Spaß daran zu haben. Bevor ich nicht mindestens dreißig bin, werde ich nicht heiraten, und ich will ganz bestimmt keine Kinder haben.«

»Wie bitte? Du meinst, niemals?«

»Niemals!«

»Liebe Güte«, entfuhr es mir.

»Und du darfst auch keine bekommen.«

»Und warum nicht?«

»Nicht bevor du viel älter bist, weil ich ohne dich nicht berühmt werden kann. Ich brauche dich an meiner Seite.«

»Okay«, sagte ich nur.

»Gut«, sagte Mary zufrieden. Sie drückte meinen Arm. »Und eines Tages werde ich eine weltbekannte Künstlerin sein und mit dem Mann, den ich liebe, auf der Spitze des Eiffelturms stehen.«

»Erst mal musst du ihn finden.«

»Das werde ich«, erwiderte sie lächelnd.

2. KAPITEL

Nachdem wir die High Street ein paarmal auf und ab gelaufen waren, gingen wir in Richtung Uferpromenade. Wir setzten uns auf das Geländer und sahen zu, wie das Licht sich in den Wellen brach, die die Kiesel am Strand mit einem prasselnden Geräusch aufwirbelten. Hinter uns kamen Busse an. Wir unterhielten uns über die Leute auf der Arbeit. Es machte ganz schön Eindruck auf Mary und mich, dass Sally zu dem Schönheitswettbewerb gehen würde. Das war so ziemlich das Größte, was sich hier bei uns jemals zutrug. Selbst wenn sie nicht gewinnen würde, erschien ihr Bild doch im *Argus*, und sie würde Ken Dodd treffen, eines der Jurymitglieder. Mädchen, die bei der Wahl zur Miss Brighton gut abschnitten, waren für uns andere so etwas wie Superstars.

»Ken Dodd! Kannst du das glauben?«, fragte Mary. Sie versuchte, den Saum ihres Rocks nach unten zu halten, doch die Brise riss ihn ihr immer wieder aus den Händen und pustete ihn nach oben wie ein Föhn. Ich bedauerte, mich für eine blassrosa Caprihose entschieden zu haben, denn sie war ein wenig eng geschnitten und ließ meine Oberschenkel noch dicker wirken, als sie ohnehin schon waren.

»Wenn sie gewinnt, wird sie zur Wahl der Miss Sussex weiterkommen«, sagte ich zu Mary und zog an meinem Hosenbund, um ihn etwas weiter zu machen.

»Und dann zu den Wahlen zur Miss England, danach zur Miss United Kingdom, schließlich zur Miss Europe und endlich zur Miss World. Stell dir das mal vor! Wir kennen jemanden, der berühmt wird!«

»Pssst …«, zischte Mary und wandte sich mit weit aufgerissenen Augen zu mir um. »Hinter dir!« Ich schielte Mary über meine Sonnenbrille hinweg an.

»Jungs!«, raunte sie mir zu.

Ich spähte über meine Schulter, und tatsächlich lief da eine kleine Gruppe von Jungen auf die Uferpromenade zu. Sie rempelten sich gegenseitig mit den Ellbogen an, rauchten und redeten zu laut, so wie Jungen eben sind.

Sofort schlugen wir die Beine übereinander und setzten entsetzlich gelangweilte Gesichter auf. Ich kaute ausgiebig auf meinem Kaugummi herum, und Mary begutachtete ihre Fingernägel. Wir konnten förmlich spüren, wie uns die Jungs von oben bis unten musterten, als sie vorbeiliefen.

»Morgen, Schätzchen!«, sagte einer von ihnen zu Mary.

»Ich bin nicht dein Schätzchen«, versetzte Mary.

»Du weißt ja nicht, was du da verpasst, Liebling«, entgegnete der Junge.

»Ignorier ihn«, sagte ich zu ihr, doch ich hätte mir die Worte sparen können.

»Was wäre das denn?«, fragte Mary und lächelte zuckersüß. »Dein geistreiches Geplauder oder deinen ungewaschenen Hals?«

»Lass sie«, sagte einer der Jungs, »sie sieht aus, als wäre sie erst zehn.«

Die anderen Jungen lachten.

Mary sprang von dem Geländer.

So elegant ich konnte – also nicht besonders – stieg ich hinab und fasste Mary am Ellbogen.

»Lass gut sein, Mary, das sind doch nur kleine Jungs, die sind's nicht wert«, sagte ich geringschätzig.

»Gehen wir zum Plattenladen.«

»Ja, gehen wir. Uns könnten dort ein paar Männer über den Weg laufen.«

Wir hakten uns unter und liefen in die Stadt zurück, in Richtung des Plattenladens *In-A-Spin*. Wann immer wir gemeinsam einen Tag freihatten, gingen wir dorthin. Allein machte es mir einfach nicht so viel Spaß wie mit Mary. Die Jugendlichen kamen nicht nur wegen der Platten, sondern weil sie sich dort gegenseitig beschnuppern konnten. An der Verkaufstheke arbeitete ein ziemlich hipper Junge. Er trug spitze Schuhe und Pullover und war total lässig. Er wirkte immer gelangweilt, es sei denn, er sprach mit anderen jungen Männern über die neuesten Musiktrends. Dann wurde er richtig lebhaft und gesprächig. Er machte den Eindruck, absolut alles zu wissen, was man über die neuesten Bands wissen musste. Im Aschenbecher auf der Theke lag immer eine brennende Zigarette, und er schien ständig eine Tasse Kaffee zu trinken. Die Wände des Ladens waren von Postern bedeckt, und die Platten stapelten sich in den Regalen. Vorne im Laden standen die Top-Twenty-Singles, und die Langspielplatten waren nach Interpreten sortiert. Wir hatten nie genug Geld für LPs, aber wir kauften uns gerne Singles. Mary und ich standen total auf eine Band aus Liverpool, die sich *The Beatles* nannte. Ich schwärmte ziemlich für Paul McCartney, und Mary war verrückt nach John Lennon, die beide in der Band spielten. Meine Schwester Rita hatte mir ein Poster der *Beatles* geschenkt, das über meinem Bett klebte. Rita mochte *The Dave Clark Five* lieber. Mary nahm eine Single aus dem Regal, *From Me to You*. Sie tänzelte zu mir herüber und hielt sie in die Höhe, damit ich sie sehen konnte.

»Die werd ich mir mal anhören!«, kündigte sie an. »Wie sieht's mit dir aus?«

Ich grinste. *»Please, Please Me«*, sagte ich zu ihr.

»Okay«, entgegnete Mary. »Wir können ja tauschen, wenn wir mit dem Anhören fertig sind.«

Wir sagten dem Jungen hinter der Theke, welche Platten wir anhören wollten, und gingen in zwei nebeneinanderliegende Kabinen. Sie waren aus Glas, sodass wir uns sehen konnten.

Wir setzten die Kopfhörer auf, und schon hatte Paul mich davongetragen. Auch wenn es in der Band noch drei andere Jungs gab, Pauls Stimme hörte ich immer heraus. Er hatte die verträumteste Stimme der ganzen Welt, und wenn ich die Augen schloss, stellte ich mir vor, dass er nur für mich sang. Ich war so in ihn verschossen – für Paul McCartney hätte ich alles getan, absolut alles.

Als ich die Augen wieder öffnete, schien Mary in der Kabine nebenan eine Art Anfall zu bekommen. Sie wedelte mit den Armen herum, sprang auf und ab, hatte strahlende Augen und war völlig rot im Gesicht. Die Platte schien ihr wirklich Spaß zu machen. Ich winkte und hörte Paul weiter zu. Plötzlich hämmerte Mary an die Scheibe und wedelte eindringlich mit den Händen.

»Was ist?«, formten meine Lippen lautlos. Sie entgegnete etwas, das ich nicht verstand, also nahm ich meine Kopfhörer ab, öffnete die Tür und steckte den Kopf in ihre Kabine.

»Was ist denn los?«

»Sieh mal dort! Im Laden!«, quietschte sie und sprang dabei auf und ab. Sie zeigte in Richtung Theke, wo ein schlaksiger Junge stand. Er wirkte noch hochgewachsener als das letzte Mal, als wir ihn gesehen hatten.

Ich nahm an, dass er für jemanden, der auf Jungs mit langem Hals und engen Hosen stand, gut aussah. Er warf ständig seine Haare zurück und hatte einen leicht überheblichen Blick. Es war tatsächlich Elton Briggs. Als wir noch auf der Schule waren, hatte Mary für ihn geschwärmt. Neben ihm stand Ralph Bennett. Mein Herz schlug schneller, und ich spürte, wie ich rot wurde. Mary hatte die Kabine verlassen, strich sich den Rock glatt und warf ihren Pferdeschwanz nach hinten. Ich griff nach meiner Tasche. Sie hakte sich bei mir unter und flüsterte mir zu: »Sieht er nicht unglaublich gut aus?«

Aber ich sah nicht Elton an, sondern Ralph.

»Geh hin und sag ihm Hallo«, drängte Mary und schubste mich leicht.

»Geh du doch hin und sag Hallo«, entgegnete ich.

»Sei nicht so fies«, sagte Mary. »Du weißt doch, was mir Elton bedeutet!«

»Bedeutete«, korrigierte ich sie. »Als du ihn das letzte Mal gesehen hast, hatte er Beverly Johnson gerade seine Zunge tief in den Rachen geschoben.«

»Damals war nicht die richtige Zeit für uns, Dottie, aber jetzt ist es so weit – ich weiß einfach, dass es so ist!«

Manchmal dachte ich, dass sich Mary gut auf der Bühne machen würde. Sie klang wie einer dieser Filmstars, völlig verzweifelt und zum Äußersten entschlossen.

»Bitte, Dottie«, bettelte sie, und ihr kleines Gesicht sah völlig verzweifelt und traurig aus. Was blieb mir also anderes übrig, als das zu tun, was ich immer tat, wenn Mary traurig war? Ich gab nach.

»Okay«, sagte ich. »Aber ich möchte wetten, dass sie sich nicht einmal an uns erinnern werden.«

»Danke!«, erwiderte Mary, die auf wundersame Weise sofort wieder gute Laune hatte und in ihrer Tasche nach ihrer Puderdose fischte, um zu prüfen, wie sie aussah.

Ich ging zur Theke und stellte mich neben Elton. Ich blickte auf die Haare in seinem Nacken und räusperte mich. Er ließ mich völlig links liegen.

»Hast du *Telstar* von den *Tornados*?«, fragte er den Jungen hinter der Theke.

»Eine sehr gute Wahl«, sagte der hippe Junge und nahm einen Schluck von seinem Kaffee. »Sie haben diesen Track im Wohnzimmer ihres Produzenten aufgenommen«, ergänzte er, und Elton plusterte sich regelrecht auf, so wichtig fühlte er sich, als ob er es gewesen wäre, der *Telstar* in seinem Wohnzimmer aufgenommen hatte.

»Hallo«, sagte ich zu ihm.

Langsam drehte Elton sich um und sah mich missbilligend an, als wäre ich eine Kakerlake, die gerade unter einem Brett hervorgekrochen war. Ich lächelte ihn hoffnungsvoll an. Sein Aftershave ließ ihn nach Auto riechen, nach Leder und Benzin. Ganz langsam musterte er mich von oben nach unten, doch er sagte nichts.

»Hallo, Dottie«, sagte Ralph und warf mir um Elton herum einen freundlichen Blick zu.

Dankbar lächelte ich ihn an. Er erwiderte mein Lächeln, und ich lächelte ein wenig stärker. Elton machte ein ziemlich verächtliches Gesicht, und ich erinnerte mich daran, was ich eigentlich tun sollte.

»Ich bin mit Mary hier«, sagte ich. »Mary Pickles.« Ich warf einen Blick über meine Schulter. Mary versteckte sich hinter einem der Plattenregale außerhalb von Eltons Blickfeld.

Sie hielt beide Hände mit gedrückten Daumen in die Höhe und nickte mir aufmunternd zu.

»Ihr beide wart schon in der Schule immer zusammen«, sagte Ralph. Seine Stimme war sanft und tief, mehr wie die eines Mannes als die des Jungen, an den ich mich erinnerte.

»Genau wie ihr zwei«, erwiderte ich.

»Eine Begegnung mit der Vergangenheit«, sagte Ralph lächelnd.

»Yeah«, antwortete ich und lächelte zurück. Wir konnten nicht aufhören, uns gegenseitig anzulächeln.

Elton verdrehte die Augen, wandte sich ab und begann, die Sonderangebote im Regal neben der Theke durchzusehen. Er schien nicht im Geringsten an der Unterhaltung interessiert zu sein. Ralph mochte sich vielleicht verändert haben, doch Elton war noch genauso arrogant und aufgeblasen wie früher.

Mary schien mich abgeschrieben zu haben. Sie kam zu uns herüber, quetschte sich zwischen Elton und mich und glotzte zu ihm hoch wie ein liebeskrankes Hündchen.

Er nahm nicht die geringste Notiz von ihr, sondern fuhr damit fort, die Platten zu durchforsten.

Ich wusste nicht, was ich sagen sollte, und kam mir allmählich ein wenig dumm vor, wie ich da so stand.

»Willst du denn keine Platte kaufen?«, fragte Elton Ralph.

»Sicher, gleich«, antwortete dieser. Sein Nacken war leicht gerötet.

»Lust auf einen Kaffee?«, fragte er plötzlich.

»Da gibt es ein gutes Café gegenüber vom Palace Pier«, schlug Mary vor. Sie sprach schnell und mit sehr hoher Stimme und lächelte von einem Ohr bis zum anderen. »Es heißt *Dells*. Sie haben eine Jukebox dort und einen Kickertisch.«

»Und sie machen wirklich guten Kaffee«, fügte ich hinzu. Ich musste etwas trinken. Mein Mund war trocken und fühlte sich an, wie es im Innern eines Kinderwagens aussah, voller Staubflusen und Kekskrümel.

»Klasse«, sagte Ralph. Er warf Elton, der uns immer noch nicht beachtete, einen Blick zu.

»Warum treffen wir uns nicht dort, so in etwa zwanzig Minuten? Ist das in Ordnung für dich, Elton?«

Elton sah Mary und mich an, als ob er uns erst jetzt bemerken würde.

»Meinetwegen«, sagte er mit gelangweilter Stimme.

Ich konnte spüren, wie Mary neben mir vor Aufregung fast in Ohnmacht fiel.

»Also abgemacht«, sagte Ralph. »Wir sehen uns in zwanzig Minuten.«

Mary und ich bezahlten unsere Platten. Der hippe Junge steckte sie in Papiertaschen und reichte sie uns. Ich war mir die ganze Zeit über bewusst, dass Ralph uns zusah, was seltsam war, denn es war doch nur der Ralph Bennett von früher. Es war ja nicht so, dass wir uns nicht kannten, obwohl – in gewisser Weise vielleicht doch.

Ich war ziemlich erleichtert, als Mary und ich endlich den Laden verließen und in Richtung des Cafés gingen.

Liebes Tagebuch,

Dottie und ich sind heute zu dem Plattenladen gegangen, heute – obwohl wir das auch an jedem anderen Tag hätten tun können. So was nenne ich Schicksal, denn es sollte genau so sein. Auf diesen Augenblick hab ich mein ganzes Leben gewartet!

Oh, Elton, Elton, Elton!

Mary Pickles
liebt
Elton Briggs.
Wirklich und wahrhaftig!!!!!

Liebe Grüße
Mary Pickles
Siebzehn Jahre

3. KAPITEL

Mary und ich hatten Elton und Ralph seit dem Ende unserer Schulzeit vor zwei Jahren nicht mehr gesehen. Und jetzt standen die beiden plötzlich hier in unserem Plattenladen!

»Ich glaub, ich fall in Ohnmacht«, sagte Mary mit theatralischer Geste.

»Aber fall bitte nicht auf mich drauf«, erwiderte ich trocken.

»Hast du mitbekommen, wie er mich angesehen hat?«

»Hab ich tatsächlich. Er hat dich so angesehen, als wärst du eine Kakerlake, die gerade unter dem gleichen Brett hervorgekrochen ist wie ich kurz zuvor.«

»Elton schaut immer so, er ist einfach total cool.«

»Er kommt quasi aus der Antarktis«, sagte ich sarkastisch.

»Dottie, das ist total wichtig für mich. Vielleicht ist das der wichtigste Tag in meinem Leben!«

Ich lächelte. »Ja, vielleicht ist er das ja.«

»Ich möchte jetzt rennen.«

»Wie bitte?«

»Ich möchte rennen und rennen und rennen.«

»Könnten wir nicht einfach zügig laufen?«

»Oh, du Dottie Perks, du!«

»Oh, du Mary Pickles, du!«

»Ich hab Elton nie vergessen, weißt du.«

»Das hab ich jetzt auch kapiert, aber irgendwie hatte ich gehofft, du hättest ihn vergessen. Du hast nicht mehr von ihm geredet, seit wir die Schule verlassen haben.«

»Nur weil ich wusste, dass du ihn nicht magst.«

»Ich kenn ihn doch gar nicht. Alles, was ich von ihm weiß, ist, dass er dich immer völlig aus der Fassung gebracht hat.«

»Das gehört zum Verliebtsein dazu, Dottie. Man verletzt immer denjenigen, den man liebt.«

»Ist das so?«

»Na ja, das sagt zumindest Clarence *Frogman* Henry.«

»Wer um alles in der Welt ist Clarence *Frogman* Henry?«

»Er ist der Typ, der das Lied *You Always Hurt the One You Love* gesungen hat.«

»Also ich finde nicht, dass man denjenigen, den man liebt, verletzen muss. Ich glaube, es ist sinnvoller, nett zu dem zu sein, den man liebt.«

»Du musst noch viel über die Liebe lernen«, sagte sie, ergriff meine Hand und fing an zu rennen.

»Ich glaube, das halte ich nicht für nötig«, rief ich und stolperte hinter ihr her.

Wir waren erst ein kurzes Stück gerannt, als ich ihre Hand losließ und mich an eine Wand lehnte.

Mary lief zu mir zurück.

Ich nahm den Inhalator aus der Hosentasche, atmete die Medizin ein und hielt die Luft an.

»Das hatte ich vergessen«, sagte Mary kleinlaut.

»Ich weiß schon.«

»Ich vergesse das immer.«

»Ich weiß.«

»Wir laufen ganz langsam!«, schlug sie vor. »Wir könnten auch kriechen, und wenn irgendjemand etwas sagt, dann sagen wir zu ihm, dass er Leine ziehen soll!«

»Du bist echt blöd.«

»Ich weiß, ich bin reizend, nicht wahr?«

»So kann man es auch ausdrücken.«

»Geht's dir besser?«

»Viel besser.«

Langsam liefen wir die West Street hinunter und weiter zur Uferpromenade. Menschenmassen drängten sich um das Aquarienhaus und in den kleinen Läden, deren Schaufenster voll waren von *Brighton-Rock* in Klarsichtfolie, diesen rosa glänzenden kleinen Zuckerstangen, wie sie in den Küstenstädten verkauft werden, und Plastikrädchen für die Kinder, die sie in den Wind halten konnten. Wir hatten uns an die ganzen Urlauber gewöhnt, die im Sommer mit ihren Regenschirmen, ihren Plastikmatten und ihren lärmenden Kindern herkamen. Die Zuckerstangen in den Süßwarengeschäften waren für sie. Mary und ich hatten nie davon gekauft, und wir waren auch noch nie im Aquarienhaus gewesen. Als ich noch klein war, hatte meine Mutter immer gesagt, wenn ich jemals davon äße, würde ich am Ende keine Zähne mehr haben. Meine Schwester Rita hatte geantwortet, dass das bei mir eher eine Verbesserung darstellen würde. Sehr charmant, meine Schwester, nicht wahr?

»Wie seh ich aus?«, fragte Mary.

»Du siehst hübsch aus.«

»Was meinst du damit, ich sehe hübsch aus? Ich muss mehr als hübsch aussehen, hübsch ist so gewöhnlich. Ich muss besser als gewöhnlich aussehen – außergewöhnlich muss ich aussehen!«

»Du siehst fantastisch aus«, sagte ich zu ihr. »Wirklich.«

»Hast du Lippenstift dabei?«

»Dann hast du also keinen?«, fragte ich zurück.

»Ich würde dich ja nicht fragen, wenn ich welchen hätte«, entgegnete sie.

»Na ja, auch wenn du welchen dabei hast, fragst du immer.«

»In Gottes Namen – hast du nun welchen oder nicht?«

»Ein wenig, aber du musst ihn mit einem Streichholz herausbefördern.«

»Hast du ein Streichholz?«

»Ich glaube nicht.«

»Weißt du eigentlich, wie anstrengend du manchmal sein kannst?«

»Hat man mir gegenüber gelegentlich erwähnt. Ich habe da eine Haarklammer, damit sollte es gehen.«

»Welche Farbe?«, fragte sie.

»Was, die Haarklammer?«

»Nein, Dummkopf, der Lippenstift natürlich.«

»Die Farbe heißt *Corn Silk*, eine Art Aprikosenton. Er passt gut zu deinem Pulli.«

Bevor wir das Café betraten, gingen wir noch zum Frisiersalon *Flick 'n' Curl* auf der anderen Straßenseite, weil sie dort diesen großen Spiegel im Schaufenster hatten. Hier konnte Mary sich den Lippenstift auftragen. Ich fand die Haarklammer, brachte es fertig, etwas von dem Lippenstift herauszubekommen, und verteilte es auf Marys Lippen. Sie presste sie aufeinander und bewegte sie hin und her, um den Lippenstift zu verteilen. Wie ein Kind stand sie vor mir und hielt ihr Gesicht hoch. Mit der Zunge befeuchtete ich einen Zipfel meines Taschentuchs und säuberte ihr die Mundwinkel.

»Kann ich mich so sehen lassen?«, fragte sie.

»Du siehst fantastisch aus!«, bestätigte ich lächelnd.

In *Dells Café* drängten sich die Leute. Die Fenster hingen voller Aushänge, Konzertankündigungen und Filmplakate des *Regent*-Kinos. Ein köstlicher Duft hing in der Luft, es roch nach Kaffee und heißen, zuckrigen Doughnuts. Wir gingen hinein, und die erste Person, die wir erblickten, war Christine Smith, die an der Musikbox lehnte. Ihre beste Freundin, Angie Brown, stand an der Theke an. Beide arbeiteten in der Sackfabrik und hatten ständig diesen Fischgeruch an sich. Ich habe keine Ahnung, warum sie von der Arbeit in der Sackfabrik nach Fisch rochen, aber es war so.

»Alles klar bei euch?«, fragte Christine, als wir hineingingen. Bei der Hitze hatte sie ein rotes und feuchtes Gesicht. Sie steckte sich das letzte Stück eines Hotdogs in den Mund

und wischte sich die Lippen mit dem Handrücken ab.

»Ja, uns geht's gut, danke«, antwortete ich.

»Arbeitet ihr noch bei Woollies?«

Ich nickte. »Und ihr in der Sackfabrik?« Als ob dir das nicht anzumerken wäre, dachte ich.

»Klar tun wir das«, erwiderte Christine, als wäre das eine besonders alberne Frage.

»Was zahlen sie bei Woollies jetzt?«

»Drei Pfund und fünf Schillinge«, sagte ich.

»Ihr seid ja verrückt«, befand Christine. »Angie und ich bringen jede Woche fünf Pfund nach Hause.«

»Fünf Pfund!«, entfuhr es Mary.

»Liebe Güte!«, sagte ich. Wir waren beide ziemlich beeindruckt. Für fünf Pfund konnte man eine Menge Klamotten, Make-up und Platten kaufen.

»Und samstags haben wir frei«, fügte Christine hinzu.

»Was du nicht sagst!« Jetzt begann sie, ein bisschen zu prahlen, aber was machte das schon, dachte ich. Zumindest stinken Mary und ich nicht nach geräuchertem Schellfisch.

Christine winkte Angie heran. Sie trank mit einem Strohhalm aus einer Coca-Cola-Flasche.

»Ich hab den beiden grade gesagt, dass sie verrückt sein müssen, bei Woollies zu arbeiten. Sie kriegen nur drei Pfund fünf die Woche und müssen samstags arbeiten.«

»Ich käme nie darauf, an einem Samstag zu arbeiten«, sagte Angie mit Entschiedenheit.

»Es ist gar nicht so schlimm«, entgegnete ich. »Heute zum Beispiel haben wir beide freibekommen.«

»Es würde mir nicht einfallen, an einem Samstag zu arbeiten.«

Das hast du gerade schon mal gesagt, dachte ich.

»Ihr solltet bei uns in der Sackfabrik arbeiten«, schlug Angie vor. »Wir amüsieren uns gut dort.«

»Macht dir der Gestank nichts aus?«, fragte Mary mit unschuldigem Gesichtsausdruck. Manchmal konnte sie ziemlich unhöflich sein, auch wenn sie es gar nicht so meinte.

»Was für ein Gestank?«, fragte Christine. Sie sah aufrichtig irritiert aus, kräuselte die Nase und schnupperte an ihrem Arm.

»Dieser fischige Geruch«, sagte Mary.

»Willst du damit sagen, wir stinken nach Fisch?«, brauste Christine auf.

»Nein«, warf ich schnell ein. »Ihr riecht nicht nach Fisch, es riecht nur ein bisschen fischig, wenn man hinter der Fabrik vorbeiläuft.«

»Das ist mir noch nicht aufgefallen«, sagte sie. »Hast du was davon bemerkt, Angie?«

»Was bemerkt?«

»Dass die Fabrik nach Fisch riecht.«

»Finde ich nicht.«

»Egal«, sagte Christine, »Mary würden sie dort sowieso nicht einstellen. Sie ist viel zu klein, um die Säcke zu stapeln. Da ist eine Mindestgröße vorgeschrieben.«

»Davon hab ich noch nie was gehört«, sagte Angie und runzelte die Stirn.

»Doch, das stimmt«, sagte Christine und funkelte sie an.

»Aber was ist dann mit Brenda Cooper?«, fragte ich. »Sie ist nicht viel größer als Mary, und sie ...«

»Lust auf eine Runde Tischfußball?«, fragte Christine Angie und unterbrach mich.

»Wenn du magst«, sagte Angie.

Christine flüsterte Angie etwas ins Ohr, und sie gingen kichernd davon.

»Was für eine Frechheit«, sagte Mary entrüstet. Sie zog sich einen Stuhl heran und setzte sich an den Tisch. Ich setzte mich neben sie. Die Tischplatte reflektierte Lichtstrahlen. Mary nahm ein Päckchen Zuckerwürfel aus der Schale auf dem Tisch und packte sie aus. Dann schob sie sich beide Zuckerwürfel in den Mund und begann, wütend darauf herumzukauen.

»Du solltest dir keine Gedanken darüber machen«, sagte ich.

»Tu ich auch nicht«, erwiderte sie.

Doch ich wusste, dass sie das tat. Es war Mary peinlich, wenn sich jemand über ihre Körpergröße ausließ. Ich saß da und wusste nicht, was ich sagen sollte, also nahm ich meine Platte aus der Tasche. Eine neue Platte gab einem so ein besonderes Gefühl, es war wie damals, als ich als Kind in der Bücherei einmal ein Buch über die *Fünf Freunde* entdeckt hatte, das ich noch nicht kannte. Auf der Plattenhülle stand *Parlophone*. Ich fuhr mit dem Finger über den Schriftzug. Ich wünschte, die Jungs würden sich beeilen.

Wie aufs Stichwort ging die Tür auf und knallte gegen den Mülleimer. Elton und Ralph betraten das Café. Wir befanden uns mehr oder weniger neben der Tür, sodass sie uns auf Anhieb sahen. Mary setzte sich aufrecht hin. Sie gab sich Mühe, den Zucker herunterzuschlucken und gelassen auszusehen. Elton blinzelte ihr zu, glättete sein Haar mit den Fingern und lief geradewegs an ihr vorbei. Mary sah mich an, um festzustellen, ob ich das Blinzeln bemerkt hatte, doch ich hatte jetzt keine Zeit für sie, da Ralph direkt vor mir stand. Ich nahm zum ersten Mal richtig wahr, wie groß er jetzt war, wie breitschultrig und wie erwachsen er wirkte.

»Nochmals hallo«, sagte Ralph und lächelte. Mir war so, als lächelte er nur mich an. Ich wand mich ein wenig auf meinem Stuhl und probierte, die Beine meiner Caprihose etwas länger zu ziehen.

»Hallo«, erwiderte ich und versuchte, nicht zu zeigen, wie

sehr ich mich freute. Danach fiel mir nichts mehr ein, das ich hätte sagen können. Mein Kopf war so leer gefegt wie der Strand an einem Schultag. Er war wie ein hohler Raum, durch den der Wind pfeifen konnte. Wie die Straßen unserer Siedlung, wenn alle zu Bett gegangen waren.

Nachdem ich nahezu anderthalb Minuten nichts herausgebracht hatte, räusperte sich Ralph und fragte: »Eine Runde Milchkaffee für alle?«

»Oh ja, gern«, erwiderte ich dankbar.

»Ja, danke«, sagte Mary.

Ralph ging zum Tresen, um Getränke zu bestellen, und ich folgte Marys Blick, der zu Elton zurückgewandert war. Er stand beim Kickertisch und plauderte mit Christine. Entweder befand er sich auf ihrer windabgewandten Seite, oder er hatte keinen Geruchssinn. Christine trug ein Vichy-Karokleid mit Knöpfen vorne und dazu passende Sandalen, und eigentlich sah sie ziemlich hübsch aus.

»Ist Elton nicht traumhaft?«, schwärmte Mary.

»So wird es wohl sein«, erwiderte ich. Besonders begeistert kann ich nicht geklungen haben, denn Mary fragte umgehend: »Was meinst du damit: Es wird wohl so sein?«

Ich musterte Elton. Er sah gut aus mit seinen spitzen Stiefeln, den engen Hosen und seinem modischen Haarschnitt, aber das war auch schon alles an ihm. Ich hatte nicht wirklich viel Erfahrung, aber Jungs wie ihn sah man öfter mal bei Woolworths. Sie flirteten immer, lächelten und sagten etwas Nettes zu einem. Sie gaben einem das Gefühl, etwas Besonderes zu sein – doch einen Augenblick später hatte schon ein anderes Mädchen ihr Interesse geweckt, und ohne noch einen weiteren Gedanken an einen zu verschwenden, waren sie auch schon wieder weg. Meine Tante Brenda sagte immer, solche Jungs hätten alle »eine große Klappe und nichts dahinter«.

Mary starrte mich an und wartete auf eine Antwort.

»Elton ist einfach nicht mein Typ«, nuschelte ich. »Wir können schließlich nicht alle auf den gleichen Typ Jungs stehen, oder?«

»Aber Dottie, er sieht aus wie Mick Jagger!«

»Der ist auch nicht mein Typ.«

Sie sah mich an, als wäre ich verrückt.

»Und was ist dann dein Typ? Etwa Ralph Bennett?«

Das war als Scherz gedacht.

»Warum nicht?«, erwiderte ich.

»Ralph Bennett!!!«, schnaubte Mary und rümpfte die Nase so stark, als ob sie etwas Schlechtes riechen würde.

Ich warf einen Blick auf Ralph. Er stand am Tresen und bezahlte gerade unseren Kaffee. Ich war erleichtert, dass er mit dem Rücken zu uns stand.

»Er ist nett«, sagte ich. »Wenigstens spricht er mit uns! Zumindest zeigt er Interesse!«

»Er spricht mit *dir*«, korrigierte mich Mary. »Und außerdem hat er rotblonde Haare!«

»Dieser Typ aus der Westernserie *Wagon Train* hat auch rotblondes Haar, und du warst sogar in seinem Fanclub! Außerdem gibt es nichts auszusetzen an rotblondem Haar!«

»Ich weiß«, lenkte Mary ein. »Aber Ralph Bennett!«

»Also ich finde, dass er sich ganz gut gemacht hat. Pssst!«, zischte ich, »er kommt zurück.«

»Bitte schön, hier ist euer Milchkaffee«, sagte Ralph und stellte ein Tablett mit vier Tassen Kaffee vor uns auf den Tisch.

Elton merkte, dass Ralph zurückgekommen war. Er sagte etwas zu Christine, das sie sehr laut und auf ziemlich eindeutige Weise auflachen ließ, und schlenderte zu uns hinüber. Er zog sich einen Stuhl heran und setzte sich, dann streckte er die Beine lang vor sich aus und legte die Füße auf Höhe der

Knöchel übereinander, sodass er ziemlich viel Platz beanspruchte. Wahrscheinlich wollte er zeigen, wie dünn und lang seine Beine waren. Mich ließ das ziemlich kalt, aber ich sah, wie es Mary auffiel. Elton sah tatsächlich ein wenig nach Mick Jagger aus, und er hatte die gleiche prahlerische Art.

Er nahm eine rote Schachtel *Embassy* aus seiner Jacke und knallte sie auf den Tisch. Dann schnippte er den Deckel auf und klopfte eine Zigarette heraus. Als er Mary und danach mir eine anbot, schüttelten wir beide den Kopf. Er steckte sich die Zigarette in den Mundwinkel, zündete ein Streichholz an und hielt es in der hohlen Hand ans Ende der Zigarette. Er zog so lange daran, bis sie aufglimmte. Mary versuchte, nicht hinzustarren, doch er fing ihren Blick auf, und ich sah, wie er sie ein paar Sekunden lang sehr intensiv anschaute. Obwohl ich es gar nicht war, die er ansah, wurde mir warm, und ich begann, mich unwohl zu fühlen. Mary errötete und wandte sich ab. Sie spielte mit dem Ende ihres Pferdeschwanzes.

»Also erzählt doch mal …«, sagte Ralph, »was habt ihr so angestellt seit der Schule?«

Ich konzentrierte mich darauf, in meinem Kaffee zu rühren.

»Wir arbeiten bei Woollies«, sagte ich. »Und du?«

»Na ja, ich hab 'ne Weile bei der Eisenbahn gearbeitet, aber jetzt mache ich eine Ausbildung zum Klempner«, antwortete Ralph mit einem gewissen Stolz. »In der Ausbildung bekommt man nicht viel, aber sobald ich meinen Abschluss habe, sollte die Bezahlung ganz ordentlich sein. Dann werde ich mir einen Transporter besorgen und mich selbstständig machen.«

»Wenn bei euch also mal was leckt, dann ist Ralph euer Mann«, sagte Elton.

Mary kicherte, und Elton grinste sie an. »Mir würde im Traum nicht einfallen, den Kopf unter eine Spüle zu stecken!«, sagte er.

Weil dein dicker Kopf gar nicht unter eine Spüle passen würde, dachte ich.

Ich nippte an meinem Kaffee. Er war schön milchig und süß, köstlich.

»Was machst du jetzt, Elton?«, fragte Mary. Sie hielt ihre Tasse mit beiden Händen und blinzelte Elton an. Über der Oberlippe hatte sie einen ganz leichten Bart vom Milchschaum.

»Ich arbeite im Büro der Backfabrik, aber nur zum Überbrücken.«

»Unser Elton will Rockstar werden«, erklärte Ralph.

»Rockstar!«, rief Mary aus, wobei ihr die Augen fast aus dem Kopf fielen. Ihr schwappte etwas Kaffee über den Tassenrand und auf den Tisch, doch sie merkte es nicht einmal.

Elton achtete nicht darauf. Er versuchte, cool auszusehen, aber man sah ihm an, dass er die Aufmerksamkeit genoss.

»Ich spiele in einer Band«, sagte er. »Wir heißen *Brainless*.«

Na, das passt ja, dachte ich.

»Ich kann mich noch daran erinnern, wie du im *Dome* bei der Talentshow gewonnen hast«, sagte Mary ehrfurchtsvoll.

»Er wurde Dritter«, merkte ich an.

»Aber er hätte eigentlich gewinnen müssen«, entgegnete Mary und wandte sich wieder an Elton. »Du warst mit Abstand der Beste.«

Manchmal sagte Mary Dinge, die mich verletzten. Ich versuchte, es ihr nachzusehen, da ich wusste, dass es keine Absicht war, aber es fiel mir nicht immer leicht. Heute schien sie vergessen zu haben, dass auch ich an dem Wettbewerb teilgenommen hatte – und zwar nur, weil Mary Elton damals hatte besser kennenlernen wollen. Er war tatsächlich ziemlich gut gewesen, aber *The Betty Bounce Dance Academy* mit dem Titel *Woodland Frolics* und ein dickes Mädchen, das *Jesus Wants*

Me for a Sunbeam trällerte, verdrängten ihn auf den dritten Platz. Meine unbegleitete Interpretation von *The Merry Merry Pipes of Pan* wurde sehr gelobt.

»Stimmt«, meinte Elton, »ich hätte gewinnen müssen. Eigentlich hatte ich geglaubt, den Sieg schon fest in der Hand zu haben.«

»Du warst großartig!«, lobte ihn Mary.

»Danke«, erwiderte Elton. Jetzt, da Mary ihm erzählte, wie toll er war, entspannte er sich und lächelte ihr zu. Beim Versuch, ihm nicht zu zeigen, wie angetan sie davon war, fiel sie fast in Ohnmacht. Unter ihrem Pony heraus warf sie mir immer wieder Blicke zu, um festzustellen, ob ich bemerkt hatte, dass er sie ansah.

»Die Band spielt am Samstag im *Whisky A Go Go*«, sagte Ralph. »Habt ihr Lust, hinzukommen und sie euch anzuhören?«

»Wahnsinnig gern«, rief Mary begeistert aus, »nicht wahr, Dottie?«

Ich wollte Ralph gern wiedersehen, so viel war sicher, aber meine Mutter würde nicht wollen, dass ich abends in einen Nachtclub ging – und dann auch noch ausgerechnet ins *Whisky A Go Go*, das keinen allzu guten Ruf hatte. Gewisse Vorfälle wurden hin und wieder in der Zeitung erwähnt. Vor einem Jahr hatte der Clubbetreiber tatsächlich seine Frau getötet. Ich musste ihr ja nicht sagen, dass ich hinging, doch ich verstand mich sehr gut mit meiner Mutter und wollte nichts hinter ihrem Rücken tun.

Ralph bemerkte mein Zögern.

»Lass es dir doch noch mal durch den Kopf gehen, Dottie«, schlug er vor. »Du musst dich nicht gleich entscheiden.«

»Sie muss es sich nicht durch den Kopf gehen lassen«, sagte Mary. »Wir kommen!«

Ich bedachte sie mit einem finsteren Blick, und sie zog eine Grimasse in meine Richtung.

»Seid ihr Mods oder Rocker?«, fragte Elton und lehnte sich so in seinem Stuhl zurück, dass dieser unsicher auf zwei Beinen wippte.

»Weder noch«, antwortete Mary.

»Na ja, ihr müsst doch entweder das eine oder das andere sein«, sagte Elton.

»Warum?«, entgegnete Mary.

Elton ließ den Stuhl wieder nach vorne kippen, und als er wieder auf seinen vier Beinen landete, knallte er gegen den Tisch, sodass unsere Kaffees überschwappten und in die Unterteller liefen.

Man sah Elton an, dass er die richtigen Worte suchte.

»Das tut doch jeder«, nuschelte er dann.

»Genau das ist es ja«, erklärte Mary. »Wir wollen nicht sein wie jeder andere. Dottie und ich sind Individualisten.«

Das war mir neu, aber die Vorstellung, Individualist zu sein, gefiel mir. Ich war wirklich stolz auf Mary, dass sie das gesagt hatte, statt zu versuchen, Elton zu beeindrucken.

»Was bist du denn?«, fragte Mary.

»Rocker natürlich. Nie im Leben würde ich diese tuntigen Mods-Klamotten anziehen oder etwa einen von diesen armseligen Rollern fahren, so ein Möchtegern-Bike!«

Ich blickte Ralph an. »Und du?«

»Oh, ich kann mir beides nicht leisten.«

»Im Herzen ist er Rocker«, sagte Elton und legte Ralph den Arm um die Schulter.

»Ich kann mir die Klamotten einfach nicht leisten«, meinte Ralph, schob seine Unterlippe nach vorn und versuchte, mitleiderregend dreinzuschauen. Wir mussten alle lachen, sogar Elton, was ihn gleich freundlicher aussehen ließ.

»In welche Clubs geht ihr so?«, fragte Elton.

»In gar keine«, erwiderte ich. »Wir gehen nur hier ins Café.«

»Das ist aber nicht wirklich angesagt.«

»Das muss es auch gar nicht sein«, entgegnete Mary.

»Aber du versuchst, am Samstag ins *Whisky* zu kommen?«, fragte Elton sie.

»Klar, warum nicht?«, antwortete Mary.

»Und du, Dottie?«, fragte Ralph. »Bist du bereit, mal etwas Neues zu wagen?«

»Sicher ist sie das«, sagte Mary. »Wenn es jemand nötig hat, mal etwas Neues zu wagen, dann ist das Dottie.«

»Gut«, sagte Ralph und lächelte mich an.

Ich lächelte zurück, und mein Herz zuckte ein wenig. Ich spürte, wie meine Wangen heiß wurden, und starrte angestrengt in meine Tasse, aber ich konnte das Glücksgefühl nicht unterdrücken, das in mir hochkochte.

»Findet ihr auch, dass es irgendwie nach Fisch riecht?«, fragte Elton.

Liebes Tahgebuch

Heute hab ich ein Mädchen getroffen, das Dotty heist. Sie hat ein rundes Gesicht und runde Brillenglähser. Sie hat mir von ihren Süsigkeiten gegeben.

Sie wird meine besteste Freundin für immer und evig bis ich sterbe.

Ich werde noch ganz lange nicht stärben. Ich werde vilaicht hundert.

Tschüs Tahgebuch
Mary Pickles
Acht ein halb

4. KAPITEL

Seit wir kleine Mädchen waren, war ich Marys beste Freundin und sie meine. Die Leute lachten über uns – das große, dicke Kind mit der Brille und das winzig kleine Mädchen, das aussah, als könne es kein Wässerchen trüben. Von mir wurde üblicherweise gesagt, ich sei »keine Schönheit«, Mary hingegen war so hübsch, dass völlig Fremde auf sie zukamen, um ihr in die Wangen zu kneifen und sie dabei »kleiner Engel« nannten.

Es hatte uns nie gekümmert, dass wir so unterschiedlich waren. Wir verschwendeten keinen Gedanken daran. Das war so seit dem ersten Mal, als wir uns getroffen hatten.

Die Sommerferien hatten gerade begonnen. Mein Dad hatte mir eine Handvoll Münzen gegeben und mich losgeschickt, um ihm in der Ladenzeile an der Ecke der Siedlung eine Packung *Woodbines* zu besorgen. Er hatte gesagt, ich dürfe mir von dem Wechselgeld ein paar Süßigkeiten oder ein Comic kaufen. Ich klimperte mit den Münzen in meiner Hosentasche, hüpfte ein bisschen und dachte darüber nach, was ich von dem unerwarteten Geldsegen kaufen würde. Gerade war ich oben an dem schmalen Gässchen angelangt, das zwischen unserer Straße und der Straße entlangführte, die hinten an unsere angrenzte, da sah ich das Mädchen kopfüber am Geländer hängen. Ich konnte ihr Gesicht nicht wirklich sehen, da es von ihrem Rock bedeckt wurde; alles, was ich sehen konnte, waren zwei dünne Beinchen und ein marineblaues Höschen.

»Was glotzt du so?«, fragte sie mich. Als ich mich umblickte, um festzustellen, mit wem sie sprach, stellte ich fest, dass außer mir niemand da war.

»Redest du mit mir?«

»Na ja, ich kann nur ein einziges Paar Schuhe sehen, es sei denn, du versteckst noch ein paar andere Kinder hinter dir.«

»Nein, ich bin allein«, sagte ich.

Sie schwang sich plötzlich von der Stange hinunter, und als sie wieder richtig herum dastand, sah ich in die blauesten Augen, die ich je gesehen hatte. Ich hatte schon immer in der See Saw Lane gewohnt und sie noch nie zuvor gesehen. Das Mädchen rieb sich mit dem Finger den Nasenrücken und sagte: »Ich bin Mary Pickles, und wie heißt du?«

»Dorothy Perks«, antwortete ich. »Meine Mum hat mich nach der Dorothy aus dem *Zauberer von Oz* genannt, aber alle sagen Dottie zu mir.«

Das Mädchen fixierte mich mit seinem Blick und fragte dann: »Wollen wir beste Freundinnen sein?«

Noch nie in meinem ganzen Leben hatte ich eine beste Freundin gehabt. Ich stand meist eher abseits herum und hoffte darauf, dass mich jemand fragen würde, ob ich mitspielen wolle, was meistens nicht passierte. Jede Nacht betete ich um eine beste Freundin. Gut, darum und um ein Schaukelpferd. Irgendwie hatte ich mich damit abgefunden, dass ich niemals ein Schaukelpferd bekommen würde – aber hier stand nun dieses hübsche kleine Mädchen und sagte, wir könnten beste Freundinnen sein.

»Ja, gerne«, antwortete ich.

»Auf welche Schule gehst du?«

»Auf die *Whitehawk*«, sagte ich.

»Da gehe ich auch hin«, stellte sie fest. »Dann gehen wir bestimmt in die gleiche Klasse.«

»Wie alt bist du?«, fragte ich sie.

»Achteinhalb«, antwortete sie, nahm zwei Dauerlutscher aus ihrer Rocktasche und reichte mir einen. »Ich hab nur ein paarmal dran gelutscht, da ist noch eine Menge übrig.«

»Danke«, sagte ich und steckte ihn in den Mund. Ich lutschte eine Weile daran herum und sagte dann: »Ich hab dich hier noch nie gesehen.«

»Das liegt daran, dass wir gerade erst hergezogen sind.«

»Oh.«

»Wie ist es so?«, fragte sie.

»Wo, hier in der Gegend?«

»Nein, die Schule.«

Ich wusste nicht, was ich zu ihr sagen sollte. Für mich war es schließlich einfach Schule, man musste jeden Tag hingehen, ob man wollte oder nicht.

»Und?«

»Es ist ganz okay, glaub ich.«

»So schlimm, hm?«

»Na ja, ich werde gehänselt.«

»Warum?«

»Weil ich dick bin.«

»Pass auf, bald werden sie dich nicht mehr hänseln, Dottie Perks«, sagte sie und grinste.

»Werden sie nicht?«

»Weil sie es sonst mit mir zu tun kriegen.«

Wir lächelten uns an, und in diesem Augenblick war es uns beiden, als ob gerade etwas Wunderbares und Besonderes geschehen wäre.

»Ich hole jetzt besser mal die Kippen für meinen Dad«, sagte ich.

»Okay«, erwiderte sie. »Bis gleich.«

Ich rannte zu dem Laden, um Dads Zigaretten zu besorgen und meine Süßigkeiten auszusuchen. Ich hatte drei Pence zum Ausgeben, und dafür bekam man eine ganze Menge Süßigkeiten. Ich überlegte hin und her, was ich kaufen sollte. *Black Jacks* machten die Zunge ganz klebrig und schwarz, aber an Dauerlutschern hatte man ewig. Die Leute in der Schlange hinter mir fingen an, unmutig zu tuscheln, doch Mr. Orme sagte zu ihnen: »Das Mädchen ist genauso zahlender Kunde wie Sie, meine Damen, und es ist sein gutes Recht, sorgfältig zu wählen, was es kaufen möchte.«

Ich grinste ihn breit an und entschied mich für eine Mischung aus *Black Jacks* und Dauerlutschern.

»Könnten Sie sie bitte in zwei Tütchen packen«, bat ich Mr. Orme.

»Aber gewiss, gnädiges Fräulein«, antwortete er und zwinkerte mir zu.

Ich stopfte Dads Kippen in meine Hosentasche und ging zurück zum Gässchen, wo Mary wieder am Geländer hing.

»Ich habe dir ein paar Süßigkeiten gekauft«, sagte ich verlegen. Mary schwang sich nach oben und setzte sich auf die oberste Stange.

»Danke«, sagte sie. Sie fischte in der Tüte herum, holte einen *Black Jack* heraus und wickelte ihn aus. Eine Weile war sie ganz aufs Kauen konzentriert, dann fragte sie: »Möchtest du dich auch mal neben mir kopfüber dranhängen? Es ist reichlich Platz, wenn ich ein wenig rüberrutsche.«

Ich betrachtete das Geländer und versuchte, mir vorzustellen, wie das wohl wäre.

»Nein, danke«, antwortete ich dann.

»Warum nicht?«

»Meine Beine sind zu fett, ich würde herunterfallen.«

»Du solltest es versuchen.«

»Warum?«

»Weil es so ist, als würde man die Welt irgendwie auf den Kopf gestellt betrachten.«

»Ich würde sie lieber gleich richtig herum betrachten«, entgegnete ich.

»Du weißt nicht, was du verpasst.«

Ich hüpfte ein wenig auf dem Gehweg herum, um das Thema zu wechseln.

»Ich geh dann mal lieber«, sagte ich schließlich. »Mein Dad wartet bestimmt schon auf seine Kippen.«

»Ich komme später bei dir vorbei, wenn du magst. Wo wohnst du?«

»See Saw Lane fünfzehn.«

»Ich wohne in der Sechsundvierzig.«

»Dann bis nachher«, sagte ich und rannte den Durchgang entlang. Ich spürte die Aufregung in meinem Bauch. Plötzlich wirkte die Welt viel heiterer und fröhlicher und versprach mehr Spaß. Ich war schon halb durch das Gässchen gelaufen, als ich hörte, wie Mary meinen Namen rief.

»Dottie!«

Ich rief zurück: »Mary!«, und wir riefen uns unsere Namen so lange zu, bis ich am Ende des Gässchens angekommen war.

»Dottie!«

»Mary!«

»Dottie!«

»Mary!«

»Dottie!«

So würden wir uns einander für den Rest unseres Lebens nachrufen.

Liebes Tahgebuch,

wenn ich groß bin werde ich eine berümte Küntselerin sein.

Ich kann wirklich guht zeichen.

Meine alte Schuhle hat mir besser gefallen als die neue.

Das einzige was ich an der neuen mag ist ich sitze neben meiner besten Freundin Dotty Perks.

Die Kunstleererin ist bescheurert und auch der Erdkunde-leerer.

Tschüs Tahgebuch

Alles liebe von
Mary Pickles
ungefer acht ein halb

5. KAPITEL

Mary Pickles ging nicht gern zur Schule. Auch ich ging nicht besonders gern hin, und ich kannte wirklich niemanden, der das gern tat, außer vielleicht Betty Baxter, aber die aß auch Sandwiches, bei denen die Kruste abgeschnitten war. Sie war das Lieblingskind der Lehrer. Mary war ziemlich gut in Kunst, doch sie mochte die Kunstlehrerin nicht. Miss Philips brachte einen schäbigen alten Krug von zu Hause mit und steckte ein bisschen Unkraut hinein. Das ließ sie uns dann zeichnen, lehnte sich in ihrem Stuhl zurück, las eine Zeitschrift und aß von den Süßigkeiten, die sie in ihrer Schublade aufbewahrte. Jeden November mussten wir ein Bild von der *Bonfire Night* anfertigen.

Eines verregneten Nachmittags war ich also fröhlich ins Malen vertieft und setzte alle Farben ein, die in den Töpfen waren, um etwas zustande zu bringen, das entfernt einem *Bonfire*, einem großen Lagerfeuer, ähnelte. Ich war sehr darauf konzentriert, die richtige Farbmischung für das Feuer hinzubekommen, das in den Nachthimmel emporschoss.

Als ich damit fertig war, gefiel es mir gar nicht mal so schlecht. Vielleicht hatte ich es mit dem Rot etwas übertrieben, aber Mary hatte das Orange in Beschlag genommen, also hatte ich nicht viel Auswahl gehabt.

»Wie findest du es?«, fragte ich sie und schob mein Meisterwerk über den Tisch.

»Wie oft hast du genau dieses Bild schon einmal gemalt?«, fragte Mary zurück.

»Wovon redest du?«

»Von diesem Bild. Wie viele Male hast du es schon gemalt?«

»Ich weiß nicht.«

»Aber ich«, sagte sie. »Du hast es zu jedem verdammten *Bonfire-Night*-Gedenktag in den letzten vier Jahren gemalt.«

»Das wird wohl so gewesen sein«, sagte ich kichernd. »Was hast du denn gemalt?«

Sie schob ihr Blatt zu mir hinüber.

Ich starrte auf das Bild und dann auf Mary.

»Das ist ein Teller mit Baked Beans auf Toast«, stellte ich verwundert fest.

»Den hatte ich an der *Bonfire Night* zum Abendessen.«

Das erklärte das mit dem Orange.

»Sie wird dich umbringen.«

»Ich glaube nicht, dass sie sich die Bilder überhaupt ansieht. Ich wette, dass sie alles samt und sonders in die Tonne wirft, sobald wir den Klassenraum verlassen haben.«

»Nicht das von Betty Baxter, das wird sie an die Wand hängen«, warf ich ein.

»Betty Baxter hat nicht für zehn Pennys Talent zum Malen.«

Marys Aussage überraschte mich, denn eine Wand in unserem Klassenzimmer sah aus, als wäre es eine private Kunstsammlung von Betty Baxters Werken.

Ich schielte Mary durch meine farbverspritzten Brillengläser hindurch an.

»Du bist ein sehr seltsames Mädchen, weißt du das?«

»Oh, das will ich doch hoffen«, entgegnete Mary lächelnd.

Und dann war da noch Erdkunde, Marys zweitliebstes Fach.

Eines Tages saßen Mary und ich nach einer besonders langweiligen Stunde an unserer Lieblingsstelle unter dem großen Baum auf dem Pausenhof. Mary hatte schlechte Laune.

»Ich möchte etwas über die Länder erfahren«, sagte sie missmutig. »Nicht über irgendwelche Felsen.«

»Wovon redest du?«

»Ich rede von verfluchten Felsen, das ist alles, worüber sie dauernd spricht. Große Felsen, kleine Felsen, schwarze Felsen, rote Felsen, bla, bla, bla. Eines Tages werde ich um die Welt reisen, Dottie, und ich will mehr über die Länder wissen als nur, welches Felsgestein es dort gibt.«

Ich hatte mir noch nie allzu viele Gedanken um den Unterricht gemacht. Ich ging einfach in die Klasse und tat, was auch immer man mich zu tun hieß, und dann vergaß ich es wieder. Kein einziges Mal hatte ich gedacht: »Oh, ich wünschte, sie hätte uns über dies oder jenes etwas beigebracht.« Jemanden wie Mary hatte ich nie zuvor getroffen. Sie fuhr fort: »Also, wenn ich so etwas wie ein Gesteinsforscher werden wollte, dann wäre ich wahrscheinlich im Vorteil. Und in meinem ersten Buch über Steine würde ich sie dann lobend erwähnen und schreiben, dass ich das ohne sie nie geschafft hätte.« Mary drehte sich eine Haarsträhne um die Finger.

»Du wirst dein Haar ganz durcheinanderbringen, wenn du das machst«, sagte ich zu ihr.

»Aber ich will kein Gesteinsforscher werden, verstehst du?«

»Was willst du denn werden?«

»Ein reisender Künstler.«

»Was ist das?«

Mary warf mir einen ihrer vernichtenden Blicke zu. »Na, denk mal drüber nach, Dottie.«

Eines Tages meldete sich Mary im Unterricht und fragte: »Miss? Wann fing der italienische Bürgerkrieg an?«

»Das gehört zu Geschichte, aber jetzt haben wir Geografie, Mary«, erwiderte Miss Flowers. »Und jetzt zeichne deine Felsen weiter.«

Mary beugte sich zu mir und flüsterte mir ins Ohr: »Ich wette, wenn ich sie gefragt hätte, wie viele Steine bei dem Gefecht geschleudert wurden, dann hätte sie es bis zum letzten Kieselsteinchen gewusst.«

Mary wusste von dergleichen Dingen, weil sie jeden Samstagmorgen in die Bücherei ging. Ich fing an, sie zu begleiten, und fand es toll dort. Es war nur eine kleine Bibliothek, aber sie war wirklich schön. Es roch etwas muffig, und in der Kinderecke standen ein paar alte Sofas, in die man sich hineinkuscheln und Bücher lesen konnte.

Ich las immer die *Fünf Freunde. Fünf Freunde erforschen die Schatzinsel*, *Fünf Freunde geraten in Schwierigkeiten* und die *Dolly*-Buchreihe über Mädchen im Internat. Ich konnte mir nicht vorstellen, wie es wohl sein mochte, in der Schule zu schlafen, statt nach Hause zu gehen. Mary sagte, sie sei schon zu alt für Kinderbücher, und fragte die Dame hinter der Theke, ob sie auch ein paar der Bücher für Erwachsene ausleihen könne. Die Dame sagte: »Ganz gewiss nicht«, und scheuchte sie davon, als ob sie eine besonders lästige kleine Fliege wäre.

»Die Leute!«, sagte Mary nur.

»Ja, die Leute«, bestätigte ich und kicherte.

»Scht!«, machte die Dame hinter der Theke.

Mary war eine schnelle Läuferin und wurde Mannschaftskapitänin des *Campian House*. Beim Korbball spielte sie außerdem im Mittelfeld. Wegen meiner Atemprobleme konnte ich keinerlei Sport treiben, also musste ich die Bälle, Reifen und sonstige Utensilien austeilen und anschließend aufräumen.

Deswegen und wegen der Tatsache, dass ich durch die Medizin, die ich einnehmen musste, ein wenig fülliger war, wurde ich von den anderen aufgezogen. Die ganzen Hänseleien hörten auf, sobald Mary Mannschaftskapitänin wurde, denn sie wussten, dass Mary sie nicht ins Team holen würde, wenn sie mich hänselten.

Von unserer ersten Begegnung an waren Mary und ich unzertrennlich. Entweder war sie bei mir zu Hause oder ich bei ihr. Bei Mary gab es nicht besonders viel Platz, denn sie hatte sechs Brüder, aber im Gegensatz zu mir hatte sie ihr eigenes Zimmer. Es war nur klein, aber sie hatte es ganz für sich. Mary sagte, ihre Brüder seien eifersüchtig, weil sie sich in zwei Schlafzimmer quetschen mussten. Sie hatte ein Schild an ihrer Tür angebracht, auf dem stand: »Privat, NUR FÜR MÄDCHEN«, was ihre Brüder nur noch mehr verärgerte.

Marys Mutter blieb zu Hause, um sich um den Haushalt zu kümmern und für alle zu kochen, und ihr Vater arbeitete bei der Müllabfuhr. Ich glaube, weil sie das einzige Mädchen war, wurde Mary ein bisschen verwöhnt, was ihr ganz gut gefiel.

Ihre Brüder waren älter als sie. Sie hießen Winston, Warren, Wesley und Wayne, und dann waren da noch die Zwillinge William und Wallace. Ich gewöhnte mich an das rege Treiben bei Mary zu Hause und gehörte bald schon zur Familie.

Eines Nachmittags, als ich auf Marys Bett saß, während sie darunter nach ihrem *Snakes-and-Ladders*-Brettspiel suchte, fragte ich sie: »Warum fangen die Namen deiner Brüder alle mit W an?«

»Weil mein Dad ein großer Fan des Fußballclubs *West Ham United* ist«, antwortete sie.

»Warum ist er nicht für *Brighton & Hove Albion*?«

»Weil er in London groß geworden ist und alle in seiner Familie *West-Ham*-Fans sind. Ich bin mir sicher, dass das Spiel hier drunter ist!«

»Und warum fängt dein Name nicht mit einem W an?«, fragte ich weiter.

»Hab's!«, rief sie triumphierend aus und krabbelte unter dem Bett hervor. »Was hast du gesagt?«

»Ich hab gefragt, warum dein Name nicht mit W beginnt.«

»Weil Dad Mum immer versprochen hatte, dass, wenn sie je ein Mädchen bekommen würden, sie einen Namen aussuchen sollte. Das war ja auch nur fair, denn schließlich hatte sie sechs Jungs bekommen, bevor ich dann kam.« Sie holte das Spielbrett aus der Schachtel und klappte es auf dem Bett auseinander. Dann gab sie mir den roten Spielstein und nahm sich selbst den gelben, ihre Lieblingsfarbe.

»Immerhin ist Mary ein hübscher Name«, stellte ich fest, »jedenfalls besser als Dorothy.«

»Ich bin nach der Jungfrau benannt.«

»Welcher Jungfrau?«

»Der Jungfrau Maria.« Sie schüttelte den Würfel und warf eine Sechs.

»Ich fange an!«, rief sie laut aus.

»Warum?«, fragte ich.

»Weil ich eine Sechs gewürfelt habe!«

»Nein, ich meine, warum sie dich nach der Jungfrau Maria benannt hat? Ihr seid doch keine Katholiken, oder?«

»Nein, es war einfach so, dass Mum jedes Mal, wenn sie schwanger wurde, zu einem Heiligen gebetet hat, weil sie ein Mädchen haben wollte. Sie hatte schon alle Heiligen der Kirche von England durch, also dachte sie, es sei besser, sich gleich an die höchste Stelle zu wenden und direkt ein Wörtchen mit der Jungfrau zu reden. Sie sagt, die Jungfrau Maria war selbst eine Mutter, der es nie gelungen ist, ein Mädchen zu bekommen, also hat sie vielleicht mehr Verständnis für diesen Wunsch gehabt als der heilige Andreas oder der heilige Georg. Und es hat funktioniert – also hat sie mich Mary genannt, als Dankeschön sozusagen.«

Ich lächelte sie an. »Das ist eine wirklich schöne Geschichte.«

Dann warf ich eine Fünf, landete auf einer Leiter und gelangte so bis nach oben.

Wenn Mary und ich nicht bei ihr oder bei mir zu Hause waren, dann gingen wir zum Strand von Brighton. Der erste Sommer nach unserem Kennenlernen schien ewig zu dauern, der Himmel war immer blau, und die Sonne schien die ganzen sechs Ferienwochen lang. Wir waren jeden Tag unten am Kieselstrand, ließen Steine übers Wasser hüpfen und planschten im eisigen Meer. Mary hatte immer einen Skizzenblock dabei. Sie liebte es, das Meer zu malen, besonders wenn der Himmel voller dunkler Wolken hing und die See stürmisch und bewegt war, die Brandung über die Kieselsteine brauste und an die Ufermauer donnerte und weiße Gischt auf die Strandpromenade spritzte. Wir gingen zu der Spielhalle am Palace Pier und suchten unter den Spielautomaten nach heruntergefallenen Pennys, die wir dann in die Süßigkeitenautomaten steckten, um unsere Taschen mit Dauerlutschern zu füllen, die ewig hielten. Bei Ebbe gruben wir nach Würmern und brachten sie Mr. Parish in unserer Siedlung, der sie zum Angeln sammelte. Von dem Geld, das er uns dafür gab, kauften wir uns Fish and Chips und setzten uns damit auf die hölzernen Buhnen, die Pfahlreihen, die dem Küstenschutz dienten. Dort aßen wir mit den Fingern direkt aus dem Papier heraus und wuschen uns danach das Fett im Wasser der Gezeitentümpel ab, die die Flut in den Felsen am Strand hinterlassen hatte.

Abends gingen wir erhitzt und müde nach Hause, zwei Achtjährige, Mary so braun wie Schokolade und ich voller Sommersprossen.

Eines Tages kletterte Mary auf die Buhne hinauf und begann, darauf entlangzuwandern.

»Tu das nicht«, schrie ich, »du könntest herunterfallen!«

Sie blickte zu mir hinunter und grinste. »Ja, könnte ich«, sagte sie.

»Warum tust du das dann?«

»Weil ich höchstwahrscheinlich *nicht* herunterfalle. Das tue ich nämlich nie.« Sie streckte mir ihre Hand hin. »Komm, versuch's mal.«

»Es ist ganz rutschig«, sagte ich. »Ich werde bestimmt hinfallen!«

»Okay, du könntest vielleicht hinfallen«, sagte sie, »aber überleg mal, wie großartig du dich fühlst, wenn du *nicht* fällst.«

»Ich weiß, dass ich fallen werde!«

»Nein, das weißt du nicht – das ist ja gerade das Aufregende daran! Wozu tut man denn sonst etwas, wenn man vorher schon weiß, wie es ausgeht?«

Ich stand da und blickte zu ihr hoch. Der Wind wehte ihr das Haar übers Gesicht, und sie grinste. Sie sah so mutig und stark aus, dass in mir der Wunsch erwachte, ebenso unerschrocken zu sein. Ich wollte genauso sein wie meine Freundin Mary Pickles. Ich war noch immer etwas unsicher, aber ich setzte mich auf den Kies, zog die Sandalen aus und stellte sie ordentlich nebeneinander. Mary hielt mir ihre ausgestreckte Hand hin und half mir auf die Buhne. Das Holz war dick und alt. Seit Jahrhunderten war es schon da, und Ebbe und Flut waren darüber hinweggegangen. Es fühlte sich sehr robust an unter meinen Füßen. Ganz langsam stand ich auf, schwankte noch ein wenig und schaffte es dann, das Gleichgewicht zu halten. Ich griff nach Marys Hand, und sie hielt sie fest. Sie lächelte mir zu und drückte sie.

»Also gehen wir«, sagte sie, und wir begannen, langsam über das hölzerne Bauwerk zu laufen. Ich schaute auf meine bloßen Füße und trat ganz vorsichtig auf. Ein- oder zweimal dachte ich, dass ich gleich fallen würde, doch ich fiel nicht. Wir balancierten den ganzen Weg hinab bis zum Ufer und sprangen dann in den Kies.

»Du hast es getan«, rief sie und schleuderte mich herum. »Sie hat's getan!«, schrie Mary gegen den Wind.

»Ja, ich hab's getan«, sagte ich grinsend.

»Magst du noch mal?«, fragte sie.

»Nie im Leben«, antwortete ich und lief lachend den Strand entlang.

Mary holte mich ein und zog mich auf die Steine hinunter, wo wir nebeneinander liegen blieben und in den endlosen blauen Himmel starrten. Wir lauschten dem prasselnden Geräusch des Wassers auf den Kieseln und dann dem sanften Zischen, als die Flut sie ins Wasser zurückzog.

Mary und ich waren unzertrennlich. Wir waren wie zwei Menschen, die ein und dasselbe Leben lebten. Wann immer ich besorgt oder traurig war, dachte ich einfach an etwas, das wir zusammen unternommen hatten, und schon lächelte ich wieder.

Ich erinnere mich noch, wie Dad eines Samstagvormittags das Gartenhäuschen abgebrannt hatte. Mary und ich waren ungefähr neun Jahre alt. Meine Schwester Rita, damals ein nervtötender Teenager, hatte den ganzen Morgen geheult, weil sie im Modemagazin *Lush* gelesen hatte, dass man eine Körpergröße von eins achtzig haben musste, um Model zu werden, und sie kam gerade mal auf eins vierundsechzig. Sie schloss sich im Schlafzimmer ein, und niemand konnte sie überreden, wieder herauszukommen. An sich hätte mich das nicht im Geringsten gestört, hätte ich nicht das Schlafzimmer mit ihr geteilt. Ich hatte noch immer den Schlafanzug an, und Mary und ich wollten in die Samstagvormittag-Vorstellung im Kino gehen, die um elf Uhr begann. Die *Flash-Gordon*-Folge von letzter Woche hatte damit geendet, dass Ming der Grausame, Herrscher des Planeten Mongo, Flash Gordon in einen

Bottich mit kochendem Öl versenkte, und wir hatten die ganze Woche darauf gewartet zu erfahren, ob die guten Mächte ihn erretten würden.

Natürlich wurde er jede Woche gerettet, doch wie Mary sagte, vielleicht war es in dieser Woche anders, also mussten wir pünktlich da sein. Außerdem würde uns der gefürchtete Mr. Barclay von der Kartenausgabe nicht mehr hineinlassen, falls wir zu spät kamen. Er sagte, es würde die Kinder, die pünktlich da waren, beim Zuschauen stören. Wahrscheinlich war ihm das eigentlich egal, denn er hasste Kinder. Wie auch immer – hier stand ich also in meinem Schlafanzug auf der anderen Seite der Schlafzimmertür und hätte mich eigentlich anziehen müssen. Mum kniete auf dem Treppenabsatz und versuchte, Rita dazu zu überreden herauszukommen.

»Vielleicht bist du keine eins achtzig groß«, schmeichelte Mum durch das Schlüsselloch, »aber du hast eine perfekte Figur!«

Als keine Antwort kam, versuchte sie es erneut: »1944 hast du beinahe den Wettbewerb zum hübschesten Baby Brightons gewonnen«, sagte sie. »Dieses Baxterbaby hatte abstehende Ohren – es hat nur gewonnen, weil der Preisrichter Gerüchten zufolge der mögliche Vater des Baxterbabys war. Seine Ohren standen nämlich genauso ab, und außerdem hat er Mrs. Baxter immer Kürbisse aus seinem Schrebergarten geschenkt.«

Noch immer keine Antwort. Dann kam Dad nach oben.

»Was ist hier los?«, fragte er. Mum erzählte es ihm, und er brüllte sogleich durchs Schlüsselloch, dass Model ein alberner Beruf sei und warum sie nicht gefälligst etwas Sinnvolles werden könne wie zum Beispiel Krankenschwester? Darauf reagierte Rita endlich – sie begann, Dinge im Zimmer herumzuwerfen. Ich beschloss, mich besser herauszuhalten.

Dad sagte, er würde jetzt in seine Gartenlaube gehen, und verschwand nach unten, wobei er etwas von hysterischen Frauen brummelte.

Im Schlafzimmer war es wieder ruhig geworden. Mum legte sich flach auf den Boden und spähte unter der Tür hindurch.

»Ich kann sie nicht sehen«, sagte sie zu mir. »Glaubst du, sie ist in Ordnung?«

»Gerade eben klang es noch ganz danach«, erwiderte ich.

Der ganze Krach hatte Clark aufgeweckt. Er kam aus seinem Zimmer, stieg über Mum hinweg und die Treppe hinunter.

»Clark, geh zu Tante Brenda und sag ihr, sie soll herkommen!«, rief Mum ihm nach. »Sie weiß bestimmt, was wir tun müssen. Dottie, du bleibst hier und lauschst«, wies sie mich an und ging nach unten.

Es gab nichts, worauf ich lauschen konnte, also ging ich in Clarks Schlafzimmer.

Auf seiner *Dennis-the-Menace*-Comic-Uhr war es 9.15 Uhr. Mary würde mich umbringen, falls ich zu spät käme.

Mum kam wieder nach oben. »Mach dir keine Sorgen«, sagte sie. »Deine Tante Brenda wird bald hier sein.«

»Das hoffe ich«, sagte ich. »Mary kommt bald, und ich muss mich anziehen.«

»Wohin geht ihr?«, fragte Mum.

»In die Samstagvormittag-Vorstellung im Kino.«

»Das ist nett.«

Clark kehrte mit rotem Gesicht und außer Atem zurück. Er schlug vor, die Tür einzutreten. Ich fand die Idee gar nicht so schlecht, aber Mum sagte, wenn Clark sich der Tür auch nur nähern würde, bekäme er so den Hintern versohlt, dass er einen Monat lang nicht darauf sitzen könnte.

In diesem Augenblick kam Tante Brenda die Stufen nach oben gerannt.

»Gott sei Dank, dass du da bist, Brenda!«, sagte Mum erleichtert. »Vielleicht kannst du sie ja zur Vernunft bringen!«

»Ich werde mein Bestes geben«, versprach Tante Brenda und legte ihr Ohr an die Tür.

»Dottie, hol Tante Brenda eine Tasse Tee.«

Ich ging nach unten, setzte den Wasserkessel auf und hockte mich an den Küchentisch. Clark war dabei, sich Cornflakes in den Mund zu schaufeln, als hätte er seit einem Jahr nichts mehr zu essen bekommen.

Ich goss den Tee auf und ging wieder nach oben. Tante Brenda war schon halb durch mit der Geschichte von Baxters Baby und seinen abstehenden Ohren und den Kürbissen des Preisrichters, als Rita zu schreien anfing, ihre Karriere sei zerstört und warum Mum nicht jemanden hätte heiraten können, der hochgewachsen war. Mum erklärte, dass Dad größer gewesen war, als sie ihn geheiratet hatte, doch er sei geschrumpft.

Rita sagte, sie würde für immer dort drinbleiben und dahinwelken und es würde uns allen noch leidtun. Gut, ich schätzte, ich war die Einzige, der es leidgetan hätte, denn Leichen stanken nach einer Weile, und ich musste schließlich in dem Zimmer schlafen.

Mum und Tante Brenda waren gerade selbst an dem Punkt angelangt, die Tür eintreten zu wollen, als Dad die Gartenhütte in Brand setzte.

Zu Beginn eines jeden neuen Jahres versuchte Dad, mit dem Rauchen aufzuhören. Heute war er gerade beim zweiten Tag seines hundertsten Versuchs angelangt, und er war in die Gartenhütte hinausgegangen, um ein »heimliches Zigarettchen« zu rauchen, wie meine Mum es nannte; aber er war eingeschlafen, und die Zigarette war ihm hinuntergefallen und auf einem Stapel Zeitungen gelandet, die ich dort in der Hoffnung gesammelt hatte, Mum würde mir eines Tages erlauben, wie Mary einen Hamster zu halten.

Auf jeden Fall kam Dad ins Haus gestürmt und brüllte: »Maureen! Ruf die Feuerwehr! Die Hütte brennt!«

Tante Brenda begann zu schreien: »Frauen und Kinder zuerst« – also die meisten von uns –, und Clark stellte sein Schlafzimmer auf den Kopf, um seine Kamera zu finden. Er machte Action-Fotos, wo immer er konnte.

Mum rannte zu den Nachbarn nebenan, um die Feuerwehr zu rufen, denn sie hatten als Einzige in der ganzen Straße ein Telefon. Tante Brenda schrie Rita zu, dass die Gartenhütte in Flammen stand. Rita meinte nur: »Netter Versuch.« Also warf sich Tante Brenda gegen die Tür – genau in dem Moment, als Rita sich entschloss herauszukommen. Beide segelten ins Zimmer, wobei sich Rita an der Kante der Frisierkommode fast selbst k.o. schlug. Clark machte ein Foto.

»Schnell, Dottie! Hol deine Mum!«, schrie Tante Brenda.

Ich rannte nach unten. Mit Schüsseln voller Wasser eilten Mum und Dad zwischen der Küchenspüle und der Gartenhütte hin und her.

»Tante Brenda hat Rita fast k.o. geschlagen!«, sagte ich atemlos und rannte neben ihnen her.

»Was hat sie getan?«, fragte Mum.

»Sie hat die Tür gerade in dem Augenblick aufgestoßen, als Rita herausgekommen ist, und Rita ist dann mit dem Kopf auf die Kommode geknallt.«

Mein Dad hatte noch nie so komisch ausgesehen. Sein Gesicht war ganz schwarz von dem Rauch, und seine Augen wirkten sehr weiß darin. Er sah ein bisschen aus wie ein Pandabär.

Mum ließ die Schüssel fallen, die sie gerade getragen hatte, und stürmte zurück nach drinnen.

Die Hütte sah großartig aus. Ein bisschen war es wie die *Bonfire Night*, nur besser.

Clark machte ein paar grandiose Fotos. Er war auf den Apfelbaum geklettert, um aus der Vogelperspektive zu fotografieren.

Ich ging wieder nach oben. Rita saß an die Frisierkommode gestützt da und sah ein bisschen blass aus. Mum betupfte ihr das Gesicht mit einem feuchten Lappen.

»Um Himmels willen, Dottie«, sagte Mum und blickte auf. »Wird es nicht allmählich Zeit, dass du dich anziehst?« Diese Frage war so was von unfair, dass mir keine Antwort darauf einfiel.

»Maureen!«, brüllte Dad von unten. »Hast du wirklich die Feuerwehr gerufen? Jetzt hat der Apfelbaum auch noch Feuer gefangen!«

»Was für eine Schande!«, sagte Tante Brenda bedauernd. »Ihr hattet immer so gute Äpfel von diesem Baum.«

»Clark ist im Apfelbaum!«, fiel mir ein, und ich wühlte in der Schublade nach einer frischen Unterhose.

»Es sind Worcester Pearmains«, sagte Mum zu Tante Brenda. »Clark ist *wo*?«, schrie sie dann.

»Im Apfelbaum«, wiederholte ich. »Er macht Fotos.«

»Mein Kind!«, kreischte Mum und ließ Ritas Kopf fallen. Sie stürzte die Treppe nach unten und stieß fast mit Clark zusammen, der auf sie zurannte.

»Warum bist du nicht im Apfelbaum?«, brüllte Mum und schüttelte ihn.

»Aber der brennt doch!«, entgegnete Clark und sah Mum an, als sei sie verrückt geworden.

Mum ließ sich auf die Treppenstufen plumpsen und brach in Tränen aus. Tante Brenda legte einen Arm um sie. »Was wir jetzt brauchen, ist erst mal eine schöne Tasse Tee«, sagte sie und brachte Mum in die Küche.

»Dottie, sei nett zu deiner Schwester.«

Ich hatte überhaupt keine Lust, nett zu meiner Schwester zu sein. Es war das absolut Allerletzte auf der Welt, wozu ich Lust hatte. Ich wollte mich einfach nur anziehen. War das zu viel verlangt?

Ich ging ins Schlafzimmer. Alles war drunter und drüber. Rita saß auf dem Bett und schaute ziemlich unglücklich drein. Da dachte ich mir, ich sollte doch besser versuchen, nett zu ihr zu sein.

»Vielleicht könntest du in ein Land gehen, wo sie nichts gegen kleinere Models haben«, schlug ich vor.

»Und wo bitte schön soll das sein?«

»Keine Ahnung, Japan oder so.«

»Du weißt ja nicht, wovon du redest, du dummes Kind!«

So viel zum Thema »sei nett zu deiner Schwester«. Ich wünschte, ich hätte mir die Mühe gespart.

»Hast du meinen neuen Schal?«, fragte ich sie.

»Was sollte ich wohl mit deinem schäbigen Schal anfangen?«, gab sie patzig zurück und starrte sich im Spiegel an. Sie strich sich die Haare im Nacken hoch, fasste sie zusammen und drehte sich zur Seite: »Findest du, dass ich wie Audrey Hepburn aussehe?«

»Nein, ich finde, du siehst aus wie Rita Perks.«

»Aber wenn ich die Haare hinten so hochhalte, findest du nicht, dass ich ein bisschen nach Audrey Hepburn aussehe?«

»Nein, finde ich nicht«, erwiderte ich und tastete unter dem Bett nach meinem verschollenen Schal.

»Du weißt auch gar nichts! Ich weiß nicht, warum ich dich überhaupt gefragt habe«, sagte sie und stolzierte ins Badezimmer.

Man konnte es Rita an diesem Vormittag einfach nicht recht machen. Ich fand meinen Schal unterm Bett und auch eine

Sherbet Fountain, ein Lakritzstäbchen mit Brausepulver, von dem ich dachte, dass Clark es stibitzt hätte. In diesem Augenblick betrat Mary das Zimmer.

»Die Feuerwehr ist hier«, sagte sie. »Die haben nur zwei Spritzer gebraucht, um die Hütte zu löschen. Bist du fertig?«

»So gut wie.«

Die Hütte sah übel zugerichtet aus, und auch der Apfelbaum war ziemlich mitgenommen, doch Mum blickte viel fröhlicher drein. Sie und Tante Brenda verteilten Tassen mit Tee unter den Feuerwehrleuten. Dad sah ein bisschen angefressen aus; was auch kein Wunder war, denn hätte er kein »heimliches Zigarettchen« geraucht, hätte er die Gartenhütte nicht abgefackelt.

»Vielleicht hört er jetzt wirklich mit dem Rauchen auf«, meinte Mary.

»Das hoffe ich«, sagte ich, doch ich hatte meine Zweifel.

Wir verabschiedeten uns von Mum und Tante Brenda und ließen Rita Trübsal blasend auf dem Bett zurück, während Clark die Feuerwehrleute interviewte. Mary und ich bekamen je einen Schilling Taschengeld pro Woche, ein Sixpencestück fürs Kino und eines für Süßigkeiten. Vor dem Kino gingen wir immer zum gleichen Süßigkeitenladen. Die Ladenbetreiberin war ein wenig komisch; sie ließ stets die Jacke an, auch wenn es im Sommer richtig heiß wurde, und sie schniefte immer sehr heftig. Mary und ich gingen sehr gern dorthin. Es war jeden Tag gerammelt voll von Kindern, die Ewigkeiten zu brauchen schienen, bis sie sich ihre Süßigkeiten ausgesucht hatten. Die Frau hinterm Tresen schnaubte und prustete und zog die Wangen nach innen, als hätte sie gerade in eine saure Zitrone gebissen.

»Da warten noch andere«, brummte sie. »Ihr seid nicht die Einzigen im Laden.« Sie nörgelte herum und drängte uns, eine

Entscheidung zu treffen, wie ein kläffender Collie, der Schafe zusammentreibt. Aber sie hätte es sich auch sparen können, denn wenn man nur ein paar Pennys für Süßigkeiten ausgeben konnte, dann ließ man sich nicht drängen. In den Regalen hinter ihr standen reihenweise Gläser voller Drops mit Birnen-, Rhabarber- und Vanillegeschmack, mit Brause gefüllter *Sherbet-Lemon*-Zitronenbonbons, *Bulls Eyes* mit Pfefferminzgeschmack, *Pontefract*-Lakritztaler und Pfefferminzbonbons, und auf dem Tresen standen Kisten mit Naschereien, die man für einen Penny bekam: *Black Jacks*, *Davy-Crockett*-Haferriegel, *Flying Saucers* – diese mit Brause gefüllten bunten Reispapier-Ufos, Lakritzschnüre und Kaubonbons. Nachdem wir uns ausgesucht hatten, was wir wollten, gingen wir ins *Regent*-Kino. Wie gebannt saßen wir vor der Leinwand, schrien Ming den Grausamen an und steckten die Finger in Tütchen mit Brausepulver. Als wir das Kino wieder verließen, sah es aus, als rauchten wir vierzig Kippen pro Tag und hätten die Asche überall fallen gelassen. Als ich nach Hause kam, saß Mum am Küchentisch und trank einen Tee.

»Er und seine Glimmstängel«, murmelte sie und schüttelte den Kopf.

»Wo ist Rita?«

»Sie ist im Wohnzimmer und macht ein Schläfchen«, sagte sie ruhig.

»Geht's ihr wieder gut?«

»Ja, doch. Sie hat jetzt beschlossen, Schauspielerin zu werden.«

»Dürfte nicht allzu schwer sein«, sagte ich grinsend.

Liebes Tagebuch,

ich habe mich in einen Jungen namens Elton Briggs verliebt.

Er ist der bestaussehendste Typ auf der Schule.

Wenn ich groß bin, werde ich ihn heiraten.

Ich muss es nur schaffen, ihn in mich verliebt zu machen.

Ich werde meinen Bruder Wesley nach ein paar Tipps fragen, denn Mum sagt, dass er weiß, wie man mit Mädchen umgeht.

Außerdem haben Dottie und ich ihn im Park mit Susan Alcorn knutschen sehen.

Ich hab die Aufnahmeprüfung fürs Gymnasium bestanden. Ich wusste, dass ich das schaffen würde, weil ich so verdammt schlau bin.
Ich weiß, wie lange fünf Mann brauchen, um einen Badezuber zu befüllen, wenn zwei Mann zwanzig Minuten brauchen – obwohl mir das eigentlich verdammt egal ist.

Dottie macht sich Sorgen, dass wir dann keine besten Freundinnen mehr sind. Das ist ja wohl Blödsinn!!!

Tschüss
Mary Pickles (Genie)
Elf Jahre alt

6. KAPITEL

»Nichts wird sich ändern«, sagte Mary.

»Doch, das wird es«, erwiderte ich. »Wir fahren nicht mehr im selben Bus zur Schule, und ich werde neben jemandem sitzen müssen, den ich nicht kenne. Und ich werde keine beste Freundin mehr haben!«

»Wir werden immer beste Freundinnen bleiben, du Dusselchen.«

Ich merkte, wie mir Tränen in die Augen stiegen, aber ich wollte nicht weinen, denn ich war ganz stolz darauf, dass Mary die Prüfung bestanden hatte, und ich wollte nicht, dass sie ein schlechtes Gewissen hatte, wenn sie auf die Oberschule ging.

»Alles wird sich ändern«, flüsterte ich.

»Nein, das wird es nicht«, sagte Mary. »Weil ich nicht gehen werde.«

»Was?«

»Ich gehe nicht.«

»Aber du musst gehen, du hast die Prüfung bestanden!«

»Das ist nicht verpflichtend, verstehst du? Es gibt kein Gesetz, das vorschreibt, dass alle, die die Aufnahmeprüfung bestehen, bei Todesstrafe oder Schlimmerem auch auf die verdammte Oberschule gehen müssen.«

Ich begann zu kichern: »Du gehst wirklich nicht hin?«

»Ich gehe wirklich nicht hin.«

»Aber warum nicht?«

»Weil ich nicht will. Es gehört nicht zu meinem Lebensplan, die nächsten hundert Jahre zur Schule zu gehen und dort gesagt zu bekommen, was ich tun soll. Die Oberschule bringt mir gar nichts, wenn ich Künstlerin werde. Es würde alles sogar schwerer machen, denn ich hätte eine Menge Hausaufgaben.«

Das waren eine Menge Informationen, die ich erst einmal verdauen musste.

»Du hast einen Lebensplan?«, fragte ich erstaunt.

»Jeder sollte einen haben, denn sonst macht man am Ende massenhaft Fehler.«

»Heißt das, ich brauche auch einen?«

»Nein, du gehörst zu meinem dazu. Ich werde schon dafür sorgen, dass für dich alles gut läuft.«

»Haben deine Eltern nichts dagegen, dass du nicht auf die Oberschule gehen willst?«

»Nicht wirklich. Sie wissen, dass ich Künstlerin werde, und wenn ich mir einmal etwas in den Kopf gesetzt habe, dann bleibe ich eigentlich auch dabei.«

Mary schaffte es immer wieder, mich zu verblüffen. Ich malte mir aus, wie meine Mum wohl reagieren würde, wenn ich zu ihr sagte: »Übrigens, ich hab die Aufnahmeprüfung für die Oberschule bestanden, mich aber entschlossen, nicht hinzugehen. Das ist doch in Ordnung für dich, Mum?«

»Ich glaube, meine Mutter war schon etwas verstimmt«, sagte Mary. »Sie hätte nämlich gerne vor Lady Muck angegeben, die am Ende der Straße wohnt.«

»Lady Muck?«

»Ja, du weißt schon, die mit der unechten Tudor-Eingangstür.«

»Und dem lustigen Mann?«

»Die meine ich. Also sie erzählt immer, ihre Tochter Penelope wäre das wundervollste Wesen seit der jungfräulichen Geburt, und dann redet sie weiter davon, wie schlau und wie hübsch sie ist und bla, bla, bla. Auf jeden Fall hat Penelope die Prüfung nicht bestanden, also hätte meine Mum gerne mit mir angegeben.«

»Aber sie kann ja immer noch mit dir angeben, schließlich hast du die Prüfung ja bestanden, oder nicht?«

»Wenn ich nicht in der affigen Schuluniform herumstolziere, würde es Lady Muck nicht glauben.«

»Du bringst mich echt zum Lachen, Mary Pickles!«

»Da bin ich ja froh, Dottie Perks.«

Ich erinnere mich noch an den Tag, an dem Mary mir erzählt hatte, sie habe sich zum ersten Mal verliebt. Es war mein elfter Geburtstag. Meine Tante Brenda hatte mir ein Jahrbuch der *Bunty*-Comics gekauft. Das wöchentliche *Bunty*-Heft wurde jeden Dienstag zu mir nach Hause geliefert, und sobald ich hörte, wie es in den Briefkasten geworfen wurde, rannte ich nach unten, bevor jemand anders es herausholen konnte.

»Als ob irgendjemand es haben wollte«, sagte meine Schwester Rita verächtlich.

Ich zeigte Mary den Comic, als ich an der Bushaltestelle anlangte. Sie brach in Gelächter aus.

»Was ist?«, fragte ich und sah sie an.

»Ich fass es nicht, dass du noch immer solches Zeug liest.«

»Was meinst du damit?«

»Das ist doch Kinderkram, Dottie«, sagte sie und rümpfte die Nase, als ob sie etwas Schlechtes riechen würde.

»Aber ich finde es gut.«

»Es wird langsam Zeit, dass du damit aufhörst.«

»Und warum?«

»Ich bin jetzt erwachsen geworden, Dottie.«

»Wie bitte, in zwei Wochen?«

»Wovon redest du?«

»Ich rede davon, dass du dir vor zwei Wochen noch mein *Bunty*-Comic ausgeliehen hast.«

Sie ignorierte die Frage und fuhr fort: »Also was steht da drin, was du so gut findest?«

»Ich mag ›The Four Marys‹ und ...«

»Die ›Four Marys‹?«, kreischte sie auf.

»Und ›The Dancing Life of Moira Kent‹.«

»›The Dancing Life of Moira Kent‹!«

Ich war ziemlich verwirrt. »Weshalb wiederholst du alles, was ich sage?«

»Weil ich nicht glauben kann, dass du es sagst.«

»Also gut, wenn du meinst, dass ich kein *Bunty* mehr lesen sollte – was wäre deiner Meinung nach besser?«

»Romane«, sagte Mary und lächelte.

»Romane!«, wiederholte ich. »Warum sollte ich Liebesgeschichten lesen wollen?«

Meine Schwester Rita war fünfzehn, und es lagen genügend Romane im ganzen Haus herum, ohne dass ich sie je groß beachtet hätte.

»Weil ich mich verliebt habe!«

»Hab ich das jetzt richtig verstanden?«, fragte ich. »Du hast dich verliebt, und ich soll aufhören, *Bunty*-Comics zu lesen?«

»Es ist an der Zeit, dass du erwachsen wirst. Ich bin erwachsen geworden, und das solltest du auch.«

»Aber ich habe mich nicht verliebt, Mary, und ich will das auch gar nicht, zumindest nicht, bis ich mein neues *Bunty*-Heft gelesen habe!«

»Na gut«, sagte Mary gönnerhaft. »Du kannst es zu Ende lesen.«

»Danke«, erwiderte ich grinsend.

In diesem Augenblick bog der Bus um die Ecke, und Mary und ich rannten die Stufen nach oben und ließen uns ganz vorn an der Scheibe auf die Sitze fallen.

»In wen hast du dich denn verliebt?«, fragte ich und stopfte den Comic, den Stein des Anstoßes, in meinen Ranzen, bevor Mary noch vorschlug, das Heft aus dem Fenster zu werfen.

»In Elton Briggs«, antwortete sie. »In wen sonst?«

»Elton ist schließlich nicht der einzige Junge in der Klasse, oder?«, merkte ich an.

»Aber er sieht am besten aus«, sagte sie, »und ist am beliebtesten.«

Bisher hatte sich Mary nie besonders um Aussehen oder Beliebtheit geschert, und das war eine der Eigenschaften, die ich so an ihr mochte. Aber nun hatte sie sich in Elton Briggs verliebt, der nicht immer zu den Nettesten zählte, auch wenn er sehr beliebt war. Elton sah ganz gut aus, und die anderen Jungs blickten zu ihm auf. Er war größer als die meisten von ihnen, gut im Fußball und beim Laufen. Sie drückten sich üblicherweise in seiner Nähe herum, so wie die Mädchen es bei Mary taten. Elton hatte mir immer ein wenig leidgetan, denn er hatte seinen Vater verloren, als er erst neun war. Man hatte ihn aus dem Klassenzimmer geholt, und dann war er eine Weile nicht zur Schule gekommen. Es gab eine Menge Gerüchte. Die Leute fragten Ralph, doch der steckte die Hände in die Hosentaschen und machte sich davon, ohne etwas zu sagen.

Nach ein paar Tagen erklärte uns unser Lehrer, was vorgefallen war, und bat uns, freundlich zu Elton zu sein, wenn er zurückkam, und ihn nicht mit Fragen zu bedrängen. Louise Morgan, die schon immer so gewirkt hatte, als ob etwas mit ihr nicht stimmte, bekam auf die Nachricht hin einen hysterischen Anfall und wurde ins Krankenzimmer gebracht. Als Elton wiederkam, versuchten wir alle, ganz besonders nett zu ihm zu sein, mit Ausnahme von Dominic Roberts, der die Bedeutung von »nett sein« nicht kannte. Doch Elton verhielt sich so, als wäre nichts geschehen. Ich für meinen Teil war nicht überzeugt davon, dass es ihm wirklich so gleichgültig war, wie er tat, und Mary genauso wenig. Manchmal starrte er einfach aus dem Fenster, statt aufzupassen oder etwas zu schreiben, und wurde trotzdem deshalb niemals von unserer Lehrerin Mrs. Roberts zurechtgewiesen. Vielleicht hatte auch Mary diese verletzliche Seite an ihm wahrgenommen und nicht nur die große Nummer gesehen, die er immer abzog.

»Ich liebe ihn wirklich ganz doll, Dottie«, sagte Mary an jenem Tag im Bus zu mir. »Eines Tages werde ich ihn heiraten, und dann reisen wir um die ganze Welt und werden ein traumhaftes Leben zusammen führen.«

Ich wusste nicht eben viel von der Liebe, aber irgendwie erschien es mir logisch, dass man sich wahrscheinlich in jemanden verlieben würde, der nett zu einem war und seine Süßigkeiten mit einem teilte und dergleichen Dinge. Aber Elton war nicht nett zu Mary. Er war auch zu mir nicht besonders nett, aber ich war ja nicht diejenige, die sich in ihn verliebt hatte, also war das egal. Nachdem sich Mary in Elton verliebt hatte, wurde alles anders. Wir spielten keine aufregenden Spiele mehr, sondern taten nichts anderes, als Elton und Ralph rund um den Pausenhof zu folgen.

Manchmal schenkte Elton Mary Beachtung, und dann spazierten sie Händchen haltend herum, oder er jagte sie um den Platz. Bei diesen Gelegenheiten wurden Ralph Bennett und ich sozusagen zusammengeworfen, was ich anfangs als ziemlich peinlich empfand, doch mit der Zeit fühlten wir uns wohler miteinander und saßen schließlich auf dem Pausenhof und unterhielten uns. Ich erfuhr, dass Ralph Elton schon sein ganzes Leben lang kannte. Sie waren im selben Krankenhaus im Abstand von nur wenigen Tagen geboren worden, und die beiden Mütter hatten den Kontakt aufrechterhalten. Insofern waren sie gewissermaßen zusammen aufgewachsen. Keiner der beiden hatte Geschwister. Ralph war ein hochgewachsener und unbeholfen aussehender Junge. Egal zu welcher Tageszeit, er sah immer so aus, als wäre er gerade aus den Federn gekrochen.

»Glaubst du, dass Elton Mary wirklich mag?«, fragte ich ihn eines Tages, als wir auf dem Pausenhof saßen.

»Keine Ahnung«, sagte er.

»Spricht er von Mary?«

»Elton redet nur über Fußball und Musik. Hätte Mary eine Nummer auf dem Rücken, würde er ihr vielleicht mehr Beachtung schenken.«

»Manchmal bist du echt urkomisch, Ralph Bennett.«

Ralph lief knallrot an.

»Dann ist es keine wahre Liebe?«, fragte ich.

Ralph lachte. »Sie sind noch ein bisschen zu jung dafür, meinst du nicht?«

Das dachte ich auch, doch Mary war total verknallt.

Manchmal ließ Elton Mary gänzlich links liegen. Er lief dann mit Valerie Colahan an der Hand über den Pausenhof oder lehnte sich ans Klettergerüst und lachte laut über etwas, das Beverly Johnson gesagt hatte. Es war klar, dass das alles nur gespielt war, denn Beverly Johnson konnte einfach nicht witzig sein, auch wenn ihr Leben davon abgehangen hätte. Ihr Sinn für Humor war so ausgeprägt wie der einer Fliege. Außerdem geschah das alles immer dann, wenn Mary es sehen konnte. Bei solchen Gelegenheiten setzte sich Mary zu Ralph und mir. Sie sah traurig und aufgebracht aus, und zu allem Übel hörte Ralph dann auch noch auf zu reden. Ich wusste nie, wie ich dann mit den beiden umgehen sollte. Eines Tages saßen wir gerade schweigend zusammen, als Mary plötzlich sagte: »Weißt du, was du dir von deiner Mutter dieses Jahr zu Weihnachten wünschen solltest, Ralph Bennett?«

»Was denn?«, fragte Ralph erstaunt.

»Eine Zunge«, sagte Mary.

Ich fand das ganz schön fies, aber ich wusste, dass Mary kein schlechter Mensch war. Sie fühlte sich einfach schlecht. Plötzlich wurde Ralph von einem Fußball am Hinterkopf getroffen. Eine Gruppe von Kindern begann zu lachen, und einer davon rief: »Oh, hab ich dem kleinen Rotschopf wehgetan?« Da kam Elton über den Schulhof gerannt. Er lief auf den Jungen zu und stieß ihn zu Boden.

»Was hast du zu ihm gesagt?«, knurrte er.

Der Junge sah verängstigt aus.

»Nichts, Elton«, beteuerte er.

Die anderen Jungen waren zurückgewichen.

»Ich hab dich gefragt, was du gesagt hast!« Zornig starrte er auf den erschrockenen Jungen hinab.

»Ich hab ihn nur gefragt, ob er okay ist.«

Elton sah uns an. »Was hat er gesagt?«

»Irgendwas von Rotschopf«, sagte Mary.

»Lass gut sein«, sagte Ralph. »Ich bin okay.«

Elton zog den Jungen vom Boden hoch. »Sag bloß nie wieder so etwas zu meinem Freund, hast du mich verstanden?«

»Ja, Elton«, sagte der Junge kleinlaut.

»Dann verzieh dich jetzt!«

Der Junge bewegte sich nicht.

»Was ist?«, fragte Elton.

»Kann ich meinen Ball zurückhaben?«

»So siehst du aus«, sagte Elton feixend.

»Ich hab ihn gerade zum Geburtstag bekommen. Mein Dad bringt mich um, wenn er weg ist!« Jetzt sah der Junge aus, als würde er gleich losheulen.

Elton kickte den Ball kräftig über den Schulhof.

»Danke, Elton«, sagte der Junge und sah erleichtert aus. Er rannte dem Ball hinterher.

»Alles in Ordnung mit dir, Kumpel?«, fragte Elton und setzte sich neben Ralph.

Ralph rieb sich den Kopf. »Ich werd's überleben«, sagte er.

»Ich hab mich schon häufiger wegen deiner verdammten Haare geprügelt, als ich warmes Abendessen bekommen hab«, sagte Elton, und wir brachen alle in Gelächter aus.

In demselben Jahr legte mir jemand eine Valentinskarte ins Pult. Vorne drauf war ein großes Herz, eingerahmt von kleinen Cupidos, die Blumengirlanden hielten. Auf der Innenseite stand ein kleines Gedicht, und wer auch immer der Absender war, hatte darauf geschrieben: »Von deinem heimlichen Verehrer«. Die Mädchen waren alle schwer beeindruckt, als ich die Karte fand. Zuerst hatte ich gedacht, dass sich jemand einen üblen Scherz mit mir erlaubte, und Mary, die in diesem Jahr überhaupt keine Karte bekommen hatte, meinte, dass irgendjemand es sicher sehr witzig fand, mir einen solchen Streich zu spielen. Ich gehörte nicht zu den Mädchen, die Valentinskarten bekamen, also tat ich so, als wäre mir die Karte völlig gleichgültig. Ich steckte sie in meine Schulmappe und stellte sie nie auf. Immerhin bewahrte ich sie in einer speziellen Schachtel mit Erinnerungsstücken auf, die unter meinem Bett stand. Ich hatte immer gehofft, sie sei von Ralph.

Vielleicht war das der Tag, an dem ich mich zum ersten Mal verliebte – ein bisschen.

7. KAPITEL

Brighton, 1963

Am Tag nachdem wir Ralph und Elton im Plattenladen getroffen hatten, erwachte ich mit einem prickelnden Gefühl im Bauch. Es dauerte einen Moment, bis mir der Grund dafür wieder einfiel. Ich wälzte mich herum und umarmte mein Kissen vor lauter Glück. Ralph Bennett hatte mich gefragt, ob ich mit ihm ausgehen wolle. Er hatte mich gefragt! Mich, Dottie Perks! Ich hatte ein Date! Dies war der Beginn von etwas Wunderbarem, dessen war ich mir ganz sicher. Noch nie war ich so glückselig, so aufgeregt gewesen, und das Leben hatte sich mir noch nie so voller Möglichkeiten dargestellt.

Ralph und ich waren während der ganzen Schulzeit befreundet gewesen. Anfänglich hatte uns der Zufall zusammengebracht, denn er war Eltons bester Freund, und ich war Marys beste Freundin. Doch schon bald hatten wir uns davon unabhängig miteinander angefreundet. Ralph war eher einer von den ruhigeren Jungen, kein lauter Angeber, und alle mochten ihn, sogar die Lehrer. In der Klasse saß er immer ganz hinten und sagte nicht viel, doch er lächelte oft und war immer freundlich. Seitdem wir von der Schule abgegangen waren, hatte ich ihn ein- oder zweimal zufällig getroffen, aber jedes Mal war entweder meine Mutter dabei, oder er war nicht allein, sodass wir nie mehr als ein »Hallo« zueinander sagten. Elton und er wohnten in einem anderen Stadtteil, und wir liefen uns nicht sehr häufig über den Weg. Mary und ich waren gelegentlich mit ein paar Jungs ausgegangen. Um genau zu sein, war es Mary, die mit ein paar Jungs ausgegangen war, und ich hatte deren Freunde an der Backe. Die Erinnerung an die pickeligen Gesichter, an ihren nach Cheese-and-

Onion-Chips riechenden Atem und ihre feuchten Hände ließ mich noch immer erschauern. Das soll nicht heißen, dass ich kein Interesse an Jungs gehabt hätte. Doch der einzige Junge, in dessen Gegenwart ich mich bisher wohlgefühlt hatte, war Ralph. Jetzt war er wieder in mein Leben getreten, und um ehrlich zu sein, kam mir alles plötzlich ganz wunderbar vor. Als ich mich gerade diesem ungewohnten und köstlichen Gefühl der Vorfreude hingab, klatschte mir etwas Kaltes und Nasses ins Gesicht.

»Autsch!«

Ich setzte mich auf und nahm es weg. Es war ein Waschlappen. Meine ältere Schwester Rita stand in ein Handtuch gehüllt auf ihrer Seite des Schlafzimmers und grinste mich an.

»Worüber freust du dich so?«, fragte sie. »Du siehst so selbstzufrieden aus.«

»Über nichts«, sagte ich ausweichend, warf den Waschlappen zu ihr zurück und drehte mich wieder um.

»Da ist doch was!«, bohrte Rita weiter und zog an meiner Decke. »Du hast geseufzt im Schlaf. Du hast mit deinem Kissen geschmust! Es geht um einen Jungen, nicht wahr? Du hast jemanden kennengelernt, stimmt's? Du schwärmst für jemanden! Was stimmt nicht mit ihm? Ist er grässlich oder blind?«

»Oh, verzieh dich!«, rief ich. »Verschwinde für alle Ewigkeit, Rita!«

»Keine Sorge, ich bin bald hier weg«, trällerte Rita. »Sobald ich verheiratet bin! Und wo wir schon beim Thema sind, vergiss nicht, dass Tante Brenda nachher vorbeikommt, um den Stoff für die Kleider der Brautjungfern auszusuchen.«

Das hatte ich vergessen. Ich stöhnte und vergrub mich wieder im Bett. In diesem Sommer schien sich alles im Haus nur noch um Ritas Hochzeit zu drehen. Es war schon irgendwie aufregend. Ich war auch nicht eifersüchtig, doch es war nicht unbedingt leicht, Ritas jüngere, weniger attraktive Schwester zu sein. Und außerdem wäre es nett gewesen, wenn Rita und ich manchmal, nur gelegentlich, wieder einmal zusammen einkaufen, ins Kino oder einfach nur zum Eisessen an den Strand gegangen wären. Früher hatten wir ständig solche Dinge zusammen unternommen, nur wir beide allein. Mit Rita konnte ich nie so reden wie mit Mary, doch sie war immer für mich da gewesen. Jetzt war es so, als hätte ich keine Schwester mehr.

Als wir noch klein waren, waren Rita und ich gute Freundinnen gewesen, doch seitdem sie »erblüht« war, lief es nicht mehr so gut zwischen uns. An einem Tag war sie einfach »Rita« und am nächsten »Rita, die Schönheit«. Die Leute sagten immer, sie hätte Filmstar werden können, was Rita sehr gefiel. Ich fand das nicht. Für mich sah sie aus wie immer. Schon seit meinem zweiten Lebensjahr teilten wir uns das Schlafzimmer, und ich wusste, wie zerknittert sie morgens immer aussah. Auch spätabends sah sie nicht mehr so wahnsinnig toll aus. Sie war nach Rita Hayworth benannt worden, und in letzter Zeit benahm sie sich so, als erwarte sie von allen anderen, auch wie ein Filmstar behandelt zu werden.

Rita konnte nichts dafür, dass sie schön war, doch neben ihr sah ich gleich noch unattraktiver aus. Das Ärgerlichste an der Sache war, dass sie immer spindeldürr blieb, ganz gleich, was sie aß. Ich hingegen musste nur an einem Doughnut vorbeigehen, und schon blieb das ganze Fett an meinen Oberschenkeln hängen. Als ich elf war, hörte ich einmal zufällig, wie Tante Brenda zu Mum sagte, sie gäbe mir zu viel stärkehaltige Lebensmittel zu essen und dass ich etwas rundlich werden würde. Mum erwiderte nur: »Unsinn, das ist Babyspeck, den wird sie in ein paar Jahren von allein verlieren.« Das erzählte ich Mary, die das sehr lustig fand. Sie stellte Überlegungen an, ob der Speck ganz plötzlich von mir »abfallen« würde, mitten in der Mathestunde oder während der morgendlichen Schulversammlung, oder ob ich ihn ganz allmählich in kleinen Stückchen überall verteilt verlieren würde. Mary war großartig darin, immer die komische Seite an den Dingen zu sehen, und machte sich so lange über sie lustig, bis sie einen schließlich damit angesteckt hatte. Als wir uns all die Orte ausmalten, an denen das Fett von mir abfallen könnte, wälzten wir uns beide schließlich mit Lachkrämpfen am Boden.

Jetzt war Rita verlobt und würde bald einen Typen namens Nigel heiraten, der bei einer Versicherung arbeitete. Mum war hocherfreut, denn sie sagte, mit so einem ordentlichen Beruf, wie er ihn hatte, hätte Rita ausgesorgt. Nigel hatte lange Arme. Seine Hemdsärmel reichten nicht bis ganz unten, und seine Handgelenke waren sehr knochig. Er versuchte, Dad eine Lebensversicherung zu verkaufen, aber der meinte, er habe kein Interesse. Schließlich könne er ja keinen Nutzen mehr aus dem Geld ziehen, wenn er nicht mehr da wäre. Nigel sagte, es könne Dad inneren Frieden verschaffen zu wissen, dass seine Angehörigen ihm eine anständige Beerdigung zukommen lassen konnten, wenn er diese Welt verlassen würde. Dad sagte, er sei mit einer Pappschachtel völlig zufrieden, was nicht allzu viel kosten dürfte, und außerdem halte er die Versicherungen für einen großen Schwindel, aus der nur Leute wie Nigel Geld ziehen würden. Im Grunde genommen stimmte ich ihm zu, aber Nigel tat mir ein bisschen leid. Er war ganz geknickt und begann, sich hinter dem Ohr zu kratzen. Mum drückte Nigels Arm und ermahnte Dad, seinen Unverstand nicht so heraushängen zu lassen und sich zu entschuldigen. Dad sagte, es sei sein gutes Recht, in seinen eigenen vier Wänden zu sagen, was er wolle. Mum konterte, wenn ihm danach sei, dann würde es ihm sicher auch nichts ausmachen, in eine Pappschachtel gesteckt zu werden, wenn er den Löffel abgegeben hätte; sie würde ihn dann mit dem anderen Müll nach draußen stellen. Dad schnaubte nur entrüstet, und Nigels Ohren wurden tiefrot. Man sah ihm an, wie unangenehm ihm die Situation war.

Der arme Nigel. Wahrscheinlich hatte er inzwischen schon genug von unserer Familie, und noch gehörte er nicht einmal dazu. Ich konnte mir vorstellen, wie er sich fühlte. Ich hatte unsere Familie schon seit Jahren satt, aber seit Rita und Mum mit den Hochzeitsvorbereitungen begonnen hatten, war alles noch schlimmer geworden. Sie sprachen von nichts anderem mehr. Es war so, als wäre »die Hochzeit« das wichtigste Ereignis der ganzen Welt. Und Rita zufolge war das auch so. Ihrer Ansicht nach war eine Hochzeit die Krönung im Leben eines Mädchens. Sie sagte, die Hochzeit sei alles, wovon sie immer geträumt habe, seit sie ein kleines Mädchen war, und sie würde es nicht zulassen, dass irgendetwas ihren perfekten Tag verdarb. Er musste völlig und hundertprozentig perfekt werden.

Ich hätte sie am liebsten darauf hingewiesen, dass sie einen Versicherungsvertreter und nicht den Thronfolger heiratete, doch ich ließ es sein, denn irgendwie war es auch süß, wie glücklich sie war.

Das Schlimmste an allem war, dass es noch Monate hin war bis zur Hochzeit. Sie würden im Winter heiraten, und es war immer noch Sommer, was nichts daran änderte, dass die Hochzeit unser ganzes Leben vereinnahmte. Immer wieder kam es vor, dass ich mich an einem wunderschönen Abend, an dem ich eigentlich mit Mary hatte ausgehen wollen oder sonst etwas Interessantes vorhatte, schließlich ins Wohnzimmer quetschen und mir die Pläne für »die Hochzeit« anhören musste. Ich fand das Thema einfach langweilig und beschloss, dass ich, wollte ich einmal heiraten, dies im Geheimen tun würde. Mein Geliebter und ich würden durchbrennen und heimlich heiraten. Wir würden den Bus nach Gretna Green nehmen, und nach der

Hochzeit würden wir uns ein richtiges Hochzeitsfrühstück gönnen, Eier mit Speck und Bohnen. Es würde sehr romantisch sein, nur wir zwei, ich und … wer auch immer. Denn eigentlich ging es ja nur darum – um zwei Menschen, die sich liebten.

Ritas Hochzeit fand am 23. November statt. Sie hatte eine Hochzeit in der Weihnachtszeit gewollt, doch der Pfarrer war für Dezember bereits völlig ausgebucht. Er sagte, dass dies in der Regel sein geschäftigster Monat sei; zum einen die ganzen Predigtvorbereitungen und dann der Andrang von Menschen, die zu Weihnachten alle religiöse Anwandlungen bekamen, weil sie die Weihnachtslieder und die Kerzen schön fanden. Rita fand, es sei kultivierter, im Winter zu heiraten als im Sommer. Sie hatte sich ihr Brautkleid im Katalog ausgesucht. Es war lang und weiß, hatte eine Haube und war mit falschem Pelz verbrämt; es wurde »Monroe« genannt. Ihre Brautjungfern waren meine jüngere Cousine Carol und ich. Carol war Tante Brendas Tochter. Tante Brenda war mit Onkel Ernie verheiratet, der ihr eine Menge Kummer zu bereiten schien. Ich hatte einmal mitbekommen, wie meine Mutter meinem Vater erzählte, dass Onkel Ernie kein Heiliger war, was auch immer das heißen mochte. Gelegentlich öffneten Mum und Tante Brenda die Flasche mit dem Weihnachts-Gin, saßen in der Küche und schütteten sich gegenseitig einmal ordentlich das Herz aus, wie sie es zu nennen pflegten. Mum bekam danach jedes Mal Kopfschmerzen. Ich dachte immer, es läge daran, dass sie und Tante Brenda dabei emotional so aufgewühlt waren.

Dad war selbstständiger Maler und Tapezierer. Manchmal gingen Monate ins Land, in denen er keine Arbeit hatte. Mum war Mitarbeiterin in der Schulkantine der Grundschule, wobei sie dort nicht viel verdiente. Rita arbeitete bei der Stadtverwaltung und ich bei Woollies; doch obwohl unsere Gehälter etwas Unterstützung brachten, war das Geld immer ein wenig knapp. Mein jüngerer Bruder Clark ging noch zur Schule, also verdiente er gar nichts.

Das hieß, dass nicht viel Geld für die Kleider der Brautjungfern übrig war, vor allem als Mum klar wurde, was sie sonst noch alles kaufen und organisieren musste, um Rita die Hochzeit zu ermöglichen, die sie sich immer erträumt hatte. Also nähte Tante Brenda Carol und mir die Kleider. Sie kam herüber, um zu besprechen, welche Farben Rita gern hätte. Ich war diejenige, die das Kleid tragen würde, doch ich hatte keinerlei Mitspracherecht. Mum und Tante Brenda verbrachten also Stunden im Wohnzimmer und hielten mir Stofffetzen ans Gesicht, begleitet von Ritas Kommentaren. Mary saß mit ihrem Skizzenblock da, fertigte Zeichnungen der ganzen Szene an und schnitt heimlich Grimassen in meine Richtung.

»Wie findest du den hier, Bren?«, fragte Mum und hielt mir so etwas wie einen Schleier vor Mund und Nase.

»Du kannst sie nicht in etwas Zitronengelbes stecken, Maureen«, sagte Tante Brenda und schüttelte den Kopf. »Darin sieht sie käsig aus.«

Mary sog hinter ihrem Skizzenblock die Luft ein.

»Da hab ich natürlich Glück mit meiner Carol«, fuhr Tante Brenda fort. »Sie kann einfach alles tragen, denn sie hat wunderbare Haut.«

Mary tat so, als würde sie sich zwei Finger in den Hals stecken. Ich gab mir Mühe, nicht herauszulachen.

»Und was hältst du hiervon?«, fragte Mum Tante Brenda und hielt das Muster eines limettengrünen fließenden Stoffes hoch. Jetzt zog Rita eine Grimasse.

»Ich finde immer, dass es klug ist, bei einer Hochzeit von Zitronentönen Abstand zu nehmen«, sagte Tante Brenda.

Mary nickte verständig. »Das finde ich auch«, erklärte sie pathetisch. Tante Brenda lächelte sie an.

Nach gefühlten Stunden beendete Rita die Angelegenheit, indem sie beschloss, dass die Brautjungfern ganz in Babyrosa gekleidet sein sollten – das war so ziemlich die einzige Farbe, die wir noch nicht durchhatten.

Dad fing zu lachen an und sagte, ich würde darin wie eine überdimensionale Portion Zuckerwatte aussehen. Er platzte fast vor Lachen, doch es verging ihm schnell, als Rita ihm mitteilte, dass er Frack und Zylinder tragen würde, wie es einem Brautvater geziemte, dessen künftiger Schwiegersohn bei einer Versicherung arbeitete. Dad sagte protestierend, er würde lieber sterben, als sein Haus in Frack und Zylinder zu verlassen, doch Mum drängte ihn, es Rita einfach zu versprechen, und erklärte sich liebend gern bereit, sich darum zu kümmern.

Rita saß mit übereinandergeschlagenen Beinen auf der Couch und musterte mich von oben bis unten, als wäre ich so etwas wie ein prämiertes Gemüse oder dergleichen. Sie wippte mit dem Bein, und ihr Hausschuh baumelte von ihrem Fuß herab. Mary, die auf dem gegenüberliegenden Sessel saß, machte heimlich jede ihrer Bewegungen nach. Ich musste sehr an mich halten, um mir das Lachen zu verkneifen.

»Sitz nicht so krumm da, Dottie«, sagte Rita.

»Ich sitze nicht krumm da.«

»Doch, das tust du. Stimmt's nicht, Mum? Sie sitzt krumm da!«

Ich gab ein verächtliches Schnauben von mir, als ich mich aufrechter hinsetzte, und brach dann in Gelächter aus. Das steckte Mary an, und sie schlug sich die Hand vor den Mund. Ich konnte sie nicht ansehen.

»Sie wird etwas abnehmen müssen vor der Hochzeit«, sagte Rita. »Sonst verdirbt sie die Fotos.« Es ging offenkundig um mich.

»Dottie ist nicht dick«, rief Mary durch ihr Gelächter hindurch. »Sie ist genau richtig so, wie sie ist!«

»Das sagst du«, meinte Rita. »Das ist genauso, als wenn sie über dich sagen würde, du seist nicht klein.«

»Mary ist nicht klein«, sagte ich sofort, und Mary und ich wurden beide fast hysterisch vor Lachen.

»Ich finde, dass Dottie abgenommen hat«, sagte Mum nachdenklich. Sie drückte meinen Oberarm. »Sie ist jetzt eher pummelig als fett.«

In diesem Moment kam Clark mit einem lauten Knall zur Hintertür herein und betrat das Wohnzimmer.

»Wisst ihr schon das Neueste?«, fragte er uns.

»Was wäre das denn?«, fragte Rita affektiert zurück.

»Es hat einen großen Raubüberfall gegeben«, sagte Clark. Sein Gesicht war vor Aufregung völlig gerötet und verschwitzt. Clark wollte Journalist werden, wenn er groß war, also hörte er ständig Nachrichten.

»Wie, hier in der Gegend etwa?«, fragte Mary.

»Nein«, sagte Clark, »irgendwo bei Buckinghamshire. Jemand hat den Zug der Royal Mail überfallen und an die drei Millionen Pfund erbeutet. Sie vermuten, dass es eine Bande aus London war.«

»Tja, so wird es wohl sein, nicht wahr?«, sagte Tante Brenda. »Dort kommen sie ja schließlich alle her.«

»Mein Dad hat in London gelebt«, warf Mary ein.

»Und was hat das damit zu tun?«, fragte Rita.

»Nichts, ich hab's nur erwähnt.«

Ich sah zu Mary hinüber, und sie schielte. Ich musste wegsehen, um nicht wieder loszulachen.

»Sie haben dem Lokführer eins über den Kopf gebraten, und jetzt liegt er im Krankenhaus«, sagte Clark.

»Also hier hört der Spaß dann aber auf!«, sagte Mum. »Ich

finde, es ist eine Sache, Geld zu stehlen – nicht, dass ich das etwa gut finden würde –, doch einen armen, unschuldigen Mann anzugreifen, der nur seine Arbeit macht, ist einfach nicht in Ordnung.«

Rita räusperte sich laut. »Entschuldigt, das ist ja alles ganz interessant, aber sollten wir nicht lieber meine Hochzeit vorbereiten?«

»Aber der arme Mann, Rita, seine Familie ist sicher krank vor Sorge!«, sagte Mum.

»Eben, seine Familie und nicht unsere. Also können wir uns jetzt bitte wieder auf das besinnen, was für unsere Familie wichtig ist?«

»Auf dich, meinst du«, stellte Clark fest.

»Und warum nicht?«, entgegnete Rita. »Es geht schließlich um meinen großen Tag.«

»Als ob wir das nicht wüssten«, sagte ich.

»Kannst du nicht einfach die Klappe halten?«, zischte Rita und starrte mich zornig an.

»Na, na«, sagte Tante Brenda. »Kommen wir lieber zu den Kleidern zurück. Wo waren wir gerade stehen geblieben?«

»Mum hat Dottie gerade gesagt, dass sie pummelig ist«, sagte Rita.

»Ich glaube nicht, dass sie es so gesagt hat, Rita«, wandte Tante Brenda ein.

»Was ich damit sagen wollte, war«, sagte Mum, »dass Dottie nicht mehr so rundlich ist, wie sie einmal war. Ich bin sicher, dass sie eine wunderbare Figur haben wird, sobald sie älter ist.«

»Wohl kaum«, sagte Dad.

»Kannst du nicht einfach mal den Mund halten, Nelson Perks!«, blaffte Mum ihn an. »Wir wissen alle, von wem Dottie ihre Figur hat! Wir können von Glück sagen, wenn wir für dich einen Frack von der Stange finden, mit deinem dicken Bauch und den kurzen Beinen!«

»Welchen kurzen Beinen?«

»Deinen!«, sagte Mum. »Wir werden dir einen Maßanzug besorgen müssen!«

»Ich hab keine kurzen Beine!«, protestierte Dad. »Ich habe einen langen Rumpf. Was für eine verdammte Frechheit! Ich habe große Lust, diese ganze Hochzeit zu boykottieren und zu Hause zu bleiben!«

Er faltete seine Zeitung zusammen, nahm sie, ging aus dem Zimmer und knallte die Tür hinter sich zu.

»Mach uns keine Hoffnung!«, rief Mum ihm nach.

Mary und ich rannten nach oben in mein Schlafzimmer. Wir warfen uns nebeneinander aufs Bett, drückten die Gesichter in die Kissen und lachten, bis wir nicht mehr konnten.

Nachdem Mary nach Hause gegangen war, begab ich mich wieder nach unten. Mum war mit Rita und Tante Brenda im Wohnzimmer. Ich setzte mich neben Mum aufs Sofa.

»Mary und ich wollen am Samstagabend in einen Club gehen«, sagte ich ganz beiläufig, »um uns eine Band anzuhören.«

Mum verzog das Gesicht.

»Mir ist nicht wohl dabei, dass du in Nachtclubs gehst, Dottie«, sagte sie. »Dort tummeln sich eine Menge seltsamer Gestalten.«

»Wenn Dottie hingeht, ist eine mehr da«, höhnte Rita.

»Dass ich nicht lache«, erwiderte ich trocken.

»Mir wäre es viel lieber, wenn ihr einfach in euer Café gehen würdet«, sagte Mum. »Das ist viel sicherer.«

»Ich geh ja nicht alleine hin«, warf ich ein. »Mary kommt mit und … ein paar Jungs.« Hinter Mums Rücken zog Rita die Augenbrauen hoch und warf mir einen Blick zu, mit dem sie mir »Ich hab's ja gewusst!« signalisierte.

»Ah, ja?«, sagte Mum erstaunt. »Was sind das denn für Jungs?«

»Elton Briggs. Er hat Mary gefragt, ob sie hingehen will. Und ich gehe mit Ralph Bennett hin.«

»Wer ist Ralph Bennett?«, fragte Tante Brenda.

»Ein Freund, den ich noch von der Schule kenne.«

»Sie hat einen Freund, Maureen!«, rief Tante Brenda aus.

»Nein, das habe ich nicht!«, widersprach ich. »Wir sind nur Freunde.«

»So? Das hat Elizabeth Taylor auch über Eddie Fisher gesagt, kurz bevor sie ihn der entzückenden Debbie Reynolds ausgespannt hat!«, sagte Mum.

»Das Flittchen!«, entrüstete sich Tante Brenda. Rita nickte. Ich versuchte, sie nicht anzusehen.

»Dann hast du also nichts dagegen, wenn ich gehe, oder? In den Club? Wir bleiben ja alle zusammen und kommen auf jeden Fall mit dem letzten Bus zurück.«

Es herrschte Schweigen. Mum biss sich auf die Unterlippe und sah mich an, und ich wusste, dass sie sich die schlimmsten Dinge ausmalte und was alles passieren könnte, alle erdenklichen Katastrophen.

»Was ist mit dem ganzen Zigarettenrauch? Du weißt doch, dass dir das nicht guttut.«

In Anbetracht der Tatsache, dass wir sozusagen in einer Doppelhaus-Aschenbecher-Hälfte lebten, fand ich das ziemlich absurd.

»Lass sie doch gehen«, sagte Rita. »Eines Tages muss sie ja mal erwachsen werden.«

Hatte ich mich da gerade verhört? War meine geliebte Schwester etwa auf meiner Seite?

»Mal sehen, was dein Vater dazu sagt«, meinte Mum.

Ich verdrehte die Augen, ging in die Küche und versuchte,

ihn in all dem Zigarettenrauch auszumachen. Er saß am Küchentisch und las den Sportteil, den anderthalb Zentimeter langen Stummel einer Selbstgedrehten zwischen zwei seiner gelben Finger. Ich schlich mich an ihn heran.

»Dad, du hast doch nichts dagegen, wenn ich Samstagabend in die Stadt gehe, um mir eine Band anzuhören, oder?«

»Was sagt deine Mutter dazu?«

»Sie sagt, ich solle dich fragen.«

Dad schaute auf und sah mich an. »Du gehst doch sicher nicht allein, oder?«

»Nein, Mary Pickles und Ralph Bennett kommen mit.«

»Ein Junge?«, fragte Dad. Er begriff schnell, das musste man ihm lassen.

»Ja«, erwiderte ich.

»Solange du uns keinen Kummer bereitest«, meinte er schließlich.

Ich hätte ihn gern noch gefragt, was er mit Kummer meinte, doch ich beschloss, es besser sein zu lassen, ehe er es sich noch anders überlegte. Ich beugte mich vor und gab ihm einen Kuss auf die Stirn. Er drückte meine Hand.

»Danke, Dad!«

»Du verrücktes Huhn«, sagte er.

Ich ging ins Wohnzimmer zurück. Mum und Tante Brenda saßen links und rechts neben Rita. Alle blickten auf das Heft, das sie in den Händen hielt. Im Radio lief gerade die Sendung *Sing Something Simple*. Geistesabwesend summte Mum die Titelmelodie mit und wiegte sich leicht im Takt.

»Dad sagt, er habe nichts dagegen, wenn ich gehe«, informierte ich sie, »solange ich euch keinen Kummer mache.«

»Ein guter Rat«, sagte Tante Brenda. »Deine arme Mutter möchte sicher nicht, dass du ihr Kummer machst, vor allem, da Ritas Hochzeit bevorsteht.«

»Von welchem Kummer redet ihr eigentlich alle?«, fragte ich unschuldig.

Tante Brenda schüttelte den Kopf und sah zu mir hoch.

»Aah, sie ist noch sehr unreif, nicht, Maureen?«

»Das war sie schon immer«, erwiderte Mum.

Hallo, ich stehe hier, dachte ich bei mir.

»Hast du ihr noch nichts von ... du weißt schon von was ... erzählt?«, fragte Tante Brenda mit vielsagendem Tonfall.

Genau genommen wusste ich alles über »du weißt schon was« – liebe Güte, ich war schließlich siebzehn –, aber ich hielt es nicht für den geeigneten Zeitpunkt, um ihnen das mitzuteilen.

»Ich bin einfach noch nicht dazu gekommen«, verteidigte sich Mum.

»Das hättest du schon längst tun sollen, Maureen. Es ist deine Pflicht als Mutter. Ich habe Carol ein illustriertes Buch gekauft. Das hat seinen Zweck erfüllt.«

Während ich damit beschäftigt war, ernst zu bleiben, wurde Tante Brenda ganz seltsam und begann, mit fremder Stimme zu reden und die Worte ganz langsam und deutlich zu formen, als ob ich taub wäre.

»Du sollst deiner Mutter keine unerwünschten Babys mit nach Hause bringen«, sagte sie.

Ich beschloss mitzuspielen.

»Ich werde mir eine Band anhören«, erklärte ich. »Wo sollte ich da irgendwelche unerwünschten Babys finden? Und selbst wenn ich welche fände, warum sollte ich sie mit nach Hause bringen?«

Tante Brenda beugte sich hinter Rita zu Mum hinüber und sagte zu ihr: »Ich werde ihr das Buch mal ausleihen!«

Später liefen Mary und ich zum Freizeitgelände und setzten uns auf die Schaukeln. Die kleinen Kinder waren alle weg, und wir hatten den Spielplatz ganz für uns. Es war noch immer warm; ein wunderbar milder Sommerabend, kleine Motten tanzten durch die Luft, aus den Gärten der Siedlung duftete es nach Blumen, und die Geräusche der Familien, die in den Häusern wohnten, drangen durch die offenen Fenster hinaus.

Ich erzählte Mary das von den unerwünschten Babys. Die Schaukel schwang wild hin und her, so sehr musste sie lachen. Sie hielt sie an und kam dann wieder auf das Thema zurück, wie Babys gemacht werden, was wir beide ein bisschen abstoßend fanden. Trotzdem übte es eine gewisse Faszination auf uns aus, der wir nicht widerstehen konnten. Wenn wir unter uns waren, kamen wir immer wieder darauf zu sprechen.

»Ich kann mir nicht vorstellen, warum irgendjemand so etwas würde tun wollen«, sagte ich und verdrehte die Ketten der Schaukeln gegeneinander. Sie rosteten schon und färbten meine Finger rot. »Es sei denn, man will ein Baby haben.«

»Oder man will jemanden eifersüchtig machen …«, sagte Mary und warf mir ein vielsagendes Lächeln zu.

»Wie meinst du das?«

»Na ja, nimm Christine von der Sackfabrik.«

»Wie meinst du das, ›nimm sie‹?«

»Sehr witzig! Erinnerst du dich noch daran, wie sie damals für Bruce Townsend schwärmte? Den Knaben, der in der Spielhalle am Pier arbeitete?«

»Jepp.«

»Auf alle Fälle hat er sie nie beachtet – bis zu dem Tag, als sie mit diesem dümmlich aussehenden Sohn des Metzgers geschlafen hat. Da hat er sie dann plötzlich gefragt, ob sie mit ihm ausgehen will.«

»Aber würdest du mit jemandem ausgehen wollen, der nur eines mit dir im Sinn hat? Ich finde, das ist doch keine echte Liebe, oder?«

»Oh, Dottie, du bist ja so anständig, so geradlinig!«

»Rundlich, Mary«, sagte ich, »eher rundlich!« Und wir brachen erneut in Gelächter aus. Ständig machten wir uns über Sex lustig, doch um ehrlich zu sein, fand ich schon allein den Gedanken daran peinlich.

Als wir noch kleiner waren, fragte ich Mum einmal, warum Mary Pickles alles darüber wusste, was das Kinderbekommen anging, und ich nicht. Sie sagte, es würde damit zusammenhängen, dass Mary Hamster hielt und die Sonntagsausgabe der *News of the World* las. Manchmal fragte ich mich, ob es nicht eine große Verschwörung gab, mit der man uns allen weismachen wollte, man müsse Sex haben, um ein Baby zu bekommen, aber in Wirklichkeit gäbe es eine viel vernünftigere Art, das zu tun. Selbst die Vorstellung, es mit Paul McCartney zu tun, fiel mir schon ganz schön schwer – und ich liebte Paul McCartney ehrlich und aufrichtig.

Und für den Bruchteil einer Sekunde fragte ich mich, ob ich es wohl jemals mit Ralph Bennett tun würde, und bei diesem Gedanken bekam ich ein ganz komisches Gefühl.

Ich hob die Füße, und die Schaukel schnellte sich drehend zurück. Mir wurde schwindlig.

»Wir müssen uns für Samstag etwas Neues zum Anziehen kaufen«, sagte Mary versonnen.

»Dafür hab ich kein Geld.«

»Dann wirst du mit den Kleidern, die du hast, etwas machen müssen«, beharrte Mary.

»Was denn zum Beispiel?«

»Keine Ahnung. Kremple deinen Rock hoch oder so. Mach etwas, das dich älter erscheinen lässt, erfahrener. So, als ob du häufig in Clubs gehen würdest.«

Ich lächelte und ließ mich von der Schaukel herunterrutschen. Es war noch hell, doch über den Dächern der Siedlung ging die Sonne bereits unter und tauchte das Meer hinter den hohen grauen Schornsteinen des Kraftwerks in strahlende Rot- und Goldtöne.

»Ich kann's kaum erwarten, dass es Samstag wird«, sagte Mary. Sie sprang von ihrer Schaukel und kam neben mir auf ihren Füßen auf. »Es wird Zeit, mal etwas Neues zu wagen. Wir haben schon zu viel Zeit unseres Lebens damit vergeudet, in unserer Siedlung herumzulungern. Vielleicht ist das der Beginn von etwas Großartigem.« Sie fasste mich am Arm. »Und ich verspreche dir, sollten uns zufällig irgendwelche ungewollten Babys über den Weg laufen, dann ignorieren wir sie einfach.«

»Genau«, sagte ich, hakte mich bei Mary unter, und wir liefen in die Siedlung zurück.

Liebes Tagebuch,

Dottie und ich gehen heute Abend ins Whisky A Go Go, um Eltons Band zu sehen. Dies ist der Beginn meines neuen Lebens. Ich weiß einfach, dass es so ist.

Ich habe den ganzen Tag auf die Uhr gesehen und darauf gewartet, dass die Zeit vergeht.

Ich wünschte, Dottie würde aufhören, sich über dumme Dinge Sorgen zu machen, wie zum Beispiel darum, was wäre, wenn sie nicht so gut Luft bekommt. Was, wenn wir den letzten Bus nach Hause verpassen.
Was wäre wenn. Was wäre, was wäre.

Um Himmels willen, Dottie, entspann dich einfach.

Ich muss so gut aussehen wie noch nie.

Ich muss Elton in mich verliebt machen.

Wird es jemals Abend werden?

Tschüss, Tagebuch
Alles Liebe
Mary Pickles (Beinahe-Freundin von Elton Briggs)
Siebzehn Jahre

8. KAPITEL

Es war der Samstag, an dem Mary und ich zum Auftritt von Eltons Band gehen würden. Ich war ziemlich aufgeregt bei dem Gedanken, Ralph wiederzusehen, aber meine Aufregung war nichts im Vergleich zu Marys. Sie war regelrecht hysterisch. Den ganzen Morgen schon hatte sie immer wieder auf die Uhr geschaut, die über der Ladentheke mit den Zigaretten hing, als ob sich die Zeiger durchs Anstarren schneller drehen würden.

»Ich werde erst wieder draufschauen, nachdem ich mindestens fünf Kunden bedient habe«, sagte sie.

Zwei Kunden später ertappte ich sie dabei, wie sie wieder nach der Uhrzeit sah. Ich wusste, wie wichtig der heutige Abend für sie war, und ich hoffte, dass sie nicht enttäuscht wurde. Aber Mary machte niemals halbe Sachen. Das war schon in der Schule so gewesen. Sie musste das beste Bild malen, die beste Geschichte schreiben und das Wettrennen gewinnen. So war sie einfach. Und jetzt musste sie diesen Jungen erobern.

Als schließlich (endlich!) Feierabend war, gingen wir zu Mary. Ihre Mutter gab uns etwas Toastbrot mit Bratenfett zu essen – das war alles, was Marys Brüder in der Küche übrig gelassen hatten, nachdem sie wie ein Heuschreckenschwarm darin eingefallen waren. Marys Mutter plagte sich ganz schön ab bei dem Versuch, diese Jungs alle satt zu machen. Mindestens einer von ihnen trieb sich immer in der Küche herum, suchte in den Schränken nach etwas Essbarem und trieb Mrs. Pickles damit fast völlig in den Wahnsinn. Sie scheuchte sie immer weg und schlug mit einem Geschirrtuch nach ihnen, als wären sie streunende Katzen oder so etwas. Mary sagte, wenn ihre Mutter vom Essen etwas aufheben wollte, musste sie es verstecken.

An jenem Abend stöberten gerade die Zwillinge um uns herum, als wir am Küchentisch saßen und unseren Snack aßen. Wir gingen dann nach oben in Marys Zimmer, den einzigen Ort im ganzen Haus, an dem es keine Brüder gab.

Das kleine Zimmerchen war eigentlich eine Abstellkammer, und Marys Bett nahm fast den ganzen Raum ein. Über dem Bett hing ein Bild vom Montmartre, das sie von ihrer alten Schulleiterin, Mrs. Dicks, bekommen hatte. Darauf sah man Künstler um die Kirche herum sitzen und malen, Paris zu ihren Füßen. Mary erzählte mir, warum ihr dieses Bild so viel bedeutete.

»Mrs. Dicks hat zu mir gesagt, ich solle das Bild anschauen – richtig anschauen«, sagte Mary. »Und dann solle ich mir vorstellen, ich sei selbst mit auf dem Bild und säße mit einem Farbkasten neben mir vor einer Staffelei. Sie sagte, wenn ich wirklich das Mädchen im Bild sein wolle, dann würde ich es auch schaffen. Ich hätte das Potenzial, das Talent, aber es läge an mir, es zu nutzen und es nicht zu vergeuden. Sie sagte, es erschiene einem immer so, als habe man so viel Zeit, wie man braucht, um all die Sachen zu tun, die man tun möchte. Doch dann käme es oft anders, als man denkt, denn das Leben mische sich gern mal in diese Pläne ein. Am wichtigsten sei es, sich niemals mit dem Zweitbesten zufriedenzugeben. Das hat sie gesagt, Dottie. Gib dich nie mit dem Zweitbesten zufrieden. Ich hab damals nicht wirklich verstanden, was sie damit meinte, weil ich noch zu klein war, aber jetzt verstehe ich es.«

Und deshalb hatte Mary entschieden, sich nicht am *Brighton College of Art* zu bewerben, sondern gleich nach dem Höchsten zu streben, dem *L'Institut d'Art* in Paris. Jedes Jahr wurden nur dreißig neue Studenten aufgenommen, weshalb die Studienplätze heiß umkämpft waren. Jeder hielt sie deswegen für närrisch, denn die Kunsthochschule hier in Brighton hätte völlig ausgereicht, doch Mary war fest entschlossen. Und war Mary einmal zu etwas fest entschlossen, war es nahezu unmöglich, sie umzustimmen.

»Ich weiß, dass ich noch nicht so weit bin«, sagte sie. »Aber eines Tages werde ich es sein.«

Und das würde sie auch. Mary verbrachte jede freie Minute damit zu zeichnen. Ölfarbe und Leinwand konnte sie sich von ihrem Gehalt bei Woolworths nicht leisten, doch sie konnte sich auch mit Bleistiftzeichnungen bei dem Institut bewerben. Wenn es tatsächlich möglich war, an dieser Kunstakademie einen Studienplatz zu ergattern, indem man sich sehr ins Zeug legte, dann hegte ich auch keinerlei Zweifel daran, dass Mary es schaffen würde.

Marys Zimmer war wirklich winzig. Um aus dem Fenster sehen zu können, musste man sich hinknien, und es konnte nicht mehr als eine Person aufrecht darin stehen. Und doch waren Mary und ich sehr gerne in ihrem Zimmer, in dem sich ihre Sachen auf den Regalbrettern über dem Fußende des Bettes stapelten. Ich war wirklich neidisch darauf, dass Mary ein Zimmer für sich ganz allein hatte, das sie mit keiner nervenden älteren Schwester teilen musste, wie ich es tat.

»Komm schon«, sagte Mary und tippte auf eine Schachtel mit Make-up, Bürsten und Haarbändern, die sie auf die Tagesdecke gestellt hatte. »Wir müssen uns langsam fertig machen, wenn wir uns auf neues Terrain wagen wollen.«

Ich grinste sie an und beschloss, mir über all die schlimmen Dinge, die passieren könnten, keine Gedanken mehr zu machen und mich von Marys Begeisterung anstecken zu lassen.

»Wir werden toll aussehen, Dottie Perks«, sagte sie. »Wir werden so toll aussehen, dass alle Jungs völlig sprachlos und überwältigt sind und uns nicht für eine Sekunde aus den Augen lassen!«

Wir brauchten Ewigkeiten dazu, unsere Haare zu toupieren und uns umzuziehen. Das Fensterchen war geöffnet, und die Geräusche der Siedlung drangen herein: Hundegebell, Musik und das Geschrei von Kindern, die mit selbst gebastelten Wasserbomben spielten. Winston und Warren, die beiden ältesten Brüder von Mary, waren draußen und versuchten, das Motorrad in Gang zu bringen, das sie im Vorgarten stehen hatten und an dem sie die ganze Zeit herumbastelten. Trotz der ganzen Arbeit, die sie in das Motorrad steckten, gab es immer nur kreischende, hustende Geräusche von sich, wenn die Jungs auf das Pedal sprangen. Es war nett, in Marys Schlafzimmer zu sein und all den vertrauten Geräuschen zu lauschen.

Wir mussten uns vor dem Spiegel abwechseln. Mary war zuerst dran. Sie sagte, das sei nur fair, da es ihr Spiegel war, und sie wollte, dass ich ihr zusah, um anschließend selbst mutig Lippenstift, Mascara und Rouge aufzutragen. Mit gekreuzten Beinen saß sie auf dem Bett und musterte ihr Spiegelbild, als sie versuchte, den Lippenstift sauber aufzubringen.

»Auf diesem Spiegel klebt so viel Haarspray, dass ich kaum was sehen kann!«, beschwerte sie sich und rieb mit dem Ellbogen darüber.

»Bei mir ist das eher von Vorteil«, sagte ich.

Mary legte den Kopf schief und machte ein kokettes Gesicht.

»Ich muss so gut aussehen, wie ich nur kann, Dottie, denn da werden heute Abend jede Menge Mädchen um Eltons Aufmerksamkeit buhlen.«

Diese Ansicht teilte ich zwar nicht unbedingt, aber ich sagte nichts dazu.

»Findest du, ich sehe gut aus?«, fragte sie.

»Ja.«

»Nein, ich meine, wirklich absolut gut! Besser, als ich jemals ausgesehen habe?«

»Ja!«

»Dottie …«

»Du siehst fantastisch aus«, sagte ich.

»Fantastisch genug, sodass ich Elton auffalle? Fantastisch genug, um aus all den anderen Mädchen im Club herauszustechen? Heute Abend ist total wichtig, Dottie! Heute habe ich die Gelegenheit, den Leadsänger einer Rockband zu beeindrucken! Stell dir das doch einfach mal vor! Stell dir vor, dass ich, Mary Pickles, mit ihm, Elton Briggs, ausgehe. Stell dir mal vor, die Band würde richtig berühmt werden, so wie die Rolling Stones!«

»Stell dir vor«, wiederholte ich.

Mary seufzte theatralisch und griff sich mit den Händen ans Herz.

Ich verdrehte die Augen, sodass sie es im Spiegel sehen konnte.

»Beeil dich«, drängte ich, »jetzt bin ich dran!«

Ich versuchte, mich an ihr vorbeizuquetschen, aber sie schob sich aufs Bett zurück. Dann zog sie eine Papiertüte aus der Tasche ihres Mantels, der am Haken an der Innenseite der Tür hing, und wedelte damit vor meinem Gesicht herum.

»Rate mal, was ich hier habe!«

»Keine Ahnung, was denn?«

Sie öffnete die Tüte, um es mir zu zeigen.

»Falsche Wimpern!«

»Bist du sicher, du weißt, wie man die anbringt?«, fragte ich. »Sally von Woollies sagte, dass das ganz schön knifflig ist.«

»So schwer kann es nicht sein, sogar Christine hat neulich welche getragen.«

Ich drehte die Verpackung, um die Beschreibung zu lesen.

»Mary, da steht, dass du eine Pinzette und einen Vergrößerungsspiegel brauchst und …«

»Das wird schon klappen. Ich bring zuerst deine an, dann kannst du meine ankleben.«

Falsche Wimpern anzubringen war nicht so einfach, wie es aussah. Mary schaffte es irgendwie, mir eine davon falsch herum anzukleben, sodass sich die Wimpern nach unten übers Auge bogen und aussahen wie eine tote Spinne.

»So kann ich doch nicht in den Club gehen!«, sagte ich.

»Du siehst prima aus!«

»Nein, das tue ich nicht! Ich sehe blöd damit aus.«

Ich ging ins Bad. Es gelang mir, das mit der Wimper hinzubekommen, aber mein Auge war nach der ganzen Aktion ein wenig rötlich geworden und fing zu tränen an. Ich dachte, es sei wohl am besten, kein großes Aufhebens darum zu machen. Dann brachte ich Marys Wimpern an, was mir recht gut gelang, wie ich mir selbst zugestehen musste.

Wir stellten uns abwechselnd aufrecht aufs Bett, sodass wir uns in voller Pracht bewundern konnten. Mum hatte mir etwas Geld zugesteckt, damit ich mir etwas Neues zum Anziehen für diesen Abend kaufen konnte. Ich hatte ein hübsches kleines blaues Oberteil gefunden, das gut zu meiner Jeans passte. Mary trug einen engen blassgrünen Pulli und einen taillierten Rock. Ihr Haar wurde von einem Band zusammengehalten, und die Wimpern standen ihr wirklich gut. Sie ließen sie viel älter und weniger unschuldig aussehen.

»Sehe ich gut aus, Dottie?«, fragte sie ungefähr zum hundertsten Mal.

»Du siehst klasse aus«, sagte ich.

Wir hatten ausgemacht, die Jungs drinnen im *Whisky A Go Go* zu treffen. Der Club war nicht nur in Brighton, sondern im ganzen Land bekannt, doch er war nicht gerade das, was ich erwartet hatte. Ich hatte mir helle Lichter und einen prächtigen Eingangsbereich vorgestellt, mit Schwingtüren und Seilen als Treppengeländer, Kronleuchtern und einem roten Teppich wie im Film. Und ich hatte erwartet, dass alle Gäste ebenso schick wie das Ambiente waren. Stattdessen befand sich der Club in einer Seitenstraße, und eine Menge grobschlächtig aussehender Gestalten lungerte davor herum. Sie lehnten sich rauchend an die Wand und glotzten uns an. Die Jungs trugen fast alle T-Shirts, hatten sich die Haare zurückgegelt und Tattoos auf den Armen, und die Mädchen hatten sehr kurze Röcke an und Sonnenbrillen auf, obwohl es Abend und die Sonne schon kurz vorm Untergehen war. Dass man so ihre Augen nicht sehen konnte, gab den Mädchen einen finsteren Anstrich. Von der Hauptstraße her konnten wir das Knattern von Motorrädern hören. Die Rocker fuhren durch Brighton. Sie waren auf Mädchen, Spannung und Stunk aus und zogen eine Spur von Zigarettenrauch hinter sich her.

Mary und ich hakten uns gegenseitig unter, was aufgrund unserer unterschiedlichen Körpergröße nicht so einfach war, und hielten uns aneinander fest. Um in den Club zu kommen, mussten wir bei einem tätowierten Mann am Eingang bezahlen. Er schielte uns durch den Rauch seiner Zigarette hindurch an und wies uns dann durch einen Vorhang aus bunten Plastikstreifen, die vom Türrahmen herunterhingen, zu einem sehr dunklen, engen Treppenabgang, der kein Geländer hatte und dessen Wände klebrig waren. Im Club drinnen war es verraucht und viel zu klein für die vielen Leute, die sich darin drängten, und außerdem war es so dunkel, dass man kaum etwas sehen konnte, was wirklich schade war.

Überall roch es nach Haarspray, nach Achselschweiß, Zigarettenrauch und Parfum. Ich merkte, wie mir eng in der Brust wurde, und betete innerlich: »Bitte, lieber Gott, lass mich jetzt keinen Asthmaanfall bekommen, nicht hier, nicht heute Abend, nicht vor Ralph Bennett!« Ich steckte zum hundertsten Mal meine Hand in die Hosentasche, um zu fühlen, ob mein Inhaliergerät noch da war. Alles war in Ordnung, es war natürlich da. So klein, wie Mary war, konnte sie sich durch die Menschenmenge hindurchquetschen. Trotz der Tatsache, dass die Leute dicht gedrängt wie Ölsardinen standen, wirkten sie immer noch cool. Sie schienen alle dazuzugehören, rauchten und lachten und unterhielten sich bei dem ganzen Lärm. Ich klammerte mich verzweifelt an Marys Ellbogen fest und lief in ihrem Schlepptau. Sie war fest entschlossen, sich ganz nach vorn zu drängeln, um eine gute Sicht auf Elton zu haben. Das war ganz in meinem Sinne, denn dort würden wir auch Ralph finden, und ich fand den Gedanken nett, sagen zu können, dass ich mir mit Ralph Bennett eine Band angehört hatte. Ich sagte das in Gedanken vor mir her, und es klang so romantisch und nach etwas Besonderem, so wie etwas, das man sagte, wenn man einen richtigen Freund hatte.

»Komm schon, beeil dich!«, rief Mary mir über die Schulter zu. Die Leute mussten schreien, um sich bei der Musik, die aus den Lautsprechern dröhnte, noch unterhalten zu können. Bei dem ganzen Lärm konnte ich Mary kaum verstehen.

Ich lief, so schnell ich konnte, doch im Gegensatz zu Mary, die viel kleiner als die meisten und damit quasi unsichtbar war, musste ich mich ständig dafür entschuldigen, dass ich mit der Schulter, der Hüfte oder den Ellbogen Leute angerempelt hatte oder ihnen auf den Fuß getreten war. Zu alldem hatte ich noch das Problem, nicht viel sehen zu können, denn mein linkes Auge tat weh, und das Lid fühlte sich geschwollen an. Kein besonders tolles Aussehen für mein erstes Mal in einem Nachtclub.

»'tschuldigung!«, sagte ich und quetschte mich durch die Menge.

Schließlich waren wir so dicht an der Bühne angelangt, wie wir konnten. Sie war nur knapp einen Meter hoch und kaum größer als eine Gehwegplatte. Ralph kauerte darauf und fummelte mit ein paar Kabeln und Steckern herum. Er hatte eine lange Hose und ein Sweatshirt an, und sein Haar hing ihm über die Augen. Er sah ... na ja, irgendwie attraktiv aus. Er merkte nicht, dass ich da war, und ich sah ihm eine Weile zu. Und während ich ihm zusah, schienen all der Lärm, der Rauch und die Leute zu verschwinden. Es kam mir so vor, als wären Ralph und ich die einzigen Leute im ganzen Club.

Mein Herz schlug schneller. Ich spürte in Gesicht und Nacken, wie ich rot wurde, aber da es so dunkel war, war das wahrscheinlich egal. Ich spielte mit meiner Halskette herum. Da sah er auf und bemerkte mich.

»Hi«, sagte er und hockte sich auf seine Fersen, um uns anzulächeln. Na ja, eigentlich, um mich anzulächeln. Vielleicht.

»Hi«, erwiderte ich.

»Wo ist Elton?«, fragte Mary.

»Hinter der Bühne, sich einstimmen.«

»Kann ich zu ihm?«

»Eher nicht«, sagte Ralph. »Nur die Crew hat dort Zugang.« Seine Augen wanderten immer wieder zu meinem Gesicht.

»Bist du in Ordnung, Dottie?«, fragte er mich.

Ich wusste, dass er mein Auge ansah, also wedelte ich mir mit der Hand vor dem Gesicht herum.

»Liebe Güte, ist das heiß hier drin«, sagte ich, um vom Thema abzulenken.

»Ich hol mir was zu trinken, bevor es losgeht«, sagte Ralph. »Möchtet ihr auch was?«

»Ja, gern, danke«, sagte Mary. »Einen Piccolo für mich.«

»Für mich auch«, sagte ich.

»Das soll heißen, zweimal Orangensaft?«, fragte Ralph, stand auf und klopfte sich die staubigen Hände an den Oberschenkeln ab.

»Wir sind schon fast achtzehn«, sagte Mary schmollend. Und du siehst ungefähr aus wie zwölf, dachte ich bei mir.

»Er mag dich«, sagte Mary, sobald Ralph weg war.

»Meinst du?«, fragte ich, und mir wurde ganz warm ums Herz.

Mary drehte sich mit einem vernichtenden Blick zu mir um.

»Man muss schon blind sein oder bescheuert oder beides zusammen, um den schmachtenden Blick nicht zu bemerken, mit dem er dich jedes Mal ansieht.«

»Wirklich?«, fragte ich. Und plötzlich war ich überzeugt davon, dass das *Whisky A Go Go* der beste Club der ganzen Welt war.

»Ja, Dottie, wirklich.«

Mary sah mich prüfend an.

»Du magst ihn doch nicht etwa auf dieselbe Art, wie ich Elton mag, oder doch?«

»Wie soll ich wissen, auf welche Art du Elton magst?«

»Also, ich mag ihn irgendwie auf eine ewige Art und Weise – und zwar schon immer. Ich möchte für immer mit ihm zusammen sein, Dottie.«

»Nun ja, vielleicht ist das auch die Art, in der ich Ralph mag, aber ich bin mir noch nicht sicher. Ich muss ihn noch mal ganz neu kennenlernen, aber ich glaube, dass er ganz okay ist.«

»Aber er ist ein Niemand, Dottie. Du liebe Güte, er wird Klempner werden! Wenn du bei Ralph Bennett bleibst, wirst du niemals aus der Siedlung rauskommen. Dein Leben ist dann vorgezeichnet. Heirat, Sozialwohnung, Kinder. Du wirst da nie mehr rauskommen!«

»Wer hat hier was von Heirat gesagt? Alles, was ich gesagt habe, ist, dass ich ihn ganz okay finde.«

Nach einer gefühlten Ewigkeit trat ein fetter Mann auf die Bühne. Er war Komiker, sollte das Publikum anheizen und erzählte eine Menge nicht besonders lustiger Witze über seine Schwiegermutter, seine Ehefrau und über die Iren. Unter seinen Armen bildeten sich riesige kreisrunde Schweißflecken, so stark schwitzte er, und sein Gesicht war total nass und glänzte. Er musste es sich ständig mit einem Taschentuch abtupfen. Niemand beachtete ihn sonderlich, und als er irgendwann endlich zum Ende kam, ging eine Welle der Begeisterung durch die Menge: Eltons Band kam auf die Bühne.

Sie spielten sehr laut und energiegeladen, und zu meiner großen Überraschung fand ich Elton richtig gut. Alles war ziemlich aufregend. Die Band spielte einige große Hits nach, wie *Let's Twist Again*, *Sealed with a Kiss* und eine großartige Rock-'n'-Roll-Version des Songs *The Locomotion*, aber sie spielten auch eigene Songs. Ich wusste nicht, ob Elton sie geschrieben hatte oder nur sang, aber es waren wirklich gute Songs darunter. Mary konnte den Blick nicht von der Bühne lösen, und am Ende jedes Songs klatschte sie wie verrückt und schrie: »Elton! Elton!«

Elton war der Leadsänger, und ich fand, dass er eindeutig einen auf Mick Jagger machte. Er kam in der gleichen Manier an den Bühnenrand, schubste das Mikrofonstativ nach vorn und blickte mit finsterem Blick ins Publikum. Beim Gedanken daran, was mein Dad dazu sagen würde, musste ich lächeln. Vermutlich hielt sich Elton für total cool, vor allem weil Mary so schrie und damit andere Mädchen zum Mitmachen anstachelte.

Mitten in einem Song, einem Cover von *Can't Help Falling in Love with You*, kam Elton herüber, kauerte sich vor Mary hin und sang sie direkt an. Das Spotlight schwenkte auf ihre beiden Gesichter, und sie blickten einander in die Augen; ich glaube, ich hatte Mary noch nie so glücklich gesehen.

Nach dem Song ging Elton wieder zur Bühnenmitte. Mary drehte sich mit leuchtenden Augen und glühenden Wangen zu mir um und strahlte mich an. Ich freute mich so für sie. Doch während des nächsten Lieds schien Elton eine ältere Blondine auf der anderen Seite der Bühne anzusingen. Sie war mindestens einundzwanzig. Ich hoffte, dass Mary es nicht mitbekam, doch es war nur schwer möglich, das zu übersehen, da Elton der Blonden immer wieder zuzwinkerte, die Augen zusammenkniff und die Lippen schürzte.

Auf irgendeine Art bekam Ralph es hin, sich mit unseren Getränken den Weg zu uns zurückzubahnen. Ich nippte daran, der Drink schmeckte süß und war sehr kalt. Ralph beobachtete mich, und ich lächelte ihn über den Rand des Glases hinweg an. Er fragte mich, ob uns der Auftritt bis jetzt gefallen habe, doch noch bevor ich antworten konnte, rief Mary: »Yeah, wir amüsieren uns prächtig!«

»Bist du okay?«, fragte Ralph und lächelte mich an.

Ich erwiderte: »Ja, mir geht's gut«, doch das stimmte nicht ganz, denn ich war so eingequetscht zwischen den Leuten und hatte ein schreckliches Engegefühl in der Brust. Obwohl ich heimlich einen Stoß aus meinem Inhalator eingeatmet hatte, bekam ich noch immer schwer Luft, und der Zigarettenrauch tat mir in der Lunge weh. Und als wäre das nicht genug, brannte mir auch noch das Auge. Aber mit Ralph hier zu sein machte das alles wieder wett.

Mary wollte sich nach dem Konzert noch beim Bühneneingang herumdrücken und auf Elton warten, aber glücklicherweise hatten wir keine Zeit mehr. Stattdessen kaufte uns Ralph eine Portion Pommes frites und begleitete uns zur Bushaltestelle. Es fühlte sich ungemein befreiend an, wieder draußen an der frischen Luft zu sein. Vor Erleichterung hätte ich am liebsten losgeheult. Ich nahm die Menge um uns herum überhaupt nicht mehr wahr, die ganzen Rocker und ihre Mädchen, die sich aufspielten und uns anrempelten, und auch nicht die Sirene einer Polizeistreife, die wahrscheinlich unterwegs war, um irgendeine Schlägerei zu beenden. Mary hörte nicht auf, sich darüber auszulassen, was für einen tollen Abend sie gehabt hatte, den schönsten Abend ihres Lebens und so weiter. Ich aß von den Pommes und dachte, wie nett Ralph doch war und dass ich ihn auf genau dieselbe Weise mochte, wie Mary für Elton empfand, und dass es mir völlig egal war, was er beruflich machte. Außerdem, was war schließlich falsch daran, Klempner zu sein? Ich nahm mir eine weitere Fritte. Sie war heiß und salzig. Allmählich schwirrte mir der Kopf.

Als der Bus kam, sprang Mary gleich hinein. Ich zögerte und wandte mich noch einmal zu Ralph um.

»Danke«, sagte ich.

»Wofür?«

»Du weißt schon. Den Drink und alles.«

Ralph lächelte. Er blickte auf seine Schuhe und kratzte sich hinterm Ohr. Ich überlegte, ob ich es wohl wagen konnte, ihn zu küssen. Nur auf die Wange, damit er wusste, dass ich ihn mochte, Interesse an ihm hatte, doch noch bevor ich meinen Mut zusammennehmen konnte, hatte Mary gemerkt, dass ich noch nicht im Bus war. Sie drehte sich um und packte mich am Arm. Ich kam nicht mehr dazu, mich überhaupt von Ralph zu verabschieden.

Wir setzten uns im oberen Deck des Busses ganz nach vorn. Unter uns glitt die Innenstadt Brightons vorüber, und wir näherten uns der Siedlung. Mary zeichnete mit dem Finger ein von einem Pfeil durchbohrtes Herz in den Dreckfilm auf der Fensterscheibe. An das Ende des Pfeils schrieb sie MARY und an die Spitze ELTON 4 EVER. Dann sah sie mich an und sagte: »Dein Auge sieht aber komisch aus.«

»Wem sagst du das?«, erwiderte ich.

»Bis morgen hat sich das bestimmt wieder gegeben«, meinte sie.

»Das will ich hoffen.«

»Aber es hat sich gelohnt, oder etwa nicht?«

»Hat es das?«

»Natürlich hat es das, von allen Mädels dort haben wir am besten ausgesehen!«

Ich fand, dass ich mich glücklich schätzen konnte, eine Freundin wie Mary Pickles zu haben, die sich so viele Gedanken um mich machte, und ich drückte ihre Hand. Ich hoffte von ganzem Herzen, dass Elton ihr jetzt mehr Beachtung schenken und sie darum bitten würde, seine Freundin zu sein. Und wenn sie mich das nächste Mal danach fragte, ob ich Ralph genauso mochte wie sie Elton, würde ich ganz bestimmt zugeben, dass ich ihn mehr als okay fand. Als die Lichter von Brighton draußen vorbeiglitten, gelobte ich mir selbst, von jetzt ab immer meinem Herzen zu folgen, ganz aufrichtig.

Liebes Tagebuch,

es war großartig gestern Abend, unglaublich toll, fantastisch! Elton ist der süßeste Junge auf der ganzen Welt! Er hat einen Song ganz allein für mich gesungen. Ich muss versuchen, cool zu bleiben. Ich glaube, Elton mag Mädchen, die cool sind.

Ich werde alles tun, um ihn zu bekommen, absolut alles.

Alles Liebe von
Mary Pickles (die Liebestrunkene aus der See Saw Lane)
Siebzehn Jahre alt

9. KAPITEL

Am Morgen nach dem Auftritt von Eltons Band hatte ich einen wirklich schönen Traum. Ich träumte, wie Ralph und ich auf der Schlittschuhbahn waren. Wir hielten uns an den Händen und hatten die Arme vor dem Körper verschränkt. So glitten wir nebeneinander auf dem Eis dahin, nur wir beide. Was machte es da, dass mich im echten Leben die Stiefel jedes Mal beinahe umbrachten, wenn ich eislaufen ging, weil meine Füße zu groß waren, und dass ich mich immer am Rand festhalten musste, um nicht auf den Hintern zu fallen. In meinem Traum lächelte Ralph mir zu, und ich blickte ihm in die Augen, die – nebenbei bemerkt – einen sehr hübschen dunklen Grünton hatten. Ich mochte nie mehr damit aufhören, und wir drehten Runde um Runde. Es fühlte sich alles ganz leicht und so richtig an. Dann lief auf einmal alles schief in dem Traum … ich stieß überall an, stolperte, hatte Ralph losgelassen … und fiel … ich öffnete mein intaktes Auge und sah, wie meine Schwester ungefähr fünf Zentimeter von meiner Nase entfernt einen Schuh hochhielt.

»Was tust du da?«, quietschte ich.

»Nicht bewegen, Dottie!«, sagte sie. »Da ist eine große schwarze Spinne auf deinem Kissen!«

Nicht bewegen? Sie machte wohl Scherze! Noch nie in meinem Leben hatte ich mich so schnell bewegt. Ich sprang unter der Decke hervor und versteckte mich hinter Rita, so gut ich konnte. Wegen der Lockenwickler, die sie jede Nacht in ihr Haar drehte – ich habe keine Ahnung, wie sie es schaffte, jemals damit zu schlafen –, war es nicht leicht, die Spinne gut zu sehen.

»Ich glaube, sie ist tot«, sagte sie.

Ich spähte an ihrem Ellbogen vorbei.

So wie mein Kissen aussah, kroch die Spinne wahrscheinlich schon seit einigen Hieben im Spinnenhimmel herum.

»Ich verabscheue Spinnen«, sagte Rita. Sie fröstelte in ihrem Babydoll-Nachthemdchen.

»Ich auch«, sagte ich und stellte fest: »Aber du hast gerade meine Wimpern getötet.«

Rita drehte sich zu mir um und bedachte mich mit einem verärgerten Blick. Sie ließ den Schuh zu Boden fallen. Es war einer ihrer besten Stiletto-Pumps. Sie musste sich ganz schön erschreckt haben, wenn sie zu dem gegriffen hatte.

»Du bist ja so eine Idiotin!«, sagte sie.

»Warum bin ich eine Idiotin?«

»Weil man die Wimpern abnimmt, bevor man zu Bett geht!«

»Wie hätte ich sie denn abnehmen können?«, entgegnete ich. »Sie haben fest auf meinen Augenlidern geklebt.«

»Und hör auf, mir zuzublinzeln!«, herrschte sie mich an.

»Ich blinzle dir nicht zu! Ich glaube, ich kann mein linkes Auge nicht öffnen!«

»Oh, du dummes Gör! Was hast du da nur gemacht?«

Sie drehte sich von mir weg und zog die Vorhänge zurück. Tageslicht flutete herein und erhellte meine ordentliche und Ritas chaotische Zimmerhälfte.

Sie kam zu mir herüber und sah sich mein Auge genauer an.

»Ich glaube, es hat sich entzündet oder so. Es sieht schlimm aus.«

Rita sammelte die Kleider auf, die sie am vorigen Abend hatte fallen lassen, und schüttelte sie aus.

»Geh zu Mum und zeig ihr, was du da mit deinem Auge angestellt hast«, sagte sie. »Wahrscheinlich brauchst du eine Wundsalbe oder etwas in der Art.« Dann stolzierte sie aus der Tür und warf sie hinter sich zu. Ich hörte, wie sie genau im selben Moment wie Dad vor der Badezimmertür anlangte. Es gab ein kleines Gerangel, bevor er nachgab und ihr den Vortritt ließ. Das war für gewöhnlich die beste Strategie, wenn sie eine ihrer Launen hatte. Der Himmel möge dem armen Nigel beistehen, dachte ich bei mir, aber zumindest würde das jetzt nicht mehr länger mein Problem sein.

Ich setzte mich an die Frisierkommode und beugte mich vor, um mich im Spiegel anzusehen. Ich sah aus wie Draculas kleine Schwester; mein linkes Auge war total rot und geschwollen, und eine halb zerquetschte falsche Wimper hing über das Unterlid. Das rechte Auge hingegen wirkte blass und kahl. Ich versuchte, das zugeklebte Auge mit den Fingern zu öffnen, doch es war zu entzündet. Nur gut, dass Sonntag war und ich niemanden treffen und nirgendwohin gehen musste.

Ich fingerte noch eine Ewigkeit an dem herum, was von den Wimpern übrig geblieben war, ohne sie abzubekommen, bis ich Mum von unten rufen hörte. Dem Tonfall nach zu urteilen hatte Rita das Bad wohl verlassen und war hinuntergegangen, um ihr alles brühwarm zu erzählen.

»Dottie«, brüllte sie, »komm runter und zeig mir, was du angestellt hast!«

Ich seufzte, zog meinen Morgenrock über und ging nach unten.

Clark saß am Küchentisch und aß Cornflakes; er zwinkerte mir zu.

»Sehr witzig«, sagte ich, aber mit dem Auge, das inzwischen auf die Größe eines Golfballs angeschwollen war, konnte ich ihm schwerlich einen vernichtenden Blick zuwerfen.

»Wie siehst du nur aus!«, sagte Mum. »Setz dich besser.«

Sie tauchte einen Wattebausch in ein Tellerchen mit warmem Wasser und begann, damit mein Auge zu betupfen.

»Ist das besser so?«, fragte sie.

Ich versuchte erneut, das Auge zu öffnen, aber es ging nicht.

»Nicht wirklich«, erwiderte ich. Mittlerweile begann ich, leicht panisch zu werden.

Genau in diesem Augenblick schneite Tante Brenda durch die Hintertür herein, ohne zu klopfen, was wieder mal typisch war. Wenn sie mein Dilemma erst gesehen hatte, würde es bald in der ganzen Siedlung die Runde machen. Das würde mir noch ewig anhängen.

»Dachte, ich schau mal eben rein und zeige euch ein paar Schnittmuster für die Kleider«, sagte sie fröhlich und knallte ihre Tasche so auf den Tisch, dass etwas Wasser aus dem Tellerchen schwappte. Sie nahm den Kannenwärmer hoch, fühlte mit dem Handrücken die Temperatur der Teekanne und goss sich eine Tasse des frisch aufgebrühten Tees ein. Dann bemerkte sie mich.

»Warum zwinkert Dottie mir zu?«, fragte sie Mum.

»Sie zwinkert dir nicht zu, Brenda«, sagte Mum. »Sie hat sich das Auge zugeklebt.«

Tante Brenda schien alles andere als überrascht zu sein.

Sie tat zwei Zuckerwürfel in ihren Tee und sagte: »Das ist meiner Nachbarin, Mrs. Baxter, auch passiert. Du weißt schon, die mit dem seltsamen Ehemann und der falschen georgianischen Tür. Sie hat eine Tochter namens Penelope, die ungefähr in Dotties Alter ist und sehr dünnes Haar hat. Auf jeden Fall hatte sie sich statt *Optrex*-Augentropfen aus Versehen Kleber ins Auge getropft. Dieses Auge sah das Tageslicht nie wieder – am Ende bekam sie ein Glasauge!«

Wie ekelhaft! dachte ich.

»Aber es passte sehr gut zu dem anderen Auge«, sagte Tante Brenda. »Du dürftest nicht so viel Glück haben, Dottie, wo du doch so eine seltsame Augenfarbe hast.«

Irgendwann mitten in dieser Unterhaltung war Rita in die Küche gekommen. Sie hatte die Lockenwickler noch im Haar und nahm sich ein Stück Toast vom Teller.

»Dann kann sie es abhaken, meine Brautjungfer zu sein«, sagte Rita. »Sie kann mich doch nicht mit einem Glasauge zum Altar führen.«

»Dottie wird kein Glasauge brauchen«, sagte Mum und drückte mich beruhigend an der Schulter.

»Darauf würde ich mich nicht verlassen«, meinte Tante Brenda und schüttelte den Kopf.

»Du musst ins Krankenhaus«, schlug Mum vor, »die werden wissen, was zu tun ist. Ich gehe mal davon aus, dass die dort ständig mit so etwas zu tun haben.«

Rita schnaubte.

»So kann ich doch nicht in den Bus steigen!«, warf ich ein.

»Zumindest nicht im Morgenmantel«, sagte Mum. »Aber wie willst du sonst dorthin kommen?«

»Wir könnten doch einen Krankenwagen rufen«, sagte Clark, der ganz scharf auf ein Drama war.

»Könntet ihr mir kein Taxi bestellen?«, fragte ich hoffnungsvoll.

»Ein Taxi – und wovon träumst du nachts?«, gab Clark zurück.

»Sehr witzig.«

»Ich weiß, was wir machen!«, sagte Mum, die manchmal wirklich gute Einfälle hatte.

»Clark – wo ist diese Augenklappe, die du damals tragen musstest, als dich ein Cricketball getroffen hat?«

»Oben – ich hol sie!«

»Desinfizier sie«, rief ich ihm nach. Mir war ziemlich elend zumute. Ich ging nach oben, um mich anzuziehen, und setzte mir Clarks Augenklappe aufs Auge. Damit sah ich ganz schön dämlich aus. Mir blieb wohl nichts anderes übrig, als den Kopf etwas hängen zu lassen und zu hoffen, dass mir niemand über den Weg lief, den ich kannte. Manchmal wünschte ich mir, so klein zu sein wie Mary. Wenn man klein war, wurde einem vieles nachgesehen. War man aber wie ich so groß wie ein Haus, fiel man im günstigsten Fall zumindest nur auf.

Als ich zurück in die Küche kam, lächelte Mum mich an und sagte: »Das ist viel besser so, jetzt wird es niemand mehr bemerken.«

Schön wär's, dachte ich.

»Möchtest du, dass ich mitkomme?«, fragte sie.

»Nein, es geht schon«, sagte ich mit kläglicher Stimme.

»Na komm, ich begleite dich.« Dann fügte sie leise hinzu: »So komme ich wenigstens mal für ein paar Stunden aus diesem Affenstall heraus.«

»Bist du sicher?«

Sie reichte mir meinen Cardigan und rief zu Dad ins Wohnzimmer hinüber: »Nelson! Ich bringe Dottie zum Arzt, sie hat sich ihr Auge zugeklebt!«

»Wie schade, dass es nicht ihr Mund ist!«, sagte Dad und brach dann im Glauben, etwas Lustiges gesagt zu haben, in schallendes Gelächter aus.

»Man sollte besser *deinen* Mund zukleben«, sagte Mum. »Dann könntest du dir nicht mehr diese ganzen Kippen reinstecken. Und wie wäre es, wenn du das Geschirr spülst, während wir weg sind?«

»Das war deutlich«, prustete Clark und verteilte dabei die Cornflakes über dem ganzen Tisch.

»Und du kannst abtrocknen«, sagte Mum.

Als ich im Bus saß, dachte ich an den vergangenen Abend zurück. Das *Whisky A Go Go* war nicht im Entferntesten das, was ich mir vorgestellt hatte. Es war so voll dort gewesen, so dunkel und voller Rauch, dass es mich an unser Wohnzimmer erinnert hatte. Wenn das das neue Terrain war, auf das ich mich vorgewagt hatte, dann konnte es mir gestohlen bleiben.

Mary hatte jede Sekunde des Abends genossen, und ich wusste, dass sie bestimmt wieder hingehen wollte. Ich war nicht sicher, ob mir das genauso ging. Ich dachte an unsere Verabredung im Café zurück, wie schön es gewesen war, neben Ralph zu sitzen, und wie er mich angesehen hatte – als ob er mich wirklich gern hätte. Und weißt du was? fragte ich mich in Gedanken selbst. Ich glaube, dass er mich tatsächlich mag – das glaube ich wirklich.

»Komm, Dottie«, sagte Mum. »Wir müssen hier aussteigen.«

Wie ein kleines Kind folgte ich ihr durch das Tor zum Krankenhaus. An einem von Geranien gesäumten Rasenplatz vorbei gingen wir ins Gebäude. Das Wartezimmer war gerammelt voll, und ich kam mir ziemlich idiotisch dabei vor, mit meiner Augenklappe da zu sitzen wie Long John Silver, der Seeräuber aus Stevensons *Schatzinsel*; es fehlte nur noch der Papagei. Hauptsächlich war das Wartezimmer voller Männer, die sich unübersehbarerweise geprügelt hatten, alter, tattrig aussehender Leute und kreischender Kleinkinder mit glänzenden roten Backen und schwitzigen Köpfen.

»Glaubst du, sie werden das wieder hinbekommen?«, fragte ich.

»Warten wir ab, was der Doktor sagt«, sagte Mum ruhig. Sie nahm meine Hand und hielt sie in ihrem Schoß.

Ich liebte meine Mum.

Eine halbe Stunde später verließ ich das Behandlungszimmer wieder, ohne die falschen Wimpern. Ich fühlte mich erleichtert, doch mein Auge tat weh, und ich bemitleidete mich ein wenig. Beim Hinausgehen warf ich die Augenklappe in den Abfallbehälter.

Als wir nach Hause kamen, war Mary in unserer Küche und

betrachtete Clarks neueste Fotoserie. Er starrte mich an, als ich hereinkam, und sagte: »Steht dir gut, Dottie.«

Ich blickte ihn finster an. »Wie bitte?«

»Dein Glasauge, es passt ganz gut zu dir.«

»Sehr witzig – ha ha ha, du bist zum Schreien komisch, Clark Perks.«

»Hat es wehgetan?«, fragte Mary und blinzelte. Ihre Wimpern sahen natürlich noch immer großartig aus. Wenigstens sie machte sich tatsächlich Sorgen. Neben meiner Mutter war sie die einzige Person, die auf meine Gefühle Rücksicht nahm.

»Ein wenig«, sagte ich. Ich wollte nicht, dass sie sich Vorwürfe machte, denn auch wenn es streng genommen ihre Schuld gewesen war, so hatte sie es doch nicht absichtlich gemacht.

»Nicht sehr«, bekräftigte ich und lächelte sie breit an.

»Wieso klebte eigentlich nur eine Seite der falschen Wimpern fest?«

»Keine Ahnung. Die andere ist in der Nacht von allein abgefallen.«

Clark fügte hinzu: »Und von Rita kaltblütig erschlagen worden. Ihr Strafprozess wird nächste Woche stattfinden. Wir drängen alle auf die Todesstrafe.«

Zur Abwechslung fand ich das nun wieder sehr witzig, Mum hingegen nicht. »Das ist gemein, so etwas sagt man nicht über die eigene Schwester, Clark«, tadelte sie ihn.

»Sie ist meine Schwester?!!!!«, kreischte Clark auf. Er fasste sich an die Kehle, machte ein ersticktes Geräusch und ließ sich unter den Tisch rutschen. Jetzt musste auch Mum lachen. Wir ließen die beiden allein und gingen nach oben ins Schlafzimmer. Es duftete nach Ritas Parfum und ihrem Haarspray. Ich öffnete das Fenster, um ein wenig frische Luft hereinzulassen.

»Wo ist Rita?«, fragte Mary.

»Sie hat heute Nachmittag mit ihrem Versicherungsfritzen einen Gesprächstermin beim Pfarrer.«

»Ich wünschte, Elton und ich wären es, die mit dem Pfarrer sprechen«, sagte Mary.

Darauf bestand wenig Aussicht, dachte ich, in Anbetracht dessen, dass er sie, nachdem er sie im Club während eines Songs angesungen hatte, den restlichen Abend kaum noch beachtet hatte.

Mary setzte sich auf die Bettkante. »Vielleicht ist das ja auch alles aussichtslos.«

»Was ist aussichtslos?«

»Stell dir mal vor, dass die Kunsthochschule in Paris mich aufnimmt. Sie nehmen nur die Besten, aber meine Zeichnungen werden immer besser. Ich bin fast so weit, ich bin kurz davor, mich bewerben zu können.«

»Das ist doch großartig, Mary! Ich meine, ich möchte nicht, dass du weggehst, weil du mir fehlen wirst, wirklich fehlen, aber wenn du glaubst, bereit zu sein, dann solltest du es versuchen!«

Mary runzelte die Stirn. »Ich weiß nicht.«

»Was ist los?«

»Dann werde ich Elton verlieren.«

»Nicht zwangsläufig.«

»Elton ist wirklich talentiert, und er ist immer von Leuten umgeben. Wenn ich *Leute* sage, dann meine ich vor allem Mädchen. Da gibt es eine Menge Mädchen, und die meisten davon sind größer als ich. Und weiter entwickelt.«

Mary ließ sich aufs Bett zurückplumpsen und streckte die Arme über dem Kopf aus. Sie starrte auf den Schimmelfleck an der Decke, dorthin, wo einmal ein Loch im Dach gewesen war, und seufzte theatralisch.

»Ich muss ihn dazu bringen, mir irgendeine Art von Versprechen zu geben, damit ich weiß, dass er auf mich warten wird.«

»Ehrlich gesagt, glaube ich nicht, dass Elton die Art von Mann ist, die warten kann, oder besser gesagt, die Versprechen macht«, warf ich ein.

Mary rieb sich den Nasenrücken. »Deshalb brauche ich einen Plan. Er muss sich in mich verlieben. Ich weiß, dass er mich mag, doch mich zu mögen reicht nicht. Er mag Hunderte von Leuten, deshalb muss er sich einfach in mich verlieben und einsehen, dass er ohne mich nicht leben kann! Ich muss wissen, dass er auf mich wartet.« Sie wandte mir den Kopf zu. Ihr Blick war ernst.

»Oh«, machte ich nur.

»Wie soll ich ihn nur dazu bringen, das zu tun, Dottie?«

»Ich fürchte, das braucht einfach Zeit.«

»Ich habe keine Zeit! Nicht, wo er da draußen ist mit seiner Band und singt und all diese Mädchen sich ihm an den Hals werfen. Ich muss ihn dazu bringen, mich jetzt haben zu wollen.«

Ich nahm den abgewetzten Stoffhasen in die Hand, den ich seit Babytagen hatte, und drehte ihn hin und her.

»Wenn du dich von der Menge abheben willst, musst du anders sein als der Rest von ihnen.«

»Ja, ich weiß. Aber wie? Es ist ja nicht so, dass ich ewig Zeit hätte, mir einen Plan auszudenken. Was ist, wenn *Brainless* die nächsten *Rolling Stones* werden und Elton der nächste Mick Jagger? Was, wenn er nach London zieht? Was dann? Alle möglichen Frauen, Models und Schauspielerinnen werden sich an ihn ranmachen, und dann hab ich ihn für immer verloren!«

Ich persönlich hielt das zwar für ein wenig unwahrscheinlich, aber sollten *Brainless* tatsächlich berühmt werden, dann war es gut möglich, dass Mary richtiglag. Wenn Elton mit einer Platte einen Hit landete, würde er sicher nicht zögern, Brighton zu verlassen und nie mehr zurückzukehren. Vielleicht gab es ja auch irgendwo in Dartford, wo Mick Jagger aufgewachsen war, ein Mädchen wie Mary, das sich wünschte, sie hätte sich ihn etwas schneller geangelt. Mary hatte sich offenbar schon seit einer ganzen Weile Gedanken darüber gemacht. In ihren Augen lag eine unübersehbare Dringlichkeit.

»Da ist etwas dran«, gab ich zu. »Aber ich wüsste nicht, was du da machen kannst, außer eventuell so zu tun, als wärst du schwer zu bekommen, dich zu zieren.«

»Um mich zieren zu können, müsste er erst mal hinter mir her sein.«

»Dann musst du ihn halt dazu bringen.«

»Und wie fange ich das an?«

»Keine Ahnung. Tu so, als sei schwer an dich ranzukommen, würde ich sagen.«

An dieser Stelle ließen wir uns beide kichernd auf das Bett zurückfallen.

Liebes Tagebuch,

ich gehe seit geschlagenen drei Wochen mit Elton aus. Drei ganze Wochen! Das sind einundzwanzig wunderbare, traumhafte, atemberaubende Tage!!! Er ist zu Woolworths gekommen und hat mich dort gefragt, ob ich mit ihm ausgehen will. Dottie sagt, ich soll versuchen, so zu tun, als sei ich nicht leicht zu kriegen. Sie sollte vielleicht selbst mal versuchen, so etwas zu inszenieren. Warum sollte ich denn spielen, ich sei schwer zu kriegen? Schließlich will ich doch, dass er mich kriegt. Dottie muss noch eine Menge über die Liebe lernen.

Heute Abend wollen Dottie und ich mit Elton und Ralph zur Wahl der Miss Brighton am Ende des West Piers.

Hab ich schon erwähnt, dass es Elton war, der mich gefragt hat, ob wir zusammen ausgehen?

Also, er hat es tatsächlich getan.

Tschüss, Tagebuch
Mary Pickles (Freundin von Elton Briggs, Rockstar)
Siebzehn Jahre alt

10. KAPITEL

Es war der Abend der Wahl zur Miss Brighton. Mary und ich würden mit Elton und Ralph hingehen. Draußen war es noch angenehm. Ich war glücklich. In meinem Bauch hatte ich Schmetterlinge vor lauter Vorfreude, und ich kam mir vor, als stünde ich oben auf einem Sprungbrett, kurz davor, mich ins tiefe Wasser meines nächsten Lebensabschnitts zu stürzen. Ich konnte es kaum erwarten.

Wir trafen die Jungs an der Bushaltestelle. Mary war total aufgeregt, weil sie endlich mit Elton ausgehen würde.

Eines Mittwochs war er am späten Nachmittag bei Woolworths aufgekreuzt und hatte sich bei der Pick-and-Mix-Theke mit den Süßigkeiten zum Selbstzusammenstellen herumgetrieben. Ich hatte ihn noch vor Mary entdeckt, denn die örtliche Schule war gerade aus, und sie war von einer Traube von Kindern eingekreist, die drängelten und sich gegenseitig wegschoben, um ihre Süßigkeiten zu bekommen und Marys Aufmerksamkeit zu erregen. Elton trug ein Paar Bluejeans und ein schwarzes T-Shirt mit einer schwarzen Lederweste darüber. Es war nicht schwer zu verstehen, warum Mary sich so von ihm angezogen fühlte. Da war etwas an ihm, irgendetwas Cooles und Mysteriöses, es war nicht nur sein Aussehen. Er war definitiv nicht mein Typ, aber ich nahm seine Anziehungskraft wahr. Ich würde noch mindestens eine Stunde nicht viel zu tun haben, bis die Fabrik schloss und die Angestellten hier zum Einkaufen vorbeikamen. Also ging ich zu Marys Theke hinüber.

»Ich glaube, du hast Besuch«, flüsterte ich. Mary war damit beschäftigt, Kaubonbons mit Fruchtgeschmack in eine Papiertüte zu schaufeln.

»Ich hab jetzt keine Zeit für irgendwelchen Besuch«, entgegnete sie.

»Für ihn wirst du bestimmt Zeit finden«, sagte ich grinsend.

Mary drehte sich um und erblickte Elton. Sie wurde sichtlich blass und ließ die Kaubonbons über die ganze Theke kullern.

»Keine Sorge«, sagte ich. »Ich übernehm dann mal. Sag Mr. Rankworthy einfach, dass dir ein wenig unwohl ist und du etwas frische Luft brauchst.«

»Danke, Dottie!«, sagte sie.

»Und versuch dich ein wenig zu zieren!«, flüsterte ich.

Mary bedachte mich mit einem ihrer Blicke.

Ich sah ihr nach, wie sie zu Mr. Rankworthy hinüberging, um sich kurz zu entschuldigen. Sie blickte zu ihm auf wie ein kleines Hündchen, und man konnte ihn dahinschmelzen sehen wie eine Kugel Eis an einem heißen Tag. Er legte ihr den Arm um die Schulter und führte sie nach draußen. Eine Schrecksekunde lang fürchtete ich, er würde bei ihr bleiben, doch nach einer gefühlten Ewigkeit kam er wieder in den Laden zurück. Ich nickte Elton zu, um ihm grünes Licht zu geben, und er ging nach draußen zu Mary.

Die nächsten zehn Minuten war ich damit beschäftigt, Kinder zu bedienen, und als das letzte seine Tüte mit bunten *Rainbow Drops* an sich drückte und ging, kam Mary in den Laden zurück. Jetzt war sie alles andere als blass, ihr Gesicht glühte regelrecht, und sie grinste von einem Ohr bis zum anderen, als sie leichtfüßig zu mir herübertänzelte.

»Nun?«, fragte ich und lächelte sie an.

»Er will mit mir ausgehen! Er hat mich tatsächlich gefragt, ob wir uns verabreden wollen!«

»Was hat er gesagt?«

»Er hat mich einfach gefragt, ob ich mit ihm ausgehen möchte.«

»Sonst nichts?«

»Elton redet doch nie sehr viel, oder?«

»Also wann wirst du dich dann mit ihm treffen?«

»Morgen. Er nimmt mich ins *Istanbul* mit, diesen echt coolen Club über dem Dorothy-Perkins-Laden.«

Ich hatte sie umarmt und gesagt: »Ich freu mich so für dich!«

Während der nächsten Wochen schwebte Mary im siebten Himmel. Ihre Aufregung begann, allmählich auf mich abzufärben, und ich hoffte, dass ich vielleicht das nächste Mal an der Reihe war.

Wir hatten verabredet, die Jungs nach der Arbeit zu treffen. Es war einer dieser lauen Sommerabende, an denen man das Gefühl hat, alles sei möglich. Mary sah so glücklich aus. Gespannt und heiter sah ich dem Abend entgegen, der vor uns lag. Ich weiß nicht mehr genau, worüber wir uns gerade unterhalten hatten – vermutlich über Elton –, als er und Ralph um die Ecke bogen. Ralph ging, Elton stolzierte eher. Sein Haar war zurückgegelt, und er hatte diese großspurige Art, ständig grinste er. Ralph stand sozusagen in seinem Schatten. Ich fand das ganz gut. Ich hatte fast zehn Jahre meines Lebens in Marys Schatten verbracht. Es war etwas, das Ralph und ich gemein hatten.

»Hallo, meine Hübsche!«, begrüßte Elton Mary und nahm die Zigarette gerade so lange aus dem Mund, dass er ihr einen Kuss geben konnte. Ralph und ich lächelten uns verlegen an, als die beiden miteinander knutschten. Mary flirtete wie ein Profi. Ich wusste nicht, wo sie das gelernt hatte.

Als der Bus kam, gingen wir nach oben. Elton setzte sich mit dem Rücken zum Fenster und legte die Beine auf den Sitz vor sich. Er zog Mary auf seinen Schoß, und sie knutschten noch einen Augenblick weiter. Dann kletterte sie wieder von ihm herunter und setzte sich eine Sitzbank weiter hinten neben mich. Ralph saß allein. Der Rauch von Eltons Zigarette zog über die Rückenlehne und drang in meine Lunge, die sich unangenehm und eng anfühlte.

Ich drückte das Fenster auf, um etwas Luft hineinzulassen, und blickte auf die Familien hinunter, die vom Strand zurückkamen – Väter in kurzen Hosen, Mütter in Sommerkleidern und kleine Kinder mit Sandalen und Strickjacken über ihren Badeanzügen. Die Kinder trugen Eimerchen und kleine Schaufeln, die Mütter Picknickkörbe, und die Väter hatten sich ihre Zeitungen unter den Arm geklemmt und rauchten. Alle hatten einen leichten Sonnenbrand und sahen müde aus, aber sie lächelten.

Mary hatte ihre Ellbogen auf die Lehne von Eltons Sitz gestützt, und sie kicherten und blödelten herum. Ich seufzte und lehnte meine Stirn gegen die Fensterscheibe. Im Glas konnte ich sehen, wie Ralph mich ansah. Er lächelte mich an, und ich lächelte zurück. Dann setzte er sich auf den Sitz hinter uns, damit wir uns unterhalten konnten.

»Elton hat erzählt, dass ihr jemanden kennt, der an dem Wettbewerb teilnimmt«, sagte er.

Ich nickte. »Sally von der Arbeit.«

»Freut sie sich darauf?«

Ich lachte. »Sie sagt, dass sie jede moralische Unterstützung braucht, die sie bekommen kann. Gestern war sie so nervös, dass ihr überflüssigerweise ganz flau wurde und sie sich im Pausenraum hinsetzen musste. Mrs. Burgess aus der Strumpfwarenabteilung hat ihr dann die Schultern massiert und ihr einen Sherry zu trinken gegeben.«

Ralph grinste und rieb sich die Nase. »Warum ist sie so aufgeregt?«

Ich zuckte mit den Schultern. »Sie fürchtet, keine Stimmen

zu bekommen. Aber das bräuchte sie gar nicht, denn sie ist das hübscheste Mädchen, das ich je kennengelernt habe, und zudem eines der nettesten.«

Ralph lächelte mich an. »Klingt nach dir«, sagte er.

Ich spürte, wie ich rot wurde. »Auf alle Fälle haben wir ihr versprochen, zu kommen und sie anzufeuern«, erklärte ich. »Hier sind wir also.« Genau in diesem Augenblick kreischte Mary begeistert auf und brach in Gelächter aus. Daraufhin wusste ich nicht, was ich noch sagen sollte, also sah ich etwas verlegen aus dem Fenster. Der Bus fuhr jetzt an Brightons Uferpromenade entlang. Ich beobachtete, wie die Liegestühle aufeinandergestapelt wurden und die Eis- und Würstchenverkäufer zusammenpackten.

Ich freute mich schon seit Ewigkeiten darauf, zu der Miss-Brighton-Wahl zu gehen – sie war eines der größten Ereignisse hier in der Gegend, und die Leute redeten immer noch Wochen danach davon. Ich hatte schon einmal mit meiner Familie eine besucht, und es war toll gewesen. Es gab eine richtige Show mit Musik, mit Mikrofonen und Scheinwerfern. Die Mädchen sahen alle so reizend aus in ihren Badeanzügen und Sandalen, die Haare schön frisiert wie Prinzessinnen. Als ich klein war, hatte ich mir immer gewünscht, später auch so hübsch zu sein, dass ich an einem Schönheitswettbewerb teilnehmen konnte. Als ich Dad dann von meinen Ambitionen erzählt hatte, meinte er nur, ich sei zu schade, um in Unterwäsche vor jedem Hanswurst auf und ab zu stolzieren. Allerdings glaube ich, dass er mir einfach nur auf nette Art vermitteln wollte, dass ich dafür zu dick war.

»Hey du, nimm sofort deine Füße von der Sitzbank oder ich schmeiß dich aus dem Bus!«, brüllte der Fahrer, der plötzlich mit rotem und verschwitztem Gesicht vor uns stand. Er tippte Elton mit dem Finger auf die Brust.

»Wie, diese Füße hier?«, fragte Elton.

»Diese Füße hier«, wiederholte der Fahrer.

Betont langsam nahm Elton seine Füße vom Sitz, einen nach dem anderen, grinste den Fahrer dabei süffisant an und blies den Rauch durch die Lippen.

»Und sei gefälligst nicht so frech, Söhnchen«, sagte der Fahrer. »Sonst setzt's was!«

Sobald er wieder nach unten verschwunden war, ließ Elton den Zigarettenstummel zu Boden fallen und legte die Füße zurück auf den Sitz. Ich sah Mary an. Sie wirkte etwas betreten.

Schließlich stiegen wir aus und reihten uns in den Strom der Menschen ein, die alle in Richtung West Pier liefen. Sie redeten und lachten, und es lag eine erwartungsvolle Spannung in der Luft. Es roch nach gebratenen Zwiebeln, Zuckerwatte und Zigarettenrauch. Der ganze Pier war beleuchtet, und die Lichter reflektierten sich im dunklen Wasser. Etwas weiter die Küste entlang lag der Palace Pier, dessen Lichter man bis hierher sehen konnte. Ich fand es toll, dass wir zwei Piere hatten, sicher gab es das nicht allzu oft. Auch die großen, schicken Gebäude, die auf die Uferpromenade hinausgingen, waren erleuchtet und hatten die Fenster geöffnet. Man hörte das Geräusch der Brandung, die über die Kiesel am Strand brauste. Vor lauter Wohlbehagen wäre ich am liebsten auf und ab gehüpft. Da spürte ich eine sanfte Berührung an meiner Hand und sah nach unten – es war Ralph, der nach ihr griff.

Ich lächelte ihn an und wand meine Finger in seine.

»Nun kommt schon, ihr beiden!«, rief Mary ungeduldig.

Elton trug eine schwarze Tasche über der Schulter.

»Wozu hast du die Tasche dabei?«, fragte ich.

»Elton hat was zu trinken mitgebracht«, erklärte Mary.

»Nur etwas, um uns in Stimmung zu bringen«, sagte Elton.

»In Stimmung wofür?«, fragte Mary und fing wieder zu kichern an.

»Du musst ja nichts davon trinken«, meinte Ralph.

»Werd ich auch nicht«, sagte ich. »Meine Mutter wird mich sonst umbringen.«

»Oh, Dottie, du bist fast achtzehn! Wen interessiert es, was deine Mutter dazu sagen würde? Es wird Zeit, dass du dich mal ein bisschen locker machst«, sagte Mary.

»Nein, danke«, entgegnete ich. »Ich glaube, ich bin locker genug.«

Der Wettbewerb fand in der Konzerthalle am Ende des Piers statt, also dauerte es eine Weile, bis wir dorthin gelaufen waren, vor allem, da eine Menge Leute, die alle gut gelaunt zu sein schienen, in der gleichen Richtung unterwegs war. Es waren viele Pärchen darunter, die Händchen hielten oder sich über die Reling beugten, um ins Wasser zu blicken, und Gruppen von Jungen oder Mädchen, die sich gegenseitig in Augenschein nahmen. Der Pier bestand aus Holzplanken mit Zwischenräumen, sodass man sehen konnte, wie das nachtschwarze Wasser sanft gegen die darunterliegenden Pfähle schlug. Mir schwindelte etwas, wenn ich hinuntersah. Marys Stiletto-Pumps blieben immer wieder in den Ritzen stecken, und jedes Mal mussten wir dann haltmachen und warten, bis sie ihren Schuh ausgezogen und befreit hatte, also brauchten wir eine Ewigkeit, um zum Ende des Piers zu gelangen. Einmal verfingen sich beide Absätze gleichzeitig, und sie stand wie angewurzelt da und schwankte vor und zurück wie ein verrücktes Kinderspielzeug. Mary und ich brachen in schallendes Gelächter aus, doch Elton fand das gar nicht witzig.

»Verdammter Mist«, fluchte er. »Ich wollte ganz vorn sitzen, aber bei diesem Tempo müssen wir froh sein, wenn wir überhaupt noch was zu sehen bekommen!«

»Sie kann doch nichts dafür«, verteidigte ich sie. »Komm her, Mary, ich nehm dich huckepack.«

»Oh, das würdest du tun?«

Ralph trat nach vorn. »Keine Sorge«, sagte er. »Ich werd sie tragen.«

Mary kletterte auf Ralphs Rücken.

Als wir am Ende des Piers angekommen waren, schwirrten massenhaft Leute herum, die alle darauf warteten, ins Theater gelassen zu werden oder an den Spielautomaten zu spielen. Es war sehr laut und irgendwie aufregend. Ralph setzte Mary ab, und ich ging mit ihr zu den Damentoiletten – wie immer, wenn wir ausgingen. Wir standen vor dem Spiegel und frischten unser Make-up auf.

»Hast du vorher schon mal Händchen gehalten mit Ralph?«, fragte Mary und sah mich im Spiegel an.

»Ja«, sagte ich.

»Oh, Dottie!«, rief sie und schüttelte den Kopf.

»Was stört dich denn so sehr daran?«, fragte ich.

»Dass du jemand Besseren bekommen kannst als ihn.«

»Ich mag ihn«, sagte ich leise.

»Na gut, es ist ja dein Leben«, lenkte sie ein. »Aber sag später nicht, ich hätte dich nicht gewarnt, wenn du am Ende mit einem Klempner verheiratet bist und dir haufenweise rothaarige Kinder am Rockzipfel hängen.«

»Ich mag rothaarige Kinder«, sagte ich.

Mary sah in den Spiegel und machte einen Schmollmund.

»Wie seh ich aus?«

»Großartig«, sagte ich.

Als wir von der Damentoilette kamen, standen die Jungs um die Ecke. Elton rauchte und trank aus seiner Flasche. Ich nahm an, dass er schon eine Menge getrunken hatte, denn er wirkte noch angeregter als üblich, und seine Augen glänzten stark. Mary streckte die Hand nach der Flasche aus, nahm sie und trank ein paar Schluck. Ich wusste nicht, wie ich mich verhalten sollte. Sie war es nicht gewohnt zu trinken, aber ich hatte keine Ahnung, wie ich sie davon abhalten konnte. Elton sah sie mit einem anzüglichen Grinsen an und sagte: »Wow! Das ist mein Mädchen!«, bevor er seinen Arm um sie schlang. Mary verging fast vor Glück. Erneut nahm sie die Flasche und trank noch etwas davon.

»Also los«, sagte sie und wischte sich die Lippen mit dem Handrücken ab, wobei sie ihren Lippenstift verwischte. »Gehen wir!«

Sie begann, sich durch die Menge zu drängen. »Entschuldigung« murmelnd folgten wir ihr nach, bis wir endlich im Saal waren. Wir hatten Glück und fanden relativ weit vorn vier freie nebeneinanderliegende Plätze.

Wir hatten uns kaum gesetzt, da wurden auch schon die Lichter abgeblendet, und man hörte Musik. Die Vorhänge rauschten zur Seite, und auf der Bühne stand ein Typ, der ein bisschen aussah wie Cliff Richard. Er trug einen glänzenden blauen Anzug mit silbern funkelndem Revers.

»Der sieht ja total behämmert aus«, sagte Elton.

»Ich finde, er sieht gut aus«, widersprach ich. Ich ertrug es nicht, mit Elton einer Meinung zu sein. Er hatte eine ähnliche Wirkung auf mich wie meine Schwester. Der Typ machte ein paar Scherze und sang dann auf äußerst melodramatische Weise *It's Now or Never*. Mary und ich mussten kichern. Endlich war es Zeit für den Schönheitswettbewerb. Eins nach dem anderen betraten die Mädchen die Bühne, liefen auf und ab, drehten sich einmal um ihre Achse und stellten sich dann in einer Reihe auf, einen Fuß vor dem anderen und eine Hand auf der Hüfte. Ich fand, dass sie alle wunderschön aussahen, wie sie da so in ihren Badeanzügen standen. Elton begann, bewundernd zu pfeifen, und ein paar Leute bedeuteten ihm, still zu sein. Sallys Badeanzug war weiß, sie trug Pumps mit wahnsinnig hohen Absätzen, und sie hatte sich die Haare legen lassen. Sie sah kein bisschen mehr nach dem Mädchen aus, das in der Kurzwarenabteilung bei Woollies arbeitete.

»Sally sieht hübsch aus, nicht?«, flüsterte ich Mary zu.

»Welche davon ist Sally?«, fragte sie.

»Die Dritte von links, in dem weißen Badeanzug.«

»Liebe Zeit«, sagte Mary. »Ich hätte sie ja fast nicht wiedererkannt!«

Aus dem Augenwinkel konnte ich sehen, wie Elton einen kräftigen Zug aus seiner Flasche nahm, bevor er sie an Mary weiterreichte. Ich hatte kein gutes Gefühl bei der Sache, versuchte aber, mich auf den Wettbewerb zu konzentrieren.

Im »Persönlichkeits«-Teil beantworteten die Mädchen Fragen, die man ihnen stellte, und lächelten dabei breit. Fast alle sagten, sie wollten heiraten und Kinder bekommen. Als ein Mädchen erzählte, dass sie zur Uni ging und für das Raumfahrtprogramm in Amerika arbeiten wolle, gluckste der Moderator, und zum Publikum gewandt verdrehte er die Augen. Dann sagte er: »Du meine Güte! Du hast sicher etwas über die Frauenemanzipation gelesen, mein Schätzchen, nicht wahr?«, und alle – die meisten zumindest – lachten. Ich lachte nicht, und Ralph und Mary auch nicht. Elton lachte natürlich.

»Es gibt nichts daran auszusetzen, Hausfrau zu sein, oder, Mädels?«, fragte der Moderator die anderen Bewerberinnen, und sie strahlten ihn alle an und nickten.

Allmählich fing ich an, Elton darin zuzustimmen, dass der Moderator ein Idiot war.

Um ehrlich zu sein, fand ich das Ganze ein wenig langweilig. Und das, obwohl es mir bislang wie das aufregendste und glamouröseste Ereignis der ganzen Welt vorgekommen war.

Ich war froh, als es endlich vorbei war. Sally war zwar auf keinen der ersten drei, wohl aber unter die ersten fünf Plätze gekommen. Ich fand, dass sie ziemlich gut abgeschnitten hatte. Das Mädchen, das ins Weltall wollte, kam auf den letzten Platz.

Als alles zu Ende war, standen alle fast gleichzeitig auf und drängten zum Ausgang. Da ich ganz außen in unserer Reihe saß, wurde ich mehr oder weniger mitgerissen. Erst draußen merkte ich, dass ich die anderen nirgendwo sehen konnte. Ich lungerte noch eine Weile herum und wartete, aber sie kamen nicht zum selben Ausgang heraus wie ich. Überall waren so viele Leute um mich herum, und ich wusste nicht, ob Mary und die Jungs am Ende des Piers auf mich warteten oder ob sie in Richtung Uferpromenade zurückgehen würden. In der Hoffnung, sie zu finden, lief ich zweimal um den ganzen Pier herum, doch ich konnte sie nicht entdecken. Sie hielten bestimmt auch nach mir Ausschau. Wahrscheinlich liefen wir hintereinander im Kreis. Ich drückte mich noch ein wenig herum, dann ging ich schließlich zur Bushaltestelle. Ich hoffte, sie dort anzutreffen, doch sie standen nicht in der Schlange.

Vom Meer her kam Wind auf. Allmählich wurde mir ganz schön kalt, und meine Augen fingen an zu tränen. Da sah ich Ralph auf mich zurennen.

»Ich kann Elton und Mary nicht finden«, sagte er atemlos. »Ich dachte, du wärst bei ihnen.«

»Und ich dachte, ihr wärt alle zusammen«, entgegnete ich. Ich sah wohl ziemlich besorgt aus.

»Ihnen geht's sicher gut«, meinte Ralph.

»Auf jeden Fall bin ich froh, dass du mich gefunden hast!«, sagte ich und lächelte ihn an.

»Das bin ich auch«, antwortete er.

Der Bus kam. Wir gingen aufs obere Deck und bekamen ganz vorne Platz. Ralph legte seinen Arm um mich, und ich schmiegte mich hinein. Ich sah aus dem Fenster. So glücklich wie jetzt gerade war ich noch nie in meinem ganzen Leben gewesen. Bald schon hatten wir Brightons Innenstadt hinter uns gelassen und fuhren an dem Freizeitgelände vorbei, wo Mary und ich immer gespielt hatten. Hier hatten William und Wallace Marys Hamster Schwimmunterricht gegeben. Jetzt waren Mary und ich erwachsen, und alles veränderte sich gerade. Ich fragte mich, was Mary jetzt wohl machte, und hoffte nur, dass sie gut nach Hause kam. Und dass Elton auf sie aufpasste.

Ralph begleitete mich zur Tür, und im Schein der Straßenlaterne nahm er mein Gesicht in seine Hände und küsste mich auf die Stirn. In jener Nacht umarmte ich mein Kissen und dachte daran, wie es sich angefühlt hatte, Ralphs Hand zu halten: wie der Beginn von etwas ganz Wunderbarem. Ich konnte kaum erwarten, was als Nächstes geschehen würde.

Liebes Tagebuch,

gestern Abend hat mich Elton Briggs unter dem West Pier geküsst. Und nur für den Fall, dass du das nicht gehört haben solltest: Elton hat mich gestern Abend GEKÜSST.

Ich wäre fast gestorben und in den Himmel gefahren.
Ich hab mich übrigens nicht geziert.

Tschüss
Mary Pickles (deren Lippen von Elton Briggs geküsst wurden)
SIEBZEHN JAHRE

11. KAPITEL

Und wieder war es Montag, einer dieser glühend heißen Altweibersommertage, an denen kein Lüftchen geht und man nur noch am Strand liegen und dösen möchte. Obwohl es erst zwei Tage her war, kam es mir vor, als lägen der Samstag und der Schönheitswettbewerb Ewigkeiten zurück. Ich sah Mary auf der Arbeit wieder. Woollies hatte eine neue Marke Haarfärbemittel hereinbekommen. Die Farben trugen Namen wie »Temperamentvolles Blond«, »Hinreißendes Rot« oder »Feuriges Kastanienbraun«. Vorn auf den Schachteln waren hübsche Mädchen abgebildet, die völlig ungeachtet ihrer Haarfarbe bereits gut aussahen. Mary und ich packten die Kisten mit den Schachteln aus, die heute Morgen angekommen waren, und sortierten sie in die Regale ein.

»Wir sollten uns die Haare färben«, sagte Mary und nahm eine der Schachteln mit der Aufschrift »Verführerisches Erdbeerblond« in die Hand.

»Welche Farbe wird dabei wohl rauskommen?«, fragte ich. »Das sind doch eigentlich zwei unterschiedliche Töne, oder?«

»Du bist so spitzfindig«, sagte Mary. »Es wird halt so was wie eine Mischung aus beidem sein!«

»Willst du etwa rosafarbene Haare haben?«

»Das wird nicht rosa werden, sondern blond.«

»Warum nennen sie es dann ›Erdbeerblond‹?«

»Das klingt einfach raffinierter. Hier steht, dass Blonde mehr Spaß haben.«

»Mehr Spaß als wer? Als wir?«

»Als sonst wer!«, sagte Mary und drehte die Augen zum Himmel.

»Ist dir noch nicht aufgefallen, dass die meisten der Mädchen bei dem Schönheitswettbewerb blond waren? Die Siegerin hatte blondes Haar, ebenso wie das Mädchen, das Zweite wurde.«

»Na, dann färben wir uns besser beide blond, sonst hast du Spaß und ich nicht«, sagte ich vergnügt.

Mary warf mir einen kurzen Blick zu.

»Wie meinst du das?«

»Wenn du dir die Haare blondierst und ich nicht«, wiederholte ich.

»Nimmst du niemals etwas ernst?«, fragte Mary.

Ich dachte einen Moment nach und sagte dann: »Eher nicht.«

Sie wandte sich von mir ab und begann, die Schachteln auf dem Regal gerade auszurichten.

»Ist alles in Ordnung?«, fragte ich.

»Warum sollte es das nicht sein?«

»Es ist nur ... Ich hab mir nur ein bisschen Sorgen gemacht um dich ... der ganze Gin, den Elton am Samstag getrunken hat ... und auch du hast ja ordentlich zugelangt und ...«

»Und was?«

»Ich weiß auch nicht. Leute tun manchmal Dinge, die sie eigentlich nicht tun wollten, wenn sie zu viel getrunken haben.«

»Ich weiß schon, was du glaubst, Dottie Perks.«

»Was denn?«

»Du glaubst, dass wir es getan haben, nicht wahr? Du glaubst, dass wir es unter dem Pier getrieben und deshalb den Bus verpasst haben.«

»Na ja, es war mir in den Sinn gekommen.«

»Nein, wir haben es nicht getan. Jetzt zufrieden, meine Liebe?«

»Ich mach mir einfach Gedanken um dich, das ist alles.«

»Ich weiß, aber dafür hab ich schon eine Mutter.«

»Du würdest es mir doch erzählen?«

»Um Himmels willen, Dottie.«

»Das würdest du doch tun, oder?«

»Sicher, und jetzt hör aber mal auf damit.«

Ich hatte keine Ahnung, warum es mir so wichtig war, es zu erfahren, denn eigentlich wollte ich es überhaupt nicht wissen. Ich befürchtete nur einfach, dass sich alles zwischen uns ändern würde, sobald sie ›es getan‹ hatte. Als wir noch kleiner waren, hatte Mary immer gesagt, dass man zur Frau wird, wenn man einmal Liebe mit einem Jungen gemacht hat, und vor meinem geistigen Auge waren dann immer die Bilder erschienen, wie wir uns plötzlich in unsere Mütter verwandelten. Das war ein wenig befremdlich. Dazu hätte ich zunächst etwa zehn Zentimeter schrumpfen müssen.

Die ganze Sache bereitete mir Kopfzerbrechen, also beschloss ich, nicht mehr darüber nachzudenken.

»Sei's drum«, sagte Mary energisch und hielt die Schachtel neben meinen Kopf, um meine Haarfarbe mit der des Models auf dem Bild zu vergleichen, »jedenfalls glaube ich, Blond passt nicht zu dir.«

»Warum nicht?«, fragte ich. »Ich will auch Spaß haben.«

»Ich finde, dir würde Rot stehen«, sagte Mary.

»Rot?«

»Na ja, nicht richtiges Rot.« Sie kramte in den Schachteln herum.

»Ruinier mir nicht die Auslage«, sagte ich. Da zog Mary eine Schachtel hervor.

»So etwas wie das hier«, sagte sie und las vor: »Verdrehen Sie Köpfe mit *Tantalising Tawny*, einem betörenden Rotbraun.« Sie reichte mir die Schachtel. Sofort hatte ich das Bild vor Augen, wie ich in der Siedlung durch eine Menschenmenge lief, deren Köpfe sich im Kreise drehten.

»Ist Köpfe zu verdrehen genauso gut, wie Spaß zu haben?«

»Natürlich ist es das. Das bedeutet, dass du den Leuten auffällst.«

Ich war mir nicht so sicher, ob ich den Leuten überhaupt auffallen wollte. Ich hatte mein ganzes Leben immer versucht, es *nicht* zu tun.

»Ich werde auf jeden Fall erdbeerblond werden«, sagte Mary. »Wenn du nicht willst, dass man sich nach dir umdreht, ist das deine Entscheidung.«

Es gab nur einen Kopf, den ich verdrehen wollte – und das war Ralphs. Wenn ich mir die Haare rötlich färben würde, passten wir gut zusammen.

»Ich glaube, ich bleibe besser bei der Farbe, die ich habe«, sagte ich.

»Wie du willst«, sagte Mary. »Dann werde ich den ganzen Spaß allein haben.«

Okay, dachte ich, dann aber auf deine eigene Verantwortung.

Bis zum Feierabend hatten wir keine Gelegenheit mehr, uns miteinander zu unterhalten. In der Garderobe zogen wir uns unsere eigene Kleidung wieder an und bürsteten uns die Haare.

Mary fragte: »Was willst du dieses Wochenende unternehmen?« Es sah ihr so gar nicht ähnlich, nach meiner Meinung zu fragen, was unsere Freizeitplanung anging.

»Ist mir egal«, sagte ich.

»Gut, denn wir gehen ins *Whisky A Go Go.*«

Mich traf der Schlag.

»Da gehen wir doch wohl nicht noch einmal hin«, meinte ich.

»Aber natürlich tun wir das. Dort gehen wir doch von jetzt an immer hin, oder?«

»Wir waren doch erst einmal da. Ich würde das nicht ›immer da hingehen‹ nennen.«

Mary seufzte. »Oh, Dottie, ich dachte, wir waren uns bereits darüber einig, dass das jetzt der angesagte Ort ist.«

»Ich weiß nicht«, sagte ich zögerlich.

»Oh, komm schon! Ich kann nicht allein hingehen, und ich möchte Elton unbedingt wiedersehen!«

»Du gehst doch immer noch mit ihm aus, oder?«

Sie zuckte die Schultern. Also hierum ging es bei der Sache.

»Er hat gesagt, dass er noch nicht so weit ist, fest mit jemandem zu gehen«, sagte sie.

»Oh, Mary!«

»Aber er hat gesagt, dass er mich mag.«

»Das ist doch schön, oder nicht?«

»Ja, schön. Aber ich will mehr als das.«

»Und wie du das willst.«

Mary lachte kurz auf. »Geduld war noch nie meine Stärke gewesen.«

»Er mag dich, das ist doch schon mal ein Anfang.«

»Vielleicht ist das der Anfang, aber es wird nicht das verdammte Ende sein!«

Ich lächelte. »Also, wie bist du dann mit ihm verblieben?«

»Er hat gesagt, wir sehen uns dann am Samstag im Club.«

»Hat er gesagt, ihr würdet euch sehen?«

»Na ja, er hat gesagt, wenn nichts dazwischenkäme, würde er wahrscheinlich da sein.«

Das war typisch für Elton, dachte ich. Statt sich richtig zu verabreden, ließ er sich alle Optionen offen. Ich fragte mich, von wie vielen Mädchen er sich mit »wir sehen uns im Club« verabschiedet hatte.

»Klingt nicht eben nach einer Einladung, finde ich«, sagte ich vorsichtig.

»Das ist es wohl auch nicht.«

»Was ist dir wichtiger, Mary, die Kunsthochschule oder Elton?«

»Das ist ja mein verfluchtes Problem. Beide sind mir wichtig.«

»Nun, ich glaube, da musst du dich langsam mal entscheiden.«

»Was ist eigentlich mit dir und Ralph?«, fragte Mary, um das Thema zu wechseln. Das machte sie immer so, wenn sie über etwas nicht reden wollte. »Ich habe den Eindruck, als wärt ihr ganz schön vertraut miteinander.«

»Er hat mich nach Hause begleitet«, sagte ich.

»Und?«, fragte Mary.

»Und nichts«, erwiderte ich.

»Ich kenn dich doch, Dottie Perks, du kannst mir nichts vormachen. Was ist noch passiert?«

»Er hat mich geküsst«, gestand ich schüchtern.

»Das war's«, sagte Mary und wurde ganz theatralisch, »der Anfang vom Ende! Du kannst genauso gut schon mal zur Stadtverwaltung gehen und deinen Namen auf die Liste der Wohnungsbewerber setzen lassen.«

»Er hat mich doch nur geküsst«, sagte ich kichernd.

»Es wird dir noch leidtun, denk an meine Worte.«

Ich blickte Mary Pickles an, meine allerbeste Freundin auf der ganzen Welt, und ich wusste, dass es mir niemals leidtun würde, wäre ich mit Ralph zusammen.

»Nun komm schon!«, drängte Mary. »Beeil dich. Wir müssen noch zum Plattenladen, bevor er schließt.«

Ich stand auf und hängte meinen Arbeitsoverall in meinen Spind. Dann nahm ich Marys Arm, und gemeinsam verließen wir die Garderobe. Wir klapperten die Betonstufen zum Mitarbeitereingang hinunter, und ich bot Mary von meinen Kaugummis mit Kirschgeschmack an. Sie nahm einen. Ich wusste nicht, wie ich sie davon abbringen konnte, sich so nach Elton zu sehnen. Mary spitzte den Mund und versuchte, eine Blase zu machen. Sie schielte, als sie daraufblickte, und ich musste lachen. Dann zerplatzte die Blase und klebte über ihrem ganzen Gesicht. Sie kratzte den Kaugummi wieder zusammen und steckte ihn in den Mund zurück.

Es war Zahltag, und wir gingen direkt zum Plattenladen, der länger offen hatte, damit die Mädchen aus den anderen Geschäften ihr Geld ausgeben konnten. Mary kaufte sich *Sweets for my Sweet* von den *Searchers*, und ich *She Loves You* von den *Beatles*.

»Hast du Lust, heute Abend mal wieder ins Café zu gehen?«, fragte ich sie, als wir durch die Siedlung zurückliefen.

Eine Menge Kinder rannten umher und jagten einander nach, und die Hunde jagten den Kindern hinterher. Alles war sehr laut. Immer wieder mussten wir Kindern ausweichen, die in selbst gebauten Gokarts über den Gehsteig sausten. In den Gärten hing die Wäsche akkurat auf den Leinen aufgehängt, Babys schrien in ihren Kinderwagen. Die Luft wimmelte von paarungsbereiten fliegenden Ameisen, und überall roch es aus den Küchen nach dem Fett der vielen Frittiertöpfe.

»Vielleicht«, erwiderte Mary.

Als wir oben am Gässchen ankamen, hielten wir an, und Mary sagte: »Ich komme so um acht Uhr bei dir vorbei, dann können wir ja entscheiden, was wir machen.«

Ich zupfte ein paar Blättchen aus der Ligusterhecke, die neben dem Geländer wuchs. Mary machte einen Schritt nach vorn und kickte einen Ball zu zwei kleinen Jungs zurück, die nur mit Shorts bekleidet in das Gässchen hineinliefen. Dann sprang sie aufs Geländer, setzte sich darauf und ließ die Beine baumeln. Sie kaute auf ihrem Kaugummi herum.

»Du hast Ralph wirklich gern, nicht?«

Sie sah zu Boden, oder vielleicht schaute sie auch ihre Schuhe an, ich war mir nicht ganz sicher. Plötzlich hob sie den Blick.

»Du wirst mich doch nicht vergessen?«

»Wie sollte ich dich vergessen, Dummerchen?«

»Ich hol dich dann um acht Uhr ab«, sagte Mary.

»Okay.«

»Man kann ja nie wissen«, sagte Mary, beugte sich nach hinten und ließ sich hinuntergleiten, bis sie nur noch an ihren Beinen hing, »vielleicht sind sie ja beide im Café.«

Plötzlich war mir etwas übel, und gleichzeitig fühlte ich mich glücklich und aufgeregt. Ich rannte durch das Gässchen und rief Mary dabei zu: »Mary!«

»Dottie!«, rief sie zurück.

»Mary!«

»Dottie!«

Als ich nach Hause kam, ging ich direkt ins Wohnzimmer, um meine neue Platte auf der Musikanlage abzuspielen, die in der Anrichte eingebaut war.

»Welchen Blödsinn bringst du diese Woche nach Hause?«, fragte Dad, der Zeitung lesend im Lehnsessel saß und rauchte.

»She Loves You«, antwortete ich, »von den *Beatles*.«

»Das legst du aber nicht auf, solange ich im Zimmer bin«, sagte er.

»Doch, das kann sie!«, wetterte Mum aus der Küche. »Dottie ist ein Familienmitglied, das seinen Anteil zum Unterhalt beisteuert, und sie hat dasselbe Recht dazu, ihre Platte abzuspielen wie jeder andere in diesem Haushalt auch. Und darf ich dich daran erinnern, dass ich es war, die diese Musiktruhe von ihrem Gehalt gekauft hat, und nicht du?«

Verflixt, ich wollte doch nur meine Platte anhören, und jetzt artete das gleich zu einer Art drittem Weltkrieg aus. Ich ging jede Wette ein, dass Mary jetzt in ihrem Schlafzimmer völlig sorglos ihre Schallplatte auf ihrem *Dansette*-Plattenspieler ablaufen ließ, den sie zu ihrem Geburtstag bekommen hatte. Glückliche Mary.

»Du hast eine neue Platte?«, frage Mum, als sie das Wohnzimmer betrat.

Ich kniete vor dem Plattenspieler und blies den Staub vom Tonabnehmer. Ich liebte den Geruch im Innern des Schranks, eine Mischung aus Möbelpolitur, Filz und Gummi. Ich liebte das Geräusch, das der Plattenspieler machte, wenn er angeschaltet wurde, und ich liebte es, die Platten aufzulegen und zuzusehen, wie die Nadel sich hinabsenkte und die Platte sich drehte. Alles daran war aufregend. »Die neue von den *Beatles*«, antwortete ich.

»Ich mag George Harrison ganz gern«, sagte Mum. Sie nickte zu Dad hinüber und fügte hinzu: »Dad hat früher mal ein bisschen so ausgesehen wie er.«

»Ich hab niemals so ausgesehen wie dieses Weichei«, sagte er, ohne die Augen von seiner Zeitung zu lösen.

»Vielleicht hattest du einen anderen Haarschnitt«, sagte Mum, »aber du hattest seinen glühenden Blick.«

Jetzt blickte Dad auf und lächelte sie an, und mir wurde plötzlich bewusst, dass die beiden sich tatsächlich gernhatten.

»Wenn ich will, kann ich immer noch glühen, Maureen«, sagte er und zwinkerte ihr zu.

»Oh, mein Gott, bitte hört auf! Ich werde sie ein andermal abspielen«, unterbrach ich die beiden. »Ich muss mich jetzt sowieso umziehen, ich gehe mit Mary ins Café.«

»Willst du nicht vorher zu Abend essen?«, fragte Mum.

»Was gibt es denn?«

»Gulasch.«

Mum hatte erst kürzlich erfahren, dass jemand aus ihrer um tausend Ecken entfernten Verwandtschaft aus Polen stammte, und hatte beschlossen, dass wir zumindest in kulinarischer Hinsicht etwas von der osteuropäischen Kultur kennenlernen sollten.

»Keine Sorge«, entgegnete ich. »Ich werd im Café etwas essen.«

»Achte darauf, dass es etwas Nahrhaftes ist«, sagte Mum.

Ich wusste zwar nicht, ob es nahrhaft war, aber es war gut möglich, dass es etwas Englisches war. Ich ging nach oben ins Schlafzimmer. Ritas grau karierter Minirock lag auf dem Boden. Ich hob ihn auf und zog ihn an. Erfreut stellte ich fest, dass er recht gut saß, und drehte mich vor dem Spiegel hin und her. Ich hatte definitiv abgenommen, seit die Schule zu Ende war. Mary sagte, das käme daher, dass ich nicht mehr all diese schwer verdaulichen Schulessen zu mir nahm. Vermutlich lag sie damit richtig, denn in jeder Mittagspause hatte ich in der Schule eine große Mahlzeit zu mir genommen, mit einem *spotted dick*, gebackenem Pudding mit Trockenfrüchten, oder *jam roly-poly*, einem Marmeladenstrudel mit Vanillesoße, als Nachtisch. Und wenn ich dann nach Hause kam, gab es noch einmal Essen.

Jetzt aß ich nur ein Sandwich zu Mittag und so wenig von Mums Kreationen, wie sie mir erlaubte. Vielleicht würde ich mit *»Tantalising Tawny«* auf dem Kopf und weniger Fett auf den Rippen endlich halbwegs so normal aussehen wie die anderen. Ich begann, den Rest von Ritas Sachen zu durchstöbern, und zog dann einen ihrer Playtex-BHs an und einen rosafarbenen Pullover darüber. Es sah großartig aus. Ich sah fast ein bisschen wie Rita aus, wie eine richtige Frau. Die Kleidung ließ mich nicht nur anders fühlen, ich lief sogar anders darin umher und stand anders da.

Als ich wieder hinunterkam, wartete Mary schon auf mich.

»Wow!«, entfuhr es ihr. »Sieh mal einer an! Miss schicke Mieze! Du siehst hübsch aus, Dottie! Ist das Ritas Rock?«

»Sag ihr bloß nichts!«, bat ich. »Bitte, sag es ihr nicht.«

»Weißt du eigentlich«, sagte Mum, »dass du gerade eine richtig schöne kleine Figur bekommst, Dottie Perks?«

Mary und ich kicherten noch auf dem ganzen Weg in die Stadt über Mums Ausdrucksweise.

Bevor wir das Café betraten, gingen wir wie immer auf die andere Straßenseite, um unsere Haare im Spiegel des *Flick 'n' Curl* zu begutachten und ein wenig mehr Lippenstift aufzutragen. Als wir die Tür des Cafés öffneten, sagte uns der fischige Geruch, dass Christine und Angie da waren. Sie spielten am Kickertisch, und als Mary sah, dass sie mit Elton und Ralph spielten, drückte sie meinen Arm so heftig, dass sie mir fast das Blut abquetschte.

Wir gingen zur Theke, um zwei geeiste Milkshakes zu bestellen, dann setzten wir uns und saugten an den Strohhalmen. Ralph sah zu uns herüber. Er wurde rot. An der Hitze in meinem Gesicht spürte ich, dass auch ich errötete. Angie schoss ein Tor und sprang jubelnd auf und ab. Elton boxte Ralph gegen den Arm, aber der schenkte den beiden gar keine Beachtung. Dann sagte Ralph etwas zu Elton, das ich nicht hören konnte.

»Na prima, dann soll ich also allein Angriff und Verteidung hier am Kickertisch übernehmen!«, rief Elton aus.

Er ließ die Augen suchend durch den Raum wandern.

»Mary!«, rief er dann. »Komm mal rüber und sei meine Verteidigung!«

Hätte er Mary gefragt, ob sie ihn auf der Stelle heiraten wolle, wäre sie nicht schneller gewesen.

Ralph setzte sich zu mir an den Tisch. Ich nippte an meinem

Milkshake und versuchte, beim Saugen am Strohhalm kein allzu lautes Geräusch zu machen. Mit dem Fingernagel schob ich ein wenig verstreutes Salz auf der Tischplatte herum. Ralph beobachtete mich mit einem kleinen Lächeln im Gesicht. Nach einer gefühlten Ewigkeit sagte er: »Ich hatte gehofft, dass du hier sein würdest.«

»Ich auch«, sagte ich. »Ich meine, ich habe natürlich gehofft, dass du hier bist, nicht, dass ich hier bin – äh!« Ich hüstelte verlegen.

»Dottie«, sagte er im selben Augenblick, als ich »Ralph« sagte, und wir mussten beide lachen.

Ralph begann, mit der Zuckerdose herumzuspielen. Er drehte sie im Kreis, sodass sich etwas Zucker auf der Plastiktischdecke verteilte. Dann fragte er plötzlich: »Möchtest du am Samstag mit mir ausgehen?« Die Worte purzelten so schnell aus seinem Mund, als hätten sie dort schon seit Ewigkeiten nur darauf gewartet, freigelassen zu werden.

Ich lächelte ihn an, doch da fiel mir wieder ein, dass ich bereits etwas vorhatte. »Mary will am Samstag mit mir in den Club gehen«, erklärte ich.

»Elton hat am Samstag ein Date«, sagte er vorsichtig.

»Er wird sie doch wohl nicht mit in den Club nehmen, oder?«

»Ich fürchte doch«, sagte Ralph.

»Aber er hat zu Mary gesagt, dass sie sich vielleicht dort sehen!« Ich sah zu Boden. Ich wusste, dass Mary wütend und verletzt sein und sich gedemütigt fühlen würde, und das machte mich traurig. Gut, sie wusste ja, wie Elton war. Er hatte ihr gesagt, dass er nicht fest mit ihr gehen wolle, aber das wäre Mary gleich, wenn er sie nicht so verletzen würde.

»Die arme Mary«, sagte ich.

Ralph äußerte sich nicht dazu.

Plötzlich herrschte eine betretene Stimmung zwischen uns. Ich wusste gar nicht, wie das gekommen war. Vielleicht, weil es mir so leidtat für Mary.

»Elton hat Mary wirklich gern«, sagte er, »aber er will einfach keine feste Freundin haben.«

»Ich weiß«, bestätigte ich, »das hat er ihr schon gesagt – in gewisser Weise.«

»Was ist dann also mit Samstag?«, fragte Ralph und riss mich aus meinen Gedanken. »Wir könnten in den Downs spazieren gehen.«

»Könnten wir das nicht auch sonntags machen?«, fragte ich. »Ich glaube, ich sollte den Samstag besser mit Mary verbringen.«

»Also Sonntag«, sagte Ralph. Und dann saßen wir einfach nur da und sahen uns lächelnd an. Das ganze Eis in meinem Milkshake schmolz, aber das war mir egal.

Es war wie in einem dieser total romantischen Filme. Genau in diesem Augenblick liefen Mary und Elton an uns vorüber. Elton hatte Mary den Arm um die Schulter gelegt. Sie zwinkerte mir zu, als sie zusammen nach draußen gingen. Vielleicht lag Ralph falsch, was Elton anging. Vielleicht wollte er ja doch mit Mary zusammen sein. Unter dem Tisch drückte ich ihr die Daumen.

Liebes Tagebuch,

ich hasse Elton Briggs.

Ja gut, ich liebe Elton Briggs, aber ich wünschte einfach, ich täte es nicht.

Er hält mich immer wieder hin, und ich lasse es auch noch zu.

Was ist nur mit mir los?

Es wäre wirklich schön, wenn du irgendwann eine Antwort für mich hättest. Ich will dir ja keinen Druck machen, liebes Tagebuch, aber in absehbarer Zeit wäre toll.

Mary Pickles (die die Schnauze mehr als voll hat)
Siebzehn Jahre alt

12. KAPITEL

Am Samstag war Mary recht still auf der Arbeit. Wahrscheinlich, weil wir nicht in den Club gehen würden. Ich hatte ihr nicht von Eltons Date erzählt, sondern einfach nur, dass er nicht dort sein würde.

Wir saßen draußen auf den Stufen vor dem Umkleideraum in der Sonne und aßen unser Mittagessen, wobei wir ständig nervige Wespen wegscheuchen mussten.

»Wir könnten doch heute Abend ins Café gehen, wenn du Lust hast«, schlug ich vor, um sie aufzuheitern.

Sie wickelte ihr Sandwich wieder ein.

»Keinen Hunger?«, fragte ich.

»Nicht wirklich«, antwortete sie und steckte das Sandwich in ihre Tasche zurück.

»Hat Ralph gesagt, warum Elton nicht in den Club geht?«, fragte sie dann.

Ich wusste, dass ich sie jetzt anlügen würde, doch ich konnte ihr nicht die Wahrheit sagen. Ich wollte sie damit nicht verletzen, und vielleicht änderte Elton ja eines Tages seine Meinung und beschloss, mit Mary – und zwar nur mit Mary – auszugehen. Weshalb sollte ich ihr also jetzt etwas erzählen, das ihr wehtat?

»Nein«, log ich und kreuzte meine Finger hinter dem Rücken.

Es war wirklich warm auf der Treppe. Obwohl es schon September war, schien die Sonne noch immer jeden Tag. Mary hatte ihre Strickjacke ausgezogen. Ich behielt meine lieber an, denn ich wollte nicht, dass ich durch die Sonne zu viele Sommersprossen auf den Armen bekam. Für morgen wollte ich so gut aussehen wie möglich, so gut wie nie zuvor. Einige der Jungs, die im Lagerraum arbeiteten, kickten einen Ball im Hof herum und ließen ihn von ein paar leeren Getränkekisten zurückprallen, die an der Wand aufgestapelt waren. Am liebsten wäre ich aufgesprungen und hätte mitgemacht. Ich hatte Lust, herumzurennen und albern zu sein, wollte jedem von Ralph erzählen.

»Die Sache ist die«, sagte Mary, »ich weiß einfach nie, woran ich mit Elton bin. Manchmal möchte er mit mir zusammen sein, und ein andermal benimmt er sich wieder so, als wäre ich Luft.«

»In der Schule war es doch damals genauso, weißt du noch?«, bemerkte ich und nahm eine Banane aus meiner Tasche. Ich bot ihr eine Hälfte an, doch sie schüttelte den Kopf.

»Wahrscheinlich war das so«, gab sie zu.

»Er hat sich also nicht wirklich verändert, oder? Vielleicht muss er einfach noch erwachsen werden.«

»Kannst du dich noch an diese Lehrerin erinnern, die wir in Geschichte hatten?«, fragte sie.

»Mrs. Dicks?«

»Nein, Mrs. Roberts. Kannst du dich noch daran erinnern, was sie uns über einen Typen namens Achilles erzählt hat?«

»Schwach«, antwortete ich.

»Ich habe diese Geschichte nie vergessen«, sagte sie. »Es ging um diesen wirklich starken Kerl, der unverwundbar war – bis auf seine Ferse.«

»Ich erinnere mich«, sagte ich. »Ich fand das ein wenig blöde. Ich meine, warum sollte jemand überall unverwundbar sein bis auf die Ferse?«

»Ich glaube, ich bin ein bisschen wie Achilles.«

»Wie, mit einer verwundbaren Ferse?«

Das brachte Mary zum Kichern. Sie steckte mich an, und ich musste schließlich so sehr lachen, bis mir die Seiten wehtaten, und auch Mary rannen vor Lachen die Tränen übers Gesicht.

»Ich meine es ernst«, sagte sie, als sie sich wieder beruhigt hatte, und wischte sich die Augen mit ihrer Strickjacke.

»Ah ja«, erwiderte ich und versuchte, mich zusammenzureißen. »Ich bin ganz Ohr.«

»Ich glaube«, sagte Mary, »dass Elton meine Achillesferse ist.«

Ich hatte das ungute Gefühl, dass sie damit tatsächlich recht haben könnte, denn in allen anderen Bereichen ihres Lebens war sie stark, mutig und lustig, doch wenn es um Elton ging, schien sie völlig neben sich zu stehen und sich offen gestanden ein wenig seltsam zu benehmen.

»Also«, sagte sie, und dabei klang sie wieder ganz wie die alte Mary. »Was ziehst du an zu deiner Verabredung mit Ralph?«

»Ich hab noch keinen blassen Schimmer«, erwiderte ich.

»Dann können wir uns ja heute Abend darum kümmern«, sagte sie lächelnd. »Ich komme dann bei dir vorbei, und wir suchen dir ein Outfit aus.«

»Danke, Mary«, sagte ich.

»Komm«, sagte sie und packte mich am Arm. »Zeigen wir den Jungs hier mal, wo's langgeht!« Und wir sprangen beide auf, um den Jungen den Ball abzujagen.

Als ich am nächsten Morgen die Augen öffnete, hatte ich wieder dieses warme, kribbelnde Gefühl im Bauch. Heute würde ich mich mit Ralph treffen. Es war unsere erste Verabredung. Nur wir beide, niemand sonst. Niemand, um den wir uns kümmern mussten. Lächelnd kuschelte ich mich wieder unter die Decke. Ich hätte dieses Gefühl am liebsten konserviert. Ich hörte Rita im Bett neben mir vor sich hin schnaufen. Sie lag auf dem Rücken, und ein Arm hing an der Seite des Bettes herab. Wie sie da so lag, sah sie ganz friedlich aus. Schade, dass es nicht so bleiben würde.

Ich schob die Decke zurück und zog die Vorhänge zur Seite. Ich wollte nachsehen, ob es nicht etwa regnete. Meine Sorge war unbegründet, die Sonne strahlte ins Zimmer herein.

»Verdammt, was soll das?«, brüllte Rita vom Bett her, als ihr das Licht aufs Gesicht fiel. »Hier versucht jemand, noch zu schlafen, klar?«

»Tut mir leid«, flüsterte ich und ließ den Vorhang wieder zufallen. Ich nahm meinen Morgenrock vom Haken an der Tür und ging nach unten. Mum saß am Küchentisch, vor sich eine Tasse Tee.

»Du bist früh auf«, sagte sie und lächelte mich an.

»Ich konnte nicht mehr schlafen«, erklärte ich.

»Tasse Tee?«, fragte sie und stand auf.

»Danke, gern«, sagte ich. Ich öffnete die Hintertür und setzte mich auf die Stufen. Es war ein perfekter Tag. Die Sonne schien warm in mein Gesicht, und eine leichte Brise ließ die Blätter in den Bäumen rascheln. Die Luft hatte etwas Kühles und Weiches, und alles wirkte frisch und neu. Auch wenn eigentlich der Frühling die Zeit des Neubeginns ist, würde das für mich ab heute immer der Herbst sein.

»Hier bitte«, sagte Mum und reichte mir einen Becher mit Tee. Sie setzte sich neben mich. Ich zog mir die Ärmel meines Morgenrocks über die Hände und hielt damit die heiße Tasse.

»Ist das nicht ein wunderbarer Tag?«, fragte ich und lächelte sie an.

»Und noch wunderbarer ist es, dich einmal ganz allein für mich zu haben«, sagte sie und lächelte zurück.

Ich atmete tief ein und drehte mich zu ihr hin. »Ich habe heute eine Verabredung«, sagte ich.

»Das ist schön«, erwiderte Mum. Sie wirkte nicht im Mindesten überrascht. »Wer ist der Glückliche?«

»Ralph Bennett«, antwortete ich.

»Kennst du ihn schon länger?«, fragte Mum.

»Seit Ewigkeiten«, erklärte ich. »Wir waren zusammen auf der Schule.«

»Also deshalb konntest du nicht schlafen«, sagte Mum und schob ihren Arm unter meinen.

»Er ist nett«, sagte ich.

»Hat er ganz zufällig schöne rote Haare?«, fragte Mum.

»Woher weißt du das?«

»Weil er sich damals immer hier herumgetrieben hat.«

»Wo?«, fragte ich.

»In der Straße«, sagte Mum. »Er ist immer mit dem Fahrrad vor dem Haus auf und ab gefahren.«

Ich konnte nicht glauben, was ich da hörte. »Tatsächlich?« Ich musste grinsen.

»Besonders während der Ferien«, sagte Mum. »Einmal habe ich Hallo zu ihm gesagt. Ich habe noch niemals jemanden so schnell rot werden sehen!«

»Das hört sich nach Ralph an«, sagte ich lachend.

»Mein kleines Mädchen wird langsam erwachsen, hm?«, meinte Mum.

»Gar nicht mehr so klein«, sagte ich. »Vor allem nicht mehr ganz so dick.«

»Genau genommen bist du sehr viel schlanker geworden. Ich hab dir ja gesagt, dass du den Babyspeck eines Tages verlieren würdest.«

»Mary und ich haben uns immer bei der Vorstellung amüsiert, an welchen Orten das Fett plötzlich von mir abfallen könnte«, erzählte ich ihr.

»Du und Mary Pickles«, sagte Mum. »Ihr habt eine wunderbare Freundschaft, nicht?«

»Ich hab Glück«, sagte ich.

»Ihr habt beide Glück«, entgegnete Mum. »Weiß sie von Ralph?«

»Ja«, antwortete ich.

»Und freut sie sich für dich?«

»Ich glaube schon«, sagte ich und nippte an dem heißen Tee.

»Es könnte sein, dass sich zwischen euch manches ändern wird«, sagte Mum.

»In welcher Hinsicht?«, fragte ich.

»Na ja, wenn du dich weiter mit Ralph triffst, wird sich zwischen dir und Mary zwangsläufig etwas ändern, was ganz normal ist.«

»Ich will nicht, dass sich zwischen uns etwas ändert«, sagte ich.

»Du hast ein großes Herz, Dottie. Und es ist genügend Platz darin für beide.«

»Das will ich hoffen«, sagte ich.

»Als du auf die Welt kamst«, erzählte Mum, »war Rita erst drei. Ich sah also zu, dass ihr beide auf meinem Schoß Platz gefunden habt, damit sie sich nicht ausgegrenzt fühlte.«

»Ich weiß nicht, ob ich beide gleichzeitig auf dem Schoß sitzen haben möchte«, meinte ich kichernd.

»Ich glaube, dass Clark seinen Humor von dir hat«, sagte Mum lächelnd und schlug mir vor: »Warum gehst du nicht eben baden, bevor Rita auftaucht? Du kannst auch mein *Ashes-of-Roses*-Badesalz benutzen.«

»Danke«, sagte ich und stand auf. Ich beugte mich zu ihr hinab und küsste sie auf die Stirn.

Es war herrlich zu baden. Das Badezimmer war voller Wasserdampf und das Badesalz roch wunderbar. Während ich in der Wanne lag, malte ich mir aus, wie unsere Verabredung wohl verlaufen würde. Ich fragte mich, ob wir uns vielleicht sogar küssen würden. Ich blieb so lange träumend in der Badewanne liegen, bis das Wasser kalt war und meine Finger so schrumpelig wie Dörrobst aussahen. Als ich wieder nach unten kam, saß Rita mit einem Handtuch um die Schultern mitten in der Küche und starrte in einen Spiegel, den sie auf die Spüle gestellt hatte. Mum probierte unterschiedliche Varianten aus, Ritas Haar für »die Hochzeit« zu frisieren. Morgen Abend war der erste Testlauf in der Kirche, und wir mussten den Gang zum Altar üben.

»Verdammte Zeitverschwendung«, fand Dad. »Ich meine, wie schwierig wird es schon sein, den Weg zum Altar entlangzugehen? Ich kann laufen, ich muss das nicht üben.«

Ich stimmte Dad in dem Punkt zu, dass es schrecklich viel Aufhebens war, so lange im Vorfeld der Hochzeit bereits zu proben, und ich stimmte Clark darin zu, dass es wirklich absolut langweilig sein würde. Somit waren wir drei, die froh sein würden, wenn das Ganze vorbei war. Aber ganz heimlich hatte ich auch meinen Spaß an all den Vorbereitungen. Vor dem großen Tag selbst war ich schon ein wenig aufgeregt. Aber auf eine Sache freute ich mich wirklich: Nach »der Hochzeit« würde Rita ausziehen – und das hieß, dass ich endlich ein Schlafzimmer für mich ganz allein hatte, zum ersten Mal in meinem ganzen Leben! Endlich würde ich ein wenig Privatsphäre haben.

Die Frisierkommode würde ganz mir allein gehören, und wenn Mary vorbeikam, konnten wir nach oben in mein Zimmer gehen, ohne dass Rita hereinschneien und uns als unreif verhöhnen würde. Ich konnte es kaum erwarten!

Mum achtete gar nicht auf Dad, wie so oft. Sie hatte auf jeder Seite von Ritas Gesicht eine Haarsträhne zu einer Korkenzieherlocke gelegt. Wenn meine große Schwester nicht so ein finsteres Gesicht machen würde, sähe sie richtig nett aus, fand ich.

Mum trat einen Schritt zurück, um ihr Werk zu bewundern.

»Oh, siehst du hübsch aus!«, rief sie entzückt. Rita prüfte ihr Spiegelbild aus verschiedenen Blickwinkeln. »Ich weiß nicht …«, sagte sie dann und zog an einer der Korkenzieherlocken. »Es sieht immer noch etwas durchschnittlich aus.«

»Die Blumen fehlen«, sagte Mum. »Sobald wir dir diese Plastikblumen ins Haar gewoben haben, wirst du aussehen wie eine Prinzessin.«

Ich verdrehte die Augen, was Rita unglücklicherweise im Spiegel sah. Sie verzog das Gesicht in meine Richtung.

»Was ist mit dir?«, fragte sie. »Was wirst du denn mit deinen Haaren anstellen?«

»Witzig, dass du das gerade erwähnst, Rita«, sagte ich, »ich überlege nämlich, ob ich mir die Haare *Tantalising Tawny* – betörend-rotbraun färben soll. Auf der Schachtel steht, dass die Leute sich dann nach einem umdrehen.«

»Nein, das wirst du nicht tun«, kreischte Rita auf. »Das wird sie doch nicht tun, Mum?«

»Warum eigentlich nicht? Etwas anderes stünde Dottie vielleicht mal ganz gut.«

»Aber nicht auf meiner Hochzeit, das kann sie nicht tun«, sagte Rita und sah mich wütend an. »Wenn irgendjemand die Leute dazu bringt, sich nach einem umzudrehen, dann bin ich das.«

»Das werdet ihr bestimmt beide tun«, sagte Mum und zwinkerte mir zu.

»Es geht um den wichtigsten Tag in meinem Leben, und ich werde nicht zulassen, dass sie ihn mir verdirbt!«

»Sie wird gar nichts verderben. Ich bin sicher, ihr werdet beide entzückend aussehen«, sagte Mum.

»Sie wird auf keinen Fall die Fotos mit einem roten Schopf verderben!«

»Ich finde, dass das meine Augen betonen würde«, sagte ich.

»Welches von beiden?«, fragte Clark.

»Schluss jetzt«, sagte Mum.

13. KAPITEL

Ralph und ich liefen über einen Wanderweg durch die Downs. Die Landschaft war ziemlich hoch gelegen und grün und wirkte völlig abgeschieden. Hier bekam man das Gefühl, alles tun zu können, was man wollte, jeder sein zu können, der man wollte und überallhin gehen zu können. Als wir oben am Devil's Dyke angekommen waren, konnten wir meilenweit in alle Richtungen sehen. Nach jeder Seite erstreckten sich in weichen Linien die South Downs, hinter uns war ganz England ausgebreitet, und vor uns lagen Brighton und das Meer, das im Sonnenlicht des Frühherbstes glitzerte. Es war sehr windig hier oben, und das Gras bewegte sich; die Felder sahen aus, als vollführten sie eine Art verrücken Tanz. Seemöwen stießen in den Himmel, und das Laub der Bäume in der Ferne begann sich bereits zu färben.

Ich zog mir die Ärmel meiner Strickjacke über die Finger.

»Könntest du dir vorstellen, hier oben zu leben?«, fragte ich. »Stell dir mal vor, du würdest all das jeden Morgen sehen können, wenn du aus dem Fenster schaust.«

»Eines Tages werde ich dir hier ein Haus bauen«, sagte Ralph. Ich spähte zu ihm hinüber, um festzustellen, ob er das ernst gemeint hatte. Doch er lächelte. Ralph machte mit so etwas keine Scherze. Er ließ sich einfach auf mein Gedankenspiel ein.

»Aber nur ein kleines«, sagte ich. »Es muss nicht so groß sein.«

»Mit einer Veranda. Wie man sie in diesen amerikanischen Filmen immer sieht.«

»Mit einem Schaukelstuhl darauf …«, ergänzte ich.

»Zwei Schaukelstühlen …«

»Natürlich, das habe ich doch gemeint! Zwei Schaukelstühle.«

Ich lächelte Ralph an, um ihm zu signalisieren, dass es nicht bloß bei diesem Spiel bleiben musste. Er entfernte sich ein paar Schritte weit, blieb stehen und ließ den Blick über die Kluft wandern. Die Hügellandschaft war von eher schmutzig aussehenden Schafen gesprenkelt. Ich fröstelte und zog mir die Strickjacke enger um den Leib. Der Wind wehte mir das Haar übers Gesicht. Ich ging ein Stückchen nach vorn und stellte mich direkt hinter Ralph.

»Warum nennt man das Tal eigentlich Devil's Dyke, Damm des Teufels?«, fragte ich ihn.

Er war noch immer in Gedanken versunken.

»Ralph?«

»Wie bitte?«

»Der Devil's Dyke. Warum wird er so genannt?«, fragte ich.

»Das ist eine alte Sage.«

Ich lachte. »Keine gruselige, hoffe ich.«

»Meine Oma hat mir die Geschichte immer erzählt. Sie sagte, dass der Teufel den Weald überfluten wollte, diese Niederung zwischen den South Downs und den North Downs, doch er wurde dabei von einer alten Frau gestört, die eine brennende Kerze in ihr Fenster gestellt hatte.«

»Eine Kerze im Fenster hat genügt, um den Teufel aufzuhalten?«

Ralph musste lachen.

»Dann sollte er besser Old Lady's Dyke genannt werden, nach der alten Dame«, schlug ich vor. »Oder Kerzendyke. Oder Winziges-Licht-in-einem-Fenster-Dyke.«

»Der Legende nach ist der Teufel über den Ärmelkanal entkommen. Ein Erdklumpen löste sich von seinem Pferdefuß und fiel ins Meer, wo er zur Isle of Wight wurde.«

»Auf der Isle of Wight wird meine Schwester Rita ihre Flitterwochen verbringen«, warf ich ein, was wir beide plötzlich zum Schreien komisch fanden, bis uns schließlich vor lauter Lachen die Tränen übers Gesicht liefen.

»So habe ich schon seit Ewigkeiten nicht mehr gelacht«, sagte Ralph und wischte sich die Augen mit dem Ärmel.

Ich trat einen Schritt näher an ihn heran und hakte mich bei ihm ein. Er lächelte mir zu.

»Bin ich froh, dass er den Weald nicht geflutet hat«, sagte ich und ließ den Blick über die wogenden Felder schweifen. »Denn es ist so wunderschön hier.«

Ralph sagte ganz leise: »So wie du.«

Ich lachte. »Nein, das bin ich nicht.«

»Für mich schon.«

»Dann brauchst du eine Brille.«

»Warum machst du dich eigentlich immer selbst schlecht?«, fragte er.

Ich zuckte mit den Schultern. Tatsächlich hatte ich mich selbst nie besonders hübsch gefunden. Ich fand mich nicht unbedingt hässlich, aber ich war nicht so hübsch wie Mary oder Rita – zumindest hatte das nie jemand zu mir gesagt, bis gerade eben. Ich war groß, fast so groß wie Ralph, aber nicht hochgewachsen und schmal, sondern eher etwas stabiler. Tante Brenda sagte, ich sei eher kräftig gebaut, was nicht unbedingt schmeichelhaft war. Ich hatte graue Augen, was mir ganz gut gefiel, und schön dichte Haare. Gut, sie hatten so einen unscheinbaren Braunton, aber sie glänzten und waren dick. Also, um es zusammenzufassen: Ich war hochgewachsen und kräftig, hatte unscheinbares braunes Haar und graue Augen, und ich würde bestimmt nicht als eine der weltschönsten Frauen in die Geschichte eingehen.

»Ich finde dich schön«, wiederholte Ralph und unterbrach meine Gedanken.

Ich sah ihn an. Ralph schaute mich mit einer Zärtlichkeit in den Augen an, die ich noch nie bei irgendjemandem gesehen hatte. Er meinte ernst, was er gesagt hatte, ich spürte, dass es so war.

Mir fehlten die Worte. Dies war wahrscheinlich das Schönste, das jemals jemand zu mir gesagt hatte.

Ralph fügte hinzu: »Willst du meine Freundin sein, Dottie?«

Halt – das eben war das Schönste, was mir jemals jemand gesagt hatte!

»Ja«, sagte ich. »Ich wäre gern deine Freundin.«

Da zog Ralph seine Jacke aus und breitete sie auf dem Gras aus. Ich setzte mich mit angewinkelten Knien darauf, und er kaufte mir an dem Eiswagen, der oben parkte, ein Eis. Dann saßen wir ganz still da und hielten uns an der Hand. Wir lauschten dem Geräusch des Windes, der durch das Gras strich, und blickten den Dyke hinunter ins Tal, in dem das kleine Dörfchen Poyning lag. Ich fühlte mich wie das allerglücklichste Mädchen der ganzen weiten Welt.

Dieser Herbst war der schönste meines ganzen Lebens. Ein Herbst, in dem sich die Blätter nur ganz langsam verfärbten und die Sonne noch immer viel Kraft hatte. Morgens konnte man seinen eigenen Atem in der Luft sehen. In diesem Herbst nahm ich alles ganz bewusst wahr, selbst Dinge, die ich noch nie zuvor beachtet hatte, wie zum Beispiel die kleinen Spinnennetze in der Ligusterhecke, den Glanz der Milchflaschendeckel oder wie die Flugzeuge auf ihrem Weg zum Airport Gatwick Kondensstreifen am Himmel hinterließen, die sich ganz langsam wieder auflösten.

Zum ersten Mal seit der Zeit, als ich noch ganz klein gewesen war, stand ich morgens wieder gern auf. Davor hatte ich gewöhnlich jede Sekunde ausgereizt, die ich noch im Bett verbringen konnte, bevor ich aufstand. Ich hatte den Kopf unter die Laken gesteckt und so getan, als könnte ich nicht hören, wie Mum mich rief, vor allem in der Jahreszeit, in der es draußen wieder kälter wurde. Jetzt nicht mehr! Jetzt war ich noch vor Rita auf, die immer so früh war, damit sie als Erste das Badezimmer in Beschlag nehmen konnte. Ich war so energiegeladen, dass ich es kaum erwarten konnte, gewaschen und angezogen aus der Eingangstür zu treten und durch das Gässchen zu laufen, um Mary zu treffen, damit wir gemeinsam zur Bushaltestelle gehen konnten.

Ich sah Ralph mindestens dreimal die Woche, manchmal sogar öfter. Und selbst wenn ich mich nicht mit ihm traf, schob er mir kleine Nachrichten unter der Tür durch, auf denen er mir einfach nur mitteilte, dass er mich vermisste oder an mich denken musste und dass er, sollte ich noch nicht fertig sein, wenn er mich abholen kam, sich einfach zu meiner Mutter in die Küche setzen und eine Tasse Tee mit ihr trinken würde. Wenn er es schaffte – und ich fand, dass das gar nicht oft genug sein konnte –, kam er bei Woolworths vorbei und holte mich zum Mittagessen ab. Die anderen Mädchen neckten mich damit und sagten: »Oh, hier kommt wieder dein Liebster!« Ich genoss die Frotzelei. Sobald ich Mittagspause hatte, suchten wir uns eine Bank, auf die wir uns setzten. Dort aßen wir unsere Sandwiches, er erzählte mir von allen möglichen witzigen Begebenheiten, die er am Morgen erlebt hatte, und ich erzählte von den verrückten Kunden, die zu uns gekommen waren.

»Hat Ralph jemals etwas über mich und Elton gesagt?«, fragte mich Mary eines Nachmittags. Wir hatten Feierabend und waren zur Uferpromenade hinuntergegangen. Ein harscher Wind kam vom Meer, und die wenigen Leute, die da waren, hatten Hüte auf und waren in ihre Mäntel geschmiegt. Eine Frau schob einen Kinderwagen und hatte Mühe, ihn festzuhalten, als der Wind unter das Verdeck fegte und ihn ihr zu entreißen drohte. Etwas weiter weg wirbelte ein einsamer Regenschirm auf der Straße herum und drehte sich. Ich spürte die ersten eisigen Regentropfen auf meinen Wangen. Meer und Himmel waren grau und wirkten griesgrämig.

»Gehen wir doch ins Café«, schlug ich vor. Ich hoffte, drinnen vom Thema ablenken zu können. Aber kaum hatten wir Tee und Rosinenbrötchen bestellt und uns an einen kleinen Tisch am Fenster gesetzt, fing Mary erneut davon an.

»Vielleicht hat dir Ralph ja etwas davon erzählt, was Elton über mich gesagt hat«, sagte sie und pickte die Korinthen aus ihrem Brötchen. Ich biss ein großes Stück von meinem ab. Die Fenster des Cafés waren beschlagen. Innen lief das Kondenswasser an ihnen herunter und draußen die Regentropfen. Ich holte tief Luft und sah dann über den Tisch zu Mary hinüber. Sie hatte die Schultern hochgezogen und starrte auf ihren Teller. Sie war überhaupt nicht mehr das lebenslustige, stets zu Späßen aufgelegte Mädchen von einst, das ich kannte. Ich musste mich sehr zusammenreißen, um mich nicht darüber zu ärgern, dass sie mir ständig mit Elton in den Ohren lag, aber wenn ich ehrlich war, dann ging es mir allmählich auf den Geist. Sie drehte sich immerfort im Kreis und kam überhaupt nicht weiter.

»Warum sollte er, Mary?«, fragte ich so behutsam, wie ich konnte. »Ich glaube, Jungs reden nicht über solche Dinge, wie wir es tun. Sie sind direkter als Mädchen. Das weißt du doch, schließlich hast du doch Brüder.«

Mary schnaubte. »Meine Brüder sind Neandertaler.«

Mit dem Finger schabte ich ein wenig Glasur von meinem Rosinenbrötchen und lutschte ihn dann ab.

»Was ich meine, ist … ich glaube … Na ja, wenn Elton dir etwas sagen wollte, dann würde er es dir persönlich sagen.

Er würde dir nicht über Ralph und mich eine Nachricht zukommen lassen.«

»Hmm«, sagte Mary. »Würdest du ihn fragen? Ich meine, Ralph fragen, ob Elton etwas gesagt hat?«

Ich seufzte und dachte, dass es vielleicht langsam Zeit wurde zu versuchen, sie ein wenig von ihm abzubringen.

»Mary, es gibt so viele andere Jungs in Brighton außer Elton.«

»Wie ginge es dir, wenn du Ralph verlieren würdest?«

Mary hatte recht. Es war leicht, einem anderen Ratschläge zu erteilen, wenn man mit demjenigen zusammen war, den man liebte.

»Ja, du hast recht. Es tut mir leid«, sagte ich.

Mary stützte das Kinn auf die Hand und starrte aus dem Fenster in Richtung Meer.

Als ich nach Hause kam, stand Mum gerade an der Spüle und putzte Möhren. Sie blickte auf.

»Alles in Ordnung?«

»Ja«, antwortete ich. Dann zog ich mir einen Stuhl heran und setzte mich an den Küchentisch. »Eigentlich nicht wirklich. Ich weiß nicht, wie ich mich Mary gegenüber verhalten soll.«

»Was ist los?«

»Sie möchte mit Elton zusammen sein, und es ist nicht mal so, dass er sie nicht mögen würde. Ich glaube, er hat sie gern, aber er will nicht fest mit ihr gehen. Er weiß, dass sie ihn mag, sie hat ihm das deutlich gezeigt, aber er nimmt keine Rücksicht auf ihre Gefühle. Er findet es völlig in Ordnung, mit einem anderen Mädchen am Arm ins Café zu kommen, obwohl er weiß, dass Mary da sein könnte.«

»Und das zieht dich runter, nicht?«

»Ja, weil er ihr immer wieder wehtut.«

Mum schabte an einer Möhre herum.

»Da kannst du nicht wirklich viel tun«, sagte sie. »Das ist etwas zwischen Mary und Elton, es hat nichts mit dir zu tun.«

»Ich weiß.«

Mum lächelte mir aufmunternd zu. »Mary wird schon irgendwie damit klarkommen«, sagte sie. »Du wirst sehen, solche Dinge regeln sich meist von selbst.«

Der Herbst schritt voran. Ein Sturm fegte das ganze Laub von den Bäumen, und die Gehwege wurden rutschig. Die Leute machten hinten in ihren Gärten Feuer, und morgens roch die Luft nach den Kohleöfen der Häuser. Bis auf Küche und Wohnzimmer, wo der Kamin brannte, war unser Haus eiskalt. Tante Brenda sagte, bei ihr zu Hause sei es genauso. Weil sie zu dicht am Feuer saß, waren ihre Beine ganz rot und fleckig, so als hätte sie eine schlimme Krankheit. In Dads Zeitung stand, dass die Verwaltung vorhatte, in allen Häusern Zentralheizung einzubauen, und er sagte, das würde auch langsam mal Zeit werden, denn wenn die sich nicht beeilen würden, wäre es ohnehin zu spät und wir wären bis dahin alle erfroren. Mum verdrehte die Augen, aber ich hatte schon Frostbeulen an den Zehen und Clark eine üble Erkältung. Zum Schlafen trugen Rita und ich Socken und Pullis im Bett. Wir sahen aus wie auf einer Arktisexpedition, so eingepackt, wie wir waren, und lachten darüber.

Am 5. November, der *Bonfire Night*, lud mich Ralph zu einer Feier zu sich nach Hause ein. Ich fragte Mary, ob sie mitkommen wolle, doch sie hatte keine Lust. Ich fand das ein wenig traurig, denn im Jahr zuvor war sie noch aus vollem Halse kreischend und mit hinter ihr herflatterndem Schal mit einem brennenden Feuerwerkskörper in der Hand durch unseren Garten gerannt. Ich vermisste die alte Mary, und darüber konnte mich nicht einmal Ralphs Einladung hinwegtrösten. Die Sache mit Elton nahm ihr den Spaß am Leben.

Als Ralph kam, um mich abzuholen, fragte ich ihn, ob wir vorher noch kurz bei Mary vorbeischauen könnten, um nach ihr zu sehen.

»Ich weiß nicht«, sagte Ralph zögerlich. »Meine Eltern warten auf uns, damit sie das Feuer anmachen können.«

»Bitte, Ralph«, sagte ich. »Nur für eine Minute! Ich klopfe nur eben an, um mich zu vergewissern, dass es ihr gut geht.«

»Und wenn es ihr dann tatsächlich nicht gut geht?«

»Ich weiß nicht«, erwiderte ich unglücklich.

Also liefen wir durch das Gässchen, und Ralph wartete an der Hecke, während ich bei Mary anklopfte. Marys Mutter öffnete. Sie sah ziemlich aufgeregt aus, aber ich gehe mal davon aus, dass es den meisten Leuten so gegangen wäre, wenn ein paar ihrer Söhne in der Straße einen Krieg mit Knallfröschen austrugen und jemand gerade an der Haustür ein Feuerrad abgebrannt hatte. Letzteres vermutete ich zumindest, denn im Lack, der ohnehin nicht mehr in allerbestem Zustand gewesen war, befand sich ein großer, kreisrunder Brandfleck.

»Hallo, Mrs. Pickles, ist Mary da?«, fragte ich.

»Nein, meine Liebe, sie ist vorhin weggegangen«, sagte Marys Mutter. »Hast du die Katze gesehen?«

»Nein.«

»Oh Gott, ich mach mir solche Sorgen um das arme Tierchen!«

»Wissen Sie, wo sie hingegangen ist?«

»Keine Ahnung, normalerweise versteckt sie sich unterm Bett.«

»Nein, ich meine Mary. Wissen Sie, wo Mary hingegangen ist?«

»Ich hatte sie so verstanden, dass sie zu dir rübergehen wollte«, sagte Mrs. Pickles.

»Oh«, machte ich nur. »Danke.«

»Wenn du sie siehst, wirf bitte einen Pulli über sie, steck sie in einen Karton und bring sie nach Hause!«

Als ich wieder draußen auf dem Gehweg war, nahm Ralph meine Hand.

»Sie ist nicht da«, sagte ich.

»Dann brauchst du dir ja jetzt keine Sorgen mehr um sie zu machen«, versuchte er mich zu beruhigen. »Wahrscheinlich ist sie mit Elton unterwegs.«

Doch das bereitete mir eigentlich noch viel größere Sorgen.

Als wir bei Ralph zu Hause ankamen, vergaß ich das mit Mary bald. Seine Eltern waren wirklich sehr nett. Sein Vater reichte mir ein Glas Hot Toddy, heißen Palmwein, der, wie er sagte, stark und gesund machen würde, und seine Mutter gab mir einen Hotdog. Er sah aus wie ein echter amerikanischer Hotdog, mit einem Würstchen aus der Dose in einem Brötchen und mit Ketchup darauf, genauso wie die Amerikaner sie in den Filmen aßen. Dann gingen wir in den Garten hinaus. Der Garten der Bennetts war nur durch einen Maschendrahtzaun von den Nachbargrundstücken abgeteilt, und da alle Nachbarn ebenfalls in ihren Gärten waren, kam ich mir vor wie auf einer einzigen großen Party im Freien.

Alle hatten mitgeholfen, den Scheiterhaufen vorzubereiten. Er sah großartig aus, mit Reifen und allem möglichen Kram darauf und sogar einer Guy-Fawkes-Puppe. Ralphs Vater bespritzte ihn mit Petroleum, bevor er ihn anzündete. Die Flamme schoss mit einem lauten Zischen empor. Schnell loderte das Feuer so heftig, dass wir zurücktreten mussten, und als ich Ralph ins Gesicht sah, glühte es im Licht des Feuers orangefarben. Er sah mich an und lächelte und drückte meine Hand durch den Handschuh. Wir gingen weiter in den Garten hinein, bis wir außer Sichtweite der anderen waren. Es war eine klare und frische Nacht, und der Himmel war voller Sterne. Wir sahen gemeinsam zu ihnen hinauf.

»Ich liebe solche Nächte«, sagte Ralph. Er schwieg eine Weile und fragte dann: »Siehst du diese drei Sterne, die in einer Reihe sind?«

»Ich bin nicht sicher«, erwiderte ich und blickte in den Himmel.

»Sieh einfach eine Weile hin, dann wirst du sie schon entdecken«, sagte Ralph.

Ich starrte die Vielzahl von Sternen an und versuchte, drei zu finden, die in einer Reihe waren. Da entdeckte ich sie und sagte: »Hab sie!«

»Das ist der Gürtel des Orion«, erklärte Ralph.

»Nur sein Gürtel?«, fragte ich lächelnd.

»Nur sein Gürtel«, sagte Ralph, legte mir den Arm um die Schultern und lachte.

Plötzlich raste einer der vielen Sterne über den Himmel.

»Wünsch dir was, Dottie!«

Ich schloss die Augen und wünschte mir, dass diese perfekte Nacht nie zu Ende gehen würde.

»Und?«, fragte Ralph. »Was hast du dir gewünscht?«

»Das kann ich dir nicht sagen«, erwiderte ich. »Sonst geht es nicht in Erfüllung.«

»Genau genommen«, erläuterte Ralph weiter, »war das gar kein richtiger Stern.«

»Was war es dann?«

»Eine Sternschnuppe.«

»Was ist das?«

»Das sind kleine Staub- und Gesteinsteilchen, die man Meteoriten nennt, die in die Erdatmosphäre fallen und dort verglühen.«

»Willst du mir erzählen, dass ich gerade meinen Wunsch an einen Gesteinsbrocken gerichtet habe?«

»Sieht ganz danach aus«, sagte Ralph und lachte.

Dann beugte er sich hinab und küsste mich. Ein ganz zarter Kuss, so als ob eine sanfte Brise ganz leicht über meine Lippen gestrichen wäre. Wir lächelten uns an, und ich merkte, dass tief in meinem Innern etwas vor sich ging. Ich wusste nicht, was es war, hatte mich nie zuvor so gefühlt, doch ich spürte, dass ich immer mit Ralph zusammen sein wollte, an seiner Seite sein – wir beide, zusammen.

In dieser Nacht träumte ich von einem dünnen rothaarigen Jungen, der mit seinem Rad vor unserem Haus auf und ab fuhr, und von einem Kuss, der schmeckte wie ein Sommertag.

Liebes Tagebuch,

manchmal verhält sich Elton so, als ob er mich nicht mal besonders leiden kann.

Dottie und Ralph sind ganz verliebt, und sogar die verflucht hochnäsige Rita wird heiraten.

Ich wünschte, Elton wäre ein wenig mehr wie Ralph (was nicht heißt, dass ich auf Ralph Bennett stehe, Gott bewahre, aber zumindest hat man den Eindruck, als wäre er tatsächlich gern mit Dottie zusammen).

Was kann ich noch tun, damit Elton mich so sehr liebt wie ich ihn?

Verdammt.

Mary Pickles (die sich ungeliebt fühlt)
SIEBZEHN JAHRE

14. KAPITEL

Es war Ende November. Die Tage wurden kürzer, und Frost lag in der Luft. Das Hochzeitsfieber in unserem Haus hatte gefährliche Ausmaße angenommen. Mums und Ritas Nerven waren zum Zerreißen angespannt. Beide waren leicht erregbar, und die kleinste Kleinigkeit konnte sie aus der Fassung bringen. Zum Beispiel stellte Dad seinen Sessel einmal näher an das Radio, um sich ein Fußballspiel anzuhören. Dort, wo der Sessel gestanden hatte, war ein Fleck. Und als Mum diesen Fleck sah, bekam sie ganz rote und glasige Augen. Sie fischte ihr Taschentuch aus dem Ärmel und tupfte an ihrer Nase herum.

Dad fragte: »Liebe Güte, was ist denn jetzt schon wieder los?«

»Wie kannst du nur so herzlos sein?«, sagte Mum unter Tränen.

Dad und ich wechselten einen irritierten Blick.

»Weißt du denn nicht mehr, was das ist?«, fragte Mum und zeigte auf den Fleck. Dad gab sich alle Mühe, er überlegte eine Weile und schüttelte dann den Kopf.

»Hier hat sich unsere Rita nach der Feier zu ihrem vierten Geburtstag übergeben müssen!«

In der Erwartung weiterer Erläuterungen blickten wir sie beide an.

»Und jetzt ist sie eine erwachsene Frau, die kurz davorsteht, wegzugehen und ihr eigenes Leben zu leben!«, sagte Mum und brach in lautes Schluchzen aus.

Dad sah aus, als fühle er sich ziemlich unwohl, doch dann stand er auf, klopfte ihr auf den Rücken und fragte: »Soll ich dir ein Beruhigungsmittel holen, Schatz?«

Mit Ralph zusammen zu sein war entspannt und gleichzeitig aufregend. Wusste ich, dass er vorbeikommen wollte, schlug mein Herz schneller, und ich war energiegeladen, ein bisschen so, wie ich mich als kleines Kind vor Weihnachten gefühlt hatte. Ich schaute dann so lange aus dem Schlafzimmerfenster, bis ich ihn die Straße entlangkommen sah, und dann verbrachte ich fünf Minuten damit, wie verrückt zwischen Badezimmer und Spiegel und dem Fenster hin- und herzurennen, sodass ich immer rosige Wangen hatte und außer Atem war, wenn er ankam. War ich dann mit ihm zusammen, fühlte ich mich noch immer lebendig und voller Tatendrang, doch gleichzeitig war ich so ruhig, als wäre ich genau dort in Raum und Zeit, wo ich hingehörte.

Selbst meine Familie führte sich besser auf, wenn Ralph da war. Er verstand sich wirklich gut mit Clark. Ralph und mein Dad waren große Fans des *F.C. Brighton & Hove Albion*. Eines Samstags gingen sie zusammen ins Stadion *Goldstone Ground* in Hove, um sich ein Heimspiel anzusehen. Ralph gehörte allmählich zur Familie, was ich gut fand. Jeder gemeinsame Augenblick war kostbar. Wir liefen am Strand entlang, ließen Kiesel übers Wasser hüpfen oder sahen vom Rand des Piers den Schiffen zu, die am Horizont vorüberzogen.

Nach einer halben Ewigkeit und mehr Aufhebens, als sich jemand nur vorstellen kann, waren die Kleider am Tag vor »der Hochzeit« endlich fertig. Es war Freitag, und Ralph und ich hatten gehofft, ausgehen und allein etwas unternehmen zu können, doch Mum sagte, ich müsse erst das Kleid anprobieren. Ich ärgerte mich darüber, zu Hause bleiben zu müssen, doch Ralph meinte, es sei schließlich nur ein einziger Abend unseres Lebens, und was sei schon ein Abend? Meiner Familie läge viel daran, dass ich das Kleid anprobiere, denn schließlich solle es ja auch perfekt sitzen. Er flüsterte mir ins Ohr, dass er mich auch gern schon einmal darin sehen würde.

Ich hatte keine großen Erwartungen an das Kleid, das aussah wie ein rosafarbener Sack mit einem ausgeschnittenen Loch für meinen Kopf. Ich zog ein Gesicht, als Tante Brenda es hochhielt, und spähte zu Ralph hinüber.

»Ich glaube, ich will nicht, dass Ralph mich darin sieht«, sagte ich.

»Sei nicht undankbar, Dottie«, sagte Mum. »Deine Tante Brenda hat viel Arbeit in dieses Kleid gesteckt. Ralph wird dich morgen in der Kirche sowieso darin sehen. Ich bin überzeugt davon, dass es reizend aussehen wird, sobald du es anhast.«

»Wie – anhaben?«, fragte Clark. »Etwa angezündet?«

Ich ging mit meiner Cousine Carol nach oben, um die Kleider anzuprobieren. Als ich mir das Kleid über den Kopf zog, passierte etwas Magisches: Das Kleid verwandelte sich, schmiegte sich wie angegossen an meine Hüften und reichte bis hinab zu meinen Fußknöcheln. Ich drehte mich vor dem Spiegel hin und her. Carol, deren Kleid zu eng geraten war, sah mich bewundernd an.

»Boah!«, entfuhr es ihr. »Du siehst ja …«

»Wie denn?«

»… toll aus!«

Es war das erste Mal, dass Carol etwas Nettes zu mir sagte.

Wir gingen wieder hinunter zu den anderen. Mum bekam einen ganz verklärten Blick, und Ralph erhob sich und lächelte mich mit dem breitesten Lächeln an, das ich je bei ihm gesehen hatte. Er streckte mir seine Hand hin. Ich lief um den Tisch und nahm sie, und er beugte sich zu mir, um mich auf die Wange zu küssen.

»Du siehst so schön aus«, flüsterte er, und einen Augenblick – ich weiß, dass ich das nicht hätte tun sollen –, nur einen Augenblick lang wünschte ich, es wäre meine Hochzeit mit

Ralph. Ich wünschte, dass ich es wäre, die zum Altar geführt werden würde. Ich wünschte …

»Nelson!«, rief Mum. »Komm her und sieh dir unsere Brautjungfern in ihren Kleidern an!«

»Muss ich?«, rief Dad aus dem Wohnzimmer. Er füllte gerade den Totoschein aus.

»Ja, du musst!«

Wir hörten, wie er mit seinen Pantoffeln über den Linoleumboden im Flur latschte, und dann betrat Dad die Küche, eine brennende Kippe in den gelben Fingern seiner rechten Hand. Er sah mich an, wie ich da so neben Ralph stand, und dann sah er Carol an, und es war nicht zu übersehen, dass er nicht wusste, was er sagen sollte.

»Ist doch okay so«, sagte er dann.

»Was soll das heißen, ›ist doch okay so‹? Könntest du nicht vielleicht ein wenig mehr Begeisterung zeigen?«

»Was möchtest du, das ich sage? Es sind Kleider!«

»Es sind nicht einfach nur Kleider, Nelson, es sind die Brautjungfernkleider für die Hochzeit deiner Tochter, für die sich Brenda die Finger wund gearbeitet hat! Deine Tochter wird bald die Ehefrau eines Mannes werden, der im Versicherungsgeschäft tätig ist, und diese Kleider haben mehr verdient als ein ›Ist doch okay so‹!«

»Ich wünschte, du hättest mir das alles gesagt, bevor ich in die Küche gekommen bin«, sagte Dad. »Dann hätte ich eine Rede vorbereitet. Weibsbilder, hä?« Er zwinkerte Ralph zu.

Mum hatte schon den Mund geöffnet, um zu einer Erwiderung anzusetzen, und Dad wich ein wenig zurück, da rettete ihn, dass Rita durch die Hintertür hereinstürmte. Sie war kreidebleich und heulte sich fast die Augen aus. Sie stürzte sich in Mums Arme, und Mum strich ihr beruhigend über den

Rücken und sagte: »Ist ja gut«, und bedeutete Tante Brenda mit einer Geste, den Teekessel aufzusetzen.

»Setz dich, meine Liebe. Was ist denn nur passiert?«, fragte Mum. Sie sah sehr besorgt aus.

»Hat Nigel dich sitzen gelassen, Liebling?«, fragte Tante Brenda.

»Nein«, schluchzte Rita.

Mums Lippen formten ein lautloses »Gott sei Dank!« zu Tante Brenda, die sich bekreuzigte und die Augen himmelwärts richtete, bevor sie den Kessel mit Wasser füllte.

»Du bist doch nicht etwa in anderen Umständen, oder?«, fragte Dad.

»Natürlich ist sie das nicht«, sagte Mum. »Und außerdem wäre das jetzt auch egal, schließlich heiratet sie morgen. Mach dich nützlich und hol mal unsere guten Tassen heraus!«

Rita gab einen weiteren Klagelaut von sich, warf die Arme vor sich auf den Tisch und ließ den Kopf darauf sinken.

»Nun komm schon«, sagte Mum. »Was ist denn eigentlich los?«

Rita hob den Kopf. Sie sah schrecklich aus. Das Haar fiel ihr wirr übers Gesicht, und um die Augen hatte sie große schwarze Flecken von verschmierter Wimperntusche.

»Präsident Kennedy ist nicht mehr. Man hat auf ihn geschossen!«, wimmerte sie.

Ich merkte, wie sich Ralph neben mir anspannte. Er drückte meine Hand noch ein wenig fester.

»Wird er sich wieder erholen?«, fragte ich.

»Er wird sich natürlich nicht wieder erholen! Er ist tot«, kreischte Rita, als ob ich das hätte wissen müssen.

Tante Brenda bekreuzigte sich noch einmal und nahm dann mit einem Geschirrtuch den Kessel von der Herdplatte.

»Wie schrecklich«, sagte sie und schüttelte den Kopf. »Die armen kleinen Kinder!«

Ich war wirklich erschüttert, dass Präsident Kennedy erschossen worden war, aber noch fassungsloser war ich angesichts Ritas Reaktion darauf. Normalerweise zerfloss sie nicht unbedingt vor Mitgefühl. Doch nun schien sie wirklich bestürzt zu sein.

»Und seine bezaubernde junge Frau«, sagte Mum. Beim Gedanken an die liebreizende Jackie Kennedy, die so früh zur Witwe geworden war, stiegen ihr die Tränen in die Augen. »Oh, wie schrecklich ist das«, sagte sie. »Schrecklich!«

Jetzt warf Rita ihre Anwandlung von Mitgefühl gleich wieder über Bord. Sie blickte von Mum zu Tante Brenda und wieder zurück. Ihr Mund stand weit offen, als konnte sie einfach nicht glauben, was sie da hörte.

»Was kümmern euch *die*?«, schluchzte sie. »Was ist mit meiner Hochzeit?«

»Was hat das denn mit deiner Hochzeit zu tun?«, fragte ich.

Rita bedachte mich mit einem ihrer vernichtendsten Blicke. »Alle werden vor den Fernsehnachrichten sitzen, und niemand wird draußen sein und sehen, wie ich das Haus verlasse!«, klagte sie.

»Sie ist so mitfühlend«, sagte Clark. »Wir sind alle so stolz auf sie!«

»Halt den Rand, Hohlkopf«, schrie Rita. »Was weißt du schon davon?«

»Gut, vielleicht bin ich hohlköpfig«, sagte Clark. »Aber zumindest habe ich ein Herz in der Brust und nicht einen hin- und herschwingenden Backstein, und ich kann mir vorstellen, dass die Leute den Tod von Präsident Kennedy für wichtiger halten werden als deine dumme Hochzeit.« Rita konnte dem nicht wirklich etwas entgegenhalten, also bekam sie eine dramatische Anwandlung.

»Ich möchte sterben«, schluchzte sie.

»Red kein dummes Zeug«, sagte Mum, der einfach die arme junge Witwe nicht mehr aus dem Kopf gehen wollte. »Außerdem hat nicht jeder einen Fernseher. Ich bin sicher, dass einige Leute sehen werden, wie du das Haus verlässt.«

»Ich wäre erleichtert, wenn sie das nicht täten«, brummte Dad. »Ich bin nicht scharf darauf, den Weg in Frack und Zylinder entlangzulaufen, damit die Nachbarn sich darüber amüsieren können.«

»Du brauchst mich nicht zum Altar zu führen«, brüllte Rita, »ich kann leicht jemand anders finden, der das machen will!«

»Ich würde dich jederzeit zum Altar führen, um dich dort an jemanden abzugeben, Rita, du brauchst es nur zu sagen«, frotzelte Clark.

»Als ob ich mich von dir zum Altar führen lassen würde! Da gehe ich doch lieber allein!«

»Das ist doch dummes Geschwätz«, sagte Mum und rührte an die sechs Löffel Zucker in Ritas Tee. »Jede Braut möchte doch am Tag der Hochzeit ihren Vater an der Seite haben.«

»Warum mussten sie ihn auch ausgerechnet am Tag vor meiner Hochzeit erschießen?«, sagte Rita.

»Ich gehe mal davon aus, dass sie nicht wussten, dass morgen dein großer Tag ist«, wandte Dad ein.

Die Bemerkung klang aus meiner Sicht ganz vernünftig, aber Mum sagte zu ihm: »Nelson Perks, verlass diese Küche, bevor ich noch etwas sage, das ich hinterher bereue!«

Dad ging weg, und Mum drückte Rita die Tasse mit dem feuchten Zucker in die Hand.

»Jetzt trockne dir mal die Tränen«, sagte sie und strich ihr das Haar glatt, als wäre Rita ein kleines Mädchen. »Und sieh dir nur mal an, wie reizend Dottie und Carol in ihren Kleidern aussehen.«

Rita sah Carol und mich an, und tatsächlich lächelte sie.

»Sie sehen hübsch aus«, sagte sie. »Tausend Dank, Tante Brenda!«

»Ist schon gut, Rita«, sagte Tante Brenda, doch man sah ihr an, wie gerührt sie war. Es kam nicht oft vor, dass sich Rita bei jemandem bedankte.

Dad steckte seinen Kopf wieder durch die Küchentür. »Führe ich sie jetzt eigentlich zum Altar oder nicht?«

»Hinaus!«, herrschte Mum ihn an. »Männer! Ohne sie wären wir besser dran!«

Ich blickte vorsichtig zu Ralph, aber er fühlte sich nicht angegriffen.

»Mein Nigel ist nicht so«, sagte Rita schniefend und wischte sich die Augen mit dem Zipfel eines Geschirrtuchs.

»Natürlich ist er das nicht, mein Liebling«, sagte Mum. »Er ist aus einem völlig anderen Holz geschnitzt.«

»Kann ich jetzt nach oben gehen und mich wieder umziehen?«, fragte ich.

»Ich wünschte, dadurch, dass du dich umziehst, würdest du zu jemand Normalem werden«, sagte Rita.

»Hätte ich Gefühle, wäre ich jetzt verletzt«, gab ich zurück.

»Wer ist Präsident Kennedy?«, fragte Carol.

15. KAPITEL

Am Morgen des Hochzeitstages fanden Mum, Tante Brenda, Rita, Carol und ich uns im Frisiersalon *Flick 'n' Curl* ein, um uns die Haare machen zu lassen. Wir nahmen die komplette Sesselreihe vor den Spiegeln in Beschlag. Drei Frauen arbeiteten hier. Die Inhaberin hieß Mrs. Mustoe. Sie hatte etwas Furchteinflößendes mit ihrem großen Busen und dem langen Haar, das sie sich zu einer Hochfrisur auftoupiert hatte. Sie trug High Heels und jede Menge Schmuck, hatte kräftige Waden und rauchte pausenlos. Ich hielt sie für kultiviert, denn sie rauchte Mentholzigaretten mit einer pinkfarbenen Zigarettenspitze und hatte immer einen leicht spöttischen Blick. Mum sagte, dass sie das Geschäft mit eiserner Hand führte.

Neben Mrs. Mustoe arbeiteten hier noch zwei Mädchen, Louise und Wendy. Sie waren beide sehr hübsch und trugen rosa Überkleider aus Nylon mit Vichykaros. Mum und Rita hatten sich bereits ausführlich mit Mrs. Mustoe besprochen, sodass alle wussten, was zu tun war. Mum und Tante Brenda ließen sich die Haare waschen und legen, und wir Übrigen bekamen die Haare gelockt und hochgesteckt. Rita sagte, das sei der letzte Schrei. Ich war nicht überzeugt davon.

»Es wird ganz reizend aussehen«, sagte Mum. »Wart's einfach ab.«

Bei dem Kleid hatte sie recht gehabt, also beschloss ich, die Friseurinnen machen zu lassen. Auch ich wollte so gut wie möglich aussehen. Ich wollte Ralph stolz auf mich machen, wenn ich hinter meiner Schwester zum Altar schritt. Mir schwirrte noch der Kopf vom vorigen Abend, und ich erinnerte mich daran, wie er mich angesehen hatte, als ich das Kleid anprobiert hatte.

»Die Hochzeit deiner Schwester, stimmt's?«, fragte Wendy

und drehte meine Haare auf rosafarbene Wickler. Sie steckte sie alle so fest, dass es wehtat.

»Ja«, erwiderte ich. Ich betrachtete mich im Spiegel. Hinter mir konnte ich sehen, wie Mums und Tante Brendas Beine unter ihren rosafarbenen Umhängen herausschauten, als sie sich zurücklehnten, um die Köpfe in zwei nebeneinanderliegende Waschbecken zu legen. Ich konnte die Umrisse einer Sherryflasche in Tante Brendas Handtasche erkennen. Die Rauchschwaden von Mrs. Mustoes Zigaretten waberten um unsere Köpfe.

»Ich liebe Hochzeiten«, sagte Wendy, nahm ein paar Haarnadeln aus dem Mund und steckte damit einen weiteren Lockenwickler fest. Ich zuckte zusammen. »Ich kann's kaum erwarten, auch endlich zu heiraten«, fügte sie hinzu.

»Dann bist du also schon verlobt?«

Sie schüttelte den Kopf. »Nein, aber ich treffe mich schon seit fast dreieinhalb Wochen mit einem Typen. Es wird also langsam ernst.«

»Oh«, machte ich nur.

»Vor ihm waren das Längste sieben Tage, die ich mit jemandem ausgegangen bin, und das war im Urlaub, im *Butlins*-Ferienlager. Ich hab nie wieder was von dem Kerl gehört. So können sie sein, die Männer, weißt du? Sie sagen, dass Frauen flatterhaft sind, aber nach meinen Erfahrungen sind die Männer viel schlimmer.«

»Aber ist er denn nett, dein Neuer …? Du triffst dich schließlich schon seit fast einem Monat mit ihm …«, sagte ich mit einem aufmunternden Tonfall. Wendy trat einen Schritt zurück, um sich meine Haare anzusehen. Sie nahm eine Flasche Haarspray und sprühte mein Haar von allen Seiten damit ein. Das Haarspray roch nach Petroleum und brannte mir in den Augen.

»Na ja, eigentlich habe ich ihn nicht die ganzen dreieinhalb Wochen gesehen, denn er wohnt in Eastbourne und kommt nur an den Wochenenden her. Also hab ich ihn genau genommen nur sechs Tage gesehen.«

Ich wusste nicht, was ich dazu sagen sollte, außer ihr vielleicht zu raten, noch ein wenig mit der Kirche zu warten.

»So!«, sagte Wendy. »Fertig. Jetzt müssen wir sie nur noch trocknen.«

Sie steckte mir Watte über die Ohren und befestigte alles mit einem Haarnetz. Dann zog sie die rosafarbene Trockenhaube nach unten und schob sie über meinen Kopf. Es gab ein surrendes Geräusch, und es wurde sofort ziemlich warm.

»Das hier ist die Fernbedienung«, erklärte sie mir und drückte mir etwas in die Hand. »Wenn es zu heiß wird, kannst du die Temperatur hier runterregeln.«

Jetzt konnte ich die anderen nicht mehr sehen. Wenn ich mich zur Seite drehte, sah ich nur noch das Innere der Trockenhaube. Aus dem Augenwinkel meines linken Auges konnte ich das Café sehen, und ich fragte mich, ob Ralph und Elton wohl da waren. Vor dem Hochzeitsempfang im großen Saal der Siedlungsgenossenschaft würde ich keine Gelegenheit mehr haben, mit Ralph zu sprechen. Mary war eingeladen worden, weil sie meine Freundin war und weil Rita ihren tragbaren Plattenspieler brauchte, damit Clark Platten auflegen konnte. Ich durfte sonst niemanden einladen, weil Dad meinte, »Gäste kosten Geld«, und das war knapp, vor allem, weil Nigel eine so große Familie hatte. Dad sagte, das sei wieder typisch, und er hoffe, dass ich mir einen Waisen aussuchen würde, sobald ich an der Reihe war, der keine verdammten Geschwister, Cousins, Tanten oder Onkel hatte. Clark könne von ihm aus die ganze Straße zu seiner Hochzeit einladen, wenn er wolle. Da musste Dad ja auch die Rechnung nicht bezahlen. Clark meinte nur, keine Sorge, er würde ohnehin niemals heiraten.

Etwa eine Stunde später war das Innere des Frisiersalons *Flick 'n' Curl* fast gänzlich in einer stinkenden Wolke aus Zigarettenrauch und Haarspray verschwunden. Fenster und Spiegel waren alle beschlagen. Mrs. Mustoe begutachtete uns, machte »hmmm« und ließ Louise und Wendy Handspiegel hochhalten, damit wir uns auch von hinten betrachten konnten. Mum gab allen ein Trinkgeld. Sie sagten »Viel Glück!« zu Rita und »Hoffentlich läuft alles gut.«

Mit feuerroten Gesichtern und juckenden Nacken verließen wir den Frisiersalon, und auch wenn es ein klirrend kalter Tag war und der Wind, der vom Meer herbeiströmte, mir in den Ohren schmerzte, tat es gut, wieder an der frischen Luft zu sein. Rita, Carol und ich hatten rosafarbene Plastikrosen im Haar, die fürchterlich unbequem saßen, doch ich musste zugeben, dass sie sehr schön aussahen. Das Beste bei allem war, dass Rita wirklich glücklich wirkte, was ein gutes Omen für den restlichen Tagesverlauf war.

Als wir nach Hause kamen, saßen Dad und Clark vor dem Fernseher und sahen sich den Bericht über das Attentat auf Präsident Kennedy an. Sofort wurde Ritas Gesicht lang. Bei der ganzen Aufregung im *Flick 'n' Curl* hatte sie diese Tragödie vermutlich vergessen. »Mach das aus, Nelson«, bat Mum. »Es ist unpassend, sich das an Ritas Hochzeitstag anzusehen.«

»Das wird in die Geschichte eingehen! Denk an meine Worte, die Leute werden noch in fünfzig Jahren davon reden«, sagte Dad, doch er schaltete den Fernseher aus.

»Danke, Nelson«, sagte Mum.

»Ist doch klar, Liebes«, erwiderte Dad.

Wir standen alle zeitig in unserer Festkleidung bereit, um zur Kirche zu gehen, und waren ziemlich gut gelaunt und aufgeregt. Sogar Mum hatte schon mehr als einmal an dem Sherry genippt.

Was Clark anging – ich hatte ihn noch nie zuvor so sauber gesehen. Er sah jetzt regelrecht wie ein Mensch aus.

»Ich fühle mich in dieser Aufmachung wie ein richtiger Blödmann«, beschwerte sich Dad und zerrte an seinem Hemdkragen.

»Ich finde, ihr seht alle sehr gut aus«, sagte Tante Brenda. Sie steckte sich ein Pfefferminzbonbon in den Mund und bot Mum eines an.

Dann hörten wir Ritas Schritte auf der Treppe, und eine erwartungsvolle Stille legte sich über unser Wohnzimmer.

Die Tür ging auf, und mit laut raschelndem Stoff betrat Rita den Raum.

»Was sagst du nun zu deiner Tochter, Nelson?«, rief Mum aus.

Dad sah Rita an. Wir alle sahen sie an. Sie lächelte von einem Ohr bis zum andern. Sie trug ein langes weißes Kleid mit Dreiviertelärmeln und herzförmigem Ausschnitt. Das Haar fiel ihr in Locken ums Gesicht. Sie hatte keinen Schleier, stattdessen war um ihre Schultern ein Cape befestigt, und eine große, mit falschem Pelz besetzte Haube ruhte zwischen ihren Schulterblättern. Sie hielt einen Brautstrauß mit Wintergrün in den Händen.

Rita blinzelte ein paarmal mit ihren falschen Wimpern, und Tante Brenda sagte: »Ahhh!«

Dad schluckte. »Sie sieht …«, begann er zu sagen, bevor er vor lauter Rührung nicht weitersprechen konnte.

»Um Himmels willen, Dad!«, sagte Rita.

»Lass deinen Dad«, sagte Mum. »Er ist ergriffen, und es passiert nicht sehr oft, dass er so gerührt ist. Es ist ein sehr stolzer Moment für einen Vater, wenn seine älteste Tochter heiratet.«

Clark fotografierte Rita, wie sie zwischen Mum und Dad

stand, dann schaute Mum aus dem Fenster. Sie quietschte auf und wedelte ein paarmal mit der Hand vor ihrem Gesicht herum, um sich Kühlung zu verschaffen, denn obwohl es im Zimmer eiskalt war, schien sie erhitzt zu sein. Sie drehte sich um und sagte: »Die Autos sind da! Kommt alle her!«

Dann wandte sie sich zu Rita und streichelte ihr über die Wange. »Du siehst wunderschön aus«, sagte sie, und ihre Augen füllten sich mit Tränen.

»Fang jetzt bitte nicht damit an!«, sagte Rita.

»Sie sieht so hübsch aus wie du bei unserer Hochzeit«, sagte Dad.

»Wir sehen uns dann nachher in der Kirche«, sagte Mum schnüffelnd zu den beiden.

»Um Himmels willen, Mum«, sagte Rita. »Hör auf! Du versaust dir dein Make-up!«

»Tut mir leid, Schatz«, sagte Mum und tupfte sich die Augen, wobei sie sich ihre Wimperntusche übers ganze Gesicht schmierte.

»Komm schon, Maureen«, sagte Tante Brenda und hakte sich bei Mum unter. »Mach dich bereit, Mädchen! Wir müssen auf eine Hochzeit gehen!«

Nachdem wir eine halbe Stunde frierend in der Vorhalle der Kirche gewartet hatten, fuhren Rita und Dad endlich in einem großen schwarzen Auto vor, das vorn mit weißen Schleifen geschmückt war. Ich lächelte Dad zu und sagte: »Dein Hut sitzt ganz schief.«

»Setz ihn ab, Dad«, sagte Rita. »In der Kirche trägt man keinen Hut.«

»Was sollte er dann überhaupt?«, fragte er.

»Fang nicht damit an«, sagte Rita und klang dabei genau wie Mum.

»Ich könnte jetzt eine rauchen«, meinte er.

»Und ich könnte dich umbringen, wenn du das tust«, sagte Rita.

In der Kirche begann die Musik zu spielen. Carol und ich hoben die Schleppe des Hochzeitskleids an, und zusammen schritten wir hinein. Nigel stand am Altar und sah ein bisschen aus wie das Kaninchen vor der Schlange. Er hatte die Haare frisch geschnitten, und seine Ohren wirkten größer als sonst. Ich fragte mich, ob Rita es sich vielleicht noch einmal anders überlegen würde. Ich spähte vorsichtig in alle Richtungen. Alle hatten sich nach uns umgedreht und lächelten. Auf halber Strecke zum Altar traf ich Ralphs Blick. Er grinste breit und bedeutete mir mit einem Zeichen, dass ich toll aussah. Auch er hatte sich ziemlich schick zurechtgemacht, und ich fand, dass er der attraktivste Mann in der ganzen Kirche war. Ich biss mir auf die Lippe und versuchte erfolglos, mein Lächeln zu unterdrücken. Ich war das glücklichste Mädchen der Welt. Wäre dies mein eigener Hochzeitstag gewesen, hätte ich nicht glücklicher sein können. Alles ging ganz schnell. Der Gottesdienst schien nur fünf Minuten zu dauern. Mum weinte, Nigels Mutter weinte, und plötzlich war alles vorbei, und wir standen wieder draußen in der Kälte, wo Clark Fotos von uns machte.

»Wo ist Dad?«, fragte Rita. »Wir brauchen ihn für das Familienfoto.«

»Ich gehe ihn suchen«, sagte Mum.

»Ich komme mit«, meinte Tante Brenda.

»Er steht mit dem Pfarrer um die Ecke eine rauchen«, sagte ich zu ihnen.

Mum und Tante Brenda verschwanden für einen Augenblick und kamen dann mit Dad zurück. »Bekommst du es nicht einmal einen Tag lang hin, dich halbwegs ordentlich zu benehmen?«, schnauzte Mum ihn an.

»Ich hab doch nur eine Zigarette geraucht!«, verteidigte sich Dad. »Schließlich hab ich ja keine Unzucht zwischen den Grabsteinen getrieben oder sonst was in der Art. Und außerdem bin ich es, der diese ganze Hochzeit bezahlt, und wenn ich eine Kippe rauchen will, dann rauche ich sie, verdammt noch mal!«

»Hast du etwas getrunken?«, wollte Tante Brenda wissen und sah ihn prüfend an. In Anbetracht der Menge an Sherry, die sie sich genehmigt hatte, fand ich diese Frage doch etwas absurd.

»Vielleicht hatte ich ein Schlückchen Whisky, bevor ich gegangen bin«, gestand Dad.

»Nun, jedenfalls finde ich, dass du dir ganz schön was herausnimmst, Nelson Perks. Könntest du jetzt also einfach den Mund halten und dich anständig benehmen?«

»Tut mir leid, Brenda«, entschuldigte sich Dad.

»Ist schon in Ordnung«, erwiderte Mum. »Setz dir jetzt den Hut wieder auf und mach Rita stolz auf dich.«

»Alles klar, Schatz«, sagte er.

Am Ende verzieh Mum Dad immer. Sie musste ihn wohl lieben.

Der Hochzeitsschmaus fand in der Halle der Siedlungsgenossenschaft neben der Kirche statt.

»Das ist ja wirklich wunderschön geworden, Maureen«, sagte Tante Brenda und bestaunte den Saal mit den Schleifen an den Stühlen und den Luftballons, die auf jedem Tisch herumtanzten. »Hättest du gedacht, dass Rosa und Violett so gut zusammenpassen würden?«

»Rita hat die Farben ausgewählt«, sagte Mum mit einem gewissen Stolz.

»Da merkt man gleich, dass sie Umgang mit einer gehobeneren Schicht hat«, sagte Tante Brenda.

»Wahrscheinlich«, sagte Mum und zwinkerte mir zu.

Die Tische waren u-förmig angeordnet. Mary war mit ihrer Mutter da, aber ich hatte nicht viel Gelegenheit, mit ihr zu reden, denn sie saß zwar auf der gleichen Seite wie ich, doch es waren noch etliche Leute zwischen uns. Ralph saß neben mir. Ich war so stolz auf ihn. Meine Tanten und Onkel kamen immer wieder herüber und sagten, was für ein gut aussehender junger Mann er doch sei. Ich sah ihm an, dass ihm das ein wenig zu viel Beachtung war, dennoch verhielt er sich zu allen sehr charmant. Wir aßen Hühnercremesuppe, Roastbeef mit allem Drum und Dran und zum Nachtisch mit Eis gefüllte Biskuitrolle. Dann spielte Clark ein paar Platten ab. Ich tanzte mit Ralph zu *Moon River* von Danny Williams, und er sang leise jedes Wort mit. Wir schmiegten uns ganz dicht aneinander, und es war so schön, so romantisch und prickelnd, ich hätte ewig so weitertanzen können. Von mir aus hätte es für immer so bleiben können, für den Rest meines Lebens. Ich konnte es mir nicht verkneifen, an all die Tänze zu denken, die ich noch mit Ralph tanzen würde. Und ich gestand mir ein weiteres Mal zu, ein wenig davon zu träumen, dass Ralph und ich heiraten würden. Ich stellte mir vor, wie wir uns ein Lied aussuchen und jedes Jahr an unserem Hochzeitstag darauf tanzen würden, nur Ralph und ich. Aber ich konnte nicht so lange bei diesem Traum verweilen, wie ich es mir gewünscht hätte, denn ich wusste, dass Mary mit ihrer Mutter hinten im Saal saß. Nach dem Tanz küsste ich Ralph auf die Wange und setzte mich zu Mary. Sie sah sehr hübsch aus. Während wir uns unterhielten, kam Nigels Bruder herüber und fragte Mary, ob sie tanzen wolle. Er war recht gut aussehend, zumindest besser als Nigel, aber sie lehnte ab.

»Na los«, sagte ich. »Warum tanzt du denn nicht mit ihm? Was spricht denn gegen ihn?«

»Nichts, er ist eben einfach nur nicht Elton.«

»Tja, das ist wohl so«, sagte ich. »Es tut mir leid, dass ich ihn nicht einladen konnte, aber Dad hat jedes Mal, wenn eine weitere Person auf die Gästeliste gesetzt wurde, Herzrasen bekommen.«

»Ist schon okay«, sagte Mary, »so haben Elton und ich wenigstens etwas Gesprächsstoff, wenn wir uns sehen.«

»Also redet ihr sonst wohl nicht viel?«

»Nicht besonders«, sagte Mary und grinste.

Am Ende der Feier strömten wir alle zur Bushaltestelle, um zu sehen, wie Rita und Nigel in ihre Flitterwochen starteten. Sie würden eine Woche in einem Ferienchalet auf der Isle of Wight verbringen. Nigels Eltern waren zu beschwipst, um uns zu begleiten, und Tante Brenda meinte, sie mochten vielleicht in einem unechten georgianischen Haus im Acacia Drive wohnen, aber unsere Familie hätte sich manierlicher verhalten.

16. KAPITEL

Am nächsten Morgen erwachte ich in einem sonderbar ruhigen Zimmer. Selbst wenn Rita schlief, machte sie immer eine Art schnaubendes Geräusch, und es war seltsam, es jetzt nicht zu hören. Das Zimmer wirkte irgendwie leer. Ich stand auf und zog die Vorhänge zurück. Über Nacht hatte es stark gefroren. Der Garten sah märchenhaft aus. Helles Sonnenlicht warf seine Strahlen über den Rasen, fiel gesprenkelt durch Bäume und Sträucher, und alles glitzerte und funkelte. Es war wunderschön. Dads neue Gartenhütte sah unter den silbern schimmernden Spinnennetzen wie ein Kunstwerk aus. Sie stand nun bereits seit mindestens acht Jahren dort, aber Mum nannte sie beharrlich »neu«. Dad war der Auffassung, dass sie das nur tat, um ihn daran zu erinnern, dass er die alte Hütte einst abgefackelt hatte. Ich wandte mich wieder zum Zimmer und ließ den Blick über Ritas leeres Bett schweifen. Es war ungemacht, genau so, wie sie es verlassen hatte, Laken und Decke hingen auf den Boden, das Kissen war mit schwarzer Wimperntusche, Ritas Markenzeichen, beschmiert. Und zu meiner größten Überraschung wurde mir plötzlich ganz eng im Hals. Ich hatte mit Rita dieses kleine Schlafzimmer geteilt, solange ich denken konnte, und ich hatte den Tag herbeigesehnt, an dem ich es endlich für mich allein hatte. Warum machte mich der Anblick ihres leeren Betts dann doch so traurig?

In diesem Augenblick kam Mum mit einer Tasse Tee herein. Sie bemerkte meinen Gesichtsausdruck und sagte: »Ich dachte mir, dass du dich vielleicht etwas verloren fühlst.«

»Ich weiß nicht, wie ich mich fühle«, gestand ich. »Schließlich sind wir ja nie wirklich besonders gut miteinander klargekommen, nicht?«

»Mit den Gefühlen ist das so eine Sache«, sagte Mum. »Manchmal überrumpeln sie uns einfach, und sie ergeben nicht immer einen Sinn.«

»Es ergibt sicher keinen Sinn, wegen Ritas leerem Bett traurig zu sein.«

»Vielleicht bist du nicht gut mit ihr klargekommen, aber du warst an sie gewöhnt. Wenn es dir irgendwie hilft – dein Dad bekam heute Morgen sein gekochtes Ei nicht hinunter, und ich glaube, das hatte etwas damit zu tun, dass ihm seine allmorgendliche Rangelei mit Rita um das Badezimmer gefehlt hat.«

»Und was ist mit dir, Mum?«

»Fang mir bloß nicht damit an«, sagte sie und eilte aus dem Zimmer.

Ich lächelte in mich hinein, als ich Ritas Morgenrock aufhob und auf seinen Haken an der Tür hing. Wir würden Rita wohl vermissen, mit ihrer ganzen patzigen Art und ihren Anwandlungen von Größenwahn.

Nachmittags ging ich mit Mary ins Café, einen Kaffee trinken. Auf dem Weg war sie schon ungewöhnlich schweigsam gewesen und hatte sich nicht wie sonst die Schaufenster angesehen. Jetzt saß sie nur da und blickte ins Leere.

»Ich gäbe was dafür, zu wissen, was du gerade denkst«, sagte ich.

»Ich glaube nicht, dass du das wirklich wissen willst«, sagte sie seufzend.

»Na, spuck's schon aus«, forderte ich sie auf.

»Weißt du, Elton fragt mich nie etwas über mich«, sagte sie. »Ich wette, Ralph weiß alles von dir.«

»Ich weiß nicht, ob es alles ist, aber ich glaube schon, dass wir uns das meiste erzählen.«

»Elton interessiert sich überhaupt nicht für meinen Traum, nach Paris zu gehen und Kunst zu studieren.«

»Vielleicht ist er neidisch.«

»Vielleicht.«

»Über was redet ihr dann?«

»Über ihn – wir reden über ihn. Über seine Musik, seine Träume, seine Ziele.«

Ich wusste nicht, was ich darauf sagen sollte, denn ich wollte auch nicht ständig davon erzählen, wie anders es doch mit Ralph war.

»Außerdem bin ich überhaupt nicht ich selbst, wenn ich mit ihm zusammen bin«, fuhr sie fort. »Ich fürchte immer, etwas Falsches zu sagen, denn wenn ich das tue, schmollt er tagelang. Das klingt nicht gut, nicht wahr?«

Ich nippte an meinem Kaffee. Allmählich verstand ich, was sie damit sagen wollte. Um man selbst sein zu können, Fehler machen, ja sogar schon mal unfreundlich sein zu dürfen, muss man sich geliebt fühlen. Man muss wissen, dass einem verziehen wird, ganz gleich, wie man sich benimmt, weil das Gegenüber einen gernhat. Ein bisschen so, wie man es von Eltern erwarten würde. Eltons Gefühle Mary gegenüber waren nicht vorbehaltlos. Sie hingen davon ab, wie gut er sich bei ihr fühlte. Solange sie ihn umschmeichelte und sein Ego stärkte, war alles gut, aber sobald sie selbst etwas Aufmerksamkeit benötigte, verlor er das Interesse. Mary hatte sich ihre Frage im Prinzip selbst beantwortet.

»Wann hast du ihn zuletzt getroffen?«

»Keine Ahnung, vor einer Woche, schätze ich mal.«

»Ralph hat gesagt, dass wir uns heute Nachmittag hier sehen – vielleicht hat er Elton ja dabei.«

»Ich bin diese Spielchen so leid, Dottie. Verdammt noch mal, ich bin jetzt fast achtzehn, und ich verhalte mich noch immer wie das liebeskranke kleine Mädchen von zwölf Jahren!«

Genau in diesem Moment betrat Ralph das Café, gefolgt

von Elton, der seinen Arm um ein hübsches dunkelhaariges Mädchen gelegt hatte. Ralph kam zu uns und setzte sich neben mich, während Elton mit dem Mädchen zum Tresen ging.

»Das ist nur eine Bekannte von ihm, Mary«, sagte Ralph. »Wir haben sie auf dem Weg getroffen.«

»Ich muss gehen«, sagte sie abrupt und stand auf.

»Entschuldige mich eben«, sagte ich zu Ralph und ging Mary nach. Ich musste fast rennen, um sie einzuholen. Wir schwiegen, bis wir am Ufer angelangt waren. Dort setzten wir uns in einen der Strandpavillons und blickten aufs Meer hinaus.

»Ich bin eine ganz schöne Idiotin, nicht wahr?«, sagte sie leise.

Ich schüttelte den Kopf. »Ich finde, dass Elton hier der eigentliche Idiot ist, nicht du.«

»Was zum Teufel sehe ich denn bloß in ihm? Ich meine, wer außer einer Idiotin würde sich das bieten lassen? Aber ich lass es mir gefallen. Ich ertrage alles, bis er beschließt, mal wieder mit mir ausgehen zu wollen.«

»Ich vermute mal, das ist die Sache mit der Achillesferse, von der du mir erzählt hast.«

»Allmählich fange ich an zu glauben, dass nicht die Ferse mein Schwachpunkt ist, sondern mein Kopf.«

Marys Augen waren voller Tränen, und sie schluckte, um nicht loszuheulen.

»Du kannst ruhig weinen«, sagte ich zu ihr.

Mary blinzelte wütend. »Den Gefallen tue ich ihm nicht!«

Ich drückte ihren Arm. »Das ist die Mary, die ich kenne«, sagte ich.

Später saß ich mit Ralph auf einer Parkbank. Ich nahm seine Hand.

»Hat Elton etwas über Mary gesagt?«, fragte ich.

»Inwiefern?«, fragte Ralph zurück.

»Na ja, ob er sie sehen möchte.«

Ralph zog seine Hand zurück und legte mir den Arm um die Schulter.

»Du magst ihn nicht besonders, oder?«

»Es ist nicht so, dass ich ihn nicht mag, es geht mehr darum, dass ich ihm nicht vertraue. Wenn er nicht mit Mary zusammen sein will, warum lässt er sie dann nicht einfach in Ruhe? Dann hätte sie zumindest die Chance, jemanden zu finden, der wirklich mit ihr zusammen sein will.«

»Man muss Elton kennen, um das zu verstehen.«

»Was gibt es daran zu verstehen?«

»Er mag Veränderungen nicht, und er verliert nicht gerne Menschen. Und obwohl er sich mit anderen Mädchen trifft, wird er Mary nicht aufgeben wollen, denn er weiß ja um ihre Gefühle für ihn. Als wir noch kleiner waren, war er immer derjenige, der sich zuerst entschuldigt hat, wenn wir uns verkracht hatten, selbst wenn er den Streit gar nicht angefangen hatte. Du sagst, dass du Elton nicht vertraust, aber eigentlich ist es gerade Elton, der niemandem vertraut.«

»Aber warum? Ich verstehe das nicht.«

»Es hängt damit zusammen, dass sein Vater gestorben ist, als er noch so klein war. Außer vor mir und seiner Mutter hat er vor niemand anders geweint. Er hängt sehr an seiner Mutter, und er ist ständig in Sorge, sie zu verlieren.«

»Fürchtet er, dass sie stirbt, so wie sein Vater?«

»Nicht nur das. Sie hat ein paarmal einen Freund gehabt. Elton hat sich jedes Mal so aufgeführt, dass niemals etwas daraus geworden ist. Es ist etwas komplizierter mit unserem Elton.«

»Aber er mag Mary doch?«

»Na ja, zumindest ist sie das einzige Mädchen, mit dem er sich immer wieder trifft, also muss er sie wohl mögen.«

»Aber warum kommt er dann mit einem anderen Mädchen

ins Café spaziert, wo er doch weiß, dass Mary möglicherweise dort sein könnte? Das ist doch einfach gemein, oder?«

»Elton hat schon immer gern geflirtet. Er gabelt Mädchen auf und lässt sie dann wieder fallen, das ist so seine Art. Ich kann nicht behaupten, dass ich das gut fände, aber es hat unsere Freundschaft nie beeinträchtigt. Allerdings wirkt es sich auf uns beide aus, dich und mich, denn wir verbringen eine ganze Menge Zeit damit, darüber zu reden.«

»Ich weiß, dass wir das tun. Aber ich bin einfach auch aufgebracht, wenn Mary verletzt wird.«

»Ich bin nicht Eltons Aufpasser, und du bist nicht Marys Kindermädchen. Was wir auch sagen oder tun, wird nichts ändern. Elton wird weiter Elton sein, und Mary wird immer wieder verletzt werden. Aber sie ist kein Kind mehr, Dottie, sie wird genau das tun, was sie will – egal, was du sagst und wie sehr du dir auch Sorgen machst.«

»Du hast recht. Ich weiß ja, dass du recht hast.«

»Können wir uns dann wieder auf unsere Beziehung konzentrieren und aufhören, uns um Elton und Mary zu sorgen? Ich bin ziemlich sicher, dass die beiden sich um uns keine Gedanken machen.«

Und wie nicht anders zu erwarten waren sie schon am nächsten Tag wieder zusammen unterwegs. Elton entschuldigte sich dafür, mit dem Mädchen ins Café gekommen zu sein, und Mary verzieh ihm natürlich. So zogen wir wieder zu viert los, um etwas zu unternehmen. *Brainless* waren inzwischen recht bekannt geworden in der Gegend, und zu dritt besuchten wir so viele Gigs von Eltons Band, wie wir konnten. Wir fuhren nach Eastbourne und Hastings und einmal sogar bis nach Croydon. Dort spielten sie in einem wirklich netten Hotel. Ich saß mit Mary auf einem roten Samtsofa im Foyer, während die Jungs aufbauten. Wir waren ziemlich aufgetakelt.

Die Leute, die Tickets für das Konzert gekauft hatten, liefen um uns herum, rauchten, unterhielten sich und redeten über die Band. Es war aufregend, dort zu sein und zur Entourage der Band zu gehören. Mary warf sich ständig die Haare nach hinten und prüfte ihr Aussehen in dem Spiegel, der dort hing. Als ich darüber lachte, schnitt sie mir eine Grimasse.

»Sieht ganz danach aus, als würden deine Träume alle wahr werden«, sagte ich.

»Was für Träume denn?«, fragte Mary, als ob sie nicht wüsste, wovon ich sprach.

»Deine Träume«, gab ich zurück. »Du weißt schon, aus der Siedlung rauszukommen, in schicken Hotels herumzusitzen und an märchenhafte Orte zu reisen. Ist das nicht all das, wovon du immer geträumt hast?«

»Es ist ein Teil von dem, was ich mir erträumt habe. Croydon würde ich nicht unbedingt als märchenhaft bezeichnen«, sagte sie. »Es ist schließlich nicht Paris, Dottie. Das ist nicht Montmartre.«

»Aber eines Tages könnte es das sein.«

»Ich wünschte, ich könnte mir da sicher sein.«

Ich legte meinen Arm um ihre Schulter und drückte sie. »Wo ist nur die alte Mary hin, die Mary, die immer gesagt hat: ›Wozu tut man denn sonst etwas, wenn man vorher schon weiß, wie es ausgeht?‹«

»Wann hab ich das denn gesagt?«

»Als du acht warst.«

»Hört sich ganz danach an, als sei ich damals weiser gewesen als heute.«

»Du warst verrückter«, sagte ich lächelnd.

Eines Abends gingen wir zu viert auf den Jahrmarkt in Southwick, einem Küstenstädtchen in der Nähe von Brighton. Als wir aus dem Zug stiegen, konnten wir schon die Musik hören, und der Himmel über dem Grün der Landschaft war in orangefarbenes, rotes und goldenes Licht getaucht. Je näher wir zu dem Rummelplatz kamen, umso dichter wurde die Menschenmenge, die uns umgab. Die meisten waren in unserem Alter. Sie hatten sich alle in Mäntel und Schals gehüllt, waren fröhlich und lachten. Eine heitere Spannung lag in der Luft, und der süße Duft von Zuckerwatte vermischte sich mit dem Geruch nach gebratenen Würstchen. Wir stiegen über das Kabelgewirr am Boden, liefen an den lauten Generatoren und den außen vor dem Platz geparkten Wohnwagen vorbei, vor denen gefährlich aussehende Hunde angekettet waren, und betraten das Messegelände. Es war ein fröhliches und lautes Gemisch aus Musik und Geschrei, Menschen, die drängelten und sich anrempelten und dabei lachten. Ralph hielt mich fest an der Hand, und ich drückte mich an ihn. Mary konnte sich kaum zusammenreißen, so aufgeregt war sie. Ihre Begeisterung färbte auf uns alle ab, sogar auf Elton. Wir gingen auf die Walzerbahn, eine Art Berg- und Talbahn, und als sie sich drehte, wurden wir vier eng in der Gondel zusammengedrückt. Marys Augen leuchteten, und ihre Wangen waren rosig. Sie klammerte sich an der Haltestange fest, lachte und schrie, und Elton lachte mit. Sie waren wie Kinder, und es war schön zu sehen, welchen Spaß sie hatten.

»Los, das machen wir gleich noch mal!«, rief Elton, doch Mary lehnte ab. Ihr war so schwindlig, dass sie ganz unsicher auf ihren Füßen war, als wir aus der Gondel kletterten, und sie musste sich einen Augenblick lang auf die Stufen setzen und den Kopf auf die Knie legen.

Ich massierte ihr den Rücken. »Alles okay?«, fragte ich.

»Hab mich nie besser gefühlt!«, gab sie zurück.

Plötzlich streckte Elton ihr die Hand hin. »Komm schon, Mary, du Jammerlappen!«, sagte er zu ihr. »Ich wette, dass du nicht Manns genug bist, Autoscooter zu fahren!« In Sekundenschnelle war Mary wieder auf den Beinen. Sie rannte auf ihn zu und rief, sie würde ihm zeigen, wer hier der bessere Fahrer sei. Und so gingen Mary und Elton Autoscooter fahren. Ralph und ich sahen zu, wie sie sich wie auf einer Tanzfläche umkreisten. Ich beobachtete, dass Elton Marys grünen Scooter keine Sekunde aus den Augen ließ, sah, wie er sich zwischen den anderen Scootern durchschlängelte und auf die Gelegenheit wartete, auf Mary zuzufahren und sie zu rammen. In dem elektrischen Gitter über ihnen blitzte und knisterte es, und ich fragte mich, ob es für Mary und Elton am Ende nicht doch noch eine Zukunft gab.

Sie war wieder ganz die alte Mary, die Mary, die ich liebte, das quirlige kleine Mädchen, das sich kopfüber vom Geländer herunterbaumeln ließ. Sie war so glücklich und wollte alles ausprobieren. Wir folgten ihr, als sie zur Achterbahn hinüberrannte. An diesem Abend fuhren wir mit allem, was es auf dem Rummelplatz gab, und standen am Ende vor dem Riesenrad. Ralph und ich kuschelten uns ganz eng zusammen. Mary und Elton saßen in dem Sessel über uns, und wir konnten sie kreischen hören, als uns das Rad hoch über die Menge trug. Hier oben war es windig, und die Haare wurden mir übers Gesicht geweht. Am liebsten hätte ich die Zeit angehalten, und ich wünschte mir, dieser Abend würde nie zu Ende gehen. Ich schwebte mit dem Jungen, den ich liebte, hoch über der Welt, und meine beste Freundin war endlich wieder glücklich. Auch ich war glücklich. So glücklich.

Liebes Tagebuch,

gestern Abend habe ich etwas wirklich Dummes gemacht. Ich habe Elton gefragt, ob er mich liebt. Das war so was von verdammt uncool! Elton hat mir gesagt, ich solle bloß nicht gefühlsduselig werden. Ich habe es so satt, immer auf Parkbänken, in Ladeneingängen oder irgendwo hinter meinem Haus herumzuknutschen. Da kommen kaum romantische Gefühle auf, wenn es immer so verflucht kalt ist.

Dann hat er mir gesagt, dass seine Mutter jetzt in einem Bingoverein ist und dass sie deshalb jeden Donnerstagabend außer Haus sein würde.

Heißt das, dass wir es tun werden?

Sollte ich es tun, Tagebuch?

Tschüss, Tagebuch.
Alles Liebe von Mary Pickles (kurz davor, zur Frau zu werden)
Siebzehn Jahre

17. KAPITEL

Mary und ich saßen auf den Schaukeln unten im Park.

»Weißt du noch, dass ich mal versprochen habe, ich würde es dir sagen, wenn wir es getan hätten?«, fragte Mary.

»Du hast es getan?«, kreischte ich auf. »Wie war es? Wann? Wie?«

»Was meinst du damit, wie?«, fragte Mary.

»Nein, natürlich meine ich nicht ›wie‹«, sagte ich kichernd. »Aber wann?«

»Na ja, genau genommen haben wir es noch nicht getan. Aber wir sind kurz davor.«

»Wirklich?«

»Eltons Mutter ist jetzt Mitglied in einem Bingoverein.«

Ich muss völlig perplex dreingeschaut haben.

»Genauso hab ich auch reagiert, als mir Elton das gesagt hat. Das heißt nämlich, dass er jeden Donnerstagabend sturmfreie Bude hat.«

»Dann wirst du es jeden Donnerstag tun?«

»Oh, um Himmels willen, Dottie, was weiß ich denn? Bis jetzt haben wir es ja noch nicht ein einziges Mal getan.«

»Hast du Angst?«

»Ein bisschen schon.«

»Aber sei vorsichtig, okay?«

»Ich bin ja nicht völlig verblödet, Dottie Perks.«

»Aber manchmal benimmst du dich so, Mary Pickles«, sagte ich tadelnd.

»Die Sache ist die«, sagte Mary, »ich weiß, dass es inzwischen besser läuft zwischen uns beiden, aber selbst wenn wir zusammen sind, gafft er noch immer anderen Mädchen hinterher.«

Das war mir auch schon aufgefallen, aber ich hatte es Mary nicht gesagt.

»Ich brauche von Elton irgendwas Verbindliches, bevor ich auf die Kunstakademie gehe. Wenn ich das nicht bekomme, dann werde ich ihn verlieren.«

»Ich will dir ja keinen Dämpfer verpassen, Mary, aber es hört sich ganz nach etwas an, von dem du glaubst, es tun zu müssen, nicht nach etwas, was du wirklich tun willst.«

»Ich muss es tun, Dottie.«

»Nein, das musst du nicht«, widersprach ich.

»Doch, ich muss.«

»Vielleicht gefällt es dir ja gar nicht«, gab ich zu bedenken.

»Wenn ich es niemals ausprobiere, dann werde ich es auch nie erfahren«, sagte sie.

»Hä?«

»Das sagt meine Mum immer zu meinen Brüdern, wenn sie etwas nicht essen wollen.«

»Ich kann mir nicht vorstellen, dass deine Brüder jemals irgendetwas *nicht* essen wollen. Sie würden *alles* essen.«

Da musste Mary lachen. Sie beugte sich auf der Schaukel nach hinten, legte den Kopf in den Nacken und ließ ihre Haarspitzen den Boden streifen.

»Wahrscheinlich bin ich heute in einer Woche keine Jungfrau mehr, Dottie. In weniger als sieben Tagen werde ich die Schwelle zum Frausein überschritten haben und kein Mädchen mehr sein. Und sobald ich einmal dort bin, gibt es kein Zurück mehr.«

»Meinst du, es wird sich dann etwas ändern? Ich meine, glaubst du, dass du dann immer noch mit mir herumziehen willst, sobald du einmal angefangen hast, es mit Elton zu treiben?«

Auch ich hatte mich inzwischen genau wie Mary nach hinten gebeugt. Aus dieser verrückten Perspektive sahen wir einander an.

»Jetzt bist du es, die dummes Zeug redet«, sagte sie.

Und sie sah mich mit einem auf dem Kopf stehenden Lächeln an.

Ralph und ich gingen mittlerweile seit fünf Monaten miteinander. Meist machten wir einfach lange Spaziergänge über die Downs oder am Strand entlang. Die Kommune hatte am Ufer Weihnachtslichter angebracht, und wir liefen gerne am Abend dort entlang und sahen uns an, wie sich die Lichter in den Wellen spiegelten, die über die Kieselsteine schwappten. Wenn ich so drüber nachdachte, war nichts von dem, was Ralph und ich unternahmen, besonders aufregend, aber irgendwie wussten wir beide, ohne es jemals ausgesprochen zu haben, dass es völlig gleich war, was wir taten, solange wir nur zusammen waren. Je besser ich Ralph kennenlernte, umso mehr liebte ich ihn. Er war so süß und nett, ich fühlte mich sicher, und er gab mir das Gefühl, etwas Besonderes zu sein. Ich vertraute ihm, das war es. Ich wusste, dass er mich niemals anlügen, schlecht hinter meinem Rücken über mich reden oder nach anderen Mädchen schielen würde. Genauso wenig, wie ich irgendetwas tun würde, das ihn verletzen könnte. Zu Beginn kam es mir seltsam vor, Teil eines Paars zu sein. Davor war ich nur ein einziges Mal Teil eines Duos gewesen, nämlich mit Mary. Jetzt fühlte es sich gar nicht mehr seltsam, sondern genau richtig an.

»Ich wünschte, ich hätte es dir schon gesagt, als wir noch zur Schule gegangen sind«, sagte Ralph eines Abends.

»Mir was gesagt?«, fragte ich.

»Dass ich dich gernhabe.«

»Mehr oder weniger hast du das«, sagte ich und grinste. »Irgendwie hatte ich immer gehofft, dass du es warst, der mir diesen Valentinsgruß geschickt hat. Ich hatte doch recht, oder?«

Ralph lachte und drückte meine behandschuhte Hand.

»Ein schöner kleiner Romeo, nicht wahr?«

»Du warst es also?«

»Ich bekenne mich schuldig im Sinne der Anklage.«

Eines Abends saßen wir bei der Bucht auf einer Bank. Das Mondlicht fiel aufs Wasser, das sich unter dem fallenden Schnee kräuselte. Wir küssten uns, und es war der süßeste Kuss der ganzen Welt. Er schmeckte nach Zahnpasta mit Minze und Himbeereis am Stiel und nach noch etwas – nach Ralph. Er schmeckte nach Ralph. Es war ein nicht enden wollender, wunderschöner Kuss. Ein richtiger Kuss, wie zwischen zwei Erwachsenen. Als wir schließlich unsere Lippen wieder voneinander lösten, nahm Ralph mein Gesicht in seine Hände und sagte: »Ich liebe dich, Dottie Perks – ich habe dir das schon mein ganzes Leben sagen wollen!«

Ralph und ich hatten immer in Marys und Eltons Schatten gestanden, vielleicht würden wir jetzt endlich daraus hervortreten.

Dieses Weihnachtsfest war einfach perfekt. Ralph kam zum Weihnachtsessen zu mir nach Hause. Wir spielten alberne, kindische Spiele, die mich noch ein Jahr zuvor gelangweilt hatten, doch jetzt, da Ralph dabei war, fand ich sie höchst amüsant. Ich schenkte Ralph eine Schneekugel mit einem kleinen Häuschen darin. Wenn man sie schüttelte, fiel der Schnee auf das Dach des Häuschens und die umliegenden Hügel. Es war das Häuschen meiner Träume, die Art Haus, in dem ich mir eines Tages mit Ralph zu leben erträumte. Ralph hatte mir ein wunderschönes silbernes Medaillon gekauft. Anstelle eines Bildes hatte er ein Stückchen Papier hineingesteckt, auf das er »Ich liebe dich« geschrieben hatte.

»Ich dachte, du könntest ein Foto von dir hineintun«, sagte Ralph.

»Ich möchte eines von dir«, entgegnete ich.

»Du Verrückte«, sagte Ralph und lächelte.

»Wir könnten zu einer dieser Fotokabinen gehen und dort ein paar Bilder machen lassen«, schlug ich vor.

»Auf dem Pier ist eine«, sagte Ralph. »Wenn du wirklich willst, können wir da hingehen.«

»Das will ich«, sagte ich.

Zu viert feierten wir in das Jahr 1964 hinein. Wir sahen uns das Feuerwerk an, das über dem Pier abgefeuert wurde und silberne und goldene Strahlen ins Meer schickte. Um Mitternacht ließen die vorbeifahrenden Schiffe ihre Hörner ertönen. Es war märchenhaft. Mary schmiegte sich an Elton, das Haar wurde ihr vors Gesicht geweht, und ihre Augen strahlten vor Begeisterung. Sie sah zu mir hinüber und lächelte. Es war das liebevollste und zärtlichste Lächeln, das ich je gesehen hatte. An dieses Lächeln würde ich mich in den dunklen Zeiten erinnern, die uns bevorstanden.

Im Januar sahen Ralph und ich uns täglich. Er holte mich gleich nach der Arbeit ab, und wir gingen üblicherweise ins Café, wo wir versuchten, so lange bei einem einzigen Getränk zu sitzen, wie wir konnten. Er erzählte mir von seinem Tag und ich ihm von meinem, und ganz allmählich lernten wir all die kleinen Dinge über den anderen kennen. Und umso besser ich Ralph kennenlernte, umso mehr liebte ich ihn. Wenn es kalt war, begleitete er mich nach Hause, und es war meistens kalt. Wir hielten uns an der Hand, und manchmal legte er mir den Arm um die Schultern. Ich liebte es, das Gewicht seines Arms zu spüren, das Gefühl zu haben, dass da jemand war, der mich so behandelte, als wäre ich etwas Kostbares, so wie Ralph es tat.

»Langweilt es dich nicht, einfach nur mit Ralph herumzusitzen und nichts zu tun?«, fragte mich Mary eines Tages.

»Wir tun nicht nichts. Wir reden.«

»Wovon?«

»Keine Ahnung. Nichts.«

Mary verdrehte die Augen. Ich musste lachen und sagte: »Okay, du hast ja recht!«

Doch Mary verstand nicht, konnte nicht verstehen, was ich für Ralph empfand. Ich konnte ihr nicht erklären, wie sich die Dinge zwischen Ralph und mir entwickelten und woher ich wusste, ohne dass er es mir sagen oder erklären musste, dass er dasselbe für mich fühlte wie ich für ihn.

Ich hatte nie wirklich mit Mary mithalten können, sie war stets die Anführerin gewesen, aber Ralph ermutigte mich nun, mich nach vorn zu wagen. Er fragte mich nach meiner Meinung, respektierte meine Ansichten.

An diese Januarabende, als wir im Dunkeln nach Hause liefen, werde ich immer zurückdenken. Ich werde niemals vergessen, wie Ralph dabei meine Hand hielt oder wie er haltmachte, wenn wir an eine dunkle Ecke kamen. Und wie er mich dann an eine Mauer drückte, mein Gesicht zu sich zog und mich küsste. Sein Gesicht war kalt, seine Hände waren kalt, aber mir war warm. Ich glühte förmlich, wenn er mich küsste, und nach und nach wurden wir immer besser im Küssen. Wir lernten übereinander, wir lernten das Begehren kennen.

Ich musste immerzu an ihn denken, bei der Arbeit, zu Hause, im Bett. Ich stellte mir vor, wie es wohl wäre, verheiratet zu sein, ein eigenes Bett für uns zusammen zu haben, wo es uns möglich wäre, mehr zu tun, als sich nur zu küssen, und es so oft zu tun, wie wir wollten. Es brachte mich fast um den Verstand, mir vorzustellen, wie es wohl mit Ralph im Bett war. So wie er mich ansah, ging es ihm wahrscheinlich genauso. Zu wissen, wie sehr er mich begehrte, gab mir das Gefühl, wertvoll zu sein, schön zu sein.

Mary hatte mir immer noch nicht von ihrer besonderen Nacht mit Elton erzählt. Es war schon Wochen her, aber sie hatte es noch nicht thematisiert, und so platzte ich eines Tages damit heraus: »Du hast mir noch nicht von dem Abend erzählt, als Eltons Mutter Bingo spielen war.«

»Und das werde ich auch nicht«, sagte Mary. »Es war einfach zu peinlich, um darüber zu reden.«

Als ich Marys Gesichtsausdruck sah, hütete ich mich, sie zu drängen.

Schließlich wurde es Februar. Im lokalen Jugendtreff gab es eine Valentinstanzveranstaltung, und wir hatten uns alle schon Eintrittskarten besorgt. Ich hatte Ralph eine Valentinskarte gekauft, nichts Auffälliges, einfach ein rotes Herz auf weißem Hintergrund, und darauf stand: *Sei mein*. Mary hatte für Elton eine große Karte mit einer Comiczeichnung von zwei schmusenden Welpen besorgt.

»Was hältst du davon?«, fragte sie. Ich sagte ihr, dass ich sie ganz reizend fände, aber ich konnte mir irgendwie nicht vorstellen, dass Elton sie sich auf den Fenstersims stellen würde.

Wir gingen alle zu dem Tanzabend. Der Jugendtreff war nur eine alte grüne Blechhütte inmitten eines Feldes, aber dekoriert mit Herzen und Bändern aus Krepppapier, roten Luftballons und den über die Bühne drapierten Lichterketten, wirkte sie tatsächlich richtig schick, wenn man nicht zu genau hinsah.

Ich tanzte fünf Tänze hintereinander mit Ralph. Wir fuhren ziemlich auf Rock 'n' Roll ab, und er war ein guter Tänzer, aber nach diesen fünf Tänzen war uns ziemlich warm.

»Gehen wir raus zum Abkühlen«, schlug er vor, und Elton johlte. Er prostete Ralph zu und sagte: »Viel Glück, Kumpel!« Ralph lachte nur und kratzte sich hinterm Ohr. Er sagte: »Komm, Dottie, ignorier ihn einfach. Er ist nur neidisch.«

Ich begriff nicht, warum Elton neidisch sein sollte. Wenn er

Mary bitten würde, mit ihm nach draußen zu kommen, wäre sie im Bruchteil einer Sekunde mit ihm aus der Tür.

Ralph griff nach meiner Hand, und wir gingen durch den Saal nach draußen in die Dunkelheit. Die Luft war eisig, doch sie roch sauber und nach Meer. Ich lehnte mich ans Geländer vor dem Treff und atmete ein paarmal tief ein, und ehe ich mich's versah, hatte Ralph mir seine Hände auf die Schultern gelegt und mich zu sich herumgedreht. Er küsste mich, und ich küsste ihn zurück. Seine Hände umfassten meinen Kopf, waren in meinem Haar, und er drückte mich an sich. Vielleicht war mir noch ein wenig schwindlig vom Tanzen. Vielleicht war es auch, weil es Valentinsabend war, ich weiß es nicht. Aber an diesem Abend schob ich meine Hände unter sein Hemd und ertastete seine Brust, spürte, wie stark und breit sie war, wie warm und anders als meine. Ich legte meine Hände um seine Taille, und dann ließ ich sie nach vorne wandern, zu seinem Hosenknopf. Mein Herz raste, und ich hatte Angst, aber ich wusste, was ich wollte. Ich hatte Mary immer erzählt, dass ich auf den richtigen Augenblick warten und mich aufheben wollte, bis ich verheiratet war. Plötzlich war mir das alles egal. Ich war drauf und dran, jegliche moralischen Grundsätze, was vorehelichen Sex anging, über Bord zu werfen.

Ralph hielt mich zwar noch immer umarmt, doch er ging vorsichtig etwas auf Distanz. Sein Atem ging schnell, und trotz der Kälte sah ich Schweißperlen auf seiner Stirn. Dann fragte ich ihn etwas, das ich schon seit langer Zeit mit mir herumgetragen hatte, doch es war mir einfach zu peinlich gewesen, um die Sprache darauf zu bringen.

»Hast du es schon mal getan?«

»Nicht richtig«, sagte er und atmete wieder etwas leichter. »Nur ein bisschen im Dunkeln herumgefummelt. Und du, Dottie?«

»Ich auch«, sagte ich, »und immer mit dem falschen Typen.«

»Lass uns noch warten damit«, sagte er, »es sollte doch etwas Besonderes sein, nicht hier, nicht auf dem Parkplatz vor einem heruntergekommenen Jugendtreff passieren. Wie hört sich das an, wenn wir das unseren Enkeln einmal erzählen?«

Ich musste lachen und tat so, als wäre mir gar nicht aufgefallen, dass er von künftigen Enkeln gesprochen hatte. Ich schob mir das Haar aus dem Gesicht.

»Gott, Dottie, du bist so ... einfach so perfekt!«, flüsterte Ralph. Er nahm meine Hände und hielt sie fest. »Wir können noch ein wenig warten, meinst du nicht?«, sagte er. »Wir haben alle Zeit der Welt.«

Ich blickte ihn lächelnd an. Er steckte sich das Hemd wieder in die Hose und strich mir das Haar glatt, und als wir beide wieder ordentlich aussahen, gingen wir in den Treff zurück. Alles sah genauso aus wie vorher, die Lichter glitzerten, und es spielte gedämpfte und romantische Musik. Ich sah zu Elton und Mary hinüber. Sie hatten die Arme umeinandergelegt, und Mary lächelte Elton an. Alles sah noch genauso aus wie vorher, aber ich spürte plötzlich ein schreckliches Verlustgefühl. Alles schien zu perfekt zu sein, so als ob ich es mir genau einprägen müsste, bevor es dahinschwand.

18. KAPITEL

In diesem Jahr würden wir alle achtzehn werden. Mary hatte im Februar Geburtstag, ich im Juni, und Ralphs und Eltons Geburtstage im März lagen so nahe beieinander, dass sie beschlossen hatten, gemeinsam eine Party zu schmeißen. Sie mieteten den Saal, in dem Rita ihren Hochzeitsempfang gegeben hatte. Die Party war für den letzten Samstag im März geplant. Ein langer und kalter Winter ging allmählich vorüber, und es wurde Frühling. Ein Gefühl der Vorfreude lag in der Luft. Es lag nicht nur an den Schlüsselblumen im Park, die ihre kleinen gelben Gesichter öffneten, an den Vögeln, die im Garten zwitscherten, oder an der warmen Luft, wenn wir die Uferpromenade entlangliefen. Es war mehr als das – es war das Gefühl, dass wir alle an der Schwelle zu etwas standen, dass etwas geschehen, unser Erwachsensein beginnen würde.

Mary und ich freuten uns sehr auf die Party, vor allem Mary.

»Ich weiß es einfach, ich bin sicher, dass sich alles ändern wird zwischen Elton und mir«, sagte sie eines Abends, als wir oben in ihrem Zimmer saßen.

Ich musste zugeben, dass es etwas besser lief zwischen den beiden, doch es war noch immer ein ziemliches Auf und Ab.

»Ah ja?«

»Ja!«

Sie stand da und sichtete ihre Kleider, die auf Bügeln über der Bilderleiste aufgehängt waren. Dann drehte sie sich zu mir um und grinste.

»Ich werde zusehen, dass ich auf dieser Party so gut aussehe wie noch nie. Ich werde alle Jungs dazu bringen, mich haben zu wollen, und wenn Elton sieht, dass ich um Längen das schönste Mädchen dort bin, wird er sich wie wahnsinnig in mich verlieben!«

»Okay«, sagte ich und versuchte, nicht davon verletzt zu sein, dass Mary auch fest davon überzeugt war, sie würde um Längen besser aussehen als ich.

»Ich brauche unbedingt etwas Neues zum Anziehen«, sagte sie, »etwas Stilvolles. Etwas … eng Anliegendes und Glamouröses, wie ein Filmstar es tragen würde.«

»Wir könnten am Samstag einen Einkaufsbummel machen«, schlug ich vor. »Die neue Sommerware kommt gerade in die Läden. Da sind nette Sachen darunter.« Ich nahm eine Illustrierte in die Hand und begann, den Modeteil durchzublättern.

»Und dann brauche ich noch ein ganz besonderes Geschenk für Elton, irgendetwas, das ihm zeigt, dass ich ihn verstehe und weiß, was er wirklich will. Hast du eine Idee, was ich ihm kaufen könnte?«

»Ich habe keine Ahnung«, sagte ich.

»Hast du schon was für Ralph?«

»Nicht viel«, nuschelte ich.

»Na los, sag schon!«

Ich löste meine Augen nicht von den Seiten der Illustrierten. »Ich hab ihm eine Uhr gekauft.«

»Eine Uhr! Wow!« Mary riss die Augen weit auf und ließ sich aufs Bett fallen. Ich war leicht verlegen. Vorher war ich so zufrieden gewesen mit dem Geschenk, für das ich einen Wochenlohn hingeblättert hatte. Ich wusste, dass es Ralph gefallen würde. Aber jetzt war ich besorgt, dass Mary auch für Elton eine Uhr besorgen würde und es so aussähe, als ob wir gemeinsam einkaufen gegangen wären und ich mir über Ralphs Geschenk nicht allzu viele Gedanken gemacht hätte. Doch ich hatte mir Gedanken gemacht, und zwar gründlich.

»Was mag Elton denn so?«, fragte ich schnell, um Mary von der Uhr abzulenken.

Sie kaute an ihrem Fingernagel herum.

»Das Einzige, was ihn wirklich interessiert, ist Musik.«

»Und Frauen«, fügte ich grinsend hinzu.

Mary stieß mich aufs Bett zurück.

»Jetzt nicht mehr«, sagte sie und klimperte mit ihren Wimpern. »Von jetzt an werde ich das einzige Mädchen in Elton Briggs' Leben sein. Dafür werde ich sorgen. Schau nur genau hin, Dottie!«

Ich nahm Marys alten, ramponierten Teddybär in die Hand. Er hatte schon bessere Tage gesehen und ein Auge verloren. Ich drehte und wendete ihn, doch Mary riss ihn mir aus der Hand und schleuderte ihn in eine Ecke.

»Also, was kann ich Elton nur zum Geburtstag kaufen?«, fragte sie erneut.

»Wie wär's mit einer Schallplatte?«

»Zu gewöhnlich.«

»Dann lass uns doch in die Stadt gehen, irgendwas wirst du schon finden.«

Wir verbrachten einen wunderbaren Tag damit, durch die Modegeschäfte in Brighton zu ziehen. Im letzten Jahr hatten einige neue kleine Boutiquen in der Stadt eröffnet. Es war laut darin und bunt, und die Läden trugen die Namen ihrer Inhaberinnen, exotisch klingende Namen wie Zita oder Marlene. Sie führten dieselben Marken wie die Londoner Geschäfte. Sie waren teuer, aber es gab wirklich tolle und witzige Klamotten dort, nicht wie in den langweiligen Kaufhäusern, wo unsere Mütter die Kleidung kauften, die sie nicht selbst nähten.

Mary und ich probierten Miniröcke und Maxikleider an, hüllten uns in Federboas und Pelze, tanzten in schenkelhohen Schaftstiefeln vor den Spiegeln herum und posierten in paillettenbesetzten Kleidern mit geometrischen Mustern in Orange, Lila und Grün. Wir zogen Schmollmünder, setzten uns Hüte auf und lachten übereinander, bis wir nicht mehr konnten. Schließlich kaufte sich Mary ein atemberaubendes gelb-schwarzes Tunikakleid. Es war ärmellos und sehr kurz, hatte einen süßen kleinen Kragen und drei große, glänzende schwarze Knöpfe auf der Rückseite. Ich kaufte nichts, denn ich hatte mein ganzes Geld für Ralphs Uhr ausgegeben. Aber das war mir völlig egal.

Mary kaufte Elton einen Anhänger. Es war ein versilbertes Plektrum an einem schwarzen Band. Mary sagte, es sei perfekt, und ich war ganz ihrer Ansicht. Es war irgendwie cool. Danach schauten wir noch auf einen Sprung bei Woolworths vorbei, um einen passenden Lidschatten zu Marys neuem Kleid zu kaufen. Wir trafen Sally dort, und Mary zeigte ihr das Kleid. Sally war sichtlich beeindruckt.

»Das ist ideal für Paris«, sagte sie.

Mary sah erst mich an und dann Sally.

»Paris?«

Sally nickte. »Jepp. Die Geschäftsleitung hat beschlossen, dass sie uns alle im Sommer nach Paris schickt, als Dankeschön für die gute Arbeit, die wir in den letzten zwölf Monaten geleistet haben.«

»Wie bitte, Paris in Frankreich? Das französische Paris?«, fragte Mary aufgeregt. »Das französische Paris mit dem Montmartre?«

Sally lachte. »Ja, genau das Paris!«

»Ach du meine Güte!« Marys Augen wurden groß und leuchteten.

»Aber wie kommt's?«, fragte ich. »Sonst sind wir doch meistens einfach nur essen gegangen.«

Obwohl – letzten Sommer waren wir Bingo spielen. Es hatte ziemlichen Spaß gemacht, und Mary hatte eine halbe Krone gewonnen. Aber nach Paris zu fahren war da doch etwas ganz anderes als unser Ausflug in die *Mecca*-Halle.

»Unsere Filiale hat im letzten Jahr einen höheren Gewinn erzielt als alle anderen in England«, sagte Sally. »Und das ist unsere Belohnung. Wir fahren im Reisebus hin und übernachten in einem richtigen Hotel. Wir brauchen nur Geld für unsere privaten Ausgaben, aber das ist alles. Im Aufenthaltsraum liegt eine Broschüre.«

Mary war total aufgeregt. »Können wir schon mal einen Blick drauf werfen?«, fragte sie.

»Aber natürlich.«

Mary und ich eilten durch den Laden zur Tür hinten, die zum Treppenhaus führte, und über die Treppe nach oben in den Aufenthaltsraum. Wir nahmen uns einen Tee aus dem Teespender, setzten uns an einen Tisch und vertieften uns in die Reisebroschüre. Sie war voller wunderschöner Fotos, und Paris wurde als »romantischste Stadt der Welt« bezeichnet.

»Stell dir das mal vor!«, rief Mary aus. »Die romantischste Stadt der Welt! Das wird wahrscheinlich das alleraufregendste Erlebnis in unserem ganzen Leben werden! Von Eltons und Ralphs Party abgesehen, natürlich.« Sie blätterte weiter, fand ein Foto vom Montmartre. Da war eine große weiße Kirche ganz oben auf einem Hügel, und drumherum gab es kleine Cafés, Bars und Plätze, auf denen Sänger und Tänzer zu sehen waren, und Maler, die dort saßen und malten.

»Sieh dir das an! Genau dort werde ich eines Tages auch sein«, sagte Mary. »Ich werde einer von diesen Malern sein, vor meiner Staffelei sitzen und malen. Das wird mein Leben sein!«

Mary lehnte sich zurück und schloss die Augen.

»Ich kann es kaum glauben«, sagte sie. »Ich hab dir doch gesagt, dass wir am Beginn unseres Lebens stehen – und das hier ist die Bestätigung. Wir gehen ins Ausland, Dottie, ins Ausland, überqueren das Meer, reisen in ein anderes Land! An genau den Ort, den ich schon mein ganzes Leben lang sehen wollte! Ist das nicht das Aufregendste überhaupt? Ich kann es kaum erwarten, bis wir in diesen Reisebus steigen und aus Brighton hinausfahren! Ob wir wohl jemanden mitnehmen dürfen? Was glaubst du? Ich könnte Elton mitnehmen und du Ralph. Kannst du dir das vorstellen? Wir können auf den Eiffelturm steigen! Du könntest dir die Kamera deines Bruders borgen und damit Fotos von mir machen, und ich mache Fotos von dir, und …«

Ich freute mich, Mary so glücklich zu sehen.

Sie studierte die Karte auf der Rückseite der Broschüre.

»Hier werden wir entlangfahren«, sagte sie und fuhr die Reiseroute mit dem Finger nach. »Reisebus nach Newhaven und dann über den Ärmelkanal nach Dieppe, und von dort aus heißt es: Auf nach Paris! Oh, là, là!«

Sie schloss die Augen, und ich wusste, woran sie dachte. Sie stellte sich vor, wie sie in ihrem neuen Kleid und mit Elton an ihrer Seite durch die Straßen von Paris tanzte. Sie malte sich ihre Zukunft aus, eine Zukunft voller Reisen, mit vielen Städten, voller Aufregung und Abenteuer.

Als ich an diesem Nachmittag im Pausenraum bei Woollies in das glückselige Gesicht meiner Freundin blickte, wurde mir auf einmal etwas klar. Ich erkannte, dass wir unterschiedliche Dinge wollten. Bisher war ich immer damit zufrieden gewesen, bei allem, was Mary tun wollte, mitzumachen. Als wir klein waren, hatten wir uns wunderbar in unsere jeweilige Rolle gefügt. Sie war immer das quirlige Mädchen gewesen, das die aufregenden Spiele erfunden hatte, und ich war stolz darauf, ihre Freundin zu sein und zu tun, was immer sie wollte. Ich musste mir nie selbst etwas ausdenken, da ich immer von Marys Ideen mitgerissen worden war. Und niemals hatte ich etwas anderes tun wollen als das, was Mary tun wollte, denn sie bedeutete mir alles.

Doch manches sah jetzt anders aus.

Auch ich war begeistert von der bevorstehenden Reise nach Paris, natürlich war ich das – obwohl es ja genau genommen gar nicht mein Wunsch gewesen war, ins Ausland zu gehen. Ich hatte keine Veranlassung dazu, da ich doch alles, was ich wollte, hier zu Hause hatte. Ich würde mit Mary nach Paris gehen, und wir würden dort sicher eine tolle Zeit verbringen, aber Marys Träume waren nicht mehr meine – denn sie war nun nicht mehr alles für mich. Ich hatte jetzt einen eigenen Traum, den ich verwirklichen wollte.

Liebes Tagebuch,

es war absolut katastrophal, noch nie in meinem ganzen Leben habe ich mich so dermaßen geschämt.

Ich will überhaupt nicht darüber reden. Nicht einmal mit dir.

Mary Pickles (die sich wünscht, sie könnte die Uhr zurückdrehen)
Achtzehn Jahre

19. KAPITEL

Zwei Tage vor Ralphs und Eltons Party wurde ich krank. Es begann mit einer Erkältung, wanderte dann zu meiner Brust, und als ich Probleme mit dem Atmen bekam, war Mum so besorgt, dass sie den Arzt rief. Schließlich hatte ich schon seit Monaten keinen Asthmaanfall mehr gehabt.

»Muss sie ins Krankenhaus, Doktor?«

Daran, dass sie sich ihre Schürze immer wieder um die Hand wickelte, merkte ich, dass sie fast krank war vor Sorge.

»Es ist doch nur eine Erkältung, Mum«, sagte ich.

»Stimmt das, Doktor? Ist es nur eine Erkältung?«

»Sie wissen, dass Dorothy immer damit rechnen muss, dass eine Erkältung zu einem asthmatischen Anfall führt. Aber wenn sie im Bett bleibt und sich ausruht, dürfte es keine Probleme geben. Nach der Nachmittagssprechstunde schaue ich noch mal vorbei. Falls es schlimmer wird und Sie sich Sorgen machen sollten, rufen Sie einfach die Ambulanz, aber wie ich bereits sagte, wenn sie sich Ruhe gönnt, sollte sie wieder in Ordnung kommen.«

»Da wirst du wohl nicht zu der Party gehen können, Dottie«, sagte Mum und schüttelte mir die Kissen auf. Mir war zum Heulen zumute. Ich hatte mich so sehr darauf gefreut, doch ich wusste, dass sie recht hatte – ich würde nirgendwohin gehen.

Nachmittags kam Mary vorbei. Sie setzte sich ans Fußende des Bettes, und ich sah sie triefäugig an.

»Armes Ding«, sagte sie.

»So fühle ich mich auch.«

»Meinst du wirklich, dass du nicht hingehen kannst?«

»Anordnung des Arztes«, erwiderte ich. »Was meine Mutter anbelangt, gibt's da nichts mehr dran zu rütteln.«

»Ralph wird ganz schön enttäuscht sein.«

»Da bin ich mir sicher. Es tut mir so leid deswegen.«

»Ohne dich ist es nicht das Gleiche.«

»Trotzdem wirst du Spaß haben«, sagte ich. »Du wirst sowieso die ganze Zeit bei Elton sein.«

»Schon, aber er spielt ja dort auch mit seiner Band. Wahrscheinlich ist er sowieso die meiste Zeit auf der Bühne.«

»Dann müssen du und Ralph euch halt miteinander beschäftigen.«

»Das ist dann wohl so«, sagte sie und zog ein Gesicht.

»Hör auf, mir Schuldgefühle zu machen, Mary Pickles«, krächzte ich heiser, doch eigentlich ging es mir sowieso viel zu schlecht, um Schuldgefühle zu entwickeln.

»Tut mir leid«, sagte sie. »Hier, ich hab dir was mitgebracht.«

Sie kramte in einem Einkaufsbeutel herum und knallte mir eine Ausgabe der Zeitschrift *Jackie* aufs Bett.

»Danke«, sagte ich.

Mary stand auf und ging zum Fenster hinüber. Sie wirkte gedankenverloren.

Plötzlich drehte sie sich um: »Ich habe ein ungutes Gefühl, was diese Party angeht«, sagte sie.

»Warum? Ich dachte, du würdest dich darauf freuen.«

»Das hatte ich auch. Aber Elton hat die ganze Woche nichts von sich hören lassen.«

»Ich würde mir da keine Gedanken machen deswegen. Wahrscheinlich ist er mit den Vorbereitungen beschäftigt. Ralph ist auch ganz schön ausgelastet damit.«

»Meinst du?«

»Sicher. Warum fragst du? Glaubst du, es ist etwas anderes? Ist gerade irgendwas gewesen?«, fragte ich sie.

»Elton hat mich überhaupt nicht gefragt, ob ich helfen will. Es hätte mir Spaß gemacht.«

»Aber du musstest doch arbeiten.«

»Das weiß ich. Aber wie ich Elton kenne, könnte die Funkstille sonst was bedeuten. Er könnte damit auf seine Weise signalisieren, dass er nicht mehr mit mir ausgehen möchte.«

»Würde er dir das nicht einfach sagen, wenn es so wäre?«

»So mutig ist er nicht. Ich finde es immer ganz zufällig heraus, wenn ich ihn dann mit einem anderen Mädchen sehe.«

Mir war immer noch schleierhaft, weshalb Mary sich das von ihm gefallen ließ. Er verletzte sie ein ums andere Mal, doch sie ließ sich immer wieder auf ihn ein.

»Ich weiß, was du jetzt denkst«, sagte sie.

»Ich kann es einfach nicht mehr sehen, wie du immer wieder verletzt wirst«, sagte ich behutsam.

Mary setzte sich wieder ans Fußende.

»Mir ist nicht zu helfen, was ihn betrifft. Manchmal wünschte ich mir, er wäre mehr so wie Ralph.«

»Rothaarig und so?«, fragte ich.

»Vielleicht nicht rothaarig«, sagte sie und lächelte. »Aber du weißt wenigstens, woran du bist mit Ralph.«

Ich wusste, wie sie das meinte. Ralph würde mir so etwas niemals antun. Ich vertraute ihm absolut. Ich hatte Glück mit ihm.

Mary nahm das Jugendmagazin. »Wie man sich den Jungen seiner Träume angelt«, las sie laut vor. »Eigentlich sollte *ich* das hier besser lesen, nicht du.«

»Vielleicht machst du dir ganz umsonst Gedanken. Warte mal ab, bis er dich in deinem neuen Kleid sieht – es wird ihn sicher umhauen!«

Mary sah noch immer ziemlich unglücklich aus. Ich stützte mich auf die Ellbogen und putzte mir die Nase. Dann sagte ich: »Zumindest kannst du auf die Party gehen, aber ich werde hier herumliegen. Ich werde jede Sekunde an dich denken und daran, wie gut du dich amüsierst. Komm morgen möglichst früh vorbei und erzähl mir alles. Ich will jede Einzelheit wissen!«

Mary nickte. Sie sah auf die Uhr. »Ich sollte langsam gehen. Winstons Freundin will vorbeikommen und mir die Haare machen.«

»Amüsier dich gut.«

Mary drehte sich noch einmal zu mir um, als sie hinausging, und schnitt eine Grimasse.

»Geh schon«, sagte ich zu ihr. »Ich wünsch dir viel Spaß! Wenn *Brainless* einmal zu spielen beginnt, wirst du überhaupt nicht mehr merken, dass ich nicht dabei bin.«

Auf dem Weg zur Party schaute auch Ralph noch einmal herein. Er trug Bluejeans und ein lilafarbenes Hemd mit einem schwarzen Streifen. Ich fand, dass er sehr gut aussah.

»Es tut mir so leid, dass du nicht zur Party kommen kannst«, sagte er. Er setzte sich aufs Bett und wollte meine Hand nehmen.

»Nicht«, wehrte ich ab, »sie ist ganz heiß und feucht.«

»Für heiß und feucht habe ich eine Schwäche«, sagte er grinsend.

Ich beugte mich übers Bett und nahm ein Päckchen aus der Kommode.

»Herzlichen Glückwunsch zum Geburtstag«, sagte ich und lächelte ihn an.

Er nahm das Geschenk, befühlte es und drehte es hin und her.

»Darf ich es schütteln?«, fragte er.

»Nein, bloß nicht! Mach es einfach auf! Los, mach schon, reiß das Papier ab.«

Ich hätte gerne mit einer Kamera festgehalten, wie er sein Geschenk öffnete. Er strahlte übers ganze Gesicht.

»Wow!«, rief er aus und betrachtete die Uhr. »Die ist wirklich klasse, vielen Dank!«

»Schön, dass sie dir gefällt«, sagte ich.

»Ich finde sie toll!«

»Prima.«

»Ich wünschte, du würdest zur Party kommen.«

»Jetzt fang du nicht auch noch damit an.«

»Warum? Wer hat denn sonst noch den Wunsch gehabt?«

»Mary.«

»Willst du, dass ich ein bisschen auf sie aufpasse?«

»Das wäre nett«, sagte ich und gähnte.

»Für dich tue ich doch alles. Jetzt ruh dich ein bisschen aus und werd wieder gesund. Ich komm dann morgen vorbei und werd dir alles erzählen.«

Nachdem er gegangen war, kuschelte ich mich wieder unter die Decke. Mein Kopf war ganz vernebelt, mir war heiß, ich fühlte mich unwohl, und mir tat alles weh. Ich muss wohl eingeschlafen sein, denn als ich erwachte, war es draußen dunkel. Niemand hatte meine Vorhänge zugezogen, und alles, was ich draußen sah, war Finsternis. Jetzt war mir kalt, und ich zitterte. Ich zog mir die Decke bis unters Kinn, aber es brachte nichts. Ich hatte das Gefühl, als sei mein Blut zu Eis erstarrt. So als ob etwas Schreckliches hinter der Fensterscheibe lauern würde. Ich war von Grauen erfüllt.

Am nächsten Tag ging es mir etwas besser. Ich war immer noch nicht wieder auf der Höhe, hustete wie verrückt, hatte immer noch Kopfschmerzen und war fiebrig. Allmählich wurde es mir langweilig, im Bett zu liegen. Ich las das *Jackie*-Heft von vorn bis hinten durch, und als ich einschlief, hatte ich einen sehr lebendigen Traum davon, wie Marys Vater als Elvis Presley verkleidet mit *Brainless* auf der Bühne stand.

Ich wartete den ganzen Tag darauf, dass Ralph und Mary vorbeischauten, um mir alles von der Party zu erzählen, doch es wurde Abendbrotzeit, bis Ralph seinen Kopf durch meine Tür steckte.

»Wie geht's der Kranken?«, fragte er.

»Mir ist langweilig«, sagte ich und zog ein langes Gesicht. »Wo hast du denn den ganzen Tag gesteckt? Und wo bleibt Mary?«

Ralph setzte sich aufs Bett und nahm meine Hand. Es schien ihm schwerzufallen, mich anzusehen.

»Nun?«, fragte ich.

»Ich hatte einen Kater«, brummelte er. »Ich bin erst jetzt aufgestanden.«

»Ralph Bennett!«, sagte ich und kicherte. Sogleich musste ich husten. Ralph reichte mir das Glas mit Wasser, das neben meinem Bett stand.

»Ich dachte immer, du trinkst nicht viel.«

»Normalerweise nicht«, sagte er und sah betreten aus.

»Ist das der Grund, weshalb Mary noch nicht vorbeigekommen ist? Hat sie sich auch betrunken?«

»Noch schlimmer als ich«, sagte er, »ich musste sie nach Hause begleiten. Ihr Vater war wegen ihr aufgeblieben. Er war nicht besonders erfreut darüber.«

»Erzähl schon! War die Party toll? Waren viele Leute da? Hast du dich amüsiert? Hat Mary Spaß gehabt?«

»Ich kann mich nicht an viel erinnern.«

»Ralph Bennett«, wiederholte ich und rappelte mich hoch, »ich hab den ganzen Tag darauf gewartet, dass du mir alles von dieser Party erzählst, und jetzt kommst du und sagst mir, dass du dich an nicht viel erinnern kannst?«

»Ich glaube nicht, dass Mary besonders viel Spaß hatte. So viel weiß ich noch.«

»Dann lag Mary also richtig, als sie sagte, dass sie ein ungutes Gefühl wegen der Party hatte.«

»Elton hat ein bisschen herumgeflirtet, so wie er das immer macht.«

Es tat mir so leid für Mary. »Ich weiß nicht, warum du dich mit Elton Briggs abgibst«, sagte ich spitz.

»Weil er mein bester Freund ist«, gab Ralph gereizt zurück. »Und deine Freundin Mary ist auch nicht gerade ein Unschuldslamm.«

Ich war etwas perplex. Im Laufe der Jahre hatte ich mich immer wieder über Elton beklagt, aber ich hatte Ralph nie etwas Schlechtes über Mary oder sonst jemanden sagen hören. Plötzlich herrschte ein unbehagliches Schweigen zwischen uns. Ich hatte keine Ahnung, wie ich damit umgehen sollte.

»Hör mal«, sagte Ralph schließlich. »Wir sollten uns wegen Elton und Mary nicht streiten; die beiden sind alt genug, um sich selbst um ihre Angelegenheiten zu kümmern. Wir haben uns, und das sollte alles sein, was zählt. Ich liebe dich, Dottie, aber ich kann mich nicht ständig dafür entschuldigen, wie mein Freund deine Freundin behandelt.«

»Du hast ja recht«, sagte ich. »Es tut mir leid.«

»Mir auch«, sagte Ralph. »Und jetzt nimm mich mal in den Arm.«

»Aber ich habe eine rote Nase.«

»Hab ich schon erwähnt, dass Rot meine Lieblingsfarbe ist?«

20. KAPITEL

Nach drei Tagen kam Mary endlich vorbei, um nach mir zu sehen. Es war mir wie eine Ewigkeit vorgekommen. Inzwischen war ich wieder auf den Beinen, aber der Infekt hatte mich so umgehauen, dass ich ziemlich kraftlos war. Ich ging immer noch nicht zur Arbeit und half Mum gerade beim Vorbereiten des Abendessens, als Mary an die Hintertür klopfte.

»Na endlich«, sagte ich und machte ihr auf. Ich umarmte sie.

»Geht schon«, sagte Mum, »ich komm allein klar.«

Ich ging mit Mary nach oben in mein Zimmer. Ich nahm sie bei den Händen und zog sie zu mir aufs Bett.

»Erzähl mir alles von der Party«, bat ich, »alle Einzelheiten.« Mary starrte mich einfach nur an. Dann nahm sie ihren Kopf in die Hände und begann zu weinen. Sofort legte ich meine Arme um sie.

»Was ist denn los?«

»Es war so schrecklich«, schluchzte sie.

»Oh, Mary, warum denn?«

»Dieses Mädchen war da, du weißt schon, die, mit der er neulich ins Café gekommen ist. Elton hat den ganzen Abend mit ihr herumgemacht. Er hat mich kaum beachtet. Wie konnte er nur? Wie konnte er mich nur so links liegen lassen? Er hat mich einfach ignoriert, Dottie!«

»Ralph hat gesagt ...«

»Was hat Ralph gesagt?«, blaffte sie.

»... dass du nicht besonders viel Spaß gehabt hast«, sagte ich vorsichtig.

»Da hat er recht, das hatte ich in der Tat nicht.«

»Das tut mir wirklich leid.«

»Ich hasse Elton!«

»Wirklich?«

»Ich würde ihn gern hassen, dann wäre alles leichter für mich!«

»Ich wollte, ich wäre da gewesen.«

»Ich wollte auch, du wärst da gewesen – dann wäre ich mir nicht so blöde vorgekommen. Ich hab mich wie ein verdammtes Groupie gefühlt. Das Beknackteste an der Sache ist, dass wir wahrscheinlich in ein paar Tagen wieder zusammen sein werden, aber noch viel bescheuerter ist, dass ich so blöd sein werde, ihm wieder mal zu verzeihen.«

Dazu hätte ich ihr gern eine Menge gesagt, aber das war jetzt kein guter Zeitpunkt. Ich war total sauer auf Elton und würde Mary wahrscheinlich nur Dinge sagen, die sie ohnehin schon wusste. Das mit dem »Sichbetrinken« sprach ich gar nicht an. Sie hatte mir nichts davon erzählt, also ging ich davon aus, dass sie nicht wollte, dass ich es erfuhr.

»Hat ihm der Anhänger gefallen?«, fragte ich.

»Keine Ahnung. Ich weiß nicht mal, ob er ihn ausgepackt hat. Hab ihn auf einen Tisch gelegt.«

»Es tut mir so leid, Mary!«

»Ja, und mir erst«, sagte sie traurig.

Wir hatten einen wunderbaren April. Die Tage waren sonnig und warm, und abends blieb es lange mild. Seitdem wir beschlossen hatten, uns weniger in das hineinziehen zu lassen, was Mary und Elton taten, hatten Ralph und ich mehr Zeit füreinander und genossen es, einfach zusammen zu sein.

Es war ein vollkommener Frühling, eine Zeit des Erwachsenwerdens und des Verliebtseins. Eines herrlich sonnigen Tages wanderten wir hinauf in die Downs zum Picknicken. Ich war gern hier oben. Alles war so ganz anders als in den engen Straßen in der Siedlung, es gab viel Platz, man konnte frei atmen, träumen und einfach die Seele baumeln lassen. Ich liebte es, wenn der Wind mir durch die Haare strich. Gern sah ich den Schmetterlingen in den Wildblumen zu und den Vögeln, die am Himmel ihre Kreise zogen. Und ich konnte mich nicht daran sattsehen, wie das Licht auf dem Meer in der Ferne glitzerte und Brighton da unten wie eine Spielzeugstadt vor mir ausgebreitet lag, als wären wir meilenweit davon entfernt.

In jenem Jahr war der Frühling ungewöhnlich warm, und die Felder auf den Hügeln waren von Gänseblümchen übersät. An genau derselben Stelle wie bei unserer ersten Verabredung breiteten wir eine Decke aus; wir lagen nebeneinander und blickten hinauf in den blauen Himmel, über den die Wolken zogen. Ich schloss die Augen und fühlte mich unendlich glücklich.

»Weißt du eigentlich, wie glücklich ich bin?«, fragte ich.

»Lass mich raten«, sagte Ralph und breitete die Arme aus. »Sooo sehr?«, fragte er.

Ich kniff die Augen zusammen und blinzelte in die Sonne.

»Mehr«, sagte ich.

»Wie viel mehr?«, fragte Ralph und lachte.

»Millionenfach mehr«, sagte ich, kniete mich über ihn und blickte auf sein Gesicht hinab.

»Das ist schon alles?«

»Milliardenfach mehr. Ach was, trillionenfach!«, rief ich.

»Genug, um für immer bei mir zu bleiben?«

»Noch länger«, sagte ich und schob ihm das Haar aus den Augen.

Ich hatte mir eine Kette aus Gänseblümchen gebastelt, indem ich mit dem Fingernagel einen Spalt in den winzigen Stiel gedrückt und die kleinen weißen Blümchen hindurchgefädelt hatte, eine nach der anderen.

Ralph nahm die Gänseblümchenkette und begann, sie mir um den Finger zu wickeln. Dann sah er mich mit einem eindringlichen Blick an.

»Was ist?«, fragte ich und lächelte ihn an.

»Ich denke nach.«

»Worüber?«

Noch nie hatte ich Ralph so ernst gesehen. Er stand auf und entfernte sich ein paar Schritte. Ich ging ihm nach.

Die Aussicht von hier oben war traumhaft schön. Man blickte auf die sanften Hügel der South Downs und den Weald, und in der Ferne glänzte das Wasser des Ärmelkanals.

»Sie haben doch was auf dem Herzen, Mr. Bennett«, sagte ich und schob meinen Arm unter seinen. »Ich verlange eine Auskunft darüber.« Ich hatte scherzhaft mit ihm gesprochen, doch als er sich zu mir umdrehte, war sein Blick noch immer ernst.

»Willst du mich heiraten, Dottie?«, fragte er.

Die Frage kam wie aus heiterem Himmel, klang nicht geplant.

»Ich habe noch keinen Ring für dich«, sagte er weiter, »aber bald. Und dann können wir es offiziell machen.«

»Der Ring ist mir egal«, sagte ich und meinte es auch so, doch es gab da etwas, das mich störte, ich konnte nur nicht sagen, was es war. Ein paar Wattewölkchen verdichteten sich plötzlich vor der Sonne.

Er schluckte und holte tief Luft. »Ich liebe dich, Dottie«, sagte er. »Ich habe dich schon immer geliebt und werde dich immer lieben. Und ich werde immer mein Bestes geben, um dich glücklich zu machen. Ich werde versuchen, dir niemals wehzutun. Wir werden wahrscheinlich niemals reich sein, aber ich werde für dich sorgen und dich niemals im Stich lassen.« Er sprach schnell, fast flehend.

»Vielleicht habe ich das ja in der falschen Reihenfolge gemacht, weil ich nicht zuerst einen Ring besorgt habe«, fuhr er fort, »aber ich möchte dich nicht verlieren.«

Ich streckte die Hand nach seinem Gesicht aus und legte meine Hand an seine Wange. Er runzelte die Stirn. Wäre dies nicht der glücklichste Augenblick in meinem Leben gewesen, hätte ich fast den Eindruck bekommen, er sei den Tränen nahe.

»Du wirst mich nicht verlieren«, sagte ich ganz sacht. »Warum sagst du das? Wie kannst du so etwas nur denken?«

Ralph zuckte die Schultern. Dann legte er einen Arm um mich und drückte mich an sich, fast ein wenig zu fest.

»Dottie …? Was denkst du?«

Ich lächelte. »Ich denke über das nach, was du gerade zu mir gesagt hast.«

»Und?«

»Dräng mich nicht«, sagte ich neckend.

Da lächelte er. Die Sonne schob sich hinter den Wolken hervor, und die Welt erhellte sich wieder.

Da fing er an, mich zu kitzeln. »Sag Ja oder es heißt Tod durch Kitzeln!«

»Okay, okay«, rief ich kichernd. »Ja, ja!« Dann blickte ich ihm in die Augen und sagte ganz leise: »Ja, natürlich will ich dich heiraten.«

Ich sah, wie die Anspannung aus seinen Gesichtszügen wich. Seite an Seite lagen wir auf der Decke, die Finger ineinander verflochten. Noch nie zuvor war ich so glücklich gewesen.

»Ich möchte jetzt heimgehen«, sagte ich.

»Aber wir haben doch noch gar nicht gepicknickt.«

»Ich möchte es jemandem erzählen.«

»Erzähl es doch den Schafen«, schlug Ralph lachend vor. Ich richtete mich auf.

»Ich werde heiraten«, rief ich über den Abhang. Ein paar zottige Schafe sahen kurz zu mir hoch und fuhren dann fort, ihr Gras zu mampfen.

»Ich muss es Mum und Dad erzählen!«

»Warte doch damit, bis ich den Ring besorgt habe.«

»Okay«, stimmte ich zu. »Wenn du das so möchtest. Aber Mary muss ich es erzählen!«

»Warum?«

»Weil ich es nicht vor ihr geheim halten kann. Sie wird es erraten. Wir können in unseren Gesichtern lesen wie in einem Buch.«

Ralph blickte zu Boden.

»Sonst sage ich es niemandem«, versprach ich. »Nur Mary.«

»Sicher«, sagte er schließlich. »Mary musst du natürlich davon erzählen.«

Der nächste Tag war ein Sonntag. Ich konnte es kaum erwarten, Mary zu besuchen und ihr von meinen Neuigkeiten zu berichten.

Ich klopfte an die Hintertür und betrat die kleine Küche. Ich konnte kaum glauben, was ich da sah. Mary stand neben ihrer Mutter und steckte bis zu den Ellbogen in Kuchenteig.

»Ist es zu glauben?«, fragte Marys Mutter.

»Nicht wirklich«, antwortete ich grinsend.

»Mum hat gesagt, der Weg zum Magen eines Mannes geht durch sein Herz«, sagte Mary.

»Klingt schmerzhaft«, sagte ich und lachte.

»Andersrum natürlich«, sagte Mary kichernd.

»Da bin ich ja erleichtert.«

»Du siehst so fröhlich aus«, fand Marys Mutter.

»Das bin ich auch«, antwortete ich.

»Ich kann das fertig machen«, sagte sie zu Mary.

»Lust auf einen Spaziergang?«, fragte ich.

Mary wusch sich die Hände und nahm ihren Mantel von einem Haken hinter der Tür. Wir liefen in Richtung Uferpromenade. Die meisten Läden in der West Street hatten geschlossen, und so betrachteten wir die neueste Mode in den Schaufenstern. Mary hatte ein Auge auf einen rot karierten Minirock und einen schwarzen Rollkragenpulli geworfen, die eine Schaufensterpuppe bei *Hanningtons* trug.

Wir gingen hinunter zum Pier. Obwohl es ein trüber Tag war, der nach Regen aussah, war der Pier ziemlich bevölkert. Wir liefen zum Strand, setzten uns dort auf die Kiesel und lehnten uns mit dem Rücken an die alte Steinmauer. Langsam kam die Sonne hinter den Wolken hervor. Ich schloss die Augen und genoss die Wärme auf meinem Gesicht.

Ich platzte fast, so begierig war ich darauf, Mary die Neuigkeit zu erzählen, doch plötzlich war ich leicht beklommen.

»Also los, spuck's aus«, sagte sie.

»Spuck was aus?«, fragte ich. Ich nahm ein paar Kiesel und ließ sie durch meine Hände rieseln.

»Was auch immer es ist, das du mir erzählen willst«, sagte sie.

»Woher willst du wissen, dass ich dir etwas erzählen will?«, fragte ich und versuchte, etwas Zeit zu schinden.

»Weil ich deine Gedanken lesen kann, Dottie Perks. Nun sag schon.«

»Ralph hat mich gefragt, ob ich ihn heiraten will«, sagte ich.

»Oh!« Mary sah mich an. Ich konnte ihren Gesichtsausdruck nicht deuten, aber sie schien nicht gerade begeistert zu sein.

»Oh«, sagte sie noch einmal. Dann stand sie auf und stapfte zum Strand hinunter. Ich rannte ihr hinterher. Neben der Buhne holte ich sie ein.

»Mary«, sagte ich bittend, »sei doch nicht so.«

Ihr Gesicht war gerötet, sie sah verärgert aus.

»Wie denn?«

Ich sah sie an. »So eben.« Ich war enttäuscht, verzweifelt und auch etwas ärgerlich. »Irgendwie hab ich geahnt, dass du so reagieren würdest«, rief ich aus.

»Warum hast du dir dann die Mühe gemacht, es mir mitzuteilen?«, rief sie zurück.

»Weil du meine beste Freundin bist, darum! Weil ich meine Freude mit dir teilen wollte! Weil ich mir gewünscht hatte, dass wir uns zusammen die Hochzeitsmagazine ansehen, und weil ich wollte, dass du meine Brautjungfer bist. Deshalb!«

Ich ließ Mary an der Buhne stehen und lief ans Wasser hinunter.

Da waren zwei kleine Mädchen, die kreischend und kichernd ins kalte Wasser liefen. Plötzlich stand Mary neben mir.

»Wie wir damals«, sagte sie.

Ich musste lächeln und hakte mich bei ihr unter.

»Es kommt mir wie gestern vor«, sagte ich.

»Manchmal wünschte ich mir, das wäre es.«

»Wirklich?«

»Manchmal.«

Und so standen wir Arm in Arm da und sahen den beiden spielenden Kindern zu, jede von uns in ihre eigenen Gedanken verloren.

Mary wies mit dem Kopf in Richtung der Mädchen. »Sie denken, dass es für immer so sein wird, nicht wahr? Den ganzen Tag am Strand spielen, dann zum Abendessen nach Hause gehen. Keine Sorgen, keine Reue.«

»Wie meinst du das?«

»Oh, ich weiß nicht. Das Leben war einfacher damals, nicht?«

»Du wirst mich nicht verlieren – darum geht es doch, oder? Wenn du das glaubst, dann liegst du ziemlich falsch. Wenn ich Ralph heirate, ist das nicht das Ende unserer Freundschaft.«

»Das sagst du jetzt.«

»Das werde ich immer sagen, denn egal, wie sehr ich Ralph auch liebe, ich wäre nicht ich ohne dich.«

»Im Ernst?«

»Absolut ernst, für immer und ewig.«

»Ich bin eine dumme Kuh, nicht wahr?«

»Schon, aber du bist meine Kuh, Mary Pickles.«

Liebes Tagebuch,

Ralph hat Dottie gefragt, ob sie ihn heiraten will, und statt mich für sie zu freuen, war ich aufgebracht, also so richtig. Ich kann mich im Moment überhaupt nicht ausstehen.

Mary Pickles (ganz, ganz schlechte Freundin)
Achtzehn Jahre

21. KAPITEL

Der Juni war traumhaft, die Tage waren lang und warm. Ralph und ich waren häufig unten am Strand. Wir breiteten eine Decke aus, saßen einfach nur ruhig da und sahen zu, wie die Brandung Kiesel und Tang hin und her trieb. Mit geschlossenen Augen lag ich da, die Arme hinterm Kopf verschränkt, genoss die Sonne auf dem Gesicht und dass Ralph neben mir lag. Wir redeten über unsere Zukunft.

»Für den Anfang werden wir uns etwas mieten müssen«, sagte Ralph.

»Das ist in Ordnung.«

»Aber das wird nicht so bleiben. Sobald ich meinen Abschluss als Klempner habe, können wir uns Gedanken darüber machen, irgendwo etwas zu kaufen.«

»Das hört sich alles so erwachsen und ernsthaft an«, sagte ich lächelnd.

»Ich will, dass du glücklich bist.«

»Mit dir werde ich überall glücklich sein, ganz egal, wo wir wohnen.«

»Das werde ich auch. Aber es ist immer gut, etwas zu haben, auf das man hinarbeitet, und ich möchte, dass das Dach über unserem Kopf uns gehört.«

»Arbeitest du gern als Klempner?«

»Nach der Schule hab ich bei der Eisenbahn gearbeitet, aber es gab mir da zu viele Häuptlinge und nicht genug Indianer. Da hab ich gemerkt, dass ich wahrscheinlich glücklicher damit wäre, selbstständig zu sein. Die Klempnerei schien mir da das Nächstliegende zu sein. Ich hab schon immer gern Sachen repariert, und ich liebe diesen Job wirklich.«

»Mehr als mich?«, fragte ich neckend.

»Ich würde dich jederzeit einem tropfenden Wasserhahn vorziehen«, sagte er grinsend.

Ralph sparte auf ein Paar Ringe. Wir betrachteten häufig die Schaufenster der Juweliere. Als wir einmal einen Laden betraten, kam die Angestellte mit uns hinaus auf die Straße, damit wir ihr zeigen konnten, welche der Ringe in der Auslage uns gefielen. Wieder im Laden, holte sie einen kleinen Schlüssel unter der Ladentheke hervor und öffnete das Schaufenster von innen. Sie nahm zwei schwarze Samtkissen mit einer Auswahl an Ringen darauf heraus, und obwohl wir ihr sagten, dass wir momentan nur schauen wollten, war sie äußerst zuvorkommend und ließ mich ein paar der Ringe anprobieren. Das Einzige, was diese Träume beeinträchtigte, war der Gedanke an Mary. Sie war überhaupt nicht mehr sie selbst, war launisch und missmutig. Seltsam, denn eigentlich lief es gerade ganz gut mit Elton. Und obwohl sie sich damit abgefunden zu haben schien, dass Ralph und ich heiraten würden, merkte ich, dass sie nicht hundertprozentig glücklich darüber war. Dass ich ihr erzählte, ich würde den Firmenausflug nach Paris nicht mitmachen, machte die Sache auch nicht besser. Wir saßen in ihrem Schlafzimmer und spielten Platten ab, als ich es ihr mitteilte.

»Was soll das heißen, du kannst nicht mitfahren?«, schrie sie auf.

»Ich würde ja, wenn ich könnte«, sagte ich und wünschte mir sehnlichst, sie würde mich verstehen. »Aber wir sparen für die Hochzeit. Ich kann von meinen Eltern nicht erwarten, dass sie alles bezahlen.«

»Ich wusste, dass es so kommen würde«, sagte sie und starrte mich zornig an. »Ich wusste ja, dass alles anders werden würde!«

Darauf fiel mir keine Antwort ein. Ich stritt mich nicht gern mit Mary.

»Seit wir Kinder waren, haben wir davon geträumt, dass wir zusammen die Welt bereisen, dass wir aus der Siedlung herauskommen, ein besseres Leben führen! Das war doch unser Traum!«, weinte Mary.

»Dein Traum, Mary«, sagte ich so sanft ich konnte. »Es war nie meiner.«

»Du würdest dich also völlig mit dem Eheleben, einer Schar von Kindern und einem Häuschen in der Siedlung zufriedengeben?«

»Ich liebe Ralph, ich möchte ihn heiraten. Es kommt mir nicht so vor, als würde ich mich mit irgendetwas zufriedengeben – es ist das, was ich mir wünsche!«

Mary sprang auf und starrte aus dem Fenster. Sie sagte kein Wort.

Ich stellte mich neben sie und lehnte mich ans Fensterbrett.

»Du wirst viel Spaß haben dort«, sagte ich. »Und wenn du zurückkommst, kannst du mir alles erzählen. Für mich ist das fast genauso gut, als ob ich selbst hinfahren würde.«

»Der verdammte Ralph Bennett«, murmelte sie.

»Ich wünschte, du würdest dich für mich freuen, Mary«, sagte ich und hakte mich bei ihr unter.

»Na ja, im Moment tue ich's nicht.«

»Ich weiß, aber das wirst du sicher noch, meinst du nicht?«

»Es wird mir wohl nicht viel anderes übrig bleiben.«

Der Juni ging vorüber, und im Juli wurde alles noch schlimmer. Mary zog sich von mir zurück. Bei der Arbeit kam sie nicht mehr auf einen Schwatz an meiner Theke vorbei und fand Ausreden dafür, mich nicht zu sehen. Ich konnte mich nicht mehr erinnern, wann wir zuletzt gemeinsam zum Plattenladen gegangen waren oder in ihrem Zimmer gesessen, uns frisiert und unser neues Make-up ausprobiert hatten. Sie fehlte an manchen Tagen in der Arbeit, erzählte aber nichts davon, dass sie krank gewesen wäre. Ich wusste nicht, was ich davon halten sollte. Wir hatten immer alles miteinander geteilt, ich hatte immer gewusst, wie ich ihr helfen und sie wieder aufheitern konnte, wenn sie schlechte Laune hatte. Zum allerersten Mal hatte ich nicht die leiseste Ahnung, was ich tun konnte.

»Besuch sie doch einfach mal«, schlug Mum vor.

»Ich glaube nicht, dass sie mich sehen will«, sagte ich traurig.

»Hat es das schon mal gegeben, dass Mary Pickles dich nicht sehen wollte?«

»Ich kapiere einfach nicht, was da los ist.«

»Genau deshalb musst du mit ihr darüber sprechen«, sagte Mum. »Es wird dir auch nicht helfen, wenn du hier herumsitzt und grübelst. Also geh hin und klär die Sache.«

Als ich dann abends bei Mary zu Hause vorbeisah, waren ihre Brüder Wesley und Wayne gerade im Vorgarten und schraubten an ihrem Motorrad herum. Daran war nichts Ungewöhnliches. Ungewöhnlich war nur, dass sie kaum aufsahen, als ich ankam. Normalerweise hätten sie ein wenig mit mir herumgealbert, doch an jenem Abend beachteten sie mich kaum. Ich hatte sogar den Eindruck, sie taten so, als hätten sie mich gar nicht gesehen.

Ich blieb einen Augenblick stehen, doch die Jungen sagten noch immer kein Wort. Ein ungutes Gefühl machte sich in meiner Magengegend breit.

»Alles in Ordnung?«, fragte ich sie.

Wesley grunzte.

»Mit Mary auch?«

»Ich glaube, sie ist auf ihrem Zimmer«, nuschelte Wayne.

Leise klopfte ich an die Tür, und Mrs. Pickles machte mir auf.

Sie sah noch besorgter und aufgewühlter aus als üblich. Ich ging hinein. Mr. Pickles saß am Küchentisch, doch auch er schaute nicht auf.

Jetzt hatte ich endgültig ein schreckliches Gefühl.

»Ist mit Mary alles in Ordnung?«, fragte ich auch sie. Da schlug Mr. Pickles mit seiner Faust auf den Tisch und ging hinaus. Ich stand nur da und wusste nicht, was ich tun sollte.

»Mary ist auf ihrem Zimmer, Dottie«, sagte Mrs. Pickles und richtete den Stuhl wieder auf, den ihr Mann umgeworfen hatte. »Wenn du magst, kannst du hochgehen.« Ich sah Marys Mutter genau an und merkte, dass sie ganz rote und verquollene Augen hatte, als ob sie geweint hätte.

»Liegt sie im Bett?«, fragte ich.

»Nein, Dottie, sie liegt nicht im Bett«, sagte Mrs. Pickles leise. Sie nahm ein Geschirrtuch, kehrte mir den Rücken zu und fing an, das Geschirr abzutrocknen, das zum Abtropfen auf der Spüle stand.

Ich ging nach oben und pochte leise an Marys Tür. Keine Antwort. Ich legte mein Ohr an die Tür, doch es war nichts zu hören, sie spielte keine Platten ab.

»Mary, ich bin's, Dottie«, rief ich. »Kann ich reinkommen?«

Wieder keine Reaktion, also drückte ich die Klinke hinunter und öffnete die Tür. Mary saß auf ihrem Bett. Sie war sehr blass und weinte ganz leise vor sich hin. Es brach mir fast das Herz, sie so unglücklich zu sehen. Ich setzte mich neben sie und legte meinen Arm um ihre Schultern. Sie kuschelte sich nicht wie sonst an mich, sondern saß nur starr und steif da und hielt sich ein Taschentuch unter die Nase.

»Ist jemand gestorben?«, fragte ich sie, da dies das Einzige war, das für mich einen Sinn ergeben hätte.

»Nein«, sagte sie so leise, dass ich sie kaum hören konnte.

»Bitte sag mir, was los ist, Mary.« Ich wischte ihr mit dem

Finger so sanft ich konnte eine Träne von der Wange. Sie schüttelte ihren Kopf und schluckte.

»Ich kann nicht, Dottie.«

»Hab ich dir etwas getan?«

»Natürlich nicht.«

In diesem Moment bemerkte ich das Bild vom Montmartre, das zerknüllt auf dem Boden lag. Ich hob es auf. »Warum hast du das getan?«, fragte ich und versuchte, es wieder glatt zu streichen.

»Weil ich es jetzt nicht mehr brauche«, sagte sie.

»Aber warum?«

»Weil ich nicht dorthin kommen werde«, rief sie, »niemals.«

»Ich verstehe nicht.«

Mary schniefte und wischte sich die Augen mit dem Taschentuch. Dann holte sie tief Luft.

»Ich bekomme ein Baby«, sagte sie und brach erneut in Tränen aus.

Ich konnte nicht begreifen, was sie da gesagt hatte.

»Bist du dir sicher?«, fragte ich.

»Natürlich bin ich mir sicher. Glaubst du etwa, dass ich mir so etwas ausdenke?«

»Das hab ich nicht damit gemeint«, sagte ich. »Es ist nur so ...«

»Es ist nur wie?«, fragte Mary. Sie stand auf und ging ans Fenster.

»Hast du es Elton schon gesagt?«, fragte ich.

Mary schüttelte den Kopf.

»Er wird dich heiraten müssen. Er muss jetzt das Richtige tun«, sagte ich.

»Das sagen meine Eltern auch andauernd.«

»Ist doch klar, dass sie das tun«, sagte ich. Mary ging zum Bett zurück und setzte sich.

»Hast du ihnen gesagt, wer der Vater ist?«

»Nein«, sagte sie kläglich.

»Wissen sie von Elton?«

»Nein.«

Ich legte ihr den Arm um die Schulter.

»Wie sollte ich ihnen das auch sagen, Dottie? Meine Brüder würden ihn umbringen, wenn sie es erführen, und ...«

»Und was?«

»Es war nicht wirklich seine Schuld.«

»Na ja, aber irgendwie war er ja sicher daran beteiligt.«

Mary schlug sich die Hände vors Gesicht.

»Irgendwann wirst du es ihnen sagen müssen«, sagte ich.

»Ich weiß«, sagte sie, und dann drehte sie sich von mir weg und schluchzte herzzerreißend in ihr Kissen.

Ich saß noch eine Weile da und streichelte ihr über den Rücken.

»Es ist trotzdem kein Weltuntergang«, sagte ich behutsam. »Es wird bestimmt nicht leicht sein, und ich kann mir vorstellen, dass das für Elton ein ganz schöner Schock sein wird, aber wenn er sich einmal mit der Vorstellung angefreundet hat, ist es gar nicht mehr so schlimm. Du wirst ihn heiraten und ...«

Mary schob meine Hand weg.

»Eigentlich ist es doch das, was du dir immer gewünscht hast«, sagte ich. »Elton und ...«

»Sei still!«, sagte Mary. »Red nicht weiter!«

»Alles klar, aber ...«

Sie setzte sich aufrecht hin und schlang die Arme um sich.

»Geh einfach«, sagte sie. »Bitte geh jetzt! Ich möchte allein sein.«

Als ich keine Anstalten machte zu gehen, sagte sie flehentlich: »Bitte, Dottie!« Sie klang verzweifelt. Ich küsste sie auf den Hinterkopf und ließ sie allein. Ich ging wieder nach unten.

Mrs. Pickles saß vor einer Tasse Tee am Küchentisch.

»Auf Wiedersehen, Mrs. Pickles«, sagte ich. Ich fragte mich, ob ich noch irgendetwas zu ihr sagen sollte, dass es mir leidtat oder etwas in der Art.

Sie schaute auf. »Hat sie dir erzählt, was passiert ist?«

Ich nickte. »Ja.«

»Ich vermute, es war der Junge, mit dem sie sich immer trifft.«

Ich dachte an Elton mit seinen funkelnden Augen und dem zurückgegelten Haar. Ich stellte mir seinen Gesichtsausdruck vor, wenn er es erfuhr. Aber es war nicht an mir, ihm die Neuigkeit zu überbringen. Es war Marys Aufgabe.

»Ich weiß es nicht«, sagte ich.

Sie starrte in ihren Tee, als ob das all ihre Probleme lösen könnte. Sie wirkte plötzlich sehr alt und gebrochen.

Wie in einem Schockzustand lief ich nach Hause. Mary und ich hatten uns immer alles erzählt. Ich konnte einfach nicht fassen, dass sie so etwas vor mir geheim gehalten hatte. Erneut hatte ich eine Anwandlung von Schuldgefühlen. Ralph hatte mich so völlig in Anspruch genommen, dass ich von Marys Schwangerschaft überhaupt nichts gemerkt hatte. Sie war sicher krank gewesen vor Sorge, doch sie hatte diese Last ganz allein mit sich herumgetragen. Die arme Mary. Wie viel Angst musste sie gehabt haben, und wie allein hatte sie sich gefühlt. Und wahrscheinlich würde alles zunächst einmal noch schlimmer werden, bevor es wieder bergauf ging.

Ich lief um einen Hund herum, der unter der Hecke herumschnupperte. Vielleicht würde am Ende alles gut gehen, wenn sich die Aufregung erst gelegt hatte. Mary war schließlich nicht das erste Mädchen, dem so etwas passierte, und sie würde nicht das letzte sein. Vielleicht würde Elton ja ein bisschen erwachsener werden und sich wie ein richtiger Ehemann und

Vater benehmen, wenn er und Mary erst einmal verheiratet waren. Seinen Traum, Rockstar zu werden, musste er dann wohl aufgeben. Es würde ihm gar nicht schmecken, doch er würde sich daran gewöhnen. Vielleicht mauserte er sich ja noch. Ich wusste, dass Mary nie gewollt hatte, dass es auf diese Weise passieren würde, doch letztlich war es das, was sie sich immer gewünscht hatte: Elton zu heiraten.

Ich kam an unser Haus und stieß die Hintertür auf. »Abendessen ist gleich fertig«, rief Mum mit ihrer vertrauten heiteren Stimme. Sie rührte gerade Rinderhack mit Zwiebeln in einer Pfanne, und daneben köchelten Kartoffeln in einem Topf auf dem Herd. Ihre Ärmel waren hochgekrempelt, und sie schwitzte, ihr Gesicht war gerötet und glänzte. Davor hatte sie Teegebäck gebacken, das nun auf einem Drahtgitter abkühlte. Es roch köstlich, doch ich hätte nichts herunterbekommen.

Am liebsten wäre ich zu ihr gestürzt, um mich von ihr umarmen und hochheben zu lassen, wie sie es immer gemacht hatte, als ich noch klein war. Ich wusste nicht, wie ich es anfangen sollte, ihr von Mary zu berichten. Es war einfach alles zu viel. Bevor ich meiner Mutter davon erzählen konnte, musste ich mich zuerst selbst an die Vorstellung gewöhnen, dass Mary schwanger war.

»Hast du die Sache klären können?«, fragte sie.

»Ja, es ging um nichts, was ich getan hätte«, sagte ich.

»Na, siehst du«, sagte Mum lächelnd, doch dann sah sie mich genauer an. »Ist es etwas, über das du reden kannst?«, fragte sie vorsichtig.

»Jetzt noch nicht, Mum.«

»Du weißt ja, wo du mich findest.«

»Danke, ich weiß.«

Ich ging nach oben in mein Schlafzimmer und setzte mich aufs Bett. Dort ließ ich den Tränen, die mich zu ersticken drohten, freien Lauf. Zumindest konnte ich jetzt, da Rita nicht mehr da war, ungestört weinen. Es konnte einfach nicht sein, dass Mary ein Baby bekam! Sie mochte vielleicht achtzehn sein, doch sie sah aus wie zwölf. Wie sollte sie sich nur um das Kind kümmern? Und was würden die Leute sagen? Was würde Elton sagen, wenn er erfuhr, dass er seinen Traum aufgeben und Mary heiraten musste? Ich konnte mir nicht vorstellen, dass Elton irgendetwas tun würde, worauf er keine Lust hatte, ganz egal, was die anderen davon hielten.

Es gab nur einen Menschen, den ich jetzt sehen und dem ich alles erzählen wollte. Den Menschen, der am ehesten wusste, wie Elton wahrscheinlich reagieren würde – der hinter ihm stehen würde und hinter mir: Ralph.

An diesem Abend war mir ganz und gar nicht danach, mich zum Ausgehen schick zu machen. Ich war blass, und meine Augen waren vom Weinen geschwollen. Ich traf mich mit Ralph an unserem üblichen Ort, und er umarmte mich und fragte, ob es mir gut ginge. Ich versteckte mein verweintes Gesicht hinterm Haar, und wir liefen in Richtung Café. Ich freute mich, ihn zu sehen, mit ihm zusammen zu sein, doch ich wusste nicht, wo ich beginnen sollte, ihm zu erzählen, was alles in den letzten beiden Stunden vorgefallen war. Ich fröstelte, mir war sehr kalt, und er legte seinen Arm um mich und drückte mich an sich.

»Was ist denn los?«, fragte er mich. »Irgendwas stimmt doch nicht! Sag mir, was es ist.«

»Ich weiß nicht, wie«, sagte ich.

Er blieb stehen und zwang mich, ihn anzusehen.

»Was immer es ist, so schlimm kann's doch nicht sein.«

»Doch, das ist es!«, sagte ich.

Wir betraten das Café. Ich setzte mich an einen der Tische und wartete darauf, dass Ralph uns Kaffee holte. Mit dem

Fingernagel schob ich ein kleines Häufchen Zucker auf dem Tisch herum.

»Magst du Musik hören?«, fragte er mich und stellte mir eine Tasse Kaffee hin.

»Nein, danke«, erwiderte ich.

Er setzte sich neben mich und legte mir zärtlich seine Hand auf den Arm. Dann beugte er sich zu mir, um meinen Blick einzufangen, aber ich wollte ihn nicht ansehen. Ich wusste noch immer nicht, wie ich es ihm am besten beibringen sollte.

»Nun komm schon, raus mit der Sprache«, sagte er. »Es wird schon nicht so schlimm sein.«

Ich hatte mir überlegt, wie ich es ihm erzählen konnte, auf nette Weise, auf eine ganz erwachsene Weise, so, dass es nicht ganz so schockierend klang, aber ich konnte mich noch immer nicht überwinden, es auszusprechen. Ich sah zu, wie sich der Wasserdampf über dem Kaffee kräuselte, beobachtete die wechselnden Muster der Milch nach dem Einrühren und lauschte dem Stimmengewirr der anderen Leute.

Ralph löffelte Zucker in seinen Kaffee. Als ich gerade kurz davor war, es ihm zu erzählen, ging die Tür auf, und Elton kam mit seinem üblichen wiegenden Gang und dem angedeuteten Lächeln herein. Als er uns sah, machte er eine grüßende Geste und schlenderte zu unserem Tisch herüber, als ob er keinerlei Sorgen hätte.

»Keine Mary?«, fragte er und zog sich einen Stuhl heran. Er setzte sich. »Ich dachte, sie sei vielleicht bei euch beiden.«

In Eltons Gesicht konnte ich lesen, dass er nichts wusste. Jetzt bekam ich allmählich Wut auf ihn. Eigentlich sollte er für Mary da sein, wenn sie ihn brauchte. Er sollte jetzt bei ihr sein. Doch ich blickte noch immer nicht auf. Aus dem Zuckerhäufchen auf dem Tisch modellierte ich ein »M«.

»Wann hast du zuletzt mit ihr gesprochen?«, fragte ich ihn.

Elton zuckte die Schultern. Er hielt eine Schachtel Zigaretten in der Hand und drehte sie auf dem Tisch hin und her, schnippte sie mit den Fingern hoch und fing sie dann wieder auf. »Weiß nicht«, sagte er dann, »ist ein paar Tage her.«

»Du musst mit ihr sprechen, Elton«, sagte ich.

Er spielte weiter mit seiner Zigarettenschachtel herum. So wie er die Beine ausgestreckt hatte, waren sie anderen Leuten im Weg. Ein Mädchen kletterte über seine Knöchel, um zur Tür zu kommen, und warf ihm einen grimmigen Blick zu. Er nahm es gar nicht wahr. »Warum?«, fragte er.

»Tu's einfach«, sagte ich. Die Dringlichkeit in meiner Stimme war nicht zu überhören. Sie klang leicht panisch und schrill, wie sonst nie.

Auch Ralph hatte es gemerkt. »Was ist los, Dottie?«, fragte er.

Ich wusste nicht, was ich tun sollte. Ich wusste auch nicht, was ich sagen sollte. Es war Marys Aufgabe, es Elton zu sagen, doch nun blickten Ralph und Elton mich fragend an.

Ich hätte mich irgendwie herausreden, mich in Andeutungen ergehen, etwas Unbestimmtes sagen sollen oder einfach nur, dass ich mir Sorgen machte, doch bevor ich es mir verkneifen konnte, sprudelten die Worte aus mir heraus.

»Mary ist schwanger«, verkündete ich.

»Sie ist was?«, rief Elton.

»Sie bekommt ein Baby.«

Absolute Stille. Ein Schockmoment, in dem die Zeit stillzustehen schien und alle den Atem anhielten. Alles, was ich hören konnte, war das ohrenbetäubende Geräusch meines klopfenden Herzens.

Da blickte ich auf, sah Elton an und hielt seinem Blick stand. Ich konnte sein Gehirn förmlich arbeiten sehen, sah, wie er hörte, ohne zu verstehen, wie er versuchte, sich auf das, was ich gesagt hatte, einen Reim zu machen. Und dann nahm er schlagartig eine Verteidigungshaltung ein. Die Zigarettenschachtel fiel zu Boden. Er ließ sie dort liegen.

»Was siehst du mich so an?«, fragte er ärgerlich. »Sagt sie, dass ich es war? Versucht sie, es mir anzuhängen?«

»Tja, wem sonst sollte sie es wohl anhängen?«, fragte ich.

»Sag du's mir«, blaffte er. Seine Augen waren weit geöffnet, er war wütend und – was ich noch nie zuvor bei Elton erlebt hatte – verängstigt. Er schob sich den Pony aus der Stirn und beugte sich hinab, um die Zigaretten wieder aufzuheben. Er klatschte die Schachtel auf den Tisch.

»Ich war es nicht«, sagte er dann. »Wenn es stimmt, dass Mary schwanger ist, dann hat das nichts mit mir zu tun.«

Jetzt war ich völlig durcheinander. Mein Herz klopfte immer schneller. Ich wäre gern wütend auf Elton gewesen, wollte, dass er die Verantwortung für sein Handeln übernahm, und zeigte, dass er ein richtiger Mann war, und sich meiner besten Freundin Mary gegenüber anständig verhielt, doch etwas in seinem Blick ließ mich ihm Glauben schenken.

»Du musst es gewesen sein«, beharrte ich.

»Ich war's aber nicht«, wiederholte Elton, »und willst du auch wissen, warum nicht? Weil wir's niemals gemacht haben.« Er beugte sich nach vorn und patschte die Zigarettenschachtel auf den Tisch; er war blass und sah erschrocken aus, doch er war aufrichtig. Ich bemerkte, wie schmal seine Handgelenke und Finger waren. Ich nahm die Haare an seinen Handgelenken wahr, dort, wo sie aus den Bündchen seiner Jacke herausragten. Ich stellte fest, dass Elton verletzlich war. Er wirkte ängstlich und überrascht.

Ich blickte ihm wieder ins Gesicht. »Aber was ist mit dem Abend, als deine Mutter zum Bingospielen gegangen ist und Mary dich zu Hause besucht hat? Ich dachte …«

»Mum war mit einer Nachbarin hingegangen. Die Nachbarin hatte Kopfschmerzen bekommen, und sie kamen früher nach Hause. Wir haben's nie gemacht.«

Ich erinnerte mich daran, wie ich Mary danach gefragt und sie mir nur erwidert hatte, es sei zu peinlich gewesen, um darüber zu reden. Ich hatte gedacht, sie würde vom Sex reden, aber vielleicht hatte sie mir nur einfach nicht erzählen wollen, dass gar nichts passiert war und dass ihr großes, leidenschaftliches Liebesabenteuer überhaupt nicht stattgefunden hatte.

Elton schob sich wieder das Haar zurück. Er war puterrot geworden, und plötzlich hatte ich eine Anwandlung von Mitleid mit ihm.

»Wenn du es nicht warst ... wer dann?«

Wenn Elton nicht der Vater war, hieß das, dass Mary ihn betrogen hatte. Wer konnte es sein, um Himmels willen? Mir gegenüber hatte sie niemand anders erwähnt, sie hatte mit keiner Silbe von einem anderen gesprochen. Elton und ich starrten uns nur entsetzt an, als wir kapierten, dass Mary uns beide angelogen hatte, vielleicht nicht direkt, aber dadurch, dass sie nichts gesagt hatte. Dieser Gedanke hatte uns so gefangen genommen, dass keiner von uns weiter auf Ralph geachtet hatte. Erst als ich hörte, wie er mit einem schabenden Geräusch seinen Stuhl zurückschob, blickte ich hoch.

Kreidebleich stand er neben dem Tisch.

Mit der Handinnenfläche rieb er sich die Stirn, dann sah er Elton an und sagte: »Es tut mir leid, Kumpel.« Und mit Tränen in den Augen wandte er sich an mich: »Es tut mir so leid, Dottie.«

Da begriff ich.

Liebes Tagebuch,

frag nicht. Verdammt noch mal, frag einfach nicht.

Mary Pickles (in der Falle)
Achtzehn Jahre

22. KAPITEL

An einem verregneten Morgen im August heirateten Mary und Ralph auf dem Rathaus von Brighton.

Seitdem ich die Wahrheit über die Sache mit Mary und Ralph erfahren hatte, war ich völlig durcheinander. Ich konnte weder essen noch schlafen, und ich ertrug es nicht mal, wenn das Radio lief. Ich verkroch mich in meinem Zimmer. Mein Inneres fühlte sich so leer und wund an. Ich konnte einfach immer noch nicht glauben, was sie mir angetan hatten. Die beiden Menschen, denen ich mein Leben anvertraut hätte, hatten mein Leben zerstört. Ich hatte nicht nur den Mann verloren, den ich liebte, sondern auch meine beste Freundin. Mit Mary hatte ich über jedes noch so kleine Problem reden können. Wir besprachen es und fanden irgendeine Lösung.

Ich hatte jegliches Zeitgefühl verloren. Stundenlang starrte ich aus dem Schlafzimmerfenster, ohne wirklich etwas wahrzunehmen. Ich grübelte immer wieder darüber, was geschehen war, erlebte all die wunderbaren Momente nach, die ich mit Ralph verbracht hatte, und erinnerte mich an die gemeinsame Zeit mit Mary. Mit alldem quälte ich mich selbst. Es war, als hätte ich ein Tonbandgerät in meinem Kopf, das ständig das Gleiche abspielte, wieder und immer wieder.

Ralph hatte mich gefragt, ob ich ihn heiraten wolle, obwohl er wusste, was er mit Mary gemacht hatte. Wie konnte er nur? Ich schwankte zwischen einer so großen Wut auf die beiden, dass ich sie und anschließend mich selbst hätte umbringen mögen, und dem Gefühl, die beiden so sehr zu vermissen, dass es mir fast den Atem nahm. Ich hätte sie gerne gehasst, und manchmal war ich fast so weit. Aber wie reißt man sich die Liebe für jemanden aus dem Herzen? Lässt sie sich einfach abschalten? Das geht einfach nicht.

Ich hatte die ganze Zeit weder mit Ralph noch mit Mary gesprochen. Tief in meinem Herzen wusste ich, dass sie mich genauso vermissten wie ich sie. Ich war mir sicher, dass sie mich sehen wollten, um mir zu erklären, was sie getan hatten und warum sie es getan hatten, doch das würde ich nicht zulassen. Ich wollte sie so leiden lassen, wie ich litt. So leicht würde ich es ihnen nicht machen.

Am Morgen ihres Hochzeitstages lag ich wie betäubt im Bett. Ich war früh aufgewacht, und sofort hatte das Tonband in meinem Kopf wieder zu laufen begonnen. Es trieb mich im wahrsten Sinne des Wortes in den Wahnsinn. Ich konnte es nicht ertragen. Dies würde der schwerste Tag in meinem Leben werden. Ich vergrub meinen Kopf in den Kissen und weinte mir die Seele aus dem Leib.

Da hörte ich, wie meine Schlafzimmertür geöffnet wurde. Ich spürte, wie sich jemand auf mein Bett setzte und mir dann sanft über den Rücken strich, ohne etwas zu sagen. Es war sehr angenehm, tröstlich. Ich hatte geglaubt, niemanden zu brauchen, doch die Berührung gab mir das Gefühl, nicht allein zu sein. Ich musste das nicht alleine durchstehen.

»Mum hat dir das hochgeschickt«, sagte Rita schließlich.

»Ich möchte nichts«, murmelte ich.

»Komm schon, setz dich auf«, sagte sie. »Du kannst nicht den ganzen Tag im Bett bleiben.«

Ich rappelte mich hoch, und Rita reichte mir eine Tasse Kakao.

Ich nippte an der heißen, süßen Flüssigkeit. Sie tat mir gut.

»Was wirst du tun?«, fragte Rita.

»Da gibt es ja wohl nicht mehr viel, das ich tun kann, oder?«, blaffte ich sie an.

»Na ja, zunächst könntest du mal ein Bad nehmen.«

»Das wird bestimmt alle meine Probleme lösen.«

»Nein, aber wenigstens würdest du dann etwas besser riechen.«

»So schlimm?«, fragte ich.

»Noch schlimmer«, sagte Rita. »Langsam riecht es hier drin, als wäre jemand gestorben.«

Ich nahm noch einen Schluck von dem heißen Kakao und lächelte.

»Das ist doch schon mal ein Anfang«, meinte sie.

»Sie heiraten heute.«

»Ich weiß«, sagte Rita. »Mum hat's mir erzählt.«

»Ich weiß nicht, wie ich das durchstehen soll.«

»Also, wenn du dich nicht dir zuliebe aufraffen willst, dann tu's wenigstens für Mum. Sie ist krank vor Sorge um dich.«

»Okay«, sagte ich widerwillig, »ich werd ein Bad nehmen.«

»Es wird nicht ewig anhalten«, sagte Rita.

»Was?«

»Der Schmerz, den du gerade spürst. Er wird irgendwann vorübergehen.«

»Woher willst du das wissen?«

»Er hieß Clive. Wir sind zusammen auf die Schule gegangen. Er war mein erster Freund, und wir liebten uns – zumindest dachte ich das.«

»Was ist dann passiert?«

»Seine Familie ist nach Kanada ausgewandert. Er sagte, dass er mir schreiben würde, was er aber nie getan hat.«

»Ich kann mich gar nicht daran erinnern.«

»Na, wie solltest du auch? Du hast ja außer Mary Pickles nichts mehr wahrgenommen.«

»Tut mir leid.«

»Es ist lange her«, sagte Rita. »Ich war erst sechzehn.«

Ich hatte eine undeutliche Erinnerung daran, wie Rita wie in einer Szene aus Anna Karenina im Haus herumgeschlichen war, aber da Rita ja schon immer dazu geneigt hatte, alles zu dramatisieren, hatte ich dem wohl damals keine größere Beachtung geschenkt. Der süße Kakao und Ritas Erzählung zeigten allmählich Wirkung.

»Vielleicht solltest du zu der Hochzeit gehen«, schlug Rita vor.

»Warum um alles in der Welt sollte ich das wohl tun?«

»Weil es wahrscheinlich besser ist, als hier den ganzen Tag herumzulungern und sich auszumalen, dass die Hochzeit ganz rosig ist, mit Blumen und Herzen und glücklich bis ans Lebensende und dem ganzen Brimborium. Denn wahrscheinlich wird es eher nicht so sein, stimmt's?«

»Meinst du?«

»Aber natürlich. Sie lieben sich doch gar nicht, oder?«

»Nein.«

»Als Clive nach Kanada gegangen ist, hab ich mir vorgestellt, wie er in den Rocky Mountains wahnsinnig viel Spaß hat.«

»Und war das etwa nicht so?«

»Nein, sie hatten eine üble Zeit. Nach einem Jahr kamen sie zurück. Aber bis dahin war ich schon über ihn hinweg.«

»Vielleicht hast du recht.«

Ich schleppte mich aus dem Bett. Ich war noch benommen, und meine Beine waren schwer, so als ob ich mich von einer langen Krankheit erholen würde. Ich ließ mir ein Bad ein und putzte mir in der Zwischenzeit die Zähne. Mein Gesicht sah weiß aus in dem Spiegel überm Waschbecken, und ich hatte dunkle Ringe unter den Augen.

Ich stieg in die Wanne. Es hatte etwas Beruhigendes, das warme Wasser auf meinem Körper zu spüren, und allmählich kam ich mir wieder etwas menschlicher vor.

Ich ging ins Schlafzimmer zurück. Rita hatte mir ein paar Kleider aufs Bett gelegt. Ich nahm kaum wahr, was genau sie ausgesucht hatte, und zog sie einfach an. Es war mir völlig gleich, was ich trug, denn ich zog mich für einen Anlass an, zu dem ich nicht gehen wollte.

Rita und Mum begleiteten mich, und wir hielten uns außer Sichtweite, bis alle in das Gebäude gegangen waren. Zuerst trafen Ralph und seine Eltern ein, dann kam Mary mit ihren. Von Marys ganzen Brüdern waren nur die Zwillinge mitgekommen, was ich ziemlich traurig fand.

Alle warteten, bis die vorangehende Trauung vorüber war. Es sah aus, als wäre es eine fröhliche Angelegenheit gewesen, denn eine ganze Menge Leute stolperten nach draußen auf die nasse Straße. Sie lachten alle und plauderten miteinander, die Männer klopften dem Bräutigam, der einen *Beatles*-Anzug trug, auf den Rücken, und die Braut war ganz errötet. Sie trug ein geblümtes Kleid und hielt ein Sträußchen aus rosa Rosen in der Hand. Beim Hinausgehen küssten sie sich. Sie sahen so glücklich aus, am liebsten wäre ich mit ihnen gegangen, wohin auch immer sie gehen mochten.

Sobald wir sicher waren, dass alle Gäste von Marys und Ralphs Trauung eingetroffen waren, schlüpften auch wir in den Raum und setzten uns ganz hinten hin.

Es waren nicht viele Leute gekommen. Sie benötigten fast keinen Platz in dem Trauzimmer; lediglich ein paar der gepolsterten Sitze ganz vorn waren besetzt. Ich saß zwischen Rita und Mum. Ich war froh, die beiden neben mir zu spüren. Sie gaben mir ein Gefühl der Sicherheit. Ralph und Mary standen ganz vorn wie ungezogene Kinder, die darauf warteten, bestraft zu werden. Ich starrte Ralphs Schuhe an. Sie waren braun und glänzten stark. Er hatte sie poliert, damit sie schön aussahen. Der Gedanke machte mich traurig, obwohl ich tief im Innern davon überzeugt war, dass er ja eigentlich gar nicht hier stehen wollte.

Der Standesbeamte war ein kleiner, hagerer Kerl mit Geheimratsecken. Er trug einen schlecht sitzenden braunen Anzug, und sein Hemd sah aus, als müsste es mal gebügelt werden. Er sprach so leise, dass man ihn kaum verstehen konnte, und er lächelte kein einziges Mal. Man bekam den Eindruck, eher bei einer Beerdigung als bei einer Trauung zu sein. Sobald Ralph und Mary ihre Ehegelübde abgelegt hatten, verließ ich mit Mum und Rita den Saal. Wir gingen nach draußen und standen aneinandergeschmiegt da.

Es regnete noch immer in Strömen. Leute stapften in Regenmänteln und mit Schirmen bewaffnet an uns vorbei, und Wasser spritzte von den Rädern der vorbeifahrenden Busse.

»Ich muss zur Arbeit zurück«, sagte Rita.

»Du hast dir freigenommen?«, fragte ich.

»Das scheint dich ja sehr zu wundern«, gab Rita etwas eingeschnappt zurück. »Entgegen der landläufigen Ansicht habe auch ich Gefühle, weißt du?«

»Ich hab's nicht so gemeint. Danke für heute!«

»Bitte«, sagte Rita.

Mum und ich sahen Rita nach, wie sie in ihren Stiletto-Pumps von *Stead & Simpson* davonwackelte. Dann wandte Mum sich zu mir.

»Und nun, meine Liebe?«, fragte sie. »Was möchtest du jetzt tun?«

»Am liebsten wäre ich ein bisschen allein, würde dir das etwas ausmachen?«

Mum streichelte meine Wange.

»Aber nein«, sagte sie. »Natürlich nicht. Nimm dir so viel Zeit, wie du brauchst. Wenn du nach Hause kommst, habe ich etwas Leckeres zum Abendessen für dich.«

Sie gab mir einen Kuss zum Abschied, dann ging sie in die eine Richtung fort und ich in die andere, zum Meer hinunter.

An der Uferpromenade fand ich keine trockene Bank, also lehnte ich mich an die Brüstung. Es war Flut, die See sah grau und kalt aus, und die Brandung schlug und spritzte gegen die Mauer. Das erinnerte mich daran, wie Mary und ich es als Kinder geliebt hatten, wenn Sturm war und das Meer übellaunig und in Aufruhr. Wir standen immer an der Brüstung und warteten darauf, dass die Wellen an die Mauer schlugen, und wenn die Gischt dann auf die Uferpromenade spritzte, rannten wir kreischend zurück. Ich stand da und blickte aufs Wasser hinaus. Man konnte noch nicht einmal den Horizont sehen; wo der Himmel aufs Wasser traf, war alles nur grau.

In meinem ganzen Leben hatte ich noch niemals von zu Hause weglaufen wollen, doch jetzt war mir danach. Wo immer ich auch hinging, alles erinnerte mich an Ralph oder Mary oder an beide gleichzeitig, und ich glaubte nicht, dass ich das aushalten würde. Ich sehnte mich meilenweit weg. Mary und ich waren zusammen über jeden einzelnen Gehsteig unserer Siedlung gelaufen. Wir waren in jedem Geschäft der Stadt gewesen, waren jede Busroute gefahren. Und wo ich nicht mit Mary gewesen war, da war ich mit Ralph gewesen. Während wir unsere Zukunftspläne geschmiedet hatten, waren wir beide so oft in den Downs spazieren gegangen. Wir waren am Strand gewesen, hatten am Pier herumgetrödelt, waren vom Kino nach Hause gelaufen, er hatte meine Hand gehalten, und wir hatten uns mit den Schultern angerempelt. Jetzt hatten all die netten Orte, an denen wir fröhlich gewesen waren, Orte, von denen ich dachte, sie würden Teil unserer persönlichen Geschichte werden, ihr Gesicht verändert. Ich hatte mir vorgestellt, wie ich unseren Enkeln einmal davon erzählen würde, wo ich mit Ralph überall gewesen war, als er noch um mich geworben hatte. Ich hatte mir vorgestellt, wie ich zu ihnen sagen würde: »Auf dieser Bank saßen wir damals, und Opa hat seinen Mantel über unsere Köpfe gehalten, um uns vor dem Regen zu schützen«, oder: »Hier war es, wo plötzlich eine Möwe hinabgestoßen ist und sich Opas Eis geschnappt hat.« Jetzt schmerzte es nur, sich an diese schönen Zeiten zu erinnern.

Jede aufblitzende Erinnerung versetzte mir einen Stich, und es wurden mehr und mehr Stiche, bis ich schließlich das Gefühl hatte, eine riesengroße schmerzende Wunde mit mir herumzutragen. Ich war noch nie so allein gewesen. Niemals.

Liebes Tagebuch,

gestern war der schlimmste Tag meines Lebens. Ich habe Ralph Bennett geheiratet.
Ich fühle mich, als hätte mich jemand in eine Kiste gesperrt und den Deckel draufgemacht und mich da drin mit diesem verdammten Ralph Bennett eingeschlossen, und jetzt stecke ich für den Rest meines Lebens hier fest. Ich liebe ihn nicht, und er liebt mich nicht. Er liebt Dottie, und ich liebe Elton.

Jetzt werde ich Elton nie mehr heiraten können. Wir werden niemals zusammen reisen. Ich werde niemals neben ihm im Flugzeug schlafen oder auf den Eiffelturm steigen oder New York besuchen.

Und ich werde nie in Paris leben und Künstlerin werden. Stattdessen werde ich mit Ralph Bennett und einem Baby in einer lausigen Mietwohnung in einer schäbigen Siedlung leben. Einem Baby!!! Ich mag Babys nicht mal! Ich werde das Leben leben, von dem Dottie geträumt hat.

Und das Schlimmste an alldem ist, dass ich meiner besten Freundin das Herz gebrochen habe! Es tut mir so leid, Dottie, es tut mir so wahnsinnig leid! Ich glaube nicht, dass ich das ohne dich durchstehe.

Tschüss, Tagebuch.
Mary Bennett (Vollidiotin)
Achtzehn Jahre

23. KAPITEL

Marys Tagesablauf überschnitt sich in weiten Teilen mit meinem, und es ließ sich nicht vermeiden, sie so ziemlich jeden Tag zu sehen. Wir arbeiteten beide immer noch bei Woolworths, und laut Mum wohnte Mary noch immer zu Hause. Das hieß, dass wir immer noch den gleichen Arbeitsweg hatten. Bei der Arbeit sahen wir uns zwangsläufig, und manchmal, wenn ich auf dem Nachhauseweg aufblickte, sah ich Mary auf der anderen Straßenseite gehen.

Das Ganze war scheußlich, wirklich scheußlich.

Wenn ich sie sah, war ich so voller Wut, dass ein Teil von mir zu ihr laufen und sie schütteln, sie schlagen und verletzen wollte, damit sie eine Ahnung davon bekam, wie sehr sie mich verletzt hatte. Manchmal hasste ich sie regelrecht, ich hasste sie wirklich. Sie hatte mir jemanden weggenommen, von dem sie wusste, dass ich ihn liebte, und zwar nicht, weil sie es wollte, sondern weil sie es konnte. Sie hatte meine Zukunft zerstört. Ich hätte diejenige sein sollen, die Ralphs Baby unter dem Herzen trug, ich hätte mit ihm Zukunftspläne schmieden sollen. Eigentlich gehörte er zu mir! Doch sogar während ich sie hasste, war da dieser andere Teil in mir, der Mary noch immer liebte. Sie war fast mein ganzes Leben lang meine beste Freundin gewesen. Sie kannte mich besser als irgendwer sonst in dieser Welt. Ich vermisste sie ganz schrecklich.

Immer wenn wir uns auf der Straße begegneten, tat sie alles, um mich nicht ansehen oder mit mir sprechen zu müssen. Mal drehte sie sich um und ging in die andere Richtung, mal tat sie so, als hätte sie etwas fallen gelassen, oder sie drehte den Kopf weg. Ich tat dasselbe. Sah ich sie, noch bevor sie mich entdeckte, ging ich in die andere Richtung. Ich wollte nicht mit ihr sprechen müssen. Ich wollte die Schwellung nicht sehen, die sich unter ihrer Kleidung wölbte.

Auf der Arbeit war es schwieriger. An den Tagen, an denen wir viel zu tun hatten, war es ganz in Ordnung, aber an den ruhigen Tagen konnten wir uns kaum gänzlich aus dem Weg gehen. Als ich einmal im Lagerraum nach einer Schachtel mit Taschenspiegeln suchte, um die Regale aufzufüllen, sah ich Mary hereinkommen. Sie blickte umher, doch da ich in der Hocke war, konnte sie mich nicht sehen. Sie kam also herein und schloss die Tür hinter sich, und ich konnte hören, wie sie sich hinsetzte und seufzte. Dann fing sie ganz leise an zu weinen. Ich hielt den Atem an und verharrte reglos. Es zerriss mir fast das Herz, zu hören, wie sie schluchzte, und gleichzeitig wollte ich am liebsten zu ihr hinübergehen, ihr ins Gesicht schlagen und schreien: »Sei still! Schließlich ist es deine eigene Schuld, dass du jetzt in diesem Schlamassel sitzt!« Um mich selbst davon abzuhalten, sie anzuschreien, ballte ich meine Hände so fest zu Fäusten, dass mir die Fingernägel ins Fleisch schnitten. Andererseits wollte ich am liebsten die Arme um sie schlingen, sie trösten und ihr sagen, dass alles wieder gut werden würde.

Nach ein paar Minuten ging die Tür auf, und Sally rief laut: »Mary, alles in Ordnung?« Mary machte eine Art Schluckauf-Geräusch und antwortete: »Ja, bin in Ordnung, komme gleich.«

Nachdem sie hinausgegangen war, zählte ich bis vierzig, bevor ich mit der Schachtel unterm Arm in den Laden zurückging. Ohne sie anzusehen, ihr verschwollenes Gesicht mit den dunklen Schatten unter den Augen, lief ich genau an ihr vorbei. Was hätte ich auch zu Mary sagen sollen, wo ich nicht einmal mit meinen eigenen Gefühlen klarkam? Wo ich zwischen Liebe und Hass nicht mehr unterscheiden konnte, so dermaßen der Zukunft nachtrauerte, die Mary mir gestohlen hatte?

Eines Samstags in der Mittagspause lief ich zum Café hinunter, denn ich hatte nichts anderes vor – ich hatte jetzt nie mehr etwas vor. Ich setzte mich ans Fenster und sah den Regentropfen nach, die die Fensterscheibe hinabliefen.

»Sitzt hier schon jemand?«

Ich drehte mich um und erblickte Elton. Er sah müde aus und wirkte unbeholfen, aber mir war nicht danach, mich nach seinem Befinden zu erkundigen. Also zuckte ich nur die Achseln. Er zog sich einen Stuhl heran und setzte sich. Dann langte er über den Tisch, rührte mit ausladenden Bewegungen Zucker in seinen Kaffee und schob mir schließlich einen Teller hinüber. »Magst du eine von meinen Pommes?«, fragte er.

Ich schenkte ihm ein sparsames Lächeln, nahm mir eine und dippte sie in den Ketchup auf dem Tellerrand.

»Ralph ist ganz verzweifelt wegen dir«, sagte Elton. Ich antwortete nicht und nahm mir noch eine von den Pommes. Aus Eltons Lederjacke tropfte Regenwasser auf den Tisch, und er roch stark nach Aftershave. »Die Schuldgefühle fressen ihn fast auf.«

»Das ist ja wohl kaum mein Problem, nicht wahr?«

»Nein«, erwiderte Elton. »Das ist es nicht. Ich dachte nur, du solltest es wissen.«

»Es ist mir egal.«

Ich nahm eine weitere Fritte.

»Er stand völlig neben sich auf dieser Party, weißt du.«

Ich antwortete nicht.

»Ich hab ihn noch nie so betrunken gesehen. Er wusste nicht mehr, was er tat.«

»Dann ist er ein Idiot.«

»Schon, aber ...« Elton seufzte. Er nahm eine Schachtel Zigaretten aus seiner Jackentasche und begann, damit herumzuspielen, drehte sie in seinen Fingern hin und her.

»Du solltest mal mit ihm sprechen, Dottie.«

»Nein«, erwiderte ich.

»Gib ihm einfach die Chance, zu erklären …«

»Nein.«

»Ich glaube … ich glaube, dass ich mitschuldig bin … an dem, was passiert ist«, sagte er, nahm sich eine von seinen Pommes und pustete. »Mary wollte ständig wissen, was ich mache. Ich hatte ihr ja gesagt, dass ich keine feste Beziehung haben will, aber sie hat immer so getan, als hätten wir eine. Ich hatte das satt. Auf meiner Party wollte ich einfach nur Spaß haben, und mit Gemma kann man das.«

»Ist das das Mädchen, mit dem du ins Café gekommen warst?«

»Das hätte ich wohl besser nicht getan.«

»Du hast ihr wehgetan«, sagte ich, »du hast ihr immer wieder wehgetan.«

»Gut, ja, aber ich hab mir nichts Böses dabei gedacht, es war keine Absicht.«

»Gehst du mit Gemma?«, fragte ich und starrte ihn wütend an. Elton schüttelte den Kopf.

»Pass mal auf, Dottie«, sagte er, »ich gehe mit niemandem. Ich will nichts Festes, das ist es ja, was Mary nicht verstehen wollte. Ich hab ihr das schließlich oft genug gesagt, aber sie hat dich mit Ralph gesehen und wollte das Gleiche – nur bin ich nicht Ralph. Ich will das mit meiner Musik zum Laufen kriegen. Es hat Spaß gemacht, mit Mary zusammen etwas zu unternehmen, zumindest war das mal so, aber ich will an niemanden gebunden sein. Ist das so ein Verbrechen?«

Das Café füllte sich allmählich. Da saßen wir also kläglich beisammen, Elton und ich, und teilten uns einen Teller Pommes. Ich nahm die Geräusche um uns herum wahr. Das Fauchen der Kaffeemaschine und das Klingeln der Registrierkasse, jemand hatte eine Platte von Billy Fury in der Jukebox ausgewählt – alles vertraute Klänge aus einer Zeit vor Millionen von Jahren, als wir noch glücklich gewesen waren.

»Er arbeitet jetzt in der Backfabrik«, sagte Elton plötzlich. »Er musste die Ausbildung aufgeben. Sie brauchen das Geld.«

Mehr konnte ich nicht verkraften. Ich stieß den Stuhl zurück und stand auf. Mit zitternden Fingern schloss ich die Knöpfe meines Mantels.

»Sag mir doch wenigstens irgendwas, das ich ihm ausrichten kann«, bat Elton.

Ich nahm meine Tasche und hängte sie mir über die Schulter.

»Du kannst ihm ausrichten, ich hoffe, dass es das wert war«, sagte ich und verließ das Café.

Mary war so dick geworden, dass sie ihre Arbeit nicht mehr richtig bewältigen konnte, und so hörte sie Anfang Oktober bei Woolworths auf. Ich hatte geglaubt, dass es mir dann besser gehen würde, doch auf befremdliche Weise wurde alles noch viel schlimmer. Auch wenn ich es mir zur Routine hatte werden lassen, sie zu ignorieren, so hatte ich doch wenigstens gewusst, dass sie da war, hatte sehen können, dass sie wohlauf war. Sie jeden Tag zu sehen war schmerzhaft gewesen, doch ich hatte mich an den Schmerz gewöhnt, wie man sich an einen entzündeten Zahn gewöhnt, bei dem man es auch nicht lassen kann, immer wieder mit der Zunge daran herumzuspielen. Sie nicht zu sehen und nicht zu wissen, wie es ihr ging, war so, als würde ich sie erneut verlieren.

Es war Mittwoch, mein freier Tag. Ich hatte nichts vor und lag noch im Bett. Draußen war es windig, und der Regen trommelte an die Scheiben. Mit Mary wäre ich ans Ufer hinuntergegangen. Wir liebten es, aufs Meer zu sehen, wenn es wild und ungestüm war. Es machte uns nichts aus, wenn die Gischt über die Promenade sprühte und uns durchnässte, daraus waren wir nie herausgewachsen. Aber da war keine Mary mehr, mit der ich all dies hätte teilen können. Ich konnte mich auch nicht an das letzte Mal erinnern, an dem wir gemeinsam zum Plattenladen gegangen waren und eine Schallplatte gekauft hatten. Ein einziges Mal war ich noch hingegangen, doch ich war noch nicht einmal bis zur Theke gekommen, da drehte ich mich schon wieder um und verließ den Laden wieder.

Ich beschloss, trotzdem einen Spaziergang zu machen, da ich wusste, dass es mich in den Wahnsinn treiben würde, schon wieder drinnen zu bleiben. Ich wusch mich und zog mich an. Als ich die Schublade öffnete, um meinen Schal herauszuholen, sahen mich Ralphs Briefe an, ein großer Packen. Ich hatte sie in den letzten drei Monaten bekommen, regelmäßig jede Woche einen. Sie waren ungeöffnet geblieben. Ich wollte nicht lesen, was er mir geschrieben hatte. Was auch immer er geschrieben haben mochte, nichts hätte rechtfertigen können, was er getan hatte, oder mich dazu bringen können, mich besser zu fühlen. Ich ging nach unten, nahm meinen Mantel vom Haken im Flur und betrat die Küche.

»Du gehst doch wohl nicht bei diesem Wetter raus?«, fragte Mum, ergriff den Wasserkessel und füllte ihn.

»Muss mal auf andere Gedanken kommen«, sagte ich und lächelte sie an. In diesem Moment fegte Tante Brenda durch die Hintertür herein. Sie war völlig durchnässt, und das Haar klebte ihr auf der Stirn. Sie zog sich den Mantel aus und hinterließ dabei eine Wasserpfütze auf dem Küchenboden. Dann putzte sie die Brille mit dem Ärmel ihres Pullovers.

»Die sollten mal Scheibenwischer für Brillenträger erfinden«, sagte sie. »Ich wäre eben fast gegen einen Laternenpfahl gelaufen. Bei diesem Sauwetter wirst du doch wohl nicht rausgehen, Dottie?«

»Sie muss ein wenig auf andere Gedanken kommen«, sagte Mum.

»Na, hoffentlich werden dabei nicht nur ihre Gedanken weggepustet«, sagte Tante Brenda. »Hat das Wasser schon gekocht?«

»Es ist gleich so weit«, sagte Mum.

Tante Brenda hängte ihren Mantel hinter die Tür.

»Unsere Carol liegt noch immer im Bett«, sagte sie dann. »Ich nehme an, dass sie die Grippe erwischt hat. Schon seltsam, dass sie sich eine Grippe einfängt, kaum dass es regnet.«

»Ich bin dann weg«, sagte ich.

»Willst du nicht vorher noch eine Kleinigkeit frühstücken?«, fragte Mum.

»Ich besorg mir unterwegs was.«

»Du solltest etwas zu dir nehmen«, sagte Tante Brenda und schaufelte sich zwei gehäufte Teelöffel Zucker in ihren Tee. »An dir ist ja nichts mehr dran. Früher warst du immer so pummelig, aber langsam bist du nur noch Haut und Knochen. Das ist nicht gut für den ganzen Organismus, so stark abzunehmen. Es wird deine Verdauung völlig durcheinanderbringen!«

»Ich glaube, ihre Verdauung ist in Ordnung, Brenda«, sagte Mum und zwinkerte mir zu.

Der kalte Regen brannte auf meinem Gesicht, als ich durch die Siedlung lief, und der Wind nahm mir den Atem. Ich lief quer durch den Park und wünschte, ich hätte meine Stiefel angezogen, denn meine Schuhe versanken im aufgeweichten Gras. Der Ententeich war ganz aufgewühlt, das Wasser war bis auf den Weg geschwappt, der um ihn herumführte, und die Bäume ächzten im Wind. Ich lief durch Kemp Town. Es waren nicht viele Leute da; bei diesem Wetter lief ganz sicher niemand ohne Not draußen herum, so wie ich. Die meisten hasteten schnell von Laden zu Laden oder suchten in Eingängen Schutz. Ich ging weiter bis hinunter zur Uferpromenade und lehnte mich an die Brüstung. Das Meer war merkwürdig ruhig, nicht so stürmisch, wie ich es erwartet hatte. Es wirkte so, als würde seine Urgewalt nur auf den richtigen Zeitpunkt warten, um loszubrechen. Das Ufer war fast menschenleer, nur im Pavillon saß eine einsame Person zusammengekauert auf einer Bank. Es war Mary. Ich dachte gar nicht groß darüber nach, ging einfach hinüber und setzte mich neben sie. Da rollten ihr Tränen über die Wangen, genau so, wie der Regen an den Seitenwänden des Pavillons hinablief. Da saßen wir nun, Seite an Seite, und starrten aufs Meer hinaus. Und plötzlich sagte sie so leise, dass ich sie kaum hören konnte: »Dottie.«

Ich schloss die Augen und erwiderte: »Mary.«

Und sie wiederholte: »Dottie.«

Ich fasste nach ihrer Hand, hielt sie und flüsterte: »Mary.« Sie warf mir einen vorsichtigen Blick zu, und dann schlossen sich ihre Finger behutsam um meine. Es war wie nach Hause zu kommen. Ich spürte, wie die ganze Bitterkeit, die mich all diese Monate betäubt hatte, dahinschwand. Ich wusste nicht, was die Zukunft für uns bereithielt oder wie ich mit dem umgehen würde, was geschehen war, doch in diesem Moment, hier auf dieser Bank, war es mir egal. Wir hatten uns wiedergefunden, meine Freundin Mary Pickles und ich.

Liebes Tagebuch,

mein Leben ist völlig im Eimer, aber Dottie hat mir vergeben (wieder einmal). Vielleicht komme ich ja jetzt besser mit allem klar, weil Dottie wieder bei mir ist.

Ich hab ihre Freundschaft nicht verdient, aber ich werde versuchen, es wiedergutzumachen.

Das werde ich. Das werde ich wirklich.

Mary Verfluchtnochmal-Bennett (beste Freundin von Dottie Perks)
Achtzehn Jahre

24. KAPITEL

Es war November, und Mary und Ralph wohnten noch immer nicht zusammen. Keiner der beiden schien es eilig damit zu haben, daran etwas zu ändern. Das machte es leichter für mich, denn so konnte ich bei Mary vorbeischauen, wie ich es immer getan hatte. Ohne Marys dicken Bauch wäre alles fast wieder wie vorher gewesen. Mary und ich gingen nach oben auf ihr Zimmer und setzten uns aufs Bett. Ich erzählte ihr von der Arbeit und sie mir von ihren Brüdern und den hochnäsigen Blicken, die ihr einige der Frauen aus der Siedlung zuwarfen. Wir lachten, und es war fast wie in alten Tagen – bloß, dass es nicht mehr die alten Tage waren.

Ich glaube, Mary hätte sich ganz gut damit abfinden können, das Baby zu bekommen und weiter in ihrem alten Zimmer zu wohnen. Doch ihr Vater hatte die Schnauze gestrichen voll von der ganzen Situation.

»Deine Mutter und ich hatten vielleicht nicht viel Geld«, sagte er, »aber zumindest haben wir immer zusammen unter demselben Dach gewohnt. Raff dich gefälligst auf und geh aufs Amt! Erzähl denen dort, dass du ein Baby bekommst und es irgendwo ein Zuhause braucht.«

An meinem nächsten freien Nachmittag begleitete ich Mary also aufs Amt. Es befand sich in einem düster aussehenden Betongebäude mit vergitterten Fenstern, als ob sie versuchten, damit die Leute fernzuhalten. Durch eine große Tür gelangten wir zu einem Empfangsbereich. Das Linoleum war von nassen Fußabdrücken ganz verschmiert, und irgendwie roch es anstaltsmäßig, nach Schule oder Krankenhaus.

»Wo müssen wir hingehen?«, fragte Mary mit sehr leiser Stimme.

»Ich weiß nicht genau, fragen wir sie mal«, erwiderte ich und wies mit dem Kopf auf ein Mädchen, das hinter einer Glaswand saß und sich die Nägel feilte.

»Entschuldigung«, begann Mary zögerlich.

»Reparaturen, Beschwerden, Unterkunft oder Miete?«, fragte das Mädchen, ohne aufzublicken. Sie drehte die Hand um und blies sich auf die Fingernägel.

»Wie bitte?«

Das Mädchen stieß einen tiefen Seufzer aus. »Reparaturen, Beschwerden, Unterkunft oder Miete?«

»Ich bin nicht sicher«, sagte Mary.

»Tja, wenn ich nicht weiß, was Sie möchten, dann kann ich Sie auch nicht an das zuständige Amt verweisen.«

»Sie sucht etwas zum Wohnen«, sagte ich.

»Also Unterkunft«, sagte das Mädchen. »Dritte Tür links.«

»Meine Güte, was ist der denn über die Leber gelaufen?«, wunderte sich Mary.

Wir fanden die richtige Tür und betraten den Raum. Umgehend wünschten wir uns, wir hätten das nicht getan. Der Raum war voller Kinder, die alle schrien oder weinten und umherrannten. Große Radiatoren aus Metall unter den hohen Fenstern bliesen heiße Luft in den Wartebereich. Die Hitze war unerträglich, und es roch nach dampfenden Windeln. Die Menschen, die gedrängt auf langen Reihen von Holzbänken saßen, wirkten, als würden sie schon seit Wochen dort warten, und vor einer Glastrennwand, die durch die ganze Länge des Raumes ging, standen lange Schlangen.

»Ich möchte wieder gehen«, sagte Mary.

»Wo wir jetzt schon einmal hier sind«, sagte ich, »können wir genauso gut auch bleiben.«

Ich konnte mir nicht vorstellen, dass es an einem anderen Tag weniger hektisch zugehen würde, und ich hatte auch keine gesteigerte Lust, noch einmal dort hinzugehen, wenn es nicht notwendig war.

Wir reihten uns in die kürzeste Schlange ein und standen hinter einer sehr dicken Frau, die ein Baby auf dem Arm hielt, das dringend ein Taschentuch brauchte.

Ein Kleinkind klammerte sich an ihren Rock. Ich versuchte, Marys Aufmerksamkeit von dem Baby wegzulenken, denn es war so hässlich und vollgerotzt, dass ich glaubte, es würde ihr die Aussicht darauf, Mutter zu werden, endgültig vermiesen. Das Baby gähnte und rieb sich mit den Fäustchen übers Gesicht, wobei es den Rotz überall verteilte. Mir wurde fast ein wenig schlecht. Jedes Mal, wenn die Person ganz vorne in der Schlange an die Reihe kam, rückten wir alle schlurfend ein paar Schritte nach vorn. Zwei pummelige kleine Mädchen spielten Fangen miteinander und rempelten uns ständig an. Ich schlug Mary vor, sich hinzusetzen, ich würde ihr den Platz in der Schlange frei halten, aber sie wollte mich nicht allein dort stehen lassen. Ich konnte es ihr nicht verdenken. Mein erster Eindruck war, dass wir die einzigen beiden normalen Menschen dort waren. Doch dann überlegte ich, dass an zwei naiven jungen Mädchen, die eine schwanger und mit jemandem verheiratet, den sie nicht liebte, und die andere todunglücklich mit gebrochenem Herzen, auch nicht wirklich viel Normales zu finden war.

Endlich war die Frau vor uns dran. Sie fing sofort an, den Jungen hinter der Trennwand anzuschreien. Er musste ungefähr in unserem Alter sein. Sein Kinn war voller Pickel, und um die Ohren hatte er weiches, flaumiges Haar. Er nestelte an seinem Kragen herum und hörte sich geduldig an, was die Frau ihm entgegenschrie.

»Wenn Sie uns kein größeres Haus geben, geh ich damit zur Zeitung, dann sehn wir mal, was die dazu sagen«, rief sie und deutete mit dem Finger auf das Gesicht des Jungen. Er blickte hinab auf den Packen Papiere, die vor ihm auf dem Schreibtisch lagen.

»Gnädige Frau«, sagte er dann höflich, »Sie haben bereits ein Haus mit vier Zimmern. In unserem Bestand haben wir keine Häuser, die mehr als vier Zimmer haben.«

»Ich hab vielleicht ein Haus mit vier Zimmern, Söhnchen«, sagte sie, »aber ich habe acht Kids, und mein Alter kommt grad nicht zu seinen ehelichen Rechten, weil wir unsere Gloria bei uns im Schlafzimmer haben. Da frage ich Sie: Gehört sich das so?«

Sie sprach so laut, dass alle anderen Stimmen in dem Raum plötzlich verstummten. Dann hörte man zustimmendes Gemurmel von den Bänken her.

»Es tut mir leid wegen Ihrer misslichen Lage«, sagte der Junge. »Aber …«

»Oh, das tut Ihnen jetzt leid? Tja, ich finde nicht, dass Sie so aussehen, als ob es Ihnen leidtut. Wie würden Sie es finden, wenn Sie nicht regelmäßig vögeln könnten, weil Sie unsere Gloria mit im Zimmer hätten?«

»Das ist ja besser als Kino«, flüsterte Mary.

»Psst!«, machte ich.

»Sie stehen zwischen einem Mann und seinen Rechten!«, fuhr die Frau fort.

Der Junge seufzte tief und schob die Papiere zusammen. »Gnädige Frau, ich kann nur immer wiederholen, was ich bereits sagte. Und das ist, dass wir Ihnen keine Unterkunft anbieten können, die noch größer ist als das Haus, in dem Sie gerade wohnen. Es gibt keine.«

Unvermittelt drehte die Frau sich um. »Lass mein' verdammt'n Rock los!«, brüllte sie das Kleinkind an. »Er hängt mir gleich unterm Arsch!«

Dann ging sie mit ihrem Gesicht so nah an die Scheibe heran, dass sie fast das Glas berührte.

»Also was schlägst du vor, Klugscheißer?«, fragte sie den Jungen.

»Vier der Kinder loswerden?«, raunte Mary mir zu.

»Psssst!«

»Der einzige Rat, den ich Ihnen geben kann«, sagte der Junge, »ist, dass Sie Ihr Anliegen schriftlich darlegen und es an die Hauptverwaltung schicken.«

Die Frau schnaubte. »Ich hab große Lust, unsere Gloria hierherzubringen, damit Sie ihr dann was besorgen können, wo sie schlafen kann.«

»Sollten Sie das tun, gnädige Frau, müssten wir den Kinderschutzbund informieren.«

»Ihr könnt verdammt noch mal informieren, wen ihr wollt, du pickliger Zwerg. Was glaubst du überhaupt, wer du bist? Ich hab Schlüpfer, die sind älter als du!«

Neben mir schüttelte sich Mary vor Lachen.

Beim Gedanken an die Schlüpfer der Frau wurde der Junge sichtlich blass.

»Da bin ich mir sicher, gnädige Frau«, sagte er mit äußerster Höflichkeit. »Wenn dies nun alles wäre, hier sind noch mehr Leute, die darauf warten, ihr Anliegen vorzubringen.«

»Das war nicht das letzte Mal, dass du mich hier gesehen hast!«, rief die Frau und schob sich das Baby auf ihrer ausladenden Brust so weit nach oben, bis es fast über ihrer Schulter hing. Sie stolzierte aus dem Zimmer und schleifte das Kleinkind hinter sich her. Das Baby über ihrer Schulter blickte uns an, als sie hinausging. Es hatte die traurigsten blauen Augen, die ich je gesehen hatte.

Der Junge hinter der Trennwand war ziemlich ins Schwitzen gekommen. Er nahm einen Schluck Wasser aus einem

Glas, das er neben sich stehen hatte. Einer seiner Kollegen kam herüber, ein untersetzter Mann mit Schnauzbart, und klopfte ihm leicht auf die Schulter. Er flüsterte ihm etwas ins Ohr, wahrscheinlich etwas Aufmunterndes. Vermutlich hatten sie alle befürchtet, dass die Frau an ihren Schalter kommen würde. Ich trat mit Mary nach vorn. Wir lächelten ihn so freundlich an, wie wir konnten, und er schien sich etwas zu entspannen.

»Wie kann ich Ihnen helfen?«, krächzte er.

»Ich brauche ein Haus«, sagte Mary und fügte noch hinzu: »Bitte.«

»In Ordnung. Wie viele Kinder?«

»Wie bitte?«

»Wie viele Kinder haben Sie?«

»Noch gar keine«, sagte Mary und hob die Hände, wie um zu zeigen, dass sie leer waren.

»Unterhaltsberechtigte?«

»Wie bitte?«, fragte Mary noch einmal.

»Gibt es jemanden, der von Ihnen abhängig ist, was die Unterkunft anbelangt?«

»Ich glaube nicht«, sagte Mary. »Oder doch, Dottie?«

»Nur das Baby«, sagte ich.

»Also haben Sie doch ein Kind?«, fragte der Junge. »Wie alt?«

»Acht Monate.«

»Sie haben also ein acht Monate altes Baby?«

»Äh, ich habe es doch noch gar nicht bekommen.«

Der Junge legte seinen Stift hin. Er wirkte den Tränen nahe.

»Ich möchte nicht unhöflich erscheinen«, sagte er, »aber jetzt drücken Sie sich wirklich etwas verworren aus.«

»Das tut mir leid«, erwiderte Mary. Sie schenkte ihm ein bedauerndes Lächeln.

»Fangen wir also noch einmal von vorn an, ja?«, schlug der Junge vor.

»Muss das sein?«

»Das muss sein«, erklärte er. »Überlegen Sie also gut, bevor Sie antworten. Haben Sie Kinder?«

»Nein.«

»Sie haben also kein acht Monate altes Baby?«

»Aber natürlich habe ich das«, sagte Mary. »Sonst müsste ich ja schließlich auch kein Haus beantragen, nicht wahr?«

Mit einem Ausdruck tiefer Verzweiflung wandte sich der Junge zu mir.

»Sie ist schwanger«, erklärte ich. »Im achten Monat.«

»Na also!«, sagte er.

»Ich brauche also ein Zuhause für das Baby, wenn es da ist.«

»Sind Sie alleinerziehend?«

»Nein, natürlich nicht«, sagte Mary entrüstet.

»Sie ist auf dem Rathaus getraut worden«, erläuterte ich.

»Okay, dann brauche ich noch ein paar Angaben. Könnte ich zuerst Ihren Namen bekommen?«

»Mary Pickles«, sagte Mary. Der Junge begann aufzuschreiben.

»Bennett«, korrigierte ich.

»Wie?«, fragte Mary.

»Du heißt Mary Bennett!«

Mary stieß einen Seufzer aus. »Bennett«, sagte sie dann.

»Sind Sie sicher?«

»Natürlich bin ich sicher.«

»Der Name des Vaters?«

»George.«

»Es ist Ralph, Mary«, warf ich ein.

»Er hat doch nach dem Namen meines Vaters gefragt.«

»Ich glaube, er meint den Vater des Babys.«

»So ist es. Er heißt also nicht George?« Der Stift des Jungen schwebte über dem Papier, als ob er zögerte, etwas niederzuschreiben.

»Nein, er heißt Ralph«, sagte Mary.

»Er heißt Ralph«, bestätigte ich.

»Können wir dann also ein Haus bekommen?«, fragte Mary.

»Ich fürchte, nein«, antwortete der Junge.

»Warum denn nicht?«

»Weil Sie die Kriterien für ein Haus noch nicht erfüllen. Sie haben zu wenig Punkte.«

»Was für Punkte denn?«, fragte ich.

»Pro Kind bekommt man einen Punkt, für jeden Unterhaltsberechtigten bekommt man einen, bei Erwerbsunfähigkeit …«

»Dann kann sie also kein Haus bekommen?«, fragte ich.

»Nein, sie kann kein Haus bekommen, aber sie hat Anspruch auf eine Wohnung«, sagte er. Wenn er lächelte, sah er recht gut aus. Wir lächelten beide zurück.

»Eine Wohnung, das wäre doch schön, Mary«, sagte ich.

»Wir nehmen sie«, sagte Mary.

»Oh, wenn das so einfach ginge«, sagte der Junge. »Ich muss Sie in eine Warteliste eintragen, und sobald eine Wohnung verfügbar ist, werden wir Sie informieren.«

»Wie lang wird das dauern?«

»Wie viel Zeit haben Sie denn?«, kam eine Stimme von den Bänken her.

»Und Sie müssten diese Formulare hier ausfüllen. Hier, bitte«, sagte er und reichte Mary einen Stapel Papiere. »Bringen Sie die einfach hier vorbei, sobald Sie alles ausgefüllt haben, und dann sehen wir weiter.«

»Okay«, sagte Mary. »Vielen Dank.«

Wir wollten gerade den Schalter verlassen, als Mary, die wohl von Geburt an so eine Art defekte Verschlussklappe zwischen Gehirn und Mund hatte, ihn noch fragte: »Nervt es Sie nicht fürchterlich, hier zu arbeiten?«

»Doch«, sagte er traurig, »jeden Tag.«

Liebes Tagebuch,

ich werde mit Ralph Bennett zusammen in eine Wohnung ziehen.

Kannst du das glauben? Ich und Ralph Bennett?

Wie peinlich ist das denn!

Ich verabscheue mein Leben.

Mary Verfluchtnochmal-Bennett
Achtzehn Jahre, auf die Neunzehn zugehend

25. KAPITEL

Schon nach zwei Wochen bekam Mary Nachricht vom Amt, wahrscheinlich weil die Schwangerschaft schon so weit fortgeschritten war. Sie und Ralph bekamen eine Wohnung auf der anderen Seite der Siedlung angeboten.

Es war mein freier Tag, und so hatte ich Mary versprochen, mitzugehen und die Wohnung anzusehen. Als ich hinunterkam, ließ sich Clark am Küchentisch gerade Eier mit Speck schmecken, und Rita saß mit einer Tasse Tee daneben. Sie war wieder einmal am Jammern. Etwas anderes schien sie in der letzten Zeit nicht mehr zu tun. Ich hatte geglaubt, dass sie sich verändern würde, wenn sie verheiratet war, doch wenn sie sich überhaupt verändert hatte, dann zum Schlimmeren. Wenn sie nicht gerade jammerte, dann gab sie mit ihrer Doppelhaushälfte, ihrem neuen Kühlschrank und all den anderen Dingen an, die sie und Nigel gekauft hatten. Es war ein schönes Haus in der Siedlung, das so neu war, dass immer noch Arbeiten daran ausgeführt wurden. Nach vorne hatte es ein großes Panoramafenster, es besaß Zentralheizung und war in der Tat mit allem Komfort ausgestattet. Wie Rita immer wieder betonte, gab es noch eine Menge Sachen, die getan werden mussten, der Rollrasen müsse verlegt und eine Waschmaschinen-Trockner-Kombination gekauft werden, doch da Nigel den größten Teil seiner Freizeit damit verbrachte, das Haus zu verschönern, gab es jedes Mal etwas Neues zu sehen. Einmal im Monat mussten wir alle zum Sonntagstee hinüberlatschen und alles bewundern.

»Ich werd da nicht mehr hingehen«, sagte Dad nach unserem letzten katastrophalen Besuch. »Eine halbe Tomate hatte ich auf dem Teller. Eine verdammte halbe Tomate! Wer serviert einem schon eine halbe Tomate?«

»Okay, Nelson«, sagte Mum. »Wir haben es verstanden,

unsere Rita hat dir eine halbe Tomate serviert. Du wirst es überleben.«

»Und eine armselige Scheibe Schinken. Das ist doch schäbig!«

»Aber die Biskuitrolle war doch gut«, warf ich ein.

»Wenn man davon etwas abbekommen hat. Und dann musste ich meine verdammten Schuhe ausziehen! Hat man so was schon mal gehört? Wenn ihr mich fragt ...«

»Das tut aber niemand«, unterbrach ihn Mum.

»Unsere Rita wird langsam größenwahnsinnig.«

»Sie hatte doch gerade diesen entzückenden Shaggy-Teppich verlegen lassen, da wollte sie nicht, dass du mit deinen riesigen, klobigen Stiefeln darüberläufst.«

»Jetzt komm du bloß nicht auch noch auf so blödsinnige Ideen, Maureen«, warnte Dad.

»Du bist doch einfach nur sauer, weil du zum Rauchen in den Garten rausgehen musstest«, sagte ich.

»Auf jeden Fall gehe ich da nicht noch mal hin«, sagte Dad, »aus, basta!«

»Du wirst wieder hingehen, Nelson Perks, und wenn ich dich hinzerren muss. Sie ist schließlich deine Tochter.«

Und nun saß besagte Tochter an unserem Küchentisch und jammerte, wobei sie das auch bei sich zu Hause hätte tun können, umgeben von all ihren schönen Dingen.

Mum nahm die Keksdose aus dem Regal, zog sich einen Stuhl heran und setzte sich neben sie. Sie nahm den Deckel ab und bot Rita von den Keksen an. Rita nahm sich einen Custard Cream-Keks, legte ihn dann aber auf dem Unterteller ab und starrte ihn niedergeschlagen an.

»Was ist denn los, meine Liebe?«, fragte Mum. »Du siehst nicht besonders glücklich aus. Ist mit dir und Nigel alles in Ordnung?«

»Natürlich ist mit mir und Nigel alles in Ordnung. Was meinst du denn damit?«

»Na ja, weißt du …«

»Nein, weiß ich nicht.«

»Im Schlafzimmer …«, flüsterte Mum leise.

»Das ist meine Angelegenheit!«, brauste Rita auf. Dann brach sie in Tränen aus.

»Komm schon, was auch immer es sein mag, deiner Mutter kannst du es doch erzählen.«

Rita schniefte. »Ich glaube, mit mir stimmt etwas nicht!«

»Das ist ja wohl die Untertreibung des Jahres«, sagte Clark und ertränkte sein Rührei in Ketchup.

»Wir bekommen es offenbar nicht hin, ein Baby zu machen«, schluchzte sie. Sie wischte sich mit den Fingern über die Augen und verschmierte dabei Mascara auf der Wange.

»Clark, geh nach oben«, sagte Mum.

»Aber ich frühstücke doch gerade.«

»Nimm's mit.«

»Warum denn?«

»Weil wir hier Frauenangelegenheiten zu besprechen haben.«

»Warum spricht hier eigentlich niemand über die Probleme der Männer?«

»Männer haben keine Probleme. Das letzte Problem, das dein Vater hatte, war, dass ihm seine Kippe ins Klo gefallen ist.«

Als Clark gegangen war, legte Mum den Arm um Ritas Schultern.

»So etwas braucht seine Zeit, Liebes. Es klappt nicht immer gleich, auch wenn man das möchte.«

»Aber warum denn nicht?«, fragte Rita. »Betty Green von der Arbeit ist während der Flitterwochen schwanger geworden, und Eleanor McDonald erwartet Zwillinge, dabei hat sie erst nach mir geheiratet.«

»Es wird schon klappen«, sagte Mum, »wenn die Zeit dazu reif ist.«

»Sogar die verdammte Mary Pickles ist schwanger, und wahrscheinlich war das nicht mal gewollt. Das ist einfach nicht fair!«

»Mary hat Pech gehabt«, sagte Mum sachte.

»Pech gehabt?«, kreischte Rita. »Mary Pickles ist ein Flittchen!«

»Das ist sie nicht!«, widersprach ich.

»Halt doch den Mund, du«, fuhr mich Rita an.

»Es wird ganz schön schwer werden für Mary«, warf Mum ein.

»Oh, die arme Mary«, sagte Rita höhnisch. »Mir kommen gleich die Tränen!«

»Nur weil Mary nicht in einer Doppelhaushälfte mit Shaggy-Teppich wohnt und einen Toaster hat, heißt das noch lange nicht, dass sie nicht das gleiche Recht hat wie du, ein Kind zu bekommen«, sagte ich.

»Babys brauchen ein richtiges Zuhause«, blaffte Rita. »Ich möchte wetten, dass Mary Pickles noch nicht mal weiß, wo sie wohnen soll.«

»Da liegst du aber ganz falsch!«, schoss ich zurück. »Sie haben nämlich gerade eine Wohnung in der Siedlung angeboten bekommen!«

»Warum überrascht mich das nicht?«, meinte Rita und verzog das Gesicht, als ob sie etwas Schlechtes riechen würde.

»Ich wollte übrigens gerade zu Mary hinübergehen, weil wir uns nämlich die Wohnung ansehen wollen. Und außerdem kannst du aufhören, sie ständig Mary Pickles zu nennen – sie heißt Mary Bennett. Mrs. Mary Bennett.«

»Warum gehst du eigentlich mit ihr Wohnungen ansehen, nach allem, was sie dir angetan hat?«

»Das nennt man Vergeben, Rita«, sagte Mum.

Dankbar lächelte ich sie an. Ich griff nach meinem Mantel und ging zur Hintertür hinaus.

Draußen war noch immer eisige Kälte. Auf den Gehwegen lag Schneematsch, der meine Schuhe durchweichte, was meine Laune nicht gerade hob. Diese bescheuerte Rita, dachte ich, während ich durch das Verbindungsgässchen ging. Sie entwickelte sich gerade zu einem echten Snob. Mit welchem Recht blickte sie auf Mary herab? Ich hatte gehofft, dass Rita und ich uns besser verstehen würden, sobald sie einmal ausgezogen war, doch wir schafften es noch immer, uns gegenseitig zur Weißglut zu bringen. Vermutlich waren wir einfach so. Dann fiel mir wieder ein, wie sie für mich da gewesen war, als Ralph und Mary heirateten, und tief im Innern spürte ich, dass sie immer für mich da sein würde, wie sehr wir uns auch stritten.

Vielleicht hatte Rita ja recht? Hatte ich Mary zu schnell verziehen? Warum sah ich mir mit ihr die Wohnung an, die sie mit Ralph beziehen würde? Im Grunde genommen verstand ich es selbst nicht. Ich wusste, dass die Leute mich für tapfer hielten, doch das war ich nicht. Es wäre tapferer gewesen, wenn ich den beiden den Rücken gekehrt hätte, doch ich konnte es mir einfach nicht vorstellen, dass sie nicht mehr Teil meines Lebens waren. Überhaupt nicht tapfer. Irgendwie war mir klar, dass ich mich seltsam verhielt, aber momentan war es das Einzige, was ich tun konnte. Ich hoffte bei Gott, dass Mary damit recht hatte, dass Ralph nicht in der Wohnung war, denn ich wusste nicht, was ich tun würde, sollte er da sein.

Als ich bei Mary ankam, war die vordere Eingangstür nur angelehnt, also klopfte ich sachte an und ging hinein. Die

Katze stürmte an mir vorbei nach drinnen, ein Blitz aus rotem Fell.

»Hallo-o!«, rief ich.

»Bist du das, Dottie?«, antwortete Marys Mutter. »Ich bin in der Küche, komm rein! Mary kommt gleich runter.«

Die Küche war warm und gemütlich, und es roch nach Gebackenem. Mrs. Pickles stand nach vorn gebeugt vor dem Ofen und schob gerade ein Blech mit Keksen hinein. Sie machte die Ofentür zu, richtete sich wieder auf und rieb sich den Rücken. Dann sah sie mich an und lächelte.

»Ich möchte mich bei dir bedanken, Dottie. Es bedeutet Mary sehr viel, dass du ihr verziehen hast. Niemand hätte dir übel genommen, wenn du sie fallen gelassen hättest, doch das hast du nicht getan, und ich kann mir vorstellen, dass das nicht leicht gewesen ist.«

»Nein, sicher nicht leicht«, bestätigte ich. »Aber ich habe sie vermisst, wissen Sie?«

Sie machte einen Lappen unter dem Wasserhahn nass und wischte damit die Arbeitsfläche ab, die voller Mehl war.

»Auf jeden Fall ist es irgendwie aufregend, dass sie jetzt eine Wohnung bekommt«, sagte ich. »Ich bin gespannt darauf, sie zu sehen.«

»Nach dem, was in dem Schreiben steht, scheint es eine ganz hübsche Wohnung zu sein; es gab nur einen Mieter vorher«, sagte Mrs. Pickles. »Sie hat ein Badezimmer und alles, was man so braucht. Als wir am Anfang standen, hatten wir es nicht so luxuriös.«

»Mary macht sich Gedanken wegen der Möbel«, sagte ich.

»Das bräuchte sie aber gar nicht. Die Jungs arbeiten inzwischen alle, und sie haben schon gesagt, dass sie ihr aushelfen werden.«

»Das ist aber nett von ihnen.«

»Es sind gute Jungs.« Mrs. Pickles wusch sich die Hände überm Waschbecken. Da hörte ich Marys Schritte auf der Treppe, und die Küchentür ging auf.

»Alles ist mir zu eng geworden«, sagte sie und zog am Bund ihres Rocks. »Ich fühle mich wie ein Sack Kartoffeln.«

Ich konnte sehen, was sie meinte. Selbst das geblümte Schwangerschaftsoberteil, das sie trug, war ihr zu eng. Es war schon seltsam, Mary in zu knapper Kleidung zu sehen. Früher hatte sie immer genau das gegenteilige Problem gehabt. Mary seufzte und setzte sich. Sie stützte den Kopf in ihre Hände. »Ich hasse das alles«, sagte sie.

»Freust du dich denn gar nicht auf das Apartment?«, fragte ich.

»Apartment?«, wiederholte Mrs. Pickles und lachte. »So sagen sie doch in Amerika.«

»Dottie, das hier ist Brighton«, sagte Mary, »nicht Amerika, und es geht um eine schäbige Wohnung in einer grottigen Siedlung.«

Mrs. Pickles verdrehte die Augen. Ich vermutete, dass sie diese Klage schon unzählige Male gehört hatte.

»Aber du kannst es dir hübsch einrichten«, sagte ich aufmunternd. »Deine Mutter hat mir erzählt, dass deine Brüder dir aushelfen werden.«

»Ich weiß«, sagte Mary. Dann lächelte sie. »Tut mir leid. Du hältst mich sicher für eine undankbare Kuh.«

»Niemand denkt so was«, sagte ihre Mutter. »Wolltet ihr beide euch die Wohnung nicht ansehen? Vielleicht bist du ja angenehm überrascht.«

»Da müsste schon ein Wunder geschehen.«

Mary erhob sich und langte nach ihrem Mantel. »Los, Dottie, gehen wir und sehen uns dieses Apartment mal an«, sagte sie.

Arm in Arm liefen wir die Straße entlang, wobei ich besonders achtgab, dass Mary nicht ausrutschte. Ab und zu fuhr ein Auto vorbei, und schwarzer Matsch wurde von den Reifen nach oben gespritzt.

Wir mussten an unserer alten Grundschule vorbeilaufen, wo wir haltmachten und durch die Streben des großen Metalltors hindurchschauten, hinter dem der Spielplatz lag. In der Mitte flitzten die Jungen umher und spielten Fangen, und die Mädchen standen in kleinen Grüppchen an den Seiten und spielten Klatschspiele oder sprangen Seil. Die Handschuhe hingen ihnen aus den Ärmeln der Mäntel. Die Socken waren ihnen auf die Knöchel gerutscht, und ihre Beine waren vor Kälte gerötet. Eine grimmig blickende Frau, die ein Band mit einer Pfeife um den Hals trug, führte die Aufsicht.

»Scheint Ewigkeiten her zu sein«, sagte Mary. Ein wehmütiger Klang lag in ihrer Stimme. »Ich wünschte, wir wären noch immer dort.«

»Im Ernst?«

»Alles schien viel leichter zu sein.«

»So war es wohl«, sagte ich und wühlte in der Tasche nach meinen Handschuhen. »Aber ich habe doch lieber einen Job und verdiene mein eigenes Geld. Ich dachte immer, das ginge dir genauso.«

Mary wurde still. Dann sagte sie: »In der Schule hab ich Elton jeden Tag zu sehen bekommen.«

Es hätte mir klar sein müssen, dass das Haltmachen an unserer alten Schule auch die Erinnerungen an Elton wecken würde. Ich hakte mich bei ihr ein und sagte: »Gehen wir uns die Wohnung ansehen, hm?«

»Ja, gehen wir!«, sagte sie und sah mich mit einem tränenfeuchten Lächeln an. Wir kehrten der Schule den Rücken zu und gingen weiter.

Der Wohnblock hieß Westland Court. Davor war eine große Grünfläche mit Schaukeln und einer Rutsche für die Kinder.

»Sieht doch gar nicht so schlecht aus«, sagte ich und sah an dem Gebäude hoch. An einigen Fenstern hingen weiße Gardinen. Andere waren mit Blumenkästen geschmückt, die im Sommer voller Blumen sein würden, und ein paar Wohnungen hatten sogar kleine Balkone.

»Das ist doch ganz nett, meinst du nicht?«, sagte ich noch einmal. »Es ist sogar richtig hübsch.«

»Bevor wir nicht gesehen haben, wie's drinnen aussieht, ist das letzte Wort noch nicht gesprochen«, sagte Mary.

»Welche Nummer ist es?«

Mary nahm einen Umschlag aus ihrer Handtasche. Darin befand sich ein Schlüssel, an dem ein Schildchen hing. Darauf stand Nummer neunzehn. Entlang der Vorderseite des Gebäudes waren einige Torbögen, doch wir fanden keine Nummern. Wir liefen durch den nächsten Bogen und fanden uns in einer Art viereckigem Innenhof wieder. Er war voller Wäscheleinen, die zwischen Betonpfosten aufgespannt waren. An einigen hingen Babywindeln. Ich konnte mir nicht vorstellen, wie sie bei diesem Wetter jemals trocknen sollten, doch vermutlich gab es keinen anderen Platz, an dem die Leute sie aufhängen konnten. Der Innenhof war auf allen vier Seiten von Wohnungen umgeben. In diesem Moment kam ein hochgewachsenes Mädchen in den Hof, das einen Kinderwagen schob.

»Ich werd ja verrückt«, rief Mary. »Das ist doch Beverly Johnson von der Schule, oder nicht?«

»Mary Pickles!«, sagte Beverly. »Und Dottie. Was macht ihr denn hier?«

»Wir sehen uns eine Wohnung an«, sagte Mary. Sie spähte in den Kinderwagen. »Ist das deins?«

»Gott sei Dank nicht!«, sagte Beverly. »Es ist von meiner Schwester.«

Mary starrte das Baby an, und das Baby starrte zurück. Ich hatte keine Ahnung, was die beiden wohl dachten, doch einen Augenblick darauf drehte das Baby den Kopf weg und gab ein paar wimmernde Geräusche von sich, als ob es gleich anfangen würde zu weinen. Mary zog die Nase kraus. Sie sah nicht besonders angetan aus.

»Wir suchen Nummer neunzehn«, sagte ich.

Beverly ruckelte am Griff des Kinderwagens, um das Baby zu beruhigen.

»Das kann nicht weit weg sein. Wisst ihr, in welchem Block?«

»Vielleicht steht das auf dem Umschlag.«

Mary fischte den Umschlag wieder aus ihrer Tasche.

»Oh ja, tatsächlich. Hier steht, es ist im Nachtigallenblock.«

»Die ganzen Blocks hier haben Vogelnamen«, sagte Beverly. »Meine Schwester wohnt im Schwalbenblock.«

»Hätte auch schlimmer heißen können«, sagte Mary. »Aasgeier zum Beispiel.«

Ich freute mich, dass Mary ihren Humor nicht ganz verloren hatte. Beverly zeigte uns, wo der Block lag, und wir gingen hinein. Vor uns lag eine Reihe von Türen, die alle im selben Grün gestrichen waren. Mary wandte sich nach rechts und ich nach links.

»Hier ist es nicht«, rief ich.

»Hier auch nicht«, rief Mary zurück. »Versuchen wir's mal auf der nächsten Etage.«

Ein paar Betonstufen führten zum nächsten Stockwerk hoch, und hier war die Nummer neunzehn. Sie hatte eine grüne Tür wie die anderen Wohnungen und neben der Tür ein Fenster. Die Vorhänge waren zugezogen, sodass man nicht hineinsehen konnte. Ein kleiner Junge fuhr mit seinem Dreirad den Gang auf und ab und glotzte uns an. Ich lächelte ihm zu, und er streckte mir die Zunge heraus.

»Nur zu«, sagte ich und gab Mary einen sanften Schubs. »Mach schon auf, oder wartest du darauf, dass ich dich über die Schwelle trage?«

Wir kicherten und fummelten an dem Schloss herum, als die Tür plötzlich geöffnet wurde.

Ich trat einen Schritt zurück und sah auf. Einen Augenblick lang dachte ich, mein Herz würde stehen bleiben.

Ich blickte in Ralphs schöne grüne, aber bekümmerte Augen.

26. KAPITEL

Ralph war genauso erschüttert wie ich. Mit offenem Mund stand er da, doch ich blickte nicht auf seinen Mund, sondern auf den Strauß rosa Nelken, den er in seiner ausgestreckten Hand hielt. Alles, was ich denken konnte, war: Ralph hat Mary Blumen gekauft! Er hatte erwartet, dass er Mary die Tür öffnete. Der Gedanke tat weh. Es fühlte sich so an, als hätte mich jemand in den Bauch geboxt. Mir hatte er nie Blumen gekauft, nicht ein einziges Mal.

Ralphs Augen folgten meinem Blick und wanderten von den Blumen wieder zurück zu mir. Er war ein wenig blass geworden und nahm die ausgestreckte Hand hinunter. Er sah aus, als hätte er die Blumen am liebsten hinter seinem Rücken versteckt oder direkt in die Tonne geworfen. Er löste den Blick nicht von mir und sagte leise: »Es war die Idee meiner Mutter. Sie dachte, damit könnte ich Mary etwas aufheitern.«

»Oh prima, danke«, sagte Mary knapp, nahm mich bei der Hand und zog mich an ihm vorbei in die Wohnung.

Mir war schlecht und schwindlig, ich hatte ein Engegefühl in der Brust und wäre am liebsten gerannt, einfach weggerannt, aber Mary hielt meine Hand immer noch fest. Warum war ich nur mitgekommen? Was um alles in der Welt hatte ich mir dabei nur gedacht? Wir gingen durch einen sehr kurzen, schmalen Flur in ein großes, ganz hübsches Zimmer. Es roch zwar ein wenig muffig, doch nicht allzu schlecht. Ein Panoramafenster ließ das Zimmer großzügig wirken. Es hingen noch geblümte Vorhänge daran, aber die Gardinen waren bereits abgenommen. An der Wand hing eine Sunburst-Sonnenstrahlenuhr, und auf der Durchreiche zur Küche lag eine leere Zigarettenschachtel. Der Teppich war braun, und dann gab es noch ein sehr alt aussehendes Sofa.

»Auf dieses alte Ding setze ich mich nicht«, sagte Mary und schaute auf das Sofa.

»Bis wir etwas Besseres haben, wird es wohl gehen, meinst du nicht?«, fragte Ralph.

»Nein, das tut es nicht«, widersprach Mary und verzog das Gesicht. »Du wirst bei der Verwaltung anrufen müssen, damit sie das Ding abholen.«

»Okay«, sagte Ralph.

Der Wortwechsel zwischen den beiden versetzte mir einen Schlag. Ich hatte nicht damit gerechnet, dass Ralph und Mary sich wie ein Paar verhalten würden, doch genau das hatten sie gerade getan. Irgendetwas an dieser Szene kam mir total falsch vor, als wäre ich in einem Theaterstück und die Übrigen lasen alle aus einem anderen Skript. Nichts war, wie es sein sollte.

»Es ist besser, als ich gedacht hätte«, sagte Mary und blickte umher. »Immerhin.«

Ich konnte eher spüren als sehen, dass Ralph hinter uns stand. Mein Nacken glühte vor Verlegenheit und Scham. Er hielt noch immer die Blumen in der Hand.

»Ich werd mal sehen, ob ich was finde, in das ich sie hineintun kann«, sagte er. »Bevor sie verwelken.« Dann hörte ich, wie er das Zimmer verließ, und atmete aus. Ich hatte gar nicht gemerkt, dass ich den Atem angehalten hatte.

Wir hörten, wie nebenan Schranktüren geöffnet und wieder geschlossen wurden.

»Tut mir leid«, sagte Mary. »Er hat mir gesagt, dass er erst nach der Arbeit kommen kann. Tu so, als sei er gar nicht da.«

Doch als ich mich umsah, fiel mein Blick auf seine schwarze Jacke. Sie hing über der Sofalehne. An diese Jacke hatte ich meinen Kopf gelehnt. Ich wusste, wie sie roch, wie sie sich anfühlte, irgendwie rau und männlich. Manchmal vermisste ich es so sehr, zu spüren, wie Ralph seinen Arm um mich legte, dass ich tatsächlich einen körperlichen Schmerz empfand.

Solange ich ihn nicht sah, kam ich damit klar, konnte ihn aus meinen Gedanken verdrängen. Doch ich war nicht dazu in der Lage, wenn er nur ein paar Schritte von mir entfernt war. Es tat weh, ihm so nahe zu sein, es tat wirklich weh.

Ralph kam zurück. Sein Blick war zu Boden gerichtet. Er sah gut aus, erwachsener. Er hatte die Blumen in einen blauen Krug gestellt.

»Stell sie aufs Fensterbrett«, sagte Mary. Er tat es.

»Hört mal«, sagte er, »ich geh jetzt und lass euch beide allein. Ihr könnt euch ja Gedanken machen über die Möbel und wo das …«

Er hatte »wo das Baby schlafen soll« sagen wollen, ich las es in seinem Gesicht.

»Also dann bis nachher«, sagte er und griff nach seiner Jacke.

Gott sei Dank ging er! Zuerst war ich immens erleichtert, doch dann erkannte ich, dass das nicht richtig war.

Ralph und Mary waren jetzt Eheleute. Sie würden ein Baby bekommen. Das hier würde bald ihr neues Zuhause sein. Er war extra früher von der Arbeit gegangen, um sie hier zu treffen. Er hatte ihr Blumen besorgt. Dies war ihr Leben, sie mussten anfangen, es zu leben.

»Nein«, sagte ich. »Nein, Ralph, du bleibst hier. Ich werde gehen.«

»Dottie …«, riefen beide wie aus einem Munde.

Ich schüttelte den Kopf und gab mir alle Mühe, zu lächeln. Beide hatten einen besorgten Gesichtsausdruck. Sie machten sich Gedanken um mich und meine Gefühle. Ich liebte beide wirklich aus tiefstem Herzen, aber diese Situation war so schrecklich, dass ich ihr entkommen musste.

»Ich hab noch was vor«, erklärte ich. »Ich bin verabredet.«

»Mit wem?«

»Mit Sally«, sagte ich. Ich sah auf die Uhr, die an der Wand hing. »Ich geh dann mal.«

»Geh nicht!«, rief Mary, und mir war klar, dass sie genauso besorgt um sich selbst war wie um mich. Sie wollte nicht mit Ralph in der Wohnung allein gelassen werden. Sie wollte nicht über die Dinge reden müssen, die sie zu besprechen hatten. Sie wollte mit Ralph keine Pläne machen – doch da musste sie durch. Sie würde sich an ihn gewöhnen müssen. Dabei konnte ich ihr nicht helfen.

Ich winkte ihnen zu, ging aus dem Zimmer und schloss die Tür hinter mir. Ich nahm die kleine Küche neben dem Wohnzimmer wahr. Auch alle anderen Türen gingen auf den Flur hinaus. Auf der einen Seite lag das Badezimmer und auf der anderen ein leeres Zimmer, das wohl das Schlafzimmer war. Es musste das Schlafzimmer sein, denn im Staub auf dem Teppich zeichneten sich die Umrisse eines Bettes ab. Ein Doppelbett. Ich öffnete die Wohnungstür und ging nach draußen in die kalte Luft hinaus.

Als ich mich von dem Wohnblock entfernte, wusste ich, dass sie mir nachsahen. Ich stellte mir vor, wie sie nebeneinander dastanden und beobachteten, wie ich fortging, und ich fragte mich, ob sie miteinander sprachen oder sich vielleicht an der Hand hielten. Ich lauschte dem Klang meiner Absätze auf dem nassen Pflaster und lief schneller. Ich lief immer schneller, und sobald ich um die Ecke gebogen und außer Sichtweite war, fing ich an zu rennen. Ich rannte über die Grünfläche, an den Schaukeln vorbei, ich rannte und rannte, den Wind im Gesicht, bis meine Lungen fast platzten. Ich wusste, dass ich das nicht tun sollte, doch ich lief immer weiter.

27. KAPITEL

Als ich im Park angekommen war, konnte ich kaum noch atmen, also ließ ich mich auf die erste Bank fallen, die ich sah. Ich wusste ja, dass ich besser nicht so gerannt wäre.

Ich steckte die Hand in die Tasche und holte meinen Inhalator heraus, den ich Gott sei Dank eingesteckt hatte. Ich atmete die Medizin ein und wartete darauf, dass die Wirkung einsetzte. Ich hätte am liebsten losgeheult, so groß war mein Schmerz, doch überall waren Leute. Wie konnte das Leben um mich herum ganz normal weitergehen, wo ich doch einfach nur noch sterben wollte? Ich schloss die Augen und schluckte. Meine Kehle war wie zugeschnürt, und ich hatte das Gefühl, ersticken zu müssen.

Mit dem Schmerz über Marys und Ralphs Heirat war ich nur deshalb klargekommen, weil ich wusste, dass die beiden sich nicht liebten. Irgendwie hatte ich es dadurch akzeptieren können. Ich weiß nicht, was ich erwartet hatte, als ich mit Mary zu der Wohnung gegangen war, aber ganz sicher nicht das, was ich gerade dort erlebt hatte. Aber was hätte ich denn sonst erwarten sollen? Vielleicht, dass sie in getrennten Zimmern schlafen und nie mehr miteinander reden würden? Das, was ich gerade in der Wohnung miterlebt hatte, waren die Anfänge eines gemeinsamen Lebens. Ich war eine solche Närrin gewesen. Mary und Ralph waren verheiratet. Sie würden ein Baby bekommen. Ralph gehörte mir nicht mehr, und er würde mir niemals mehr gehören.

Ich schaute auf und sah, wie jemand durch den Park rannte. Es war Ralph. Ich wollte schon aufspringen, doch etwas ließ mich innehalten.

»Ich hatte gehofft, dass ich dich hier finden würde«, sagte er und keuchte. Er versuchte, wieder zu Atem zu kommen. »Wahrscheinlich werde ich langsam alt.«

Er setzte sich neben mich. Keiner von uns beiden wusste, wie wir beginnen sollten, doch wir mussten unbedingt miteinander reden. Es war das erste Mal, dass wir beisammen waren, seit das Ganze geschehen war. Er kämmte sich mit den Fingern durchs Haar. »Entschuldigung zu sagen reicht wohl nicht, stimmt's?«

»Wie konntest du mir nur so etwas antun, Ralph? Wie konntest du nur?«

»Ich könnte jetzt nach Ausreden suchen.« Er schüttelte seinen Kopf, als wollte er ihn wieder freibekommen. »Aber es gibt nichts, das rechtfertigen könnte, was ich dir angetan habe. Wir waren beide betrunken …«

Wut kochte in mir hoch. »So betrunken, dass ihr mich beide vergessen habt? Hättest du mir jemals gebeichtet, was du getan hast, wenn es nicht herausgekommen wäre? Du hattest genügend Zeit dazu, Monate. Aber du hast kein Wort gesagt. Du hast sogar die Frechheit besessen, mich zu fragen, ob ich dich heiraten will.«

»Ich wusste einfach nur, dass ich dich heiraten wollte. Ich weiß auch nicht, was ich mir dabei gedacht habe.«

»Aber ich. Du hattest deinen Spaß und hast gehofft, dass ich es niemals herausbekommen würde. Ihr habt mich beide zum Narren gehalten. Die beiden Menschen, die mir von allen anderen am nächsten standen, haben mich zum Narren gehalten. Vielleicht habt ihr ja zusammen darüber gelacht, vielleicht habt ihr es auch noch mal getan.«

»Das haben wir nicht, auf keinen Fall! Wir waren Idioten, haben uns zutiefst geschämt und miserabel gefühlt, konnten uns danach kaum in die Augen sehen! Wir haben es nie wieder getan, das schwör ich dir, nie wieder! Und wir haben uns niemals hinter deinem Rücken über dich lustig gemacht, Dottie! Ich kann mir vorstellen, was du jetzt von mir denkst, aber wir haben dich niemals zum Narren halten wollen. Wir waren die Narren, nicht du. Niemals du.«

Ich sah Ralph in die Augen und wusste, dass er mir die Wahrheit sagte. Er war kein schlechter Mensch. Er war einfach nicht derjenige, für den ich ihn gehalten hatte. Ich hätte ihn gern gehasst, ich hätte ihn besser hassen sollen, aber es gelang mir nicht.

Die Tränen rollten mir übers Gesicht. »Du hast mir das Herz gebrochen!«

»Und mein eigenes dazu«, bekannte er.

Es gab nichts mehr zu sagen. Darüber zu reden hätte nichts gebracht. Ich konnte das, was passiert war, nicht mehr ändern.

Schweigend saßen wir da. Es kam mir vor wie eine Ewigkeit. Pärchen liefen Hand in Hand durch den Park, Kinder spielten mit Spielzeugschiffchen auf dem See. Das Leben ging weiter, doch meines war zu Ende. Schließlich stand Ralph auf. Ich sah ihn an, den Jungen, den ich liebte, und er stand da und schaute zu mir hinab. Er wirkte verloren. Ich hätte ihn erlösen können, doch stattdessen setzte ich mich aufrecht hin und sagte: »Mary wird auf dich warten.«

Ich schloss die Augen, wollte nicht sehen, wie er davonging.

Ich weiß nicht mehr, wie lange ich dort auf dieser Bank saß und dem nachweinte, was ich verloren hatte. Ich erinnerte mich an die wundervolle und viel zu kurze Zeit, die Ralph und ich zusammen gewesen waren. Es gelang mir sogar zu lächeln, als ich an unsere erste Verabredung oben in den Downs dachte und an den Augenblick, in dem Ralph mich gefragt hatte, ob ich mit ihm gehen wolle, und dann später, ob ich seine Frau werden wolle. Ich dankte Gott dafür, damals nicht gewusst zu haben, was mir bevorstand.

Ich fühlte mich irgendwie anders, in gewisser Weise sogar besser, denn jetzt war ich bereit, loszulassen – ich musste loslassen. Vielleicht war ich ein wenig erwachsener geworden, oder ich hatte einfach akzeptiert, dass es Zeit war, nach vorn statt nach hinten zu blicken und weiterzumachen.

Ich hatte Mary und Ralph nicht einmal angeschwindelt, als ich gesagt hatte, dass ich mit Sally verabredet war. Sie und ein paar andere Mädchen von der Arbeit hatten mich schon seit Ewigkeiten gefragt, ob ich mit ihnen ausgehen wolle, aber ich hatte immer abgelehnt. Heute Abend würden sie nach Hove fahren, und sie hatten mich wieder gefragt, ob ich mitkommen wolle. Obwohl ich nicht die Absicht gehabt hatte, sie zu begleiten, hatte ich geantwortet, dass ich es mir überlegen würde. Ich hatte mir eingeredet, dass sie mich nur fragten, weil ich ihnen leidtat, aber als ich mit Mary und Ralph in dieser Wohnung stand, begriff ich, dass auch ich mir jetzt ein eigenes Leben aufbauen musste, und es würde ein Leben sein müssen, in dem sich nicht ständig alles um Mary Pickles drehte. Sie würde immer meine Freundin bleiben, doch es wurde Zeit, ein wenig auf Distanz zu gehen. Wenn dies wirklich eine echte Ehe werden sollte, dann musste ich die beiden damit zurechtkommen lassen. Kaum hatte ich diese Entscheidung getroffen, war mir, als hätte man mir ein zentnerschweres Gewicht von den Schultern genommen.

Ich stand auf und ging über die Straße zur Bushaltestelle hinüber, und bald darauf saß ich schon im Bus der Linie sechs, der nach Hove fuhr. Ich lehnte meine Stirn an die Scheibe und sah die vertrauten Straßen vorüberziehen, die Häuser mit ihren Gärtchen und Kaminen, sah die Jungen auf ihren Fahrrädern und die Frauen, die an den Bushaltestellen in der Schlange standen. Alles sah noch genauso aus wie vorher – und doch irgendwie anders. Ich sah es nun mit anderen Augen.

Ich ging vorher nicht noch einmal nach Hause. Wenn ich das tat, würde ich sicher nicht mehr ausgehen. Sally hatte gesagt, sie würden direkt nach der Arbeit in ein Café in der George Street gehen. Ich hoffte, dass sie es sich nicht anders überlegt hatten. Als ich aus dem Bus kletterte, war ich ziemlich nervös, aber auch gespannt. Als ich die George Street entlanglief, warf ich mir in den Schaufenstern der Läden einen prüfenden Blick zu und fand, dass ich ganz nett aussah.

Das Café hieß *Ballerina*. Seine Fensterscheiben waren alle beschlagen, sodass ich nicht sehen konnte, ob die Mädchen drin waren. Ich stand noch eine Weile herum und war mir nicht sicher, ob ich hineingehen sollte. Ich war es nicht gewöhnt, allein irgendwohin zu gehen. Ich kam mir wie ein Baby vor, das gerade laufen lernt. Mehrere Leute gingen an mir vorbei und betraten das Café, und ich hatte das Gefühl, allmählich aufzufallen.

›Um Himmels willen, Dottie‹, sagte ich zu mir selbst, ›was kann schon passieren? Das Schlimmste, was passieren kann, ist, dass sie nicht da sind. Dann gehst du einfach wieder hinaus und nimmst den Bus nach Hause. Davon geht die Welt nicht unter.‹ Ich holte tief Luft und öffnete die Tür. Es war ganz schön voll drinnen. Die meisten Leute saßen an Tischen, und zwei Mädchen tanzten mit ihren Handtaschen umher. Die Jukebox spielte *Johnny Remember Me*. Durch die Musik und die Stimmen der Gäste war es ziemlich laut. Mit den roten Tüchern auf den Tischen und den Lichterketten an den Wänden machte das Café einen freundlichen und heiteren Eindruck. Es ließ unser Café recht öde aussehen. Ich entdeckte Sally, Kate und Liz auf Anhieb. Sie saßen mit ein paar Jungs an einem der Tische. Sally blickte auf und lächelte, als sie mich sah.

»Dottie! Hi!«, sagte sie und winkte mich zu ihnen. Ich ging hinüber und setzte mich. Alle lächelten mich an und winkten mir grüßend zu.

»Gerade hab ich zu Kate gesagt: ›Wetten, dass Dottie nicht kommt‹, und schon bist du da!«

»Ich wäre fast nicht reingekommen«, gestand ich. »Ich hab eine Ewigkeit draußen herumgestanden.«

Sally lachte. »Du alberne Kuh, du!«, sagte sie.

»Ich weiß«, erwiderte ich.

Sally legte mir ihre Hand auf den Unterarm. »Wenn du unsicher warst, hättest du was sagen sollen. Dann wären wir alle zusammen hergekommen.«

»Ich hab mich erst in letzter Minute entschlossen.«

»Auf jeden Fall bist du jetzt hier«, sagte Sally. »Was hältst du von dem Café?«

»Ich finde es toll«, sagte ich und meinte es auch so. Ich hatte bereits Spaß. Monatelang hatte ich das vermisst.

»Das sind Dave und Steve«, sagte Sally. »Sie sind Brüder.«

»Hi. Ich bin Dottie.«

»Wir haben dich hier noch nie gesehen«, sagte Steve.

»Ich bin zum ersten Mal hier«, erklärte ich. »Aber ich werde bestimmt wiederkommen, es ist richtig nett.«

»Steve und Dave arbeiten bei Butlins«, sagte Sally.

»Im Feriencamp in Bognor Regis«, sagte Dave.

»Was macht ihr da?«

»Wir sind Animateure«, sagte Steve und lächelte mich an.

»So hat Cliff Richard auch angefangen!«, sagte ich.

»Stimmt«, sagte Dave. »Und wenn er entdeckt worden ist, kann uns das auch passieren.«

»Du singst also?«

»Wir beide«, sagte Steve.

»Und eines Tages werden wir berühmt sein!«, fügte Dave hinzu.

»In deinen Träumen vielleicht«, sagte Liz lachend.

Steve zwinkerte mir zu. »Oh, ihr Kleingläubigen«, meinte er.

»Und was macht ihr so außerhalb der Feriensaison?«

»Was wir so kriegen«, sagte Steve. »Momentan arbeiten wir in der Spielhalle auf dem West Pier. Das ist so ziemlich das Einzige, was wir bekommen, denn wir können nur bis Mai dort arbeiten, wenn die Saison wieder beginnt.«

»Es gibt nicht viele, die uns einstellen wollen«, sagte Dave. »Aber die Spielhalle ist in Ordnung. Man kann da prima Kontakte knüpfen.«

»Was für Kontakte denn?«, fragte ich.

Dave legte den Kopf in den Nacken und lachte. »Zu Mädchen«, sagte er.

»Dave hält sich für einen Frauenheld«, sagte Steve. Er blinzelte mir zu, und ich merkte, wie meine Wangen heiß wurden. Die beiden Jungs hatten etwas Nettes an sich, wie sie so wie eine einzige Person sprachen, wie sie lächelten und lachten. Außerdem sahen sie gut aus, alle beide. Steve kaute auf einem Strohhalm herum. Ich merkte, wie er mich ansah.

»Kate und ich überlegen, ob wir in der nächsten Saison mitkommen«, sagte Sally.

»Wie, nach Bognor?«

»Nein, nach Minehead. Dorthin gehen sie als Nächstes.«

Ich hatte noch nie etwas von Minehead gehört.

»Wo ist das?«, fragte ich.

»In Somerset«, erklärte Steve. Dann sprach er mit einem ulkigen Akzent weiter, wie ein Bauer: »Da, wo die Mostäpfel wachsen!«

»Ich kann mir nicht vorstellen, irgendwo anders zu leben als hier«, sagte ich. »Der entfernteste Ort, an den ich jemals gefahren bin, war der Zoo in Chessington. Da war ich mit der Schule, als ich zehn war.«

»Dann wird's Zeit, dass du mal ein bisschen vor die Tür kommst«, sagte Steve lächelnd und zeigte mit dem Strohhalm auf mich.

»Nein«, sagte ich. »Ich könnte keinen Animateur abgeben. In so was bin ich nicht gut.«

»Hast du's schon mal versucht?«, fragte Steve.

»In einem Talentwettbewerb wurde ich einmal ziemlich gelobt«, erzählte ich. »Ich hab *The Merry Merry Pipes of Pan* gesungen.«

Steve lachte, doch er lachte mich nicht aus.

»Da haben wir's ja«, sagte er. »Du kannst also singen!«

»Damals hab ich das geglaubt, aber heute denke ich, dass ich mir etwas vorgemacht habe.«

»Der Jury muss es ja wohl gefallen haben.«

»Wahrscheinlich hab ich ihnen leidgetan.«

Ich merkte, dass Steve seinen Stuhl so herumgedreht hatte, dass er mit dem Rücken zu den anderen saß und nur wir beide miteinander sprachen. Kate und Liz standen an der Jukebox, und Sally lachte gerade über etwas, das Dave gesagt hatte.

»Aber es gibt ja auch noch andere Dinge, die man bei Butlins machen kann, man muss nicht als Animateur arbeiten. Wo arbeitest du jetzt?«

»Bei Woollies.«

»Da sind zwei große Geschäfte in dem Feriencamp, die Geschenkartikel und solche Sachen verkaufen. Das könntest du doch locker machen.«

Ich lächelte. »Ich glaube nicht, dass ich den Mut dazu habe«, meinte ich. »Alleine würde ich mich so was nicht trauen.«

»Sally und Kate scheinen ziemlich entschlossen zu sein, sie haben schon die Bewerbungsunterlagen angefordert. Du könntest es doch zusammen mit ihnen versuchen. Denk dran, wie viel Spaß du haben wirst! Es ist prima, ganz ehrlich, Dottie! Alle machen dort Ferien, wollen einfach Spaß haben. Wir ziehen uns alle ständig auf, sind wie ein großes Team, sind alle befreundet. Und dann solltest du mal auf eine der

Partys gehen, die die Angestellten geben! Es sind wirklich die besten!«

»Klingt genial«, sagte ich.

»Das ist es auch! Du bekommst Unterkunft und Verpflegung, und obendrein wirst du noch bezahlt!«

»Es ist nur so, ich werde hier sozusagen gerade gebraucht.«

Er machte ein langes Gesicht. Dann zuckte er die Achseln und lächelte wieder.

»Na ja, falls du es dir noch mal anders überlegst – die Saison beginnt erst im Mai.«

Ich nickte.

»Ich denk noch mal drüber nach«, versprach ich, doch im Innern wusste ich, dass ich nicht weggehen konnte, nicht, wo Mary das Baby bekommen würde. Und in diesem Augenblick wurde mir klar, dass auch der Gedanke, derart weit weg von Ralph zu sein, für mich unerträglich war – sosehr ich auch entschlossen war, mein eigenes Leben weiterzuleben.

»Ich frage mich, woran du gerade denkst«, sagte Steve.

»Bitte?«

»Du siehst traurig aus.«

»Das ist eine längere Geschichte«, wich ich aus.

Die Jukebox spielte *I Remember You* von Frank Ifield, und Sally und Dave tanzten darauf.

»Magst du auch mal?«, fragte Steve und hielt mir die Hand hin.

»Warum nicht?«

Ich ergriff seine Hand, und wir gingen auf die kleine Tanzfläche. Es war seltsam, in den Armen eines anderen Jungen zu tanzen. Steve war etwas kleiner als Ralph, und wir passten eigentlich ganz gut zusammen. Er roch anders, aber irgendwie gut, männlich und nach Moschus. Nicht etwa, dass ich besonders viel Erfahrung damit hatte, wonach Jungs so rochen.

Steves Arme schlossen sich fester um mich, und ich legte meinen Kopf auf seine Schulter.

»Das ist schön«, flüsterte er mir ins Ohr.

Als das Lied zu Ende war, hielt Steve meine Hand noch weiter fest, und wir gingen zum Tisch zurück. Sally zwinkerte mir zu, und ich lächelte sie an. Ich amüsierte mich prächtig, was ich so nicht erwartet hatte. Steve war sehr nett. Er war nicht Ralph, aber er war wirklich nett. Ich fühlte mich ganz warm im Innern. Dieses Gefühl wollte ich so lange wie möglich festhalten.

»Kann ich dich wiedersehen, Dottie?«, fragte er.

»Gerne«, erwiderte ich. Und meinte es so.

Liebes Tagebuch,

kann man noch fetter werden? Wenn ich in den Spiegel schaue, erkenne ich mich nicht wieder.

Es ist irgendwie unangenehm, mit Ralph zusammenzuleben. Er ist nicht etwa unfreundlich zu mir, aber es ist nicht zu übersehen, dass er genauso wenig mit mir hier sein möchte wie ich mit ihm.

Wie ich es hasse, mit ihm in einem Bett zu schlafen. Wir schlafen so weit weg voneinander, wie wir nur können.

Das ist doch das Letzte.

Mary Bennett (die Elefantin)
Achtzehn Jahre

28. KAPITEL

Es war Mitte Dezember. Das Baby konnte jederzeit kommen. Mary war unglaublich dick geworden und sah aus, als platze sie gleich. Sie war ständig müde, ihre Fußgelenke waren geschwollen, und sie beklagte sich darüber, dass ihre Brüste schmerzten. Von all solchen Dingen wollte ich überhaupt nichts wissen. Es war schwer zu erklären, schließlich war Mary meine beste Freundin, und ich wollte eigentlich nirgendwo sonst als bei ihr sein, doch es machte einfach keinen Spaß mehr. Außerdem schien nichts von dem, was sie tat, wirklich viel mit mir zu tun zu haben. Ich hoffte nur, dass sich das wieder ändern würde, sobald das Baby da war und sie wieder mehr Energie hatte. Ich glaubte aufrichtig daran, dass sie dann wieder fröhlicher sein würde.

Dann war da noch Ralph. Ich tat alles, was ich konnte, um ihm aus dem Weg zu gehen. War ich in ihrer Wohnung, dann war ich ständig in Sorge, er könne zur Tür hereinkommen.

Auf der Arbeit freundete ich mich besser mit den anderen Mädchen an. Ich ging fast jedes Wochenende und manchmal auch unter der Woche mit ihnen aus. Weihnachten stand vor der Tür, und alle genossen den Rummel. Die Schaufenster der Läden waren schön geschmückt, überall bei Woolworths standen Pralinenschachteln, und alles hing voller Lichterketten und Lametta. Draußen an der Wand lehnten Weihnachtsbäume. Der Tannenduft erinnerte mich an glücklichere Zeiten, als ich noch ein Kind gewesen war.

Ohne es groß zu bemerken, hatte ich wieder angefangen, Spaß zu haben. Ich begann, mich irgendwie frei zu fühlen. Meine Liebe zu Ralph war nicht vergangen, sie würde nicht über Nacht verschwinden, und ich vermisste mein altes Leben mit Mary ganz fürchterlich. Aber ich war nicht mehr ständig so ängstlich und lachte häufiger. Irgendwie ging alles weiter, und auch wenn ein Teil von mir nichts lieber wollte, als wenigstens am Rande an Ralphs und Marys Leben teilzuhaben, wusste ich doch, dass ich mich dabei auf lange Sicht selbst verlieren würde. Das durfte ich einfach nicht zulassen. Von irgendwoher würde ich die Kraft nehmen, um mir ein eigenes Leben aufzubauen.

Ich wusste, Mary war nicht sonderlich davon angetan, dass ich sie nicht mehr in alles einbezog, was ich tat. Deshalb erzählte ich ihr nur sehr zurückhaltend davon, wenn ich etwas Schönes erlebt hatte. Mary gegenüber erwähnte ich weder die Jungs und wie nett sie waren noch, dass wir Stunden bei ihnen in der Spielhalle verbrachten und mit ihnen herumalberten und sie uns bergeweise Pennys zuschoben, damit wir noch einmal unser Glück an den Automaten versuchen konnten. Ich erzählte ihr nicht von den Mistelzweigen aus Plastik, die über jedem Tisch im Café hingen, und auch nicht von der Einladung, die ich für die Weihnachts-Partynacht im *Regent*-Festsaal bekommen hatte. Nichts von alldem erzählte ich Mary, die in ihrer kleinen Wohnung saß und die geschwollenen Füße hochlegen musste, die Hände auf dem immer runder werdenden Bauch, den ich doch ein wenig beängstigend fand. Es kam mir seltsam vor, dass Marys Körper sich total veränderte, ohne dass sie irgendeinen Einfluss darauf hatte. Sie wurde Mutter, ob sie es nun wollte oder nicht.

Wenn man Marys Zuhause betrat, hatte man nicht den Eindruck, dass es Weihnachten wurde. Ich kaufte Lametta für sie und drapierte es um den Wohnzimmerspiegel, doch auch dadurch wurde es in der Wohnung nicht wirklich weihnachtlicher.

»Was soll das?«, fragte sie. Mir fiel keine sinnvolle Antwort darauf ein. Mary seufzte häufig, und manchmal schloss sie die

Augen und schien gänzlich an einen völlig anderen Ort entschwunden zu sein. Ich sammelte ihre halb leeren Tassen zusammen und brachte sie in die Küche. Sie trank ihre Getränke nie auf. Ich war stets darauf bedacht, wieder weg zu sein, bevor Ralph von der Arbeit nach Hause kam.

Einmal sagte sie zu mir: »So hab ich mir das Leben nicht vorgestellt.«

»Ich weiß.«

»Ich hatte mehr davon erwartet, ich wollte, dass wir beide die Welt sehen. Und jetzt stecke ich hier für immer und ewig in einer Siedlungswohnung fest, mit einem Kerl, auf den ich nicht einmal stehe. Ich wollte hoch hinaus, aber stattdessen bin ich tief gefallen.«

Ich wusste nicht, wie ich darauf reagieren sollte. Vermutlich hatte sie ja recht.

»Was hast du gestern Abend unternommen?«, fragte Mary. »Auf dem Rückweg vom Einkaufen hab ich bei dir vorbeigeschaut, aber du warst nicht da.«

»Oh, nichts Besonderes«, sagte ich. Das war gelogen, denn ich war mit Steve auf dem Pier gewesen und hatte mich prächtig amüsiert. Ich hatte so sehr lachen müssen, dass mir die Seiten schmerzten. Wir waren auf den Jahrmarkt gegangen und hatten ein paar der Fahrgeschäfte ausprobiert. Auf der Walzerbahn legte Steve seinen Arm um meine Schulter, und als sie sich drehte, wurde er gegen mich gedrückt. Der Wind blies mir ins Gesicht, und ich war glücklich. Wir aßen kandierte Erdnüsse und tranken dampfend heißen Apfelwein. Ich sah Steve zu, wie er sein Glück am Grabber, dem Automaten mit dem Greifarm, versuchte. Er war sehr geschickt und schenkte mir die kleinen Gegenstände, die er herausgefischt hatte. Die kleinen Teddybären und Zigarettenschachteln stellte ich alle auf meinem Fenstersims in eine Reihe. Ich behielt nur die Schachteln, die Zigaretten gab ich Dad. Nach der Spielhalle waren wir noch ins Café gegangen und hatten dort getanzt bis zum Zapfenstreich. Wir hatten Händchen gehalten und uns unter den Mistelzweigen geküsst.

Ich lächelte Mary an. »Ich hab nichts wirklich Interessantes gemacht«, sagte ich.

»Egal, vergiss es«, sagte Mary mit einem kleinen Seufzer. »Ich werde auch bald wieder herauskommen. Sobald das Baby da ist. Wir können es im Kinderwagen mitnehmen. Dann können wir auf der Strandpromenade spazieren gehen und so.«

»Aber ja«, sagte ich und versuchte dabei, so begeistert zu klingen wie möglich. »Natürlich machen wir das.«

Ich vermisste sie. Ich vermisste das ständige Zusammensein mit ihr, vermisste es, über Dinge lachen und jede Kleinigkeit meines Lebens mit ihr teilen zu können. Ich hätte ihr so gern von Steve erzählt und davon, wie viel Spaß ich mit ihm hatte. Ich vermisste alles, was ich an Mary gehabt hatte.

Gleichzeitig fühlte ich mich auf seltsame und wunderbare Weise wie neugeboren. Ich war nicht mehr die »Dottie, die Mary Pickles hinterhertrottet«, ich war einfach »Dottie«. Es hatte etwas gedauert, bis ich mich dazu in der Lage fühlte, meine eigene Meinung kundzutun, ohne allem nur zuzustimmen, was man zu mir sagte. Doch es klappte, und tatsächlich schienen die Leute an dem, was ich zu sagen hatte, interessiert zu sein. Sonst hatte ich Mary für gewöhnlich das Reden überlassen. Vielleicht übernahm Mary ja gerade das Reden für Ralph.

Ralph ging noch immer ab und zu mit Elton aus, doch Mary wollte Elton nicht treffen. Sie ließ nicht zu, dass Ralph ihn in die Wohnung einlud, und sagte, sie wolle nicht, dass er sie mit diesem walfischgroßen Leibesumfang sähe.

»Hast du Elton immer noch gern?«, fragte ich beiläufig.

»Was spielt das noch für eine Rolle?«, gab sie zurück. »Er würde mich jetzt sowieso nicht mehr haben wollen, oder?«

»Es tut mir leid«, sagte ich leise.

»Es liegt doch nicht an dir. Ich bin ja selbst daran schuld.«

»Meine Mum sagt, du hast einfach Pech gehabt. Weißt du, unsere Rita gibt sich wirklich alle Mühe, schwanger zu werden, aber es klappt einfach nicht, und bei dir hat es sofort geklappt. Das würde ich definitiv Pech nennen.«

»Oder Dummheit.«

»Komm, ich helf dir eben beim Bügeln«, schlug ich vor.

In dem Wäschekorb, der im Wohnzimmer auf dem Boden stand, stapelte sich ein ganzer Haufen Bügelwäsche. Ich stellte das Bügelbrett auf und machte das Bügeleisen an. Es war modern und neu, eine von Marys Tanten hatte es ihr geschenkt. Es machte mir nichts aus, Mary die Wäsche zu bügeln. Es hatte sogar etwas Beruhigendes. Mary saß im Sessel und sah mir zu. Ich sah Mary doppelt, einmal in echt und einmal ihr Spiegelbild in dem lamettabehangenen Spiegel. Beide Marys sahen traurig aus. Jetzt, da die ganzen Möbel in der Wohnung standen, wirkte das Zimmer recht klein. Es war so, als spielten wir erwachsen.

»Hast du dir schon Namen für das Baby überlegt?«, fragte ich, um sie auf andere Gedanken zu bringen. Ich reichte Mary eins von Ralphs Hemden. Sie breitete es neben sich auf dem Sofa aus und legte es zusammen.

»Ralph findet Caroline gut. Falls es ein Mädchen wird.«

»Caroline klingt nett.«

»Ich finde, es klingt etwas hochgestochen«, sagte Mary.

»Was ist mit Helen? Nach Helen Shapiro?«

»Ich mag Helen Shapiro nicht.«

»Du fandst sie mal gut.«

»Ach, ich weiß nicht.«

»Wie wäre es mit Sandra? Wie Sandra Dee.«

»Kannst du einfach aufhören mit den Namen, Dottie? Es ist mir egal, wie es heißt, okay? Und wenn es gar kein Mädchen wird?«

»Ich weiß auch nicht«, sagte ich. »Ich hatte mir einfach immer vorgestellt, dass es ein Mädchen wird.«

»Wahrscheinlich wird es ein Junge«, sagte Mary. »Ein hässlicher kleiner Junge.« Und um das Maß vollzumachen, fügte sie noch hinzu: »Mit scheißroten Haaren.«

Ich seufzte. So ging es die ganze Zeit über. Ich log Mary über mein übriges Leben an, und wenn ich bei ihr war, fühlte sie sich meistens elend, und ich langweilte mich. Es war also nicht eben ideal.

Mum schien zu ahnen wie ich mich fühlte.

»Es ist ganz schön schwer für dich, nicht wahr, meine Liebe?«, sagte sie zu mir, als ich mich eines Abends fertig machte, um zu Mary zu gehen. »Es muss schlimm sein, sie in der Wohnung zu besuchen.«

»Ist schon in Ordnung«, sagte ich mit einem Achselzucken. »Es ist, wie es ist. Ich kann sowieso nichts daran ändern.«

»Es ist sehr lieb von dir, den beiden so treu zur Seite zu stehen«, meinte Mum. »Aber solltest du nicht besser mit Steve ausgehen?«

Wieder zuckte ich die Achseln.

»Du hast ihn gern, nicht?«, fragte Mum. »Er scheint ein sehr netter junger Mann zu sein.«

»Das ist er auch, und ja, ich mag ihn.«

»Aber er ist nicht Ralph, hm?«

Ich sah sie an, und mir wurde ganz heiß. Woher wusste sie?

»Ich glaube nicht, dass ich jemals für Steve dasselbe empfinden kann wie für Ralph«, gestand ich.

»Das musst du auch nicht«, sagte Mum. »Setz dich einfach nicht unter Druck, weil du glaubst, du müsstest dieses oder jenes empfinden. Lass dir Zeit und genieß es einfach, mit ihm zusammen zu sein.«

»Wenn du meinst.«

»Die erste Liebe vergisst man nie, Dottie«, sagte sie. »Aber man lernt, wieder zu lieben. Es ist einfach eine andere Art der Liebe, eine tiefere Liebe.«

»War Dad deine erste Liebe?«, wollte ich von ihr wissen.

»Nein, das war er nicht«, sagte sie. »Zuerst hat mich sein Name abgeschreckt. Kannst du dir vorstellen, wie es war, mit einem Jungen auszugehen, der Nelson heißt? Mein Vater hat mich unheimlich damit aufgezogen.«

»Aber du bist trotzdem mit ihm ausgegangen?«

»Nur, weil er einfach nicht lockergelassen hat. Er war wie ein lästiges kleines Insekt, das um mich herumschwirrte. Sobald ich mich herumdrehte, war er auch schon da.«

»Mum«, fragte ich. »Wenn es nicht Dad war, wer war dann deine erste Liebe?«

Mum stieß einen Seufzer aus und bekam einen verträumten Blick.

»Ich habe schon lange nicht mehr an ihn gedacht. Er hieß Jack und wohnte nebenan, als wir Kinder waren. Für alle war klar, dass wir eines Tages zusammen sein würden, denn wir waren unzertrennlich. Die Leute sagten immer, wenn du Maureen suchst, dann such einfach nach Jack.«

»Was ist dann passiert? Wie kam es, dass du schließlich Dad geheiratet hast?«

»Jack kam im Krieg um, Dottie. Er war erst eine Woche weg, da wurde er getötet.«

Sie drehte sich zu mir um und lächelte mich wehmütig an, und ich sah etwas in ihren Augen, das ich noch nie zuvor wahrgenommen hatte – ich sah kurz etwas von dem jungen Mädchen aufflackern, das sie einmal gewesen war.

Ich nahm ihre Hand. »Das ist ja schrecklich, Mum. Was hast du gemacht?«

»Ich wollte auch sterben. Ich konnte mich an keinen Tag meines Lebens erinnern, an dem Jack nicht da gewesen war, weißt du? Ich weinte viel und ging nicht mehr aus und machte den anderen das Leben schwer. Und diese ganze Zeit hindurch schaute dein Dad bei uns vorbei. Jack war Dads bester Freund gewesen. Ich ließ Dad immer von meiner Mutter ausrichten, ich sei nicht da. Eines Tages bat sie ihn herein. Er saß im Wohnzimmer, und ich musste nach unten kommen, um ihm selbst zu sagen, dass ich keine Lust hatte, mich mit ihm zu verabreden, weil sie es leid war, Ausreden für mich zu erfinden.«

»Und du bist runtergegangen?«

Mum lächelte. »Nein, nicht gleich. Ich schrie meine Mutter an und sagte, dass ich auf immer und ewig nur Jack lieben und für den Rest meines Lebens mit niemand anderem mehr ausgehen würde.«

»Was sagte sie dazu?«

»Sie sagte, ich hieße Maureen Cox und nicht Greta Garbo und dass Jack tot war und nicht mehr zurückkommen würde. Und dass da unten in unserem Wohnzimmer ein wirklich netter junger Mann säße, der töricht genug war, mit mir ausgehen zu wollen.«

Mum lächelte und drückte meine Hand. Der Ausdruck in ihrem Gesicht war weg, sie war wieder ganz die Alte.

»Und dann hast du dich in ihn verliebt?«

»Nicht sofort, aber er hat mich niemals gedrängt. Ich glaube, wenn er das getan hätte, hätte es nicht geklappt. Er gab mir ein Gefühl der Sicherheit und ließ mich über Jack reden, denn auch er vermisste ihn. Man könnte sagen, er wuchs mir ans

Herz, und als auch er in den Krieg ziehen musste, vermisste ich ihn. Eines Tages merkte ich, dass es genauso schlimm für mich wäre, ihn zu verlieren, wie es gewesen war, Jack zu verlieren. Da wusste ich, dass ich ihn liebe.«

»Das ist ja so romantisch, Mum!«

»Es ist, als wäre es Ewigkeiten her.«

»Du meinst also, ich sollte Steve eine Chance geben?«

»Du bist noch jung, Dottie, und dieser Steve ist vielleicht nicht der letzte Junge in deinem Leben, aber ja, gib ihm eine Chance, genieß es, mit ihm zusammen zu sein. Und dann siehst du ja, worauf es hinausläuft.«

Es war schon ein wenig sonderbar, mit Mum über Liebe zu reden und von Jack zu erfahren. Irgendwie erwartet man nicht, dass die eigenen Eltern jemals solche Gefühle gehabt haben wie man selbst. Es ist schwer, sich überhaupt vorzustellen, dass auch sie einmal jung waren. Ich fragte mich, ob Mum auch Rita von Jack erzählt hatte. All das ging mir noch immer im Kopf herum, als ich die steinerne Freitreppe zu Marys Wohnung hinaufrannte. Ich presste eine Dose mit Mince Pies an mich, die Mum für sie gebacken hatte. Wenigstens gab es jetzt etwas, über das wir uns unterhalten konnten. Doch als ich klopfte, regte sich nichts. Ich versuchte, durchs Fenster zu sehen, konnte aber nichts erkennen. Ich klopfte erneut, dann hob ich die Klappe des Briefkastens und rief: »Mary! Bist du in Ordnung?«

Da trat das Mädchen aus der benachbarten Wohnung nach draußen.

»Sie ist nicht da«, sagte sie und lehnte sich an den Türrahmen.

»Oh«, machte ich und fragte: »Weißt du, wo sie ist?«

»Sie haben sie im Krankenwagen abgeholt.« Das Mädchen zupfte an ihrem Fingernagel herum. Ich spürte, wie mir bang ums Herz wurde.

»Was hat sie? Bekommt sie das Baby?«

Das Mädchen zuckte die Schultern. »Weiß nicht. Sie hat wie am Spieß geschrien, also bin ich runter zur Telefonzelle an der Ecke und hab ihr einen Krankenwagen gerufen. Wusste auch nicht, was ich sonst tun sollte.«

»War Ralph bei ihr?«

»Wer?«

Die Aufregung verschlug mir den Atem. »Ralph! Marys Mann!«

»Ich weiß von kei'm Mann nich'. Sie war allein.«

Die arme Mary! Sie musste große Angst gehabt haben, ganz allein und mit solchen Schmerzen. Ich wünschte, ich hätte mich nicht so lange damit aufgehalten, mit Mum zu quatschen. Ich hätte früher hier sein sollen, bei ihr! Ich wusste nicht, wie ich jetzt am besten vorging. Ich sollte Ralph Bescheid geben. Ich beschloss, ihre Mutter zu holen.

»In welches Krankenhaus hat man sie gebracht?«, fragte ich das Mädchen.

»Hammse nich' gesagt.«

Blöde Gans, dachte ich und rannte die Stufen hinab. Genau in diesem Moment betrat Beverly Johnson den Innenhof. Noch nie in meinem Leben war ich so froh gewesen, jemanden zu sehen.

»Beverly!«, rief ich. »Ich brauche dich! Du musst unbedingt zu Mary nach Hause gehen und ihrer Mutter sagen, dass man Mary ins Krankenhaus gebracht hat! Könntest du das tun?«

»Klar kann ich das.«

»Danke, Beverly! Sag Marys Mutter, dass ich nicht weiß, in welchem Krankenhaus sie ist, das wird sie selbst herausfinden müssen. Ach, und sag ihr noch, dass ich zur Backfabrik gehe, um Ralph zu holen.«

»Keine Sorge, ich beeile mich!«, versprach Beverly.

Ich rannte zur Bushaltestelle und erwischte gerade noch die Linie zwei, die genau vor der Fabrik hielt. Die Fahrt schien ewig zu dauern, und an jeder Haltestelle stiegen eine Menge Leute ein. Ich dachte, ich würde niemals dort ankommen. In der Fabrik ging ich durch den Haupteingang zur Rezeption. Sie war mit Weihnachtskarten und Lametta geschmückt. Hinter einem Schreibtisch saß ein Mädchen.

»Ich muss zu Ralph Bennett«, sagte ich. »Seine Frau ist ins Krankenhaus gebracht worden!«

»Ich bringe Sie zum Büro des Geschäftsführers. Er kann Ihnen sagen, in welcher Abteilung Mr. Bennett arbeitet.«

Ich folgte ihr über mehrere Flure, bis wir an eine Tür gelangten, auf der »Geschäftsführer« stand. Das Mädchen erklärte dem Mann kurz, worum es ging, und ließ uns dann allein.

»Setzen Sie sich besser mal hin, junge Dame«, sagte er zu mir. »Sie sehen aus, als hätten Sie einen Schock erlitten.«

Ich setzte mich, während der Geschäftsführer ein Telefonat führte, um herauszufinden, wo Ralph war.

»Er wird gleich hier sein«, sagte er dann.

Als Ralph das Büro betrat, war ich zuerst gar nicht sicher, ob er es auch tatsächlich war. Er hatte eine Mütze auf dem Kopf, die seine Haare vollständig bedeckte, und sein Gesicht war völlig weiß vom Mehl, selbst Augenbrauen und Wimpern.

»Dottie, was machst du denn hier?«, fragte er.

»Mary ist im Krankenhaus!«, rief ich und brach in Tränen aus. Sofort kam Ralph zu mir und legte seine Arme um mich. Es war ein so schönes Gefühl, dass sich jemand um mich kümmerte, dass ich mich hineinsinken ließ. Allmählich entspannte ich mich wieder. Ich war so erleichtert.

»Ist ja gut«, sagte er. »Alles wird gut!«

Ich blickte ihn durch meine Tränen hindurch an. Diese Worte hätte er eigentlich zu Mary sagen sollen, nicht zu mir.

»In welches Krankenhaus hat man sie gebracht?«, fragte der Geschäftsführer. Er war hochgewachsen und hager und hatte schütteres Haar. Auf den ersten Blick machte er einen ziemlich strengen Eindruck, doch eigentlich war er ziemlich nett. Er redete langsam und besonnen, als gäbe es nichts, worüber man sich Sorgen machen müsste.

»Ich weiß nicht«, schniefte ich.

»Keine Sorge, meine Sekretärin macht ein paar Anrufe, und wir werden sie bald gefunden haben.«

Ich nickte. Der Geschäftsführer nahm ein sauberes weißes Taschentuch aus seiner Brusttasche und reichte es mir. Dann ging er hinaus.

»Danke«, flüsterte ich und tupfte mit dem Taschentuch an meinen Augen herum.

»Du zitterst ja«, sagte Ralph und nahm meine Hand.

Ich schluckte. »Sie hat Schmerzen gehabt, Ralph, sie muss schreckliche Schmerzen gehabt haben, denn das Mädchen von nebenan sagt, dass sie geschrien hat. Und sie war ganz allein!«

Ralph nickte und biss sich auf die Unterlippe.

»Sie wird schon in Ordnung sein. Bitte mach dir keine Sorgen mehr. Wir wissen doch, dass man sich jetzt um sie kümmert.«

Ich glaube, dass er sich selbst genauso damit beruhigen wollte wie mich.

Der Geschäftsführer kam zurück. Er lächelte.

»Sie ist im Entbindungsheim in der Buckingham Road, und so, wie es sich anhört, sollten Sie sich besser sputen.«

»Kommt das Baby?«

»Sieht ganz danach aus«, grinste er und klopfte Ralph auf die Schulter. Ralph sprang auf. Er sah blass aus unter dem ganzen Mehl, und er machte große und erschrockene Augen.

»Mein Fahrrad steht draußen«, sagte er.

»Ich bring Sie hin«, bot ihm der Geschäftsführer an, was ich ziemlich nett von ihm fand. »Ziehen Sie Ihre Arbeitskleidung aus«, sagte er zu Ralph. »Sonst machen Sie mir die Ledersitze mit dem ganzen Mehl dreckig.«

Ralph war so nervös, dass er ziemlich lange dazu brauchte, seinen Arbeitsoverall auszuziehen.

»Stimmt«, sagte er schließlich. »Vielen Dank.«

»Sag ihr bitte liebe Grüße, ja?«, sagte ich und erhob mich.

Ralph stand vor mir und starrte auf seine Hände. Ich nahm ihm den zerknautschten Arbeitsoverall ab. Ich hätte ihn gern umarmt, wünschte, er hätte mich umarmt.

»Ähm, Entschuldigung«, unterbrach uns der Geschäftsführer, »aber wollten Sie nicht bei einer Geburt dabei sein?«

»Na los, sieh zu, dass du in dieses Krankenhaus kommst!«, sagte ich. »Mach schon!«

Ralph war schon halb aus der Tür, da drehte er sich um und kam noch einmal zurück. Er gab mir einen Kuss auf die Wange.

Ich folgte ihm aus der Fabrik hinaus und sah ihm nach, wie er wie ein Filmstar auf dem Rücksitz eines großen, schicken Autos davonfuhr. Ich lächelte in mich hinein und klemmte mir den Overall unter den Arm. Es war warm geworden, die Sonne war durch die Wolken gebrochen. Ich hatte keine Lust, den Bus zu nehmen, wollte lieber laufen. Also machte ich mich zu Fuß auf nach Hause. Ich lief in Richtung der Siedlung über die Hügel und durch Kemp Town. Es war weiter, als ich gedacht hatte, daher machte ich Station im Park und setzte mich auf eine Bank. Ich sah den kleinen Kindern beim Spielen im Sandkasten zu. Sie waren alle warm eingepackt, und ihre Wangen waren gerötet vor Kälte. Ich musste daran denken, dass Mary gerade kurz davor war, Mutter zu werden – vielleicht war das Baby sogar schon da! Es kam mir so seltsam vor, Mary als Mutter! Ich konnte sie mir einfach nicht mit einem Baby vorstellen. Sie hatte nie besonders großes Interesse an Babys gehabt. Ich fragte mich, wie es Ralph wohl damit ging. Wahrscheinlich war er überglücklich. Plötzlich fühlte ich mich sehr einsam. Dies war nun wirklich der Beginn ihres neuen Lebens, ihrer neuen Familie. Ich blieb noch ein wenig sitzen und sah den Kindern auf den Schaukeln zu. Dann ging ich nach Hause, den mehlbestäubten Arbeitsoverall an mich gedrückt, der nach Keksen und Brot duftete – und nach Ralph.

»Was ist denn mit dir passiert?«, fragte Mum, als ich in die Küche kam.

»Hm?«, machte ich geistesabwesend.

»Womit bist du denn da bedeckt? Es schneit doch nicht etwa?«

Ich blickte an meinem Mantel herunter und merkte erst jetzt, dass ich ganz voller Mehl war. Ich legte den Arbeitsanzug auf die Küchentheke und klopfte mich ein wenig ab.

»Wolltest du dich nicht heute Abend mit Steve treffen?«, fragte Mum. »So früh hab ich dich noch gar nicht zurückerwartet.«

Steve hatte ich völlig vergessen. Ich seufzte. Jetzt noch wegzugehen hatte keinen Sinn, ich war schon mehr als zu spät. Ich hoffte nur, dass er nicht allzu lange gewartet hatte und verärgert war oder sich Sorgen machte. Er war eigentlich nicht der Typ, der schnell eingeschnappt war.

»Was ist denn los?«, fragte Mum behutsam.

»Mary bekommt gerade ihr Kind«, sagte ich.

»Oh, mein Schatz, nun komm mal her!«, rief Mum. Sie umarmte mich und gab mir einen Kuss auf die Stirn.

»Setz dich«, sagte sie. »Setz dich erst mal hin. Ich mach uns einen Tee, und dann erzählst du mir alles!«

Liebes Tagebuch,

sie haben doch tatsächlich die Frechheit besessen, mir zu sagen, es sei eine natürliche Geburt gewesen, aber da war nun wirklich nichts Natürliches dran. Es hat sich angefühlt, als hätte ich einen Elefanten aus mir herausgepresst, ich hab wirklich Höllenqualen durchlitten. Eine alte Kuh von Krankenschwester hat zu mir gesagt, ich solle aufhören zu schreien. Und dann hat sie mich ›Mutter‹ genannt. Sie hat gesagt: ›Aber Mutter, wir wollen doch das Baby nicht aufregen, oder?‹

Zu diesem Zeitpunkt ist es mir so was von egal gewesen, ob ich irgendwen aufrege, am allerwenigsten hat es mich interessiert, ob ich das Baby aufrege. Alles, was das Baby tun musste, war, herauszukommen, und es hat sich verdammt viel Zeit gelassen damit.

Es ist ein Mädchen, aber es hätte genauso gut sonst was sein können, so rot und verknautscht, wie es war. Es sah aus wie Winston Churchill, fehlte nur noch die Zigarre. Das hab ich auch zu dieser Schwester gesagt, und die hat mich angesehen, als hätte sie mich am liebsten im Bett erdrosselt. Das wäre mir auch egal gewesen.

Und jetzt soll ich eine ›Bindung aufbauen‹ (was immer das heißen mag).

Mary Bennett (Mutter des Jahres)
Achtzehn Jahre

29. KAPITEL

Mary hatte also ein kleines Mädchen bekommen. Ihre Mutter sah noch am selben Abend kurz vorbei, um uns mitzuteilen, dass das Baby da war, geboren am 22. Dezember. Sie trug ihren besten Mantel und hatte einen Hut auf, und sie war ganz blass und zittrig. Sie erzählte uns, dass sie sich ganz klapprig fühle.

»Das muss damit zu tun haben, dass ich jetzt plötzlich Großmutter bin«, meinte sie.

Mum ließ sie in ihrem besten Sessel sitzen und schenkte Marys Mutter und sich je ein großes Glas Sherry aus der Flasche ein, die eigentlich erst an Weihnachten geöffnet werden sollte. Mum fragte mich, ob ich auch etwas davon haben wolle, aber ich schüttelte den Kopf. Ich mochte den Geschmack von Sherry nicht, aber es gefiel mir, wie eine der erwachsenen Frauen behandelt zu werden, und ich war dankbar, in ihren Kreis aufgenommen worden zu sein.

»Weißt du«, sagte Marys Mutter, »es ist einfach alles ganz anders gelaufen, als ich es mir vorgestellt hatte. Ich habe immer geglaubt, dass einer der großen Jungen mich zuerst zur Großmutter machen würde, aber nicht Mary.« Sie schüttelte den Kopf. »Nicht unsere kleine Mary.«

»Erzähl doch mal von dem Baby«, sagte Mum in aufmunterndem Tonfall. »Hat es schon Haare? Wie sieht es aus?«

»Das Mädchen ist wunderschön«, sagte Marys Mutter. »Wirklich schön. Und unsere Mary hat sich ganz wacker geschlagen. Sie hat zwar das ganze Krankenhaus zusammengeschrien, aber sie hat es gut überstanden.«

Sie sah zur Tür hinüber, um sich zu vergewissern, dass Dad und Clark nicht in der Nähe waren, dann sagte sie mit gewissem Stolz: »Nur sechs Stiche!«

»Du meine Güte!«, sagte Mum.

Marys Mutter und meine nickten weise, und ich dachte bei mir: Stiche? Warum um alles in der Welt hatte Mary genäht werden müssen? War sie etwa aus dem Bett gefallen?

»Es ist wirklich prima dort«, sagte Marys Mutter. »Sie haben Mary ein leckeres Brathähnchen zum Abendessen gebracht, mit Salzkartoffeln und Soße, Rosenkohl und dann noch Brot und Butter. Sie hat gesagt, dass sie keinen Hunger hat, aber ich hab ihr gesagt, dass sie etwas essen muss, damit sie Milch produzieren kann.«

»Warum muss sie die Milch selbst produzieren?«, fragte ich. »Haben die im Krankenhaus keine Leute zum Milchholen?«

»Das erklär ich dir später«, sagte Mum und tippte kurz vorn an ihre Brüste. Da kapierte ich. Mir wurde ein wenig flau im Magen.

»Ich habe ihr gesagt, dass du sie morgen besuchen kommst, Dottie«, sagte Marys Mutter zu mir. »Man darf nur während der Besuchszeiten hinein und immer nur zwei Personen gleichzeitig. Eine davon ist Ralph, ganz klar, aber Mary kann es kaum erwarten, dich zu sehen und dir das Baby zu zeigen.«

»In Ordnung«, sagte ich. Aber eigentlich mochte ich gar nicht hingehen. Ich wollte das Baby, das Ralph und Mary gemacht hatten, nicht sehen.

»Dottie …« Mum warf mir einen ermutigenden Blick zu.

»Oh ja, das wäre wunderbar.«

Am nächsten Tag half mir Sally während der Mittagspause dabei, eine Karte für Mary und Ralph auszusuchen. Auf der Karte war das Bild eines Storches, der ein in eine rosa Decke gewickeltes Baby im Schnabel trug. Arme und Beine des Babys lugten aus der Decke heraus, und über dem Bild stand: ›Glückwünsche zu Eurem Wonneproppen!‹ Dann gingen wir zum Blumenladen, und die Floristin fertigte mir ein kleines Gesteck aus rosa- und cremefarbenen Blumen in einem Körbchen an. Zurück bei Woollies stellten wir einen großen Beutel voller gemischter Süßigkeiten zusammen, da wir wussten, dass Mary die lieber hatte als Schokolade. Nach der Arbeit fuhr ich direkt mit dem Bus zum Krankenhaus und kam genau zu Beginn der Besuchszeit um achtzehn Uhr an. Vor dem Gebäude der Entbindungsstation standen die Besucher im Dunkeln in einer Schlange und warteten, doch es wurde niemand früher hineingelassen. Sobald die Türen geöffnet wurden, strömten wir alle hinein. Ralph war noch nicht da, er hatte erst viel später Feierabend. Die Entbindungsstation war ein länglicher Saal mit Betten auf jeder Seite. Es war sauber und aufgeräumt, und am Ende des Saals stand ein kleiner Weihnachtsbaum. Die Frauen saßen an Kissen gelehnt in den Betten, und neben ihnen standen kleine durchsichtige Kästen auf Rädern, in denen die Babys lagen. In einem dieser Kästen befand sich das Baby von Mary und Ralph.

Ich lief zwischen den Bettenreihen hindurch und hielt nach Mary Ausschau. Meine Absätze klapperten auf dem glänzenden braunen Linoleum. Nach und nach blieben auf beiden Seiten ein paar Besucher stehen, Küsschen wurden gegeben, und es wurde überall geflüstert und gegurrt. Alle gaben sich Mühe, die Babys nicht aufzuwecken.

Mary lag in einem der Betten ganz am Ende.

Ich hätte sie fast nicht erkannt, denn sie saß nicht aufrecht wie die anderen Frauen, sondern lag auf der Seite mit dem Rücken zum Saal. Sie trug ein Krankenhaushemd, und ihr Haar war über das ganze Kissen ausgebreitet. Ich dachte, sie würde schlafen, also schlich ich so leise ich konnte näher. Sie kehrte dem Kasten neben sich den Rücken zu. Ich legte die Blumen, die Süßigkeiten und die Karte auf dem Tisch am

Fußende ihres Bettes ab, dann spähte ich in den Kasten. Ein winzig kleines Baby schaute zu mir zurück. Es sah aus wie ein Mensch in Miniaturausgabe. Es hatte ein Auge geöffnet, eines geschlossen und drückte die Fäustchen an die Wangen. Das offene Auge war dunkel und blickte wachsam, und seine winzigen Lippen bewegten sich, als ob es sich selbst eine Geschichte erzählen würde. Ab und an tippte es sich mit der Zungenspitze an die Lippen. Man hatte es bis zum Kinn mit einer rosa Decke zugedeckt, und ein Großteil seines Kopfes war von einem Strickmützchen bedeckt, das von einem rosa Band zusammengehalten wurde. Das Baby sah mich aus dem offenen Auge an, und ich schaute zurück. Es war so, als ob wir uns gegenseitig verstehen würden, irgendwie gab es eine Verbundenheit zwischen uns. In diesem Augenblick hörte ich auf, mich wegen des Babys zu grämen, und wusste, dass ich nie wieder bedauern würde, was Ralph und Mary getan hatten – denn hätten sie es nicht getan, wäre dieses kleine Wesen nicht hier, das ganz einfach das Reizendste war, was ich je gesehen hatte.

»Hallo«, flüsterte ich ihm zu. Das Baby versuchte, das andere Auge zu öffnen, doch es bekam es nicht hin. Ich lächelte es an. »Hallo«, sagte ich noch einmal. »Ich bin Dottie.« Das Baby hob eines seiner Fäustchen an den Mund und versuchte, daran herumzunuckeln. Ich streckte ihm meinen Finger hin, um ihm zu helfen, und es schloss sofort die Lippen um meine Fingerspitze und begann, daran zu saugen. Ich spürte ein Ziehen im Bauch. Es war so, als ob es mir damit sagen würde, dass es mich brauchte. Es war ein unglaubliches Gefühl, und ich lächelte zu ihm hinunter. Erst da merkte ich, dass Mary sich umgedreht hatte und mich ansah. Ich fühlte mich ertappt, nahm den Finger aus dem Mund des Babys und drehte mich zu ihr hin.

»Oh, Mary!«, sagte ich und beugte mich zu ihr, um sie zu umarmen.

»Sei vorsichtig«, sagte sie. »Mir tut alles weh.«

»War es so schlimm?«

Sie richtete sich im Bett auf. Ich sah ihr an, dass sie Schmerzen hatte.

»Es war so, als hätte ich einen Elefanten aus mir herausgepresst«, sagte sie.

Ich lächelte und reichte ihr die Geschenke.

Sie nahm einen Black Jack aus der Tüte, wickelte ihn aus dem Papier, steckte ihn in den Mund und lutschte daran herum.

»Wie lange musst du im Krankenhaus bleiben?«, fragte ich.

»Ein paar Tage«, antwortete sie. »Aber das ist in Ordnung, ich bin ganz gern hier. Sie tun alles für einen.«

»Oh, das ist ja gut.«

Neben uns gab das Baby ein miauendes Geräusch von sich, wie ein Kätzchen.

Es versuchte wieder, das Fäustchen in den Mund zu stecken.

»Kann ich sie mal halten?«, fragte ich.

»Wenn du willst.«

Ich beugte mich hinab und nahm das Baby, das fest in seine Decke gewickelt war, ganz vorsichtig hoch. Ich hielt es wie ein Päckchen. Es wandte mir seinen Kopf zu und kuschelte sich an meine Brust.

»Oh, Mary«, sagte ich, »sie ist so süß!«

Mary kramte in der Süßigkeitentüte und holte einen weiteren Black Jack heraus. Sie richtete ihre ganze Aufmerksamkeit darauf, ihn auszuwickeln, und sah das Baby nicht an.

»Sie ist so hübsch, Mary!«

»Wenn du meinst«, sagte sie lakonisch.

Als ich meiner Mum später von Mary berichtete und erzählte, wie entkräftet und desinteressiert an ihrem Baby sie schien, sagte sie mir, ich solle mir deshalb keine Sorgen machen.

»Ein Baby zu bekommen ist keine leichte Angelegenheit«, sagte sie. »Marys Körper muss sich wieder daran gewöhnen, nicht mehr schwanger zu sein, und sie muss sich mit dem Gedanken anfreunden, jetzt Mutter zu sein. Wenn man sein erstes Kind bekommt, ist das ein Schock für den ganzen Organismus … und dann die ganze Verantwortung und all das. Aber sie wird sich schon dran gewöhnen, das tun wir alle irgendwann.«

»War Rita ein Schock für deinen Organismus?«, fragte ich sie.

»Das war sie.«

»Sie wäre ein Schock für jedermanns Organismus«, sagte mein Bruder. »Ich finde es erstaunlich, dass du noch weitere Kinder bekommen hast.«

Mum lachte.

»Auf jeden Fall hat Mary Glück«, sagte sie und drückte meine Schulter, »denn du bist für sie da. Vielleicht kannst du sie dazu bringen, es positiv zu sehen.«

Ich nickte.

Mum sah mich an.

»Was denn?«

»Ich bin sehr stolz auf dich, Dottie.«

Ich lächelte.

»Aber hör mal – ich weiß ja, dass du dein Bestes gibst. Doch Mary und Ralph tragen die Verantwortung für dieses Baby – nicht du. Lass das nicht von deinem Leben Besitz ergreifen.«

»Werd ich nicht.«

»Braves Mädchen«, sagte Mum, dann fügte sie hinzu: »Solltest du dich nicht langsam fertig machen?«

»Fertig machen wofür?«

»Zum Ausgehen. Wolltest du dich nicht bei diesem netten jungen Mann dafür entschuldigen, dass du ihn gestern Abend versetzt hast?«

Ich umarmte meine Mutter.

»Du hast recht!«, rief ich und rannte nach oben, um mich umzuziehen.

Liebes Tagebuch,

ein Baby zu bekommen ist die natürlichste Sache der Welt, nicht wahr?

Jeden Tag bekommen Millionen von Frauen Babys. Angeblich ist es das Beste, was einem passieren kann, das Erfüllendste, die verdammt größte Auszeichnung, und ich versuche wirklich, es so zu sehen – aber für mich ist es nicht so.

Ich liebe Peggy, wirklich, aber ich bin einfach so wahnsinnig müde. Manchmal könnte ich sie einfach irgendeinem Fremden, der daherkommt, in die Hand drücken, nur um ein paar Stunden Schlaf zu bekommen.

Und manchmal träume ich davon, wie mein Leben hätte sein können. Ich sehe dann ein Zimmer im Dachgeschoss eines Hauses. Es steht ein Bett darin – mit Baumwolllaken, einer Patchworkdecke und voller schöner weicher Kissen. Mein Zimmer liegt unter der Dachschräge und hat ein quadratisches Fenster, aus dem man über Paris blicken kann. In meinem Traum rieche ich Leinöl und Terpentin. Meine Staffelei steht unter dem Fenster, und Stapel bemalter Leinwände lehnen an der Wand. Dann wache ich auf und bin in dieser schäbigen Wohnung in einer schäbigen Wohnsiedlung in Brighton. Hier gibt es keine Farbe, es riecht nur nach Trübsal. Mein Leben ist zu diesen vier Wänden zusammengeschrumpft.

Ich bin mir auch nicht mehr sicher, ob Dottie mich noch besonders mag. Ich sehe den Ausdruck auf ihrem Gesicht, wenn sie sich in der Wohnung umsieht. Ich höre, wie sie

›Tsetsetse!‹ macht, wenn Peggy eine nasse Windel hat, wie sie seufzt, wenn sie die Schmutzwäsche aufhebt, und ich höre, wie sie und Ralph miteinander lachen, wenn ich im Bett liege. Ich brauche ihre Hilfe, aber in letzter Zeit wünschte ich einfach, sie wäre nicht da.

So etwas möchte ich gar nicht empfinden, schließlich ist sie meine beste Freundin. Und wenn ich auf mein Leben zurückschaue, wird mir klar, dass sie immer der wichtigste Mensch für mich gewesen ist. Mit Dottie teile ich meine schönsten Erinnerungen. Manchmal tauchen sie zwischen Wachen und Schlafen wie Momentaufnahmen in meinem Kopf auf. Ich erinnere mich an die langen Sommertage, wie wir am Rande des Meeres stehen und schreien, während wir ins Wasser hineinrennen, und wie wir uns aneinanderklammern, wenn die eiskalte Gischt uns den Atem nimmt.

Manchmal möchte ich die Zeit zurückdrehen und noch einmal anfangen.

Tschüss, Tagebuch
Mary Bennett
Achtzehn Jahre

30. KAPITEL

Mary schien sich mit der Mutterschaft nicht anfreunden zu können. Es schien ihr nicht gut zu gehen, und sie hatte ganz offensichtlich keine Freude am Leben. Seit Peggys Geburt hatte Mary sich nicht wirklich erholt. Peggy – so hatten sie das Baby genannt. Ich wusste nicht, was ich von alldem halten sollte. Es war so, als hätte Mary innerlich abgeschaltet. Sie war zwar immer freundlich, aber man hatte das Gefühl, als hörte sie nur halb zu, wenn man mit ihr sprach. Sie hatte an nichts mehr Interesse. Ich wusste nicht, wie ich mich verhalten sollte, wie ich sie erreichen konnte. Ich erzählte ihrer Mutter, dass ich mir Sorgen um Mary machte, doch die war der Ansicht, sie müsse sich einfach nur mal richtig ausruhen.

»Dann wird sie sich wieder pudelwohl fühlen«, sagte Marys Mutter. »So müde zu sein ist nicht ungewöhnlich bei jungen Müttern, weißt du?«

Mary schlief, wenn sie nicht unbedingt wach sein musste. Es war Ende Januar, und inzwischen waren alle wegen Marys Erschöpfung besorgt. Ihre Mutter brachte sie schließlich zum Arzt.

»Meine Eisenwerte sind im Keller«, sagte Mary, als ich sie das nächste Mal besuchte. »Der Arzt hat mir Tabletten gegeben. Er sagt, das könne passieren, wenn man ein Kind bekommen hat. Also wird's mir hoffentlich bald wieder besser gehen.«

Ich hoffte sehr, dass die Tabletten bald Wirkung zeigten und es Mary besser ging. Ich wünschte mir meine Freundin zurück.

Als ich Mary kurze Zeit später besuchte, fand ich sie in Tränen aufgelöst.

»Sie lässt sich nicht stillen«, schluchzte sie. Peggys Gesicht war ganz rot und verschwitzt, sie sah zerknautscht aus und brüllte sich die Seele aus dem Leib.

»Vielleicht hat sie keinen Hunger«, meinte ich.

»Aber natürlich hat sie Hunger«, rief Mary. »Sie ist immer verdammt hungrig!«

Ich nahm Peggy auf den Arm und lehnte sie an meine Schulter. Ich lief mit ihr durch die Wohnung und flüsterte ihr beruhigende Worte zu. Allmählich ebbte ihr Weinen ab. Sie hatte noch Schluckauf und versuchte, Atem zu holen, aber wenigstens hatte sie zu schreien aufgehört.

»Warum legst du dich nicht ein bisschen hin, Mary?«, schlug ich vor.

»Ja, ich glaube, das mach ich«, sagte sie. »Wenn ich doch nur nicht ständig so müde wäre! Diese Tabletten bringen überhaupt nichts, außer dass ich jetzt auch noch Verstopfung gekriegt habe.«

»Es wird besser werden«, sagte ich beschwichtigend, ohne wirklich zu wissen, ob das auch stimmte.

Mary versuchte nicht mehr, Peggy zu stillen, sie gab ihr jetzt das Fläschchen. Wenn ich zum richtigen Zeitpunkt da war, übernahm ich es manchmal. Ich liebte es, ihr das Fläschchen zu geben und dabei zu sehen, wie sie mir beim Saugen ins Gesicht blickte, wie sich ihre winzigen Lippen um den Gummisauger schlossen und wie schließlich ein Ausdruck völliger Zufriedenheit auf ihrem Gesicht erschien, wenn ihr Bauch sich füllte. Ich fand sie unglaublich faszinierend. Es gefiel mir so sehr, sie zu halten, sie zu baden und mit ihr auf der Schulter durch die Wohnung zu laufen. Ich konnte einfach nicht begreifen, wie Mary an diesem wunderbaren, reizenden kleinen Wesen mit seinen winzigen rosa Fingernägeln und den hübschen, fragenden Augen kein Interesse haben konnte.

Natürlich hatte ich gut reden, ich konnte ja kommen und gehen, wann ich wollte – schließlich war ich nicht täglich rund um die Uhr für sie verantwortlich. Ich konnte sie im Wohnzimmer vor dem Gasofen in ihrer kleinen Plastikwanne baden, sie trocken tupfen, sie pudern, ihr frische Sachen anziehen, sie füttern und dann wieder gehen. Ich konnte einfach ins Café gehen, um Steve dort zu treffen, konnte lachen, tanzen, singen, war frei. Ich wurde nicht drei- oder viermal in der Nacht von Peggys Schreien geweckt, musste nicht mit ihr auf und ab gehen und dabei endlose Schlaflieder singen, damit sie zu weinen aufhörte und die Nachbarn nicht mehr störte.

Das alles war mir wohl klar, trotzdem verstand ich einfach nicht, wie sich Mary so dermaßen von ihrem Baby distanziert haben konnte. Ich war zwar bloß die beste Freundin von Peggys Mutter, aber dennoch wünschte ich mir, dass Peggy nur in lächelnde Gesichter blickte. Ich wollte, dass ihre Tage voller Blumen und Spielzeug waren und dass sie abends Schlaflieder vorgesungen bekam und mit ihr gekuschelt wurde. Ich wollte, dass sie immer einen vollen Bauch hatte und warme, saubere Kleidung trug. Mich um das Baby zu kümmern kam mir nicht wie eine lästige Pflicht vor. Ich musste mir alle Mühe geben, um die Geduld mit Mary nicht zu verlieren, denn sie verhielt sich so, als wäre ihr alles egal. Aber war es an mir, ihr Vorwürfe zu machen? Ich wusste ja nicht, was es hieß, wenn man für ein anderes Leben, ein kleines Leben, verantwortlich war.

Gelegentlich ertappte ich mich bei dem Gedanken, dass Mary schließlich selbst Schuld an ihrer Lage hatte. Ihr Leben war nicht halb so furchtbar, wie sie es darstellte. Sie hatte ein hübsches Zuhause, einen netten Mann, ein süßes Baby … Ich hätte gern mit ihr getauscht, jederzeit – allerdings hätte ich es genossen. Nachdem mir diese Gedanken durch den Kopf gegangen waren, kam ich mir treulos vor, wie eine schlechte

Freundin. Dabei hätte ich ihr doch helfen sollen, wo immer ich konnte.

»Nun sieh sie dir nur mal an«, sagte ich zu Mary. »Sieh dir ihr kleines Gesichtchen mal an! Sie versucht zu lächeln, man kann sehen, wie sehr sie's versucht! Sie bewegt die Ärmchen auf und ab, als ob ihr das dabei helfen würde! Oh, sie ist ja so goldig!«

Als ich mich umdrehte, sah ich die Verzweiflung auf Marys Gesicht. Ich schluckte meinen Unmut hinunter, setzte Peggy auf ihre Decke auf dem Boden und schlang meine Arme um Mary. Sie fing zu weinen an.

»Ich wollte nicht, dass es so läuft«, brach es aus ihr hervor. »So sollte mein Leben nicht verlaufen! Eigentlich sollte jetzt meine beste Zeit sein, ich sollte mich amüsieren, schöne Kleider tragen und auf Partys gehen – stattdessen stecke ich hier in dieser Wohnung fest, mit einem Mann, den ich kaum kenne, und einem Baby, das mich nicht mag!«

»Aber natürlich mag sie dich! Du bist doch ihre Mutter!«

»Sie mag mich nicht! Sie kann mich schließlich zu nichts gebrauchen. Ich kann sie nicht mal stillen!«

Mary weinte, und ich saß bei ihr, umarmte sie, küsste sie auf die Stirn und versicherte ihr, dass alles schon werden würde. Gespräche wie dieses hatten wir unzählige Male. Nichts, was ich sagte, konnte Mary aufmuntern. Sie wollte es einfach nicht positiv sehen, beharrte eisern darauf, dass Peggy sie nicht mögen würde. Ich kam nicht gut damit klar, dass sie das Baby dafür verantwortlich machte. Von meinem Leben konnte ich Mary nichts erzählen. Entweder provozierte ich damit, dass sie in Tränen des Selbstmitleids ausbrach, oder sie machte mir mit gewissen Äußerungen Schuldgefühle, weil ich mich amüsierte, während sie in ihrem Leben gefangen war. Sie verübelte mir, dass ich frei war, ärgerte sich über Peggy, weil sie dachte, dass das Baby sie nicht liebte, und nahm Ralph übel, dass er zur Arbeit ging, während sie an die Wohnung gebunden war.

Ich hatte sehr gemischte Gefühle Mary gegenüber. Früher war es mir nie so gegangen, wir hatten uns immer alles erzählen können. Aber jetzt verbarg ich meine Gedanken vor ihr und ärgerte mich über sie – und das war nicht gut. Stattdessen hätte ich eigentlich versuchen müssen, ihr noch mehr zu helfen. So gewöhnte ich mir an, jeden Abend nach der Arbeit nach ihr zu sehen und Steve nur an den Wochenenden zu treffen. In Marys Wohnung herrschte völliges Chaos, und allmählich roch es schlecht, weil überall schmutzige Windeln herumlagen. Ich verstand einfach nicht, warum Mary so geworden war. Sie war gar nicht mehr sie selbst, die Mary, die ich kannte. Also ging ich jeden Abend hin, machte sauber und spielte mit Peggy. Mum sagte, dass ich zu viel Zeit dort verbrachte und dass ich nicht für Peggy verantwortlich war. Sie fand, ich solle Ralph und Mary ihr Leben leben lassen, aber sie wusste ja schließlich auch nicht, wie es dort aussah und dass sich Mary nicht richtig um Peggy kümmerte. Mrs. Pickles kam jeden Tag vorbei und half Mary, so viel sie konnte, doch sie hatte noch ihre sechs Söhne und einen Ehemann zu versorgen. Sobald ich da war, zog sie schon ihren Mantel an, sodass wir nie viel miteinander sprachen.

Ich ging Ralph aus dem Weg, indem ich früh genug wieder weg war. Eines Abends hatte ich mich in der Zeit ein wenig verschätzt. Peggy war erkältet, und es gelang mir nicht, sie zu beruhigen. Als Ralph nach Hause kam, war ich immer noch da. Zuerst war es uns eher peinlich, und wir wussten nicht, was wir zueinander sagen sollten. Also beschäftigten wir uns mit dem Baby. Doch nach diesem Abend blieb ich immer häufiger etwas länger, sodass ich Ralph noch traf. Ich freute mich darauf, ihn zu sehen. Mary lag fast immer im Bett, und Ralph und ich setzten uns zu einem Kaffee zusammen und redeten von Alltäglichem. Ich erzählte von meiner Arbeit und er von seiner. Wir sprachen auch über Mary und darüber, dass sie mit allem nicht klarkam, keine Bindung mit dem Baby einging, wie sie es hätte tun sollen. Wir lachten über dumme Kleinigkeiten, ganz wie früher, und ich schätzte diese Momente sehr.

Liebes Tagebuch,

Ralph ist nett und geduldig mit mir, er verurteilt mich nicht. Er ist so lieb zu Peggy. Ich liege auf der Couch herum und sehe den beiden zu. Wenn sie seine Stimme hört, leuchten ihre Augen auf. Ich wäre gern eine bessere Mutter. Ich hoffe sogar, dass ich eines Tages eine bessere Ehefrau sein werde. Ich hatte mich immer gefragt, was Dottie nur in ihm sieht, aber jetzt verstehe ich es. Ralph Bennett ist ein guter Mensch. Mum hat gesagt, dass wir vielleicht im Laufe der Zeit lernen werden, mehr Zuneigung füreinander zu empfinden. Er ist nicht Elton, ich kann ihm nicht die Gefühle entgegenbringen, die ich für Elton habe, aber wir sind Freunde, und das ist doch schon mal ein guter Anfang.

Gestern war Weihnachten. Wir drei waren ganz friedlich unter uns. Es war nett. Ralph hat Peggy ein rosa Häschen gekauft, und sie liebt es. Sie hat es sich ans Gesichtchen gehalten und die Nase daran gerieben und uns damit zum Lachen gebracht. Dann hat mir Ralph ein in rotes Papier gewickeltes Päckchen gegeben, das mit einer grünen Satinschleife zusammengebunden war. Ich hab's aufgerissen, und es war ein großer Skizzenblock mit richtig gutem Zeichenpapier drin, besser als alle, die ich jemals gehabt habe, und dann noch ein Kästchen mit Bleistiften, ein Radiergummi und ein Spitzer. Ich hab alles auf dem Fußboden im Wohnzimmer ausgebreitet. Ralph hat gesagt, es sei zwar nicht Paris, aber das Beste, was er tun könne. In diesem Augenblick hab ich ihn wirklich ein bisschen geliebt.

Während Ralph auf der Arbeit ist, zeichne ich jetzt das Baby. Ich habe ein paar Entwürfe von ihr gemacht, wie sie schläft und wie sie wach auf dem Rücken oder auf dem Bauch liegt und mit den kleinen Ärmchen herumwackelt. Ich werde immer besser. Ich habe Detailstudien ihrer Ohren, ihrer Augen und ihrer süßen kleinen Hände gemacht, aber ich zeige die Zeichnungen niemandem und habe sie unterm Bett versteckt.

Hab ich dir schon gesagt, dass Peggys Augen von einem wundervollen Dunkelblau sind? Habe ich dir erzählt, dass ihre Haare einen wunderschönen Rotton haben? Und habe ich dir auch schon gesagt, dass ich mir keine schönere Farbe an ihr vorstellen kann?

Tschüss, Tagebuch
Mary Bennett (Ausnahmekünstlerin)
Achtzehn Jahre

31. KAPITEL

Weihnachten kam und ging vorbei. Früher einmal war das für mich die schönste Zeit des Jahres gewesen, doch in diesem Jahr hatte ich einfach keinen Sinn dafür. Wie üblich schauten Tante Brenda, Onkel Ernie und Carol vorbei, und Rita und Nigel kamen zum Abendessen. Ich spielte eine Runde Scharade mit und dann *Ludo* mit Dad, aber tief im Innern hoffte ich, der Tag möge bald zu Ende gehen. Steve hatte mir einen großen braunen Teddybären geschenkt und ich ihm die neueste LP von Eddie Cochran. Da ich es einfach nicht ertragen konnte zu sehen, wie Mary und Ralph an diesem Tag glückliche Familie spielten, besuchte ich die beiden nicht. Ich wartete damit, bis alles vorüber war.

Einige Wochen später hatte ich schon mittags Feierabend und ging für Mary und Peggy Geschenke kaufen. Peggy hatte nichts Neues zum Spielen, nur das alte Spielzeug, das Marys Mutter ihr gegeben hatte, und das meiste davon war für Jungen gedacht. Peggy war jetzt einen Monat alt, und ich hatte bemerkt, dass sie anfing, nach Dingen zu greifen. Wenn ich mich zu ihr hinunterbeugte, fasste sie in mein Haar und wickelte es sich um die rundlichen kleinen Finger, und sie lutschte am Zipfel ihrer Decke. Ich entschied mich für eine weiche rosa Rassel in Form eines Teddys. Für Mary kaufte ich ein paar Zeitschriften, eine Tüte mit Süßigkeiten und einen Lippenstift. Seit Peggys Geburt hatte ich sie kein Make-up mehr tragen sehen, und ich hoffte, es würde sie vielleicht ein wenig aufheitern.

Als ich zu den Wohnungen kam, konnte ich schon auf den Stufen hören, dass Peggy weinte. Mit dem Schlüssel, der unter der Fußmatte versteckt war, öffnete ich die Wohnungstür und rief nach Mary, doch ich bekam keine Antwort. Peggy lag im Wohnzimmer in ihrem Korb und schrie. Sie schwitzte und hatte ein rotes Gesicht. Ich nahm sie heraus. Sie war ganz durchnässt und roch stark nach Urin. Sobald sie in meinen Armen lag, beruhigte sie sich und schrie immer weniger, bis sie nur noch herzerweichende verschluckte Seufzer von sich gab.

»Armes Baby«, gurrte ich und küsste ihre seidenweiche Stirn. »Arme kleine Peggy, keine Angst, Dottie ist jetzt hier. Mary?«, rief ich erneut, diesmal etwas lauter. Mary kam aus dem Schlafzimmer und rieb sich die Augen.

»Was ist denn?«, fragte sie verschlafen.

»Oh, Mary!«, rief ich ärgerlich aus. »Hast du sie nicht gehört?«

Mary gähnte. »Ich hab geschlafen.«

»Peggy ist total nass! Erzähl mir nicht, dass du nicht gehört hast, wie sie geweint hat!«

»Offenbar hab ich es wirklich nicht gehört«, sagte Mary. »Gib sie mir, ich wechsle ihr die Windeln.«

»Bist du sicher, dass du weißt, wie das geht?«

»Was soll das denn bitte heißen?«, sagte sie und sah mich wütend an.

»Allzu oft tust du das ja anscheinend nicht, oder?«

»Dann mach du's doch«, sagte Mary. »Du hast recht! Bestimmt machst du das viel besser!«

Da bereute ich, was ich gesagt hatte.

»Es tut mir leid, Mary, so hab ich das nicht gemeint! Ich kann das nicht besser als du, ich war einfach …«

»Ich hatte mich doch nur ein oder zwei Minütchen hinlegen wollen«, sagte Mary mit einem Aufschluchzen. »Ich wollte gar nicht schlafen!«

»Nein, natürlich nicht. Es ist ja alles in Ordnung«, sagte ich. »Reg dich nicht auf. Ich bin ja jetzt hier.«

Mary setzte sich aufs Sofa und sah mir zu, wie ich Peggy wickelte.

»Ja, wie geht es unserem kleinen sauberen Mädchen denn jetzt?«, fragte ich und kitzelte sie unterm Kinn. Peggy gluckste, und ich kitzelte sie noch einmal.

»Sie hat dich lieber als mich«, sagte Mary.

»Das stimmt doch gar nicht.«

»Doch, das tut sie«, sagte Mary und starrte mich an, bevor sie hinzufügte: »Du weißt, dass das so ist.«

»Mary, hör doch auf damit. Ich habe sie über eine Woche nicht gesehen. Sie lächelt nur zurück, weil ich sie anlächle. Sie liebt einfach die Aufmerksamkeit, die man ihr schenkt. Hier, warum nimmst du sie nicht mal?«

»Nein«, sagte Mary und wich vor dem Baby zurück, das ich ihr hinhielt – vor ihrem Baby. »Ist schon okay.«

Sie lehnte sich wieder im Sofa zurück und schloss die Augen. Sie sah aus wie ein kleines Mädchen, ein zerbrechliches, trauriges kleines Mädchen.

»Isst du eigentlich was Richtiges?«, fragte ich. »Du siehst aus, als hättest du abgenommen.«

Mary seufzte und schüttelte den Kopf. »Ich habe keinen großen Appetit. Ich bin zu müde zum Essen. Ich bin zu allem zu müde.«

»Vielleicht solltest du doch noch einmal zum Arzt gehen«, schlug ich vor.

»Das sagt Ralph auch.«

Wenn Mary so von Ralph sprach, versetzte es mir immer einen Stich, denn mir wurde bewusst, dass sie jetzt eine Familie waren und gemeinsame Entscheidungen trafen. Ich wusste, dass das schäbig und eifersüchtig war, doch ich konnte nicht anders.

Ich breitete ein frisches Laken in Peggys Korb aus und legte sie hinein. Dann setzte ich mich neben Mary aufs Sofa und nahm ihre Hand. Sie war kalt und kam mir noch kleiner vor als sonst.

»Ich finde, Ralph hat recht«, sagte ich.

»Er hat gesagt, dass er einen Termin für mich ausmacht«, sagte Mary. »Wenn mir der Arzt einfach ein stärkendes Tonikum oder so etwas geben könnte, damit ich nicht mehr so müde bin. Ich bin sicher, dass ich mich dann besser um Peggy kümmern könnte.«

»Sicher.«

»Ich versuch's doch, Dottie, aber alles erschöpft mich so dermaßen, dass es leichter ist, wenn ich es meine Mutter, dich oder Ralph machen lasse. Ich kann mir vorstellen, was ihr alle über mich denkt. Ihr haltet mich sicher für eine faule Kuh und schlechte Mutter.«

»Auf keinen Fall«, versicherte ich, doch ich musste mir eingestehen, dass ich das manchmal schon gedacht hatte.

»Und weißt du was, Dottie?«, fügte sie noch hinzu. »Es ist mir gleich, denn ich bin einfach zu müde, um mir einen Kopf drum zu machen.«

»Ich hab ein Geschenk für dich«, sagte ich und reichte ihr die Papiertüte mit dem Lippenstift. Sie holte ihn heraus, nahm den Deckel ab und schob ihn heraus, um die Farbe zu sehen. Es war ein blässlicher Pfirsichton, der ihr gut stehen würde. Sie betrachtete ihn einen Moment und legte ihn dann hin.

»Gefällt er dir?«, fragte ich.

»Er ist sehr schön, vielen Dank«, sagte sie, doch an ihrem Tonfall merkte ich, dass sie ihn wahrscheinlich nie benutzen würde.

»Soll ich dir ein Sandwich machen?«

»Nein danke, ich glaube, ich lege mich lieber noch ein bisschen ins Bett, wo du jetzt da bist. Vielleicht könntest du ja ein bisschen mit Peggy spazieren gehen oder so etwas. Sie sollte frische Luft bekommen, das soll gut sein für sie.«

Mary ging zu dem Korb hinüber und blickte auf ihr Baby hinunter.

»Tut mir leid, Kleines«, sagte sie. »Es tut mir leid, dass ich so unnütz bin. Dottie wäre besser deine Mutter geworden. Sie hätte das viel besser hinbekommen als ich.«

Ich versuchte, mich von dieser Äußerung nicht verärgern zu lassen, aber es gelang mir nicht. Sie ärgerte und verstimmte mich. Ich war verletzt. Aber es war nicht nur das Selbstmitleid in Marys Stimme, schließlich hatte keiner sie dazu gezwungen, mit Ralph ins Bett zu gehen und schwanger zu werden. Sie hatte recht – ich hätte Peggys Mutter werden sollen! Wenn irgendjemand ein Baby von Ralph Bennett hätte bekommen sollen, dann ich! Und wäre ich es gewesen, würde ich dieses Baby mit jeder Faser meines Wesens lieben, mich um es kümmern und zusehen, dass es immer sauber, trocken und fröhlich war. Ich hätte mich nie und nimmer schlafen gelegt und Peggy weinend mit wundem Popo in einer nassen Windel in ihrem eigenen Pipi liegen lassen. Und wenn mir so etwas passiert wäre, hätte ich mich niemals deswegen selbst bedauert. Solche Gedanken gingen mir im Kopf herum, sie waren ungerecht und beschämten mich.

Ich konnte Mary kaum ansehen.

Ich wartete ab, bis sie ins Schlafzimmer zurückgegangen war, dann schloss ich die Tür und nahm Peggy hoch. Die Augen fielen ihr allmählich zu. Mit dem Finger fuhr ich die Kontur ihres Gesichtchens nach. Sie war ein so hübsches Baby.

Es war gar nicht so leicht, den Kinderwagen die Stufen hinunterzubekommen. Wenn es mir schon schwerfiel, die ich gesund und stark war, dann war es für jemanden, der so schwach und müde war wie Mary, schlicht unmöglich. Sobald ich den Kinderwagen unten hatte, ging ich wieder nach oben in die Wohnung zurück und holte Peggy. Ich setzte sie hinein und lief los. Es war leicht windig, aber trocken. Ich trug meinen marinefarbenen Dufflecoat, einen passenden grünen Schal und die Handschuhe dazu, die mir Tante Brenda zu Weihnachten gestrickt hatte. Peggy blickte mich unter einer roten, flauschigen Mütze heraus an; sie war warm und kuschelig eingepackt.

Ich ging mit ihr in den Park und setzte mich auf eine Bank mit Blick auf den Bootsteich, an dem Leute mit ihren ferngesteuerten Modellbooten spielten. Sie kauerten am Ufer und steuerten die Boote mit kleinen schwarzen Kästchen. Die Luft roch beißend nach Benzin. Ich war besorgt wegen der Dämpfe und zog das Schutzdach über den Kinderwagen. Die Leute, die an mir vorübergingen, lächelten mich an, und manchmal machten sie halt, um in den Kinderwagen zu schauen. Sie machten mir Komplimente wegen Peggy und sagten, was für ein hübsches Baby sie doch sei. Ich wusste, dass sie mich für die Mutter hielten, und ich ließ sie in dem Glauben. Stundenlang blieb ich mit Peggy weg. Ich sah keinen Sinn darin, mit ihr in die Wohnung zurückzugehen, und ich konnte mir auch nicht vorstellen, eine weitere Runde Trübsal von Mary zu ertragen. Ich hatte ein Fläschchen für Peggy dabei, das ich in ein Handtuch gewickelt unten in den Kinderwagen gelegt hatte. Obwohl es nun nicht mehr allzu warm war, schien Peggy nichts dagegen zu haben. Ich setzte mich in einem der Cafés an einen Tisch und fütterte sie, trank währenddessen einen Milchkaffee und aß eine Hefeschnecke. An einer Wand waren viele Aushänge, und einer davon war von einer Mutter-Kind-Gruppe in der örtlichen Kirche. Ich fragte das Mädchen hinter der Theke nach einem Stift und schrieb mir die Nummer auf, um sie Mary zu geben. Vielleicht würde sie dort andere junge Mütter treffen. Ich wurde immer ärgerlicher auf Mary. Sie hatte noch nicht einmal versucht, eine gute Mutter zu sein, hatte sich überhaupt keine Mühe gegeben und gleich die

Flinte ins Korn geworfen. Wieder kam mir der Gedanke, dass ich Peggy vielleicht eine bessere Mutter wäre, sie mehr lieben würde als Mary. Manchmal hatte ich den Eindruck, dass es ihr völlig egal wäre, wenn Ralph einfach mit Peggy und mir davonlaufen würde. Manchmal wünschte ich mir sogar, meine beste Freundin Mary Pickles würde einfach verschwinden. Doch vor allem beunruhigte mich, dass sie Peggys Weinen nicht mitbekommen hatte, obwohl es sogar draußen zu hören gewesen war.

Als es zu regnen anfing, ging ich widerwillig zur Wohnung zurück.

Ich ließ den Kinderwagen am Fuß der Treppe stehen, hob die in ihre Decke eingewickelte Peggy heraus und ging hinauf. An der Tür erwartete mich Mrs. Pickles.

»Gott sei Dank bist du zurück!«, sagte sie. »Ich habe mir solche Sorgen gemacht!«

»Mary hat mich gebeten, mit Peggy ein bisschen an die frische Luft zu gehen«, sagte ich zu meiner Verteidigung.

»Ich weiß, meine Liebe, ich weiß. Aber jetzt nehme ich sie besser mal.«

»Was ist los? Ist etwas passiert? Ist mit Mary alles okay?«

»Nein, Dottie, das ist es nicht. Ich mache mir ziemlich große Sorgen um sie, und deswegen nehme ich sie und Peggy jetzt mit zu mir nach Hause.«

Ich folgte Mrs. Pickles ins Wohnzimmer. Mary saß auf der Couch und sah noch kleiner und blasser aus, als ich sie zurückgelassen hatte. Sie hatte ihren Mantel über das Nachthemd gezogen. Ich setzte mich neben sie und nahm ihre kleine Hand. Sie fühlte sich feuchtkalt an, und irgendwie war ein seltsamer Geruch um Mary, den ich noch nie zuvor wahrgenommen hatte. Sie roch überhaupt nicht mehr nach Mary. Ich vermutete, dass sie wahrscheinlich schon seit Wochen kein richtiges

Bad mehr genommen hatte. Ihre Haare waren strähnig und fettig, und ihre Haut sah schlimm aus.

Sie gab sich alle Mühe, mich anzulächeln. »Würdest du hier warten, bis Ralph nach Hause kommt, und ihm dann sagen, dass wir bei meiner Mutter sind, Dottie? Er müsste bald hier sein.«

»Klar, mach ich.«

»Ich weiß nicht, was mit mir los ist, Dottie.«

»Nichts ist los mit dir«, sagte ich und gab mir Mühe, sorglos zu klingen. »Ein paar Tage bei deiner Mutter und du wirst wieder auf dem Damm sein!« So etwas in der Art hörte sie wahrscheinlich von allen immer wieder.

»Ich hab Angst.«

»Es gibt nichts, wovor du Angst haben müsstest«, sagte ich.

»Du kommst doch noch vorbei, oder?«, fragte Mary. »Nachdem du Ralph Bescheid gesagt hast?«

»Ich kann nicht«, sagte ich, »ich bin mit ein paar Freunden verabredet.«

»Oh«, machte sie nur.

Marys Mutter warf mir einen merkwürdigen Blick zu, aber sie sagte nichts.

»Vielleicht danach?«, fragte Mary.

»Ich versuch's«, sagte ich.

32. KAPITEL

Sobald Marys Mutter mit den beiden gegangen war, begann ich, die Wohnung sauber zu machen. Ich spülte das schmutzige Geschirr, das sich in der Spüle stapelte, und putzte auf Händen und Knien den Küchenboden. Ich schrubbte jeden Zentimeter des Badezimmers. Dann ging ich ins Schlafzimmer.

Ich hob die Dreckwäsche auf, die Mary einfach auf den Teppich hatte fallen lassen, und auch wenn ich es nicht wollte, widerte mich ihre Schlampigkeit an. Auf dem Boden, der voller Staub und Haare war, lag schmutzige Babywäsche neben Marys benutzter Unterwäsche und ihren zerknitterten Nachthemden. Sie hatte so lange im Bett gelegen, dass die Laken leicht feucht und muffig und voller Flecken waren. Sie waren noch immer warm und rochen genauso seltsam wie Mary, irgendwie nach Schweiß und Elend. Ich legte Bettdecken und Überdecke an die Seite, zog die Laken ab und warf sie auf einen Haufen mit Schmutzwäsche. Später würde ich sie mit hinunter zum Waschsalon nehmen. Ich mühte mich damit ab, die Matratze umzudrehen. Dann holte ich ein paar saubere Laken aus dem Wäscheschrank im Badezimmer und bezog das Bett. Ich strich die Laken glatt. Mum hatte Rita und mir beigebracht, wie man die Ecken sauber gefaltet einsteckte, denn wie sie immer sagte, gab es nichts Schöneres im Leben als ein frisch gemachtes Bett. Ich ging zum Fenster hinüber und öffnete es weit, um frische Luft hereinzulassen. Es hatte aufgehört zu regnen, und es roch frisch und gut. Unmittelbar hinter den Gebäuden begannen die Downs. Ich stützte mich aufs Fensterbrett und blickte nach draußen über die sanften grünen Hügel, die sich wie gewaltige Arme um Brighton herumschlangen und die Stadt beschützten. Weiße Wolken zogen träge über den makellosen blauen Himmel.

Der Frühling stand vor der Tür, doch ich konnte mich nicht darauf freuen. Ich erinnerte mich daran, wie ich mit Ralph bei unserer ersten Verabredung in die Downs hochgewandert war.

Ich dachte daran zurück, wie ich neben ihm im Gras gesessen hatte, wie es sich angefühlt hatte, als er meine Hand zum ersten Mal berührte. Ich spürte, wie meine Kehle eng wurde; ich hatte das Gefühl, gleich nicht mehr atmen zu können, und dann brachen die Tränen aus mir hervor. Mein lautes Schluchzen erfüllte die Wohnung; es war, als ob ich mit jeder Faser meines Körpers weinen würde, als ob meine Augen die Menge der Tränen nicht bewältigen konnten, die mich zu ersticken drohten. Ich weinte um mich selbst, um Mary, um Ralph, um das, was hätte sein können und nie mehr sein würde. Ich bemerkte erst, dass er da war, als er sprach.

»Nicht, Dottie«, sagte er. »Bitte weine nicht.«

Er war ins Zimmer gekommen und stand nun hinter mir, nur ein paar Schritte von mir entfernt. Ich dachte an all die Dinge, die wir uns hätten sagen sollen, die wir gemeinsam hätten tun sollen, an das Leben, das wir hätten haben können, an all das, was ich verloren hatte, das mir genommen worden war. Seine Stimme löste etwas in mir aus, und ich schrie ihn an: »Wie konntest du das nur tun, Ralph? Wie konntest du?«, und dann schlug ich plötzlich auf ihn ein. Er versuchte nicht einmal, sich zu verteidigen, er stand nur da und sah mich hilflos an.

»Hast du mir nichts zu sagen?«, schrie ich.

»Es tut mir leid«, murmelte er, »es tut mir so leid!« Er trat auf mich zu und breitete die Arme aus, wollte mich halten, doch ich ließ es nicht zu. So fest ich konnte, stieß ich ihn von mir weg. Einen Augenblick lang standen wir da und starrten uns an. Er war blass und kleinlaut, und ich atmete schwer und weinte. Ich versuchte, meine Wut in den Griff zu bekommen, und schluckte. Mit dem Handrücken wischte ich mir die Nase.

»Leidtun ist nicht genug, Ralph«, sagte ich. »Du hast alles kaputt gemacht! Du hast mit meiner besten Freundin geschlafen – um Himmels willen! Glaubst du wirklich, mit Leidtun wäre es getan?«

Ralph setzte sich auf das frisch gemachte Bett. Er fuhr sich mit der Hand durchs Haar, bis es in alle Richtungen abstand.

»Ich wünschte, ich könnte es dir irgendwie begreiflich machen«, sagte er, »aber ich verstehe selbst nicht, was ich da getan habe. Ich verstehe nicht, wie ich dir, oder vielmehr uns, das antun konnte.«

Ich setzte mich neben ihn und klemmte mir die Hände zwischen die Knie.

»Du musst es versuchen, Ralph. Ich weiß, dass wir nichts mehr daran ändern können, aber ich brauche ein paar Antworten. Ich will wissen, was passiert ist!«

Ralph kniff die Augen zusammen, als würde er versuchen, sich an jene Nacht zu erinnern.

»Elton hat den ganzen Abend mit Gemma geflirtet«, sagte er dann. »Mary hat alles getrunken, was sie in die Finger bekam. Auch ich habe getrunken, wahrscheinlich mehr, als wenn du dabei gewesen wärst. Gegen Ende des Abends merkte ich, dass Mary nicht mehr da war. Ich vermutete, dass sie heimgegangen war, aber ich wollte lieber sichergehen und machte mich auf die Suche nach ihr. Schließlich fand ich sie in einem Umkleideraum hinter der Bühne. Der Bassist aus Eltons Band machte an ihr herum, also sagte ich zu ihm, er solle verschwinden, sie sei betrunken. Wir haben uns gestritten, und er ist abgehauen. Und dann …«

»Erzähl es mir.«

»Na ja, Mary lag da so auf einem Stapel alter Vorhänge und lächelte mich an. Sie hat etwas in der Art gesagt wie, sie hätte nicht gedacht, dass ich ein solcher Kerl sei. Ich sagte, dass ich sie besser nach Hause begleiten sollte, doch sie fragte, ob ich nicht einen Augenblick bei ihr bleiben wolle. Und ich sagte Ja. Also setzte ich mich neben sie, und wir haben dummes Zeug geredet. Wir waren beide so betrunken. Das Nächste, an das …« Er wandte den Blick ab und starrte an die Wand.

»Ja?«

»Dann haben wir uns geküsst und … Es ging alles so schnell. Ich weiß überhaupt nicht, wie das passiert ist. Und danach, nachdem wir's getan hatten, waren wir beide … na ja … Ich konnte nicht glauben, was ich getan hatte, und Mary ging es genauso. Das hat uns ziemlich schnell wieder nüchtern gemacht, und ich hab sie nach Hause gebracht.«

Ich schüttelte den Kopf und versuchte zu begreifen, was er mir gerade erzählt hatte. Ich hatte gehofft, etwas anderes zu hören. Etwas, das es mir leichter gemacht hätte, ihm zu verzeihen.

»Und das war schon alles?«

»Das war alles. Es ging schnell und war unsinnig, und ich hab danach gehofft, ich würde es irgendwie verdrängen können, wenn ich nicht darüber nachdenke. Ich habe gehofft, dass du nie davon erfahren würdest und es dich so auch nicht verletzen könnte.«

Die Wahrheit war also weder dramatisch noch aufregend – Ralph und Mary hatten keine heimliche Liebschaft gehabt oder so etwas in der Art. Die Wahrheit war banal, dumm und traurig. Sie waren einfach nur beide betrunken gewesen. Das war natürlich keine Entschuldigung für das, was sie getan hatten, aber zumindest hatten sie mich nicht verletzen wollen.

Ich war nun nicht mehr wütend, nur unsagbar traurig.

Ich streckte den Arm aus und legte meine Hand auf Ralphs.

»Ich weiß nicht, was ich jetzt tun und fühlen soll.«

»Ich liebe dich«, sagte er. »Ich habe nie aufgehört, dich zu lieben.«

Ich nahm sein Gesicht in meine Hände und küsste ihn. Er sah überrascht aus, doch dann erwiderte er ganz sanft den Kuss. Er küsste mich so liebevoll und zärtlich, dass ich es bis in die Zehenspitzen fühlte. Ich spürte etwas in meinem Bauch, das ich nicht kannte. Es hatte eine unwiderstehliche Kraft, eine Dringlichkeit, mir war, als wäre ich fürchterlich durstig und sähe ein Glas Wasser vor mir, als küsste ich den Mann, den ich liebte, und wüsste, dass ich nur einen Herzschlag davon entfernt war, ihn ganz zu besitzen.

Die Vorhänge neben mir bewegten sich im Wind. Ich spürte, wie Ralph von mir abrückte.

»Wo sind Mary und das Baby?«, fragte er.

Jetzt war ich ganz durcheinander. Wovon redete er da? Warum redete er überhaupt?

Er legte mir die Hände auf die Schultern. »Dottie, wo sind Mary und Peggy?« Natürlich – er wusste ja gar nicht, wo sie waren. Ralph sah mich an und wartete auf eine Antwort. »Dottie?«

Was hatte ich mir nur gedacht? War ich wirklich kurz davor gewesen, mit dem Ehemann meiner besten Freundin zu schlafen? Ich riss mich zusammen. Plötzlich hatte ich vor Augen, wie Mary da so dünn und blass auf der Couch gesessen hatte. »Marys Mutter hat sie mit zu sich nach Hause genommen, sie ist krank.«

Er schüttelte den Kopf, rieb sich mit dem Handrücken die Stirn und stand auf. »Ich muss gehen.« Er beugte sich zu mir hinunter und gab mir einen Kuss auf die Wange.

An der Schlafzimmertür drehte er sich noch einmal um.

»Es war nicht deine Schuld, Dottie!«

»Geh einfach«, sagte ich. »Geh!«

Als ich nach Hause kam, war Mum in der Küche und reinigte gerade den Herd. Sie richtete sich auf, als sie mich sah, und rieb sich das Kreuz. Ich blickte auf meine Schuhe hinunter. Ich fürchtete, sie würde es mir ansehen können, was ich gerade getan hatte.

»Warst du die ganze Zeit bei Mary?«

Ich antwortete ausweichend.

»Mrs. Pickles hat Mary und Peggy zu sich nach Hause geholt. Sie werden ein paar Tage dort bleiben, bis es Mary wieder etwas besser geht«, sagte ich.

»Wie geht es ihr jetzt?«

»Ich weiß nicht.«

»Was soll das heißen?«

»Ich bin nicht mit ihnen mitgegangen.«

»Was hast du denn dann gemacht?«

»Na ja, ich sollte auf Ralph warten, um ihm zu sagen, wo sie sind.«

»Also hat Ralph noch bei ihnen vorbeigeschaut?«

Ich war so erleichtert, dass sie keinen Verdacht schöpfte, dass ich meinem ganzen Unmut über Mary freien Lauf ließ.

»Du kannst dir nicht vorstellen, wie es dort aussieht!«, platzte es aus mir heraus. »Mary vernachlässigt das Baby! Sie verbringt die ganze Zeit im Bett oder auf der Couch und macht sonst gar nichts, Mum! Ehrlich, die Wohnung kann einen anekeln! Im Schlafzimmer lagen überall schmutzige Windeln und Schlüpfer herum. Also hab ich erst mal Ordnung gemacht.«

»Oh«, sagte Mum und klang nicht im Mindesten beeindruckt. »Beunruhigt es dich nicht, dass Mary die ganze Zeit über so müde ist? Meinst du nicht, dass da vielleicht etwas nicht stimmen könnte?«

Ich zuckte mit den Schultern und antwortete nicht.

»Oder kommt es dir sogar gelegen, dass es Mary nicht gut geht?«

Ich spürte, wie ich rot wurde.

»Was soll das denn heißen?«

»Das soll heißen, dass es dir einen Grund bietet, auf Mary wütend zu sein, wenn sie mit allem gerade nicht klarkommt. Es gibt dir sogar Grund, sie zu hassen.«

»Ich hasse sie doch nicht! Ich bin nur einfach …« Mir fehlten die Worte, und ich starrte zu Boden. All die Wut und Enttäuschung schwanden dahin. »Wie könnte ich Mary hassen?«, verteidigte ich mich. »Sie ist schließlich meine beste Freundin!«

»Ich weiß«, sagte Mum. »Deshalb hast du auch so heftige Gefühle ihr gegenüber. Darum berührt dich das alles so tief.«

»Aber sie lieben sich doch gar nicht!«

»Bist du dir da sicher, Dottie? Die Liebe hat verschiedene Gesichter. Unterstützt Ralph Mary? Hilft er ihr mit dem Baby?«

Ich dachte daran, wie geduldig er mit Mary war. Niemals hatte ich ihn ein schlechtes Wort über sie verlieren hören. Und er war sehr lieb zu Peggy.

»Ja, doch, er macht das prima.«

»Mary und Ralph sind verheiratet, Dottie, und ob sie sich lieben oder nicht, geht dich nichts an. Ich weiß, dass das schwer ist, aber so ist es nun mal.«

»Es geht mich wohl etwas an!«, gab ich heftig zurück. »Schließlich bin ich diejenige, die dasitzt und sich anhören muss, wie Mary unablässig davon redet, wie elend sie sich fühlt und wie unglücklich und nutzlos sie ist …«

»Mary ist deine beste Freundin, und du lässt sie hängen.«

»Aber ich helfe ihr doch!«

»Nein, das tust du nicht, meine Liebe. Du verurteilst und kritisierst sie – das hilft Mary nicht, und dir bringt es ganz sicher auch nichts. Du solltest damit aufhören.«

So etwas aus dem Munde meiner Mutter zu hören war nicht leicht, aber ich konnte das, was sie sagte, nicht auf die leichte Schulter nehmen. Sie war der weiseste Mensch, den ich kannte, und ich hatte ihrem Urteil immer vertraut.

»Was, wenn Mary sich nicht nur in Selbstmitleid suhlt? Was, wenn sie krank ist?«, fragte Mum.

Ich wusste nicht, was ich darauf erwidern sollte. Mit langsamen Schritten ging ich nach oben, meine Beine fühlten sich plötzlich an wie Blei. Ich setzte mich aufs Bett. Alles fühlte sich auf einmal so falsch an. Mums Worte gingen mir nicht mehr aus dem Kopf. Tief im Innern wusste ich, dass sie recht hatte. Sie hatte mir immer sinnvolle Ratschläge gegeben, und jetzt hatte ich sie enttäuscht. Ich legte mich aufs Bett, verschränkte die Arme hinterm Kopf und starrte auf den nassen Fleck an der Decke. Ich wollte an Ralph denken, an das, was gerade passiert war, also schloss ich die Augen und versuchte, mir in Erinnerung zu rufen, welches Gefühl der Kuss in mir hervorgerufen hatte, wie Ralph gerochen hatte und wie ich mich schön und wertvoll gefühlt hatte, doch es gelang mir nicht. Ich konnte nur noch daran denken, dass ich Mary hintergangen hatte. Das hatte ich zwar nicht wirklich, aber ich *hätte* es gern getan, bevor Ralph von mir abgerückt war. Als ich die Augen wieder schloss, sah ich Mary vor mir, wie sie sich über Peggys Korb beugte und mit ihr sprach.

Liebes Tagebuch,

es tut gut, zurück in der See Saw Lane zu sein. Ich bin froh, wieder in meinem eigenen kleinen Schlafzimmer zu liegen, und bin so glücklich wie schon lange nicht mehr. In der Wohnung hab ich mich nie zu Hause gefühlt. Jetzt liege ich hier im Bett und lausche, wie meine Brüder durchs Haus poltern. Sie kommen herein und setzen sich zu mir, bringen mich zum Lachen und Leben in meine kleine Bude.

Ralph und Mum kümmern sich um Peggy. Sie bringen sie zu mir, damit ich sie füttere und wickele, und dann liegt sie hier neben mir auf dem Bett. Ralph, Peggy und ich werden umsorgt und geliebt.

Ich weiß nicht, was mit mir los ist. Ich bin so müde, einfach so müde.

Tschüss
Mary Bennett (zu Hause)
Achtzehn Jahre

33. KAPITEL

Am nächsten Tag nach der Arbeit ging ich wieder bei Ralphs und Marys Wohnung vorbei, um fertig sauber zu machen. Dort, wo wir gesessen und uns geküsst hatten, war das Bett noch immer zerknautscht. Ich richtete es wieder, glättete die Laken und steckte die Enden der Decke unter die Matratze. Da bemerkte ich den Block unter dem Bett. Ich holte ihn hervor und blätterte ihn langsam durch. Peggys Augen sahen mich an. Ihre Wimpern waren so detailgetreu gezeichnet, dass sie echt aussahen. Jede Studie war perfekt – Peggys Augen, ihre Nase, ihr Mund. Es gab eine Studie von ihrer molligen kleinen Hand mit dem Babyspeck ums Handgelenk und dann Zeichnungen von Ralph. Ralph, wie er Peggy auf dem Schoß hält und sie anlacht. Ralph schlafend, mit dem Baby auf der Brust. Ralph in Pose mit leicht verlegenem Blick und einem angedeuteten Lächeln im Gesicht. Mary hatte ihre Familie gezeichnet – und Ralph gehörte dazu.

Ohne es zu wollen, musste ich an den vergangenen Abend zurückdenken.

Ralph war von mir abgerückt, er war tatsächlich vor mir zurückgewichen. Er hatte nicht mit mir schlafen wollen. Mir war schlecht, ich war verwirrt und beschämt. Ich schloss den Skizzenblock und legte ihn unters Bett zurück. Die Worte meiner Mutter kamen mir in den Sinn: »Die Liebe hat verschiedene Gesichter, Dottie.«

Als ich wieder nach Hause kam, saß Mum am Küchentisch. Ich wollte nicht mit ihr reden. Ich wollte mit niemandem reden, aber sie sagte: »Setz dich einen Moment, mein Schatz.«

»Können wir uns nachher unterhalten?«, bat ich und hängte meinen Mantel an den Haken hinter der Tür.

»Setz dich, Dottie, ich mach uns erst mal eine Tasse Tee.«

Also setzte ich mich und wartete.

Es war ungewöhnlich ruhig in der Küche. Wir sagten beide kein Wort, man hörte nur das Zischen des Wasserkessels und dann das Geräusch, wie das kochende Wasser in die Tassen gegossen wurde. Der Löffel schepperte am Porzellan, als Mum den Zucker hineinrührte. Ich wartete ab.

Mum stellte die beiden Teetassen auf den Tisch, dann streckte sie den Arm aus und nahm meine Hand.

»Mary ist im Krankenhaus«, sagte sie.

Es fiel mir schwer, mich auf das zu konzentrieren, was sie sagte. Obwohl ich sah, wie sich ihre Lippen bewegten, konnte ich nichts verstehen, als ob ich mein Gehör verloren hätte. Ich konnte nur noch an die Zeichnungen denken und daran, wie Ralph von mir abgerückt war. Wenn Mum doch einfach still wäre!

Ich schüttelte den Kopf und versuchte, ihn wieder klarzubekommen. »Mary ist wo?«

»Sie haben sie mit dem Notarztwagen ins Krankenhaus gebracht. Warren ist vorbeigekommen, um dir Bescheid zu geben.«

»Das ist doch gut, oder? Da ist sie unter Beobachtung und kann sich mal richtig ausruhen. Schließlich muss sie dort keinen Finger rühren.«

Mum seufzte. »Sie ist nicht zum Ausruhen ins Krankenhaus gekommen, Dottie.«

»Warum denn sonst?«

»Sie hat Nasenbluten bekommen und eine Menge Blut dabei verloren. Mrs. Pickles hat versucht, sie davon zu überzeugen, besser gleich ins Krankenhaus zu gehen, aber sie wollte warten, bis Ralph von der Arbeit kommt.«

Ich war verwirrt. Mums Worte kamen zwar bei mir an, doch sie schienen keinen Sinn zu ergeben. Ich versuchte zu überhören, dass Mary auf Ralph hatte warten wollen.

»Aber Nasenbluten ist doch nichts Ernstes«, sagte ich. »Das hat doch jeder mal. Clark hat es früher ständig gehabt.«

Mum schüttelte den Kopf. »Manchmal ist Nasenbluten Symptom von etwas anderem.«

»Wovon zum Beispiel?« Aufgebracht funkelte ich sie an. Ich war schrecklich wütend, nicht unbedingt auf sie, sondern auf alle, auf die ganze Welt.

»Die Ärzte wollen ein paar Tests machen«, sagte Mum. »Vielleicht hat sie ja gar nichts, aber …«

»Sie ist sicher nicht krank. Sie ist einfach nur müde, das ist alles«, beharrte ich. »Alle haben mir erzählt, dass man müde ist, wenn man ein Kind bekommen hat – du hast das gesagt, Marys Mutter hat das gesagt.«

Mum lächelte mich an. »Wahrscheinlich ist das auch alles. Vermutlich ist es nichts, worum wir uns Sorgen machen müssten. Wenigstens ist sie nicht allein dort, Ralph ist bei ihr.«

Ich stöhnte auf.

»Dottie?«

Mum stand auf und kam zu mir herüber. Ich war nicht in der Lage, sie anzusehen. Um nicht laut aufzuschluchzen oder zu schreien, kniff ich die Augen fest zusammen und biss mir in die Faust.

»Oh, Dottie, Schatz!« Sachte schob mir Mum das Haar aus dem Gesicht und streichelte mir über die Wange. »Versuch, dir keine Sorgen zu machen! Ich bin sicher, dass Mary in Ordnung kommt.«

»Wo ist Peggy?«, flüsterte ich. »Wenn Ralph bei Mary im Krankenhaus ist …«

»Ich gehe mal davon aus, dass sie bei ihrer Großmutter ist.«

Jetzt begann ich zu weinen. Ich wurde von heftigen Schluchzern geschüttelt.

Mum schlang ihre Arme um mich und drückte mich sanft an sich, wiegte mich hin und her, als wäre ich ein kleines Kind. Sie ließ mich eine Weile weinen, und als mein Schluchzen abebbte, sagte sie: »Es wird schon alles wieder ins Lot kommen. Zurzeit mag alles schlimm aussehen, aber ...«

Ich schüttelte den Kopf. »Nein«, widersprach ich. »Nichts wird je wieder ins Lot kommen!«

Mum seufzte. »Wir haben alle ein wenig zu viel von dir erwartet«, meinte sie. »Schließlich hast du so viel mitgemacht, nicht wahr? Man hat dich sehr verletzt, aber es gab nicht viel, was du machen konntest, da die Menschen, die dich verletzt haben, die beiden Menschen sind, die du liebst.«

Ich klammerte mich an Mum, und sie hielt mich fest.

»Und du hast die ganze Zeit all diese Wut und den Schmerz mit dir herumgetragen und niemanden gehabt, auf den du hättest wütend sein können – denn eigentlich hatte niemand wirklich Schuld. Und wir haben alle von dir erwartet, dass du damit fertigwirst und Mary trotzdem unterstützt. Du hast zusehen müssen, wie sie Ralph geheiratet hat, hast ihnen dabei geholfen, eine Wohnung zu bekommen, hast dich sogar um das Baby gekümmert. Was du getan hast, war tapfer, du warst treu und stark.«

Mum küsste mich auf den Kopf und drückte mich. Am liebsten hätte ich ihr alles erzählt, aber ich konnte einfach nicht.

Ich schluckte die Schuldgefühle hinunter und wischte mir die Augen.

»Mary wird wieder in Ordnung kommen, nicht?«

»Ich will es hoffen«, sagte sie.

»Mum?«

»Ich bin sicher, dass sie wieder gesund wird.«

Liebes Tagebuch,

sie haben mich ins Krankenhaus gebracht – keine Sorge, ich habe dich mitgenommen. Ich hab eigentlich gar nichts dagegen, hier zu sein. Hoffentlich finden die Ärzte heraus, was mir fehlt. Vielleicht können sie mir ein paar Tabletten geben, damit es mir wieder besser geht. Alle sind ganz lieb zu mir, ich werde ziemlich verwöhnt.

Meine Brüder haben schon vorbeigeschaut. Sie sahen alle so sauber und adrett aus in ihren besten Klamotten. Ich möchte wetten, meine Mutter steckt dahinter, dass sie sich so schick gemacht haben, ich kann mir nicht vorstellen, dass sie allein auf die Idee gekommen sind. Sie kommen immer einzeln oder zu zweit, und dann schauen sie aus dem Fenster, lehnen sich an die Wand oder blättern durch irgendwelche Magazine, die sie eigentlich gar nicht lesen wollen. Sie wirken unbeholfen und sehr jung.

Winston stand mit gesenktem Kopf neben meinem Bett, als wäre er in einer Kirche. Verdammt noch mal, Jungs, macht euch locker! Ich bin ja schließlich nicht dabei, zu sterben, ich fühl mich einfach nicht so gut.

Jetzt kommt der Arzt, also muss ich aufhören. Er sieht aus wie Steve McQueen. Von Minute zu Minute wird es besser hier.

Tschüsschen,
Mary Bennett,
Achtzehn Jahre

34. KAPITEL

In dieser Nacht konnte ich kaum schlafen und war am nächsten Tag völlig fertig. Ich ging zur Arbeit, doch ich war nicht recht bei der Sache. Ich versteckte mich im Lager und räumte Schachteln und Regale auf, wollte allein sein, mit niemandem reden müssen. Ich musste nachdenken.

Sally kapierte, dass ich mich irgendwohin verziehen wollte, wo ich meine Ruhe hatte. Ich mochte nicht mit irgendwelchen Leuten über Lippenstifte und Lidschatten reden müssen. Ich wollte nicht zur Süßwarenabteilung hinübersehen und mich daran erinnern, wie Mary über der Pick-and-Mix-Theke Grimassen in meine Richtung zog. Sally ließ mich mit meinen Gedanken allein, und auch wenn jemand anders hereinkam, um etwas zu holen, ließ man mich in Ruhe.

Um elf Uhr steckte Sally den Kopf durch die Tür und rief mich zu sich in den Pausenraum. Sie forderte mich zum Hinsetzen auf und brachte mir einen Kaffee.

»Wird Mary wieder in Ordnung kommen?«, fragte sie und stellte die Kaffeetasse auf den Tisch.

»Ich hoffe doch«, sagte ich, »aber ich weiß es nicht. Wir wissen alle nicht wirklich viel.«

»Kann man sie im Krankenhaus besuchen?«

»Ja.«

»Wann sind denn die Besuchszeiten?«

»Von zwei bis drei Uhr nachmittags und dann noch am Abend.«

»Wann hast du vor hinzugehen?«

»Ich habe nichts geplant.« Ich nahm die Kaffeetasse und blies auf den Kaffee. Ich hatte Sally noch nicht direkt ins Gesicht geblickt, denn ich fürchtete, sie könne aus meinem Gesichtsausdruck etwas herauslesen, irgendeine Verderbtheit.

Sally rührte in ihrem Kaffee. »Warum besuchst du sie nicht heute Nachmittag?«

»Oh, ginge das denn?«

»Wir haben nicht so wahnsinnig viel zu tun. Du wirst sehen, sobald du sie gesehen hast, fühlst du dich gleich besser.«

»Wahrscheinlich hast du recht«, sagte ich. »Danke!«

Sie lächelte. »Es ist schwierig, wenn es jemandem, der einem wichtig ist, nicht gut geht. Je näher man einem Menschen steht, umso weniger weiß man manchmal, wie man sich verhalten soll. Ich schätze mal, das Einzige, was du im Augenblick für sie tun kannst, ist, für sie da zu sein.«

»Ja«, sagte ich.

»Magst du einen Keks?«

»Nein danke, Sally.«

Den restlichen Vormittag half ich den Jungen im Lagerraum, aber um zwölf Uhr hielt ich es nicht mehr aus. Der Geruch nach gebratenem Fisch, der von der Kantine herüberdrang, verursachte mir Übelkeit. Ich hatte das Gefühl, Frösche im Bauch zu haben.

Ich erwischte den Bus zum Krankenhaus, setzte mich nach oben und sah aus dem Fenster. Als der Bus anhielt, ging ich hinunter, stieg aus und lief zum Krankenhausgebäude hinüber. Ich war viel zu früh dran für die Besuchszeit, aber ich hatte nicht mehr nach Hause gehen und Mum noch einmal begegnen wollen.

Im Garten des Krankenhauses setzte ich mich auf eine Bank und beobachtete ein graues Eichhörnchen, das am Fuße eines wunderschönen Kastanienbaums in dem gefallenen Laub herumstöberte. Mir war eng in der Brust. Ich versuchte zu atmen, doch ich wusste, dass die Enge erst dann wieder weggehen würde, wenn ich mir selbst eingestanden hatte, dass das, was ich Mary angetan hatte, falsch gewesen war. Ich schloss die

Augen und versuchte, in mich hineinzublicken. Was ich da fand, gefiel mir überhaupt nicht. Nicht nur, dass Ralph und ich uns geküsst hatten, sondern vor allem, dass ich mehr gewollt hatte als das. Ich hatte auf mehr gehofft, so, als ob die beiden es mir schuldig wären. Und noch dazu hatte ich Mary verurteilt, genau, wie Mum es gesagt hatte – und zwar auf die gemeinste Art und Weise. Ich hatte es getan, um in Ralphs Augen gut dazustehen. Als Mary mich am meisten gebraucht hätte, war ich nicht für sie da gewesen. Statt sie für faul zu halten, hätte ich mir Sorgen machen müssen, weil sie ständig so müde war. Ich hätte die Wohnung nicht alle naselang putzen und Mary damit das Gefühl geben müssen, sie sei wertlos. Ich hätte mich zu ihr setzen und mir ihre Sorgen und Ängste anhören sollen. Was machte es schon, wenn die Wohnung eine Müllkippe war? Ich war eine schlechte Freundin gewesen, und ich schämte mich. Jetzt hoffte ich nur noch auf die Gelegenheit, alles wiedergutzumachen.

Das Eichhörnchen musste bemerkt haben, dass ich da war. Es hatte jäh seine Tätigkeit unterbrochen, starrte mich an, drehte sich um, flitzte den Baum nach oben und verschwand in dessen Zweigen. Ich saß noch auf der Bank, bis es Zeit war hineinzugehen. Wieder reihte ich mich in die Schlange vor der Eingangstür ein. Nur diesmal war es nicht das Entbindungsheim, sondern das Royal-Sussex-County-Krankenhaus, ein großes, abstoßendes Gebäude. Ich musste durch ellenlange Flure mit braunem Linoleumboden laufen, die von nackten Glühbirnen erhellt wurden, und jedes Mal, wenn ich an eine Abzweigung gelangte, kam eine neue Station. Diejenige, auf der Mary lag, war ganz hinten.

Es war ein heller, angenehmer Saal, viel kleiner als die Entbindungsstation. Es war sehr ruhig, zu ruhig, und in den Betten lagen keine jungen Mütter mit rosigen Wangen, sondern blasse, erschöpfte Kreaturen, die aussahen wie von einem anderen Stern. Ihre Besucher wirkten genauso erschöpft, und die Schwestern, die sie pflegten, liefen vorsichtig und sprachen leise. Es roch schrecklich. Über dem üblichen Duft nach Bohnerwachs und Desinfektionsmittel lag ein ungewohnter, beängstigender Geruch. Er war süßlich, schien mir hinten im Rachen zu kleben und beunruhigte mich.

Mary lag am äußersten Ende des Saals. Sie schien noch kleiner geworden zu sein. Sie sah aus, als ob alles Blut aus ihr gewichen wäre. War das etwa alles, was von ihr übrig war?

Das Schuldgefühl, die Scham, die Angst und die Verwirrung – alles, was ich noch am Morgen gefühlt hatte, verschwand. Ich wurde von einer Welle der Liebe zu Mary überschwemmt. Das war alles, was ich noch fühlte, und ich wollte nichts sehnlicher, als dass sie wieder die Alte, dass sie gesund wurde.

Sie wandte mir ihren Kopf zu. Ihr Gesicht war aschfahl, die Lippen waren trocken, und die Haut hatte einen blassgrauen Ton angenommen. Jetzt endlich begriff ich, dass sie nicht einfach nur müde war – sie war krank.

»Hi«, sagte ich zu ihr, setzte mich auf den Stuhl neben dem Bett und lächelte sie an. Sie lächelte zurück und bewegte die Lippen, doch es kam kein Ton heraus. Ich streckte meine Hand nach ihrer aus, die winzig und kalt war, wie ein zerbrechliches kleines Wesen.

»Wie geht es dir?«, fragte ich. Sie blinzelte langsam und versuchte zu sprechen, aber die Anstrengung war ihr zu groß.

»Oh, Mary...«, sagte ich. Ich spürte einen sanften Druck von ihren Fingerkuppen auf meiner Hand.

Sie schluckte und zuckte zusammen, und dann formten ihre Lippen lautlos die Worte: »Ich hab Angst.«

»Ich weiß«, sagte ich. »Ich hab auch Angst, aber du bist jetzt in besten Händen und man kümmert sich um dich. Es wird dir ruckzuck besser gehen.«

»Ich bin so müde, Dottie, ich habe das Gefühl, dass ich hundert Jahre nur schlafen könnte.«

»So wie Dornröschen?«, fragte ich lächelnd.

»Na ja, vielleicht nicht ganz so schön wie sie.«

»Ich finde, du siehst gut aus«, sagte ich.

»Das sagst du nur«, sagte sie so leise, dass ich sie kaum verstehen konnte.

Ich atmete tief ein, und irgendwo in meinem Innern fand ich Kraft. Ich beugte mich näher zu Mary und lächelte sie so an, als ob alles schon wieder werden würde. Ich blickte ihr direkt in die Augen und sagte: »Das ist in Ordnung so, Mary, denn was immer auch geschehen mag, wird uns gemeinsam widerfahren, so wie es immer gewesen ist.«

»So wie immer«, flüsterte sie und schloss die Augen. Ich saß an ihrem Bett und betrachtete sie. Dann und wann zuckten ihre Augenlider, und ich war nicht sicher, ob sie schlief oder nur ausruhte. Wie ich da so saß, wurde mir klar, dass dieses Mädchen, das da im Bett neben mir lag, der wichtigste Mensch in meinem Leben war, es immer gewesen war. In der Ferne hörte ich eine Klingel, die allen anzeigte, dass die Besuchszeit zu Ende ging. Ich beugte mich über das Bett und küsste sie auf die Wange.

»Ich komme wieder«, versprach ich.

Mary behielt die Augen geschlossen, doch sie lächelte und sagte: »Das solltest du auch.«

Die folgenden Wochen rauschten irgendwie an mir vorbei. Ich stand hinter der Verkaufstheke der Kosmetikabteilung bei Woolworths und unterhielt mich mit den Kunden, wie ich es immer tat. Ich empfahl Lippenstifte, die zu ihrer Kleidung passten, und plauderte beiläufig übers Wetter, die Nachrichten, die *Beatles* oder Marianne Faithfull. Ich war froh, wenn ich viel zu tun hatte, denn dann konnte ich nicht über Mary oder Ralph nachdenken. Nach der Arbeit ging ich zu Fuß nach Hause. Ich lief durch die Straßen der Siedlung. Alles war wie immer und doch irgendwie verändert. Zu Hause setzte ich mich zu meinem Bruder und meinen Eltern an den Tisch zum Abendessen, doch danach ging ich nach oben auf mein Zimmer, legte mich aufs Bett und starrte nur an die Decke.

Jetzt vermisste ich sogar Rita. Mit ihr hätte ich mich unterhalten können. Ich überlegte, ob ich bei ihr vorbeischauen sollte, doch ich tat es nicht.

Wenn mir Mary in den Kopf kam, versuchte ich, positiv zu denken.

Sie war im Krankenhaus, um sich untersuchen zu lassen. Na und? Das war doch zunächst einmal gut, denn dafür waren Ärzte und Krankenhäuser schließlich da. Darin bestand ihr Sinn. Wenn Leute krank wurden, ließen sie sich untersuchen, damit man die Ursache herausfand und sie behandeln konnte.

Mary war ja kein kränklicher Mensch. Im Gegenteil: Ich kannte niemanden, der so selten krank gewesen war. Sie bekam fast nie eine Erkältung. Es konnte nicht sein, dass sie nun ernsthaft erkrankt war. Wahrscheinlich war es nur so eine Art Schwächezustand oder etwas Ähnliches. Vielleicht hatte die Geburt des Babys sie irgendwie ausgelaugt. Es musste einfach etwas sein, das man leicht wieder in den Griff bekam, ganz bestimmt.

Die Besuchszeiten am Abend waren von sechs bis acht Uhr, daher gewöhnte ich mir irgendwann an, direkt von der Arbeit aus zum Krankenhaus zu gehen. An meinen freien Tagen ging ich schon nachmittags hin. Manchmal schlief Mary. Dann zog ich mir einen Stuhl heran, setzte mich nah ans Bett und hielt einfach ihre Hand.

An anderen Tagen war das Bett leer, wenn ich kam, und die Schwester sagte mir, dass Mary gerade untersucht wurde. Dann stellte ich mich ans Fenster und sah hinaus, ließ die Welt vorüberziehen, bis man Mary in einem Rollstuhl ins Zimmer zurückbrachte. Das ging zwei Wochen lang so, bis die Ergebnisse der Untersuchung vorlagen.

Mary hatte Leukämie.

Liebes Tagebuch,

es wäre schön, wenn du sprechen könntest, denn ich weiß, dass du mir sagen würdest, was mir fehlt. Schließlich erzählen wir uns alles, nicht wahr? Aber man lässt dich so sehr im Dunkeln wie mich.

Vielleicht würden sie es mir sagen, wenn ich danach fragte. Wenn ich sie fragte, müssten sie es mir eigentlich sagen, nicht?

Mum und Dad waren vorhin da. Mum sah aus, als ob sie geweint hätte. Ich frage besser nicht. Ich habe zu große Angst.

Heute ist mein Geburtstag. Happy Birthday, liebe Mary.

Tschüss
Mary Bennett (Memme)
Neunzehn Jahre

35. KAPITEL

Ich traf mich mit Steve in einem Café an der Uferpromenade. Es war ein wunderschöner Tag. Die Fähnchen, die auf der ganzen Länge der Promenade zwischen den alten Laternen aufgehängt waren, flatterten in der warmen Brise.

Wenn man immer am selben Ort gelebt hat, nimmt man häufig gar nicht mehr wahr, wie schön die Dinge um einen herum sind, da man sie bereits sein ganzes Leben lang gesehen hat.

Meine Wahrnehmung schien sich geschärft zu haben, seit Mary krank geworden war. Ich sah alles mit anderen Augen. Vielleicht wusste ich alles jetzt etwas mehr zu schätzen, vor allem die einfache Tatsache, an einem solch wunderbaren, sonnigen Tag in der Stadt, in der ich aufgewachsen war, jung und gesund zu sein. Wenn ich jetzt auf die aufwendig gestalteten Fassaden der alten Gebäude blickte, fand ich sie ziemlich schön. Sie hatten die Farbe des Meeres, eine Art ausgewaschenes Grün, das sich durch die salzige Meeresbrise im Laufe der Jahre teilweise abgelöst hatte.

Ich glaube, Steve ahnte, was ich ihm zu sagen hatte, denn er wirkte ein bisschen traurig, als er sich zu mir an den Tisch setzte. Ich hatte schon zwei Milchkaffee bestellt und seinen mit einer Untertasse abgedeckt, damit er warm blieb. In diesem Café war ich noch nie gewesen, und der Milchkaffee hier bestand mehr aus Schaum als aus Kaffee.

Steve nahm die Untertasse herunter.

»Wir haben uns eine Weile nicht gesehen«, sagte er. »Ist alles in Ordnung?«

»Meine Freundin ist krank.«

»Oh, das tut mir leid.«

»Deshalb kann ich mich nicht mehr mit dir treffen.«

»Du kannst mich nicht treffen, weil deine Freundin krank ist?«, wiederholte er etwas perplex.

Wie sollte ich ihm erklären, was in mir vorging? Dass in meinem Leben kein Platz für ihn war, in diesem Leben, das nur noch um ein junges Mädchen in einem Krankenhausbett kreiste.

Ich nippte an dem Milchkaffee. Steve deutete auf meine Oberlippe, und ich wischte den Milchschaum mit dem Handrücken fort.

Er langte über den Tisch und berührte mich am Arm.

»Ist schon okay«, sagte er. »Du musst es mir nicht erklären, ich sehe dir an, dass du ganz schön durcheinander bist.«

»Es tut mir leid.«

»Kann ich dir ab und zu eine Karte von *Butlins* schicken?«

»Das wäre schön«, sagte ich.

Draußen vor dem Krankenhaus ging das Leben ganz normal weiter. Der Frühling ging allmählich vorüber und wich dem Sommer. Es wurde früher hell und später dunkel, die Luft erwärmte sich, die Blumen in den Gärten der Siedlung fingen zu knospen an, und die Männer mähten die Rasen. Drinnen im Krankenhaus schien sich nichts zu verändern. Es gab neue Gesichter, aber sonst änderte sich nichts. Die Gerüche, die Temperatur, das grässliche Gefühl der Hoffnungslosigkeit blieben. Täglich hoffte ich auf gute Neuigkeiten, etwas, auf das man sich freuen konnte. Und eines Tages hatte sich endlich etwas verändert. Zum ersten Mal seit langer Zeit lächelte mich die Krankenschwester hinter dem Empfangstresen an, und es war kein trauriges, bedauerndes Lächeln, sondern ein breites Grinsen.

»Gehen Sie nur durch«, sagte sie. »Mary wartet schon auf Sie.«

Ich eilte durch die Station, und als ich an Marys Bett anlangte, saß sie nicht darin, sondern in einem Stuhl am Fenster. Licht fiel auf ihr Gesicht, und als sie sich zu mir umdrehte und mich anlächelte, fiel mir auf, wie schmal sie war und wie zerbrechlich, wie ein Vogel. Ihre Haut spannte sich über die Knochen wie Pergament um etwas Wertvolles und Filigranes. Doch sie saß aufrecht da und lächelte. Ich legte die Blumen, die ich gekauft hatte, auf dem Bett ab, beugte mich zu ihr hinunter und gab ihr einen Kuss auf die kühle Wange.

»Na, sieh mal einer an!«, rief ich aus.

»Ja, sieh mich an! Heute sitze ich auf einem Stuhl, und wenn ich so weitermache, gehe ich morgen schon Rollschuh laufen.«

Ich lachte und zog mir den anderen Stuhl heran, um mich ihr gegenüberzusetzen, und unsere Knie berührten sich.

»Fühlst du dich besser?«, fragte ich.

Sie nickte. »Sie haben mir eine Transfusion verpasst, und sie haben gute Arbeit geleistet. Ich fühle mich wieder wie eine Zehnjährige. Heute Morgen hab ich sogar Appetit gehabt. Seit einer Ewigkeit war ich nicht mehr hungrig gewesen! Ich habe zwei Scheiben Toast und etwas Rührei gegessen.«

»Vielleicht war das Blut von einem großen, stattlichen Mann mit großem Appetit?«

»Möglicherweise. Unsere Mum hat alle meine Brüder Blut spenden lassen. Sie sagte, wenn die mich hier mit Blut abfüllen würden, dann sei es doch zumindest besser, wenn es aus der Familie kommt. Um sie glücklich zu machen, hab ich ihr gesagt, sie hätten mir Pickles-Blut gegeben, auch wenn sie wahrscheinlich einfach eine Packung aus dem Kühlschrank holen, auf der kein Name steht.«

Ich lächelte. »Es ist mir gleich, von wem das Blut stammt, es ist einfach schön zu sehen, dass du nicht mehr im Bett liegst!«

»Ich hoffe wirklich, dass es von jetzt an wieder aufwärts gehen wird mit mir«, sagte Mary. »Wenn die mir weiterhin frisches Blut geben können und ich weiter esse und jeden Tag wieder ein bisschen mehr mache, dann dürfte es mir bald wieder so gut gehen, dass ich nach Hause kann, oder?«

Ich hoffte mit jeder Faser meines Herzens, dass das stimmte. Ich nahm Marys Hand und hielt sie, und so saßen wir eine Weile schweigend da. Wir malten uns beide aus, was wir alles zusammen machen würden, sobald Mary sich so weit erholt hatte, dass sie das Krankenhaus wieder verlassen konnte.

»Was würdest du gern als Erstes tun?«, fragte ich.

»Ich glaube, ich möchte an den Pier hinuntergehen und ein Eis essen«, sagte Mary. »Kein Hörnchen, sondern so ein Sandwich-Eis. Das ist das leckerste.«

»Okay«, sagte ich. »Das tun wir als Erstes.«

»Und dann würde ich gern tanzen gehen. Du und ich, schön zurechtgemacht, mit hochtoupiertem Haar, und so gehen wir dann in die Stadt.«

»Wir könnten falsche Wimpern tragen.«

Mary kicherte. »Ja, auf jeden Fall. Und den letzten Tanz, den wichtigsten, möchte ich mit Elton tanzen. Ich würde gerne wieder einmal spüren, wie es ist, in seinen Armen zu liegen. Ich wünschte mir, dass er mich fest an sich drückt, mir in die Augen sieht und mich vielleicht sogar küsst.«

Ich verdrehte die Augen.

»Was ist?«

»Da hätte er was zu tun, wenn er dir in die Augen sehen will, er ist schließlich gut dreißig Zentimeter größer als du.«

Wir mussten beide lachen, doch Marys Lachen ging in einen schrecklichen Husten über. Ich massierte ihr sanft den Rücken, bis er vorbei war. Ihre Augen waren voller Tränen und gerötet, und es erinnerte uns daran, wie krank sie noch immer war. Eine Weile saßen wir schweigend da. Mary hatte die Augen geschlossen und lehnte ihren Kopf gegen die Rückenlehne des Stuhls. Ich deckte sie mit einer Häkeldecke zu, die ihre Mutter ihr dagelassen hatte. Eine Krankenschwester brachte mir eine Tasse Tee mit Milch. Ich nippte daran und versuchte, mit Tasse und Unterteller nicht zu klappern. Plötzlich öffnete Mary die Augen wieder und sah mich an.

»Ich bin froh, dass du hier bist«, sagte sie.

»Wo sollte ich denn sonst sein?«

»Ich kann mich nicht daran erinnern, dass du jemals nicht für mich da gewesen wärst.«

Ich konnte sie kaum ansehen, denn das stimmte nicht. Als Mary mich am dringendsten gebraucht hätte, war ich nicht da gewesen. Ich war damit beschäftigt gewesen, ihren Ehemann zu küssen. Ich war eine schlechte Freundin, doch ich würde es wiedergutmachen. Sie war alles, was mir jetzt noch etwas bedeutete.

Sie seufzte. »Könntest du mir helfen, mich wieder ins Bett zu legen? Wenn wir tanzen gehen wollen, brauche ich meinen Schönheitsschlaf.«

»Allerdings«, stimmte ich zu.

Ich half ihr aus dem Stuhl und ins Bett, hob ihr die Beine hoch und deckte sie zu wie ein kleines Kind.

»Hast du Durst, oder brauchst du sonst etwas?«

Sie schüttelte den Kopf und ließ ihn dann wieder aufs Kissen sinken.

Ich lehnte mich im Stuhl zurück und beobachtete, wie Mary atmete; ihr Atem ging flach und klang irgendwie gurgelnd. Es war so ruhig ringsum, dass das Geräusch die Station erfüllte. Ein Teil von mir wäre lieber überall anders als in diesem Krankenhaus gewesen, doch ich empfand nur hier wirklichen Frieden, denn solange ich sehen konnte, wie ihre Brust sich hob und senkte, wusste ich, dass sie noch bei mir war. Es gab Leute, die jede Menge Freunde hatten, wie die Mädchen aus der Sackfabrik zum Beispiel, und es gab solche, die überhaupt keine hatten, wie meine Schwester Rita. Ich hatte immer Mary gehabt, und ich wusste, dass ich ohne sie verloren wäre.

Ganz behutsam streichelte ich Marys Stirn, bis ihr die Augen zufielen. Im Krankensaal war es warm und friedlich. Eine Biene summte am Fenster herum und suchte den Weg nach draußen. Ich stand auf und lotste sie mithilfe einer Illustrierten hinaus. Sorglos schwirrte sie davon. Es kam mir ungerecht vor, dass so ein kleines Insekt einfach davonfliegen konnte. Mary hingegen konnte nicht einfach weggehen. Sie konnte nirgendwohin gehen.

Ich setzte mich wieder hin. Das Sitzpolster des Stuhls gab ein komisches Geräusch von sich. Ich stützte meine Wange auf die Hand und schloss die Augen.

Mrs. Pickles kam zu Woolworths, um weitere Windeln für Peggy zu kaufen. Sie sagte, das Dutzend Windeln, das sie hatte, würde nicht ausreichen, denn bei all den Krankenbesuchen und dem Sichkümmern um das Baby schaffte sie es nicht, sie ständig zu waschen und zu trocknen.

Ich fragte: »Wie ging es Mary heute? Als ich sie das letzte Mal besucht habe, sah sie viel besser aus.«

Mrs. Pickles kramte in ihrer Börse. »Sie hat gute und schlechte Tage, meine Liebe«, sagte sie.

Mehr sprachen wir nicht über Mary. Danach stand Mrs. Pickles vor der Theke der Kosmetikabteilung, den Kinderwagen neben sich und ein Päckchen neuer Windeln unter den Arm geklemmt, und fuhr damit fort, sich bei mir darüber zu beklagen, wie schwierig es war, mit all der Wäsche klarzukommen. Ich stand daneben, hörte zu und hatte Mitleid mit ihr.

Es ging uns allen gleich, keiner sprach die Wahrheit aus. Das, was uns eigentlich so mitnahm, war, dass Mary so krank war.

Stattdessen beschwerten wir uns über Nichtigkeiten, darüber, dass die Busse ständig Verspätung hatten, über kläffende Hunde, darüber, dass es so ungewöhnlich heiß war für die Jahreszeit, über die nassen Windeln im Windeleimer.

Peggy lag in ihrem Kinderwagen und jammerte vor sich hin. Sie saß jetzt aufrecht, an Kissen gelehnt. Ich hätte sie gerne hochgenommen, fand aber, dass ich das besser bleiben lassen sollte. Es wäre mir nicht recht vorgekommen. Ich betrachtete sie nur. Ich sah, wie sie an ihrer Faust nuckelte, die ganz feucht war, und bemerkte, dass sie sich das Haar am Hinterkopf weggerubbelt hatte, sodass sie dort eine kahle Stelle hatte. Ihre Wimpern waren länger geworden, und sie war größer als das letzte Mal, als ich sie gesehen hatte. Ich hatte sie vermisst.

»Sie ist ein braves Mädchen«, sagte Mrs. Pickles. »Sie macht überhaupt keinen Ärger, die Kleine.«

Wir lächelten Peggy zu. Sie war begeistert von all der Aufmerksamkeit und schenkte uns ein breites Grinsen.

An meinem nächsten freien Tag ging ich zum Laden an der Ecke und kaufte Mary eine Tüte Pear Drops und eine Illustrierte. Es war gut, dass ich diesmal ausnahmsweise nicht hetzen musste. Heute konnte ich länger als sonst bei ihr sitzen, und selbst wenn sie schlief, waren wir zusammen.

Ich ging nicht wirklich davon aus, dass sie sich für die Zeitschrift interessierte, doch ich wollte nicht mit leeren Händen erscheinen. So konnte zumindest ich einen Blick hineintun, während sie schlief.

Als ich an diesem Tag die Krankenstation betrat, lag Mary nicht in ihrem Bett. In einem rosa Morgenmantel und flauschigen Pantoffeln saß sie im Aufenthaltsraum am Ende der

Station und blickte in den Garten hinaus. Vielleicht würde es ihr am Ende doch wieder besser gehen.

Ich hüpfte ins Zimmer hinein und umarmte sie. Sie fühlte sich dünn und zerbrechlich an unter ihrem leichten Flanellmorgenmantel, als hingen ihre Knochen nicht zusammen, aber ihre Wangen hatten wieder Farbe, und ihre Augen strahlten wie früher.

»Du siehst besser aus«, begrüßte ich sie.

»Ich fühle mich besser«, sagte Mary. Sie blickte auf die Papiertüte in meiner Hand. »Sag bloß nicht, du hast mir Trauben mitgebracht. Alle bringen mir ständig Trauben mit, die ich dann wieder wegwerfe. Ich will für den Rest meines Lebens keine einzige Traube mehr sehen!«

»Ich hab dir Pear Drops gekauft«, sagte ich.

»Prima«, sagte Mary. Wir lächelten uns an.

»Also was gibt's Neues?«, fragte ich.

»Meine Tabletten«, sagte Mary. »Sie geben mir gerade ein neues Medikament.«

»Es scheint zu wirken.«

Mary nickte. »Der Arzt sagte, dass sie große Hoffnung in die Tabletten setzen. Sie erweisen sich vielleicht als ...«

»Als was denn?«

Ich setzte mich in den Stuhl neben sie. Mit leuchtenden Augen sah sie zu mir hoch.

»Als eine Art Heilmittel. Genau können sie es noch nicht sagen, weil die Tabletten noch so neu sind, aber in Amerika sind sie schon eingesetzt worden, und die Ergebnisse waren – äh! –, wie haben sie gleich gesagt?«

»Überwältigend?«, fragte ich hoffnungsvoll.

Mary schüttelte den Kopf. »Nein – vielversprechend! Sie haben gesagt, die Ergebnisse waren vielversprechend. Das klingt doch gut, oder? Das ist deutlich mehr als nichts!«

»Das ist es!«, bestätigte ich. »Es ist fantastisch!«

Ich spürte, wie mein Herzschlag sich beschleunigte, zum ersten Mal seit Wochen. Seit Mary krank geworden war, hatte ich jeden Gedanken an die Zukunft verdrängt, da ich mir ein Leben ohne sie nicht vorstellen konnte. Zum ersten Mal seit der Diagnose keimte Hoffnung in mir auf. Sie pulsierte durch meine Adern. Vielleicht würde sich Mary ja doch wieder erholen? Die schreckliche Krankheit war vielleicht doch nicht alles, was noch von ihr übrig war. Möglicherweise war dies der Anfang eines neuen Lebensabschnitts.

»Es ist noch nicht zu Ende mit Mary Pickles!«, rief Mary aus. »Aufgepasst, Brighton, ich bin schneller zurück, als du denkst!«

Trotz der fröhlichen Art, in der sie das sagte, hatte ich den Eindruck, als glaubte sie selbst nicht so recht daran.

»Du musst positiv bleiben, Mary«, sagte ich. »Peggy zuliebe – mir zuliebe!«

»Ja«, sagte Mary, doch sie sah mich nicht an.

Mein Blick folgte ihrem durchs Fenster. Davor lag ein kleines, sehr schönes Gärtchen. Eine Krankenschwester schob einen Rollstuhl, in dem ein sehr alter Mann saß, eingewickelt in Decken. Neben ihm pflückte ein kleines Mädchen Gänseblümchen im Gras. Sie hatte wunderschönes rotblondes Haar, genau wie Peggy. Ich warf Mary einen Blick zu, und sie erwiderte ihn mit einem etwas zu heiter wirkenden Lächeln. Ich spürte, wie tief in meinem Innern etwas zerbrach.

Mary schniefte und wischte sich mit dem Zeigefinger unter der Nase her.

»Du rätst nie im Leben, wer auch noch hier ist!«, sagte sie.

»Wer denn?«

»Louise Morgan! Kannst du dich an sie erinnern? Sie war mit uns auf der Schule. Und ständig war sie krank!«

»Was fehlt ihr denn diesmal?«

»Nichts, sie ist keine Patientin – sie ist Krankenschwester!«

»Das hätte ich mir denken können«, sagte ich, »wo sie doch so viel Erfahrung mit Krankenhäusern gemacht hat.«

»Es war nett, sie wiederzusehen«, sagte Mary. »Wir haben von früher geredet. Sie hat mir erzählt …«

»Ja?«

»Dass du immer sehr nett zu ihr gewesen bist.«

Ich musste lachen. »Ich kann mich kaum an sie erinnern.«

»Du warst zu allen nett.«

Mary spielte an ihren Fingernägeln herum. »Es tut mir leid, Dottie. Es tut mir leid, dass ich dich verletzt habe!«

Ich schüttelte den Kopf, streckte den Arm aus und nahm ihre Hand. »Das ist jetzt nicht mehr von Bedeutung«, sagte ich und meinte es so. Alles, was nun noch Bedeutung hatte, war Mary.

36. KAPITEL

Zum Abendbrot gab es gewürztes Dosenfleisch mit Pommes frites.

»Schön zu sehen, dass du wieder Appetit hast«, sagte Mum zu mir. »In den letzten Wochen hast du gegessen wie ein Spatz.«

»Wie ein sehr großer, fetter Spatz«, ergänzte Clark. Ich streckte ihm die Zunge heraus, und er verpasste mir unterm Tisch einen Tritt. Dad ermahnte uns. Es war fast wie früher.

»Mary bekommt jetzt neue Tabletten«, sagte ich. »Aus Amerika. Sie sieht tausendmal besser aus als vorher.«

Mum war gerade dabei, sich Essig über die Pommes zu geben. Sie hielt inne und sah mich an.

»Oh, Dottie!«, rief sie aus.

»Sie ist eine der ersten Patientinnen in England, die das Medikament bekommen«, fügte ich hinzu. »Sie wissen noch nicht genau, ob es anschlägt, aber zumindest …«

Ich hatte sagen wollen, zumindest hatten sie Mary nicht aufgegeben, aber ich brachte diese Worte nicht über die Lippen. Mum stellte die Essigflasche ab, und Dad gab ein schnaubendes Geräusch von sich.

»Heißt das, sie muss vielleicht doch nicht sterben?«, fragte Clark. Ich nickte.

»Dass es ihr vielleicht wieder besser gehen wird?«

»Ja.«

Dad schnäuzte sich geräuschvoll.

»Könnten wir am Essenstisch ausnahmsweise mal nicht von Krankenhäusern und Tabletten reden?«, fragte er, schob seinen Stuhl zurück und stand auf. Mum und ich schauten uns an.

»Jeder hat seine eigene Weise, damit klarzukommen«, sagte sie.

Ungefähr eine Woche lang sah es so aus, als ob Mary sich tatsächlich erholen würde. Es war nicht mehr so tieftraurig, sie im Krankenhaus zu besuchen, sondern richtig nett. Die Station schien stets von Marys Brüdern zu wimmeln, diesen Jungen mit ihren großen Füßen, dem Radau, den sie machten, und ihrem Geruch nach Benzin, Schweiß und freier Natur. Alle dort hatten sie gerne um sich. Die blassen, erschöpften Frauen schienen ein wenig aufzublühen, wenn die Jungs zwischen den Betten der Station hindurchliefen. Sie sagten jedem Hallo und scherzten ein wenig herum. Es war fast lustig, wenn sie da waren, denn dann kehrte wieder ein wenig Normalität ins Leben zurück.

Als ich eines Tages etwas früher kam, sah ich den Kinderwagen am Ende der Station. Er stand neben Marys Bett, und über dem Griff hing eine schwarze Jacke. Ich machte auf dem Absatz kehrt und eilte den Gang zurück, doch an der Schwingtür am Eingang zur Station stand ich plötzlich Ralph direkt gegenüber. In einem Arm hielt er Peggy und im anderen eine Blumenvase mit Wasser. Als er mich sah, glitt ihm die Vase aus der Hand und knallte auf das Linoleum. Das Wasser ergoss sich über den Boden.

»Jesus!«, sagte Ralph. »Tut mir leid!« Er reichte mir Peggy, beugte sich hinunter und begann, das Wasser mit seinem Taschentuch aufzuwischen. Die Krankenschwester am Empfang hob die Vase auf und scheuchte uns weg.

»Lassen Sie das einfach, lassen Sie das!«, sagte sie. »Ich mach das schon.«

Ralph und ich standen da und sahen uns an. Peggy fühlte sich an meiner Brust wie ein warmes und schweres, festes kleines Bündel an. Ich wurde von einem starken Gefühl ergriffen. Ich atmete ihren Geruch ein, den Duft nach Seife, Milch und weichem Babyhaar. Sie grunzte ein wenig und lächelte mich an. Es war so schön, sie wieder einmal zu halten.

»Oh, mein Gott«, flüsterte ich. »Ich hab dich ja so vermisst!«

Ralph atmete ein und ganz langsam wieder aus.

»Ich hab dich auch vermisst«, sagte er.

»Ich meinte nicht ...«, doch ich brach ab. Ich wusste nicht, was ich zu ihm sagen sollte, und auch nicht, was ich tun sollte. Auch Ralph wusste es nicht. Er kratzte sich hinterm Ohr.

»Mary schläft«, sagte er. »Heute geht es ihr nicht so gut.«

»Dann komm ich später noch mal wieder«, sagte ich, drückte Peggy aber weiter an mich. Sie trug ein kleines Sommerkleidchen mit Gänseblümchenmuster, das ich noch nicht kannte, und ein weißes Strickjäckchen. Ihr Kinn war feucht und etwas gerötet.

»Sie zahnt gerade«, sagte Ralph. »Ihr Mund ist wund.«

»Das arme Ding!«

»Ich wollte sie gerade rausbringen. Mit ihr spazieren gehen, meine ich. Solange Mary schläft.«

»In Ordnung«, sagte ich. »Dann bleib ich hier, solange du mit Peggy draußen bist, falls Mary aufwacht.« Doch ich hielt Peggy noch immer fest.

Ralph seufzte. »Könnten wir einen Augenblick zusammen nach draußen gehen?«

Ich sah keinen Hinderungsgrund.

Ralph holte den Kinderwagen, und ich legte Peggy hinein. Sie jammerte ein bisschen, trotzdem verließen wir das Gebäude und gingen in den Garten. Ich schob den Kinderwagen über den Pfad, lächelte Peggy zu und sprach mit ihr, damit ich nicht mit Ralph reden musste.

Nach einer Weile wurden ihre Augenlider schwer, und sie gähnte wie ein kleines Kätzchen. Dann schlief sie ein, und es gab keinen Grund, weshalb ich mich nicht neben Ralph auf eine Bank im Schatten eines Rosskastanienbaums hätte setzen sollen und den Spatzen und Ringeltauben dabei zusehen, wie sie zwischen den Schattenfleckchen auf dem Rasen herumpickten.

Einen Moment lang sagte keiner von uns beiden ein Wort. Dann begann Ralph zu reden. Es hörte sich an, als könne er nicht schnell genug loswerden, was er zu sagen hatte.

»Ich weiß, dass du das sicher nicht für den geeigneten Moment halten wirst, und vielleicht ist es das auch nicht, aber es gibt keinen geeigneten Moment – ich glaube nicht, dass es jemals wieder einen guten Moment für irgendetwas geben wird«, sagte er, »aber du musst mich unbedingt anhören, denn ich kann nicht mehr schlafen und nichts essen, und dabei soll ich doch stark sein für Mary und mich um Peggy kümmern und …«

Ralph legte den Kopf in die Hände, und plötzlich wurde sein ganzer Körper von heftigem Schluchzen geschüttelt.

Ich zögerte einen Augenblick, doch dann legte ich zaghaft meine Arme um ihn. Eine Welle von Gefühlen überrollte mich, und ich gab ihnen nach. Ich umarmte ihn und legte meine Wange an sein Haar, bis er sich wieder beruhigt hatte. Ich hielt ihn an mich gedrückt. Ein paar Augenblicke lang gab es nur noch uns beide.

Als er sich wieder gefangen hatte, reichte ich ihm das Taschentuch, das ich in meinem Ärmel hatte, und er wischte sich das Gesicht.

»Wie soll ich das alles nur schaffen?«, fragte er.

Ich schob ihm die Haare aus den Augen. Am liebsten hätte ich ihm den Schmerz weggeküsst. Wenn ich nur gewusst hätte, wie ich es ihm hätte leichter machen können!

»Keiner von uns weiß, wie er damit klarkommen soll«, sagte ich. »Wir können uns alle nur nach und nach damit arrangieren.«

»Ich hab dir wieder wehgetan, stimmt's?«

»Ich glaube, ich habe mich eher selbst verletzt. Aber das ist jetzt unwichtig.«

»Unwichtig?«

»Ja, zumindest im Augenblick.«

Wir saßen noch eine Weile zusammen da, und es war völlig in Ordnung so. Ich hatte überhaupt kein Problem mehr damit, ihm so nahe zu sein, nicht bei all den Leuten, die an uns vorbeiliefen, Schwestern, die Feierabend hatten, und Besucher mit in Papier gewickelten Nelken und Obstkörben. Es fiel mir überhaupt nicht schwer, neben Ralph zu sitzen.

37. KAPITEL

Inzwischen war es richtig Sommer. Die Schulkinder hatten Sommersachen an, an den Stränden herrschte jeden Nachmittag reges Treiben, und Brighton hatte sein strahlendes, heiteres Sommergesicht aufgesetzt.

Auf der Station hörte ich Husten und das Gerappel des Teewagens, das Gemurmel der Gespräche, Gelächter. Die nette Dame, die jeden Nachmittag mit Tee und Gebäck herumging, fand für jeden immer ein paar aufheiternde und fröhliche Worte.

»Der Tee kommt«, sagte ich zu Mary, »was hältst du von einem Custard-Cream-Keks?«

Ich war nicht sicher, ob Mary das Gesicht verzog oder lächelte. Ihre Mundwinkel zuckten. Es hatte sich eine weiße Kruste darin gebildet.

»So durstig«, flüsterte sie heiser.

»Möchtest du etwas Wasser?«

»Mm-hm.«

Ich trat ans Bett heran und half Mary behutsam, sich aufzurichten, bis sie an die Kissen gelehnt dasaß. Ihre Haut war bläulich, als verwandelte sie sich zu Wasser oder Himmel. Mary verblasste, schwand im wahrsten Sinne des Wortes dahin.

Ich goss etwas Wasser aus der Metallkanne in ihr Glas und hielt es Mary an die Lippen. Das Wasser lief in ihren Mund, doch das meiste tropfte wieder heraus, rann ihr übers Kinn und am Hals hinunter und durchweichte das Oberteil ihres Nachthemds.

»Oh, Mary, entschuldige!«, rief ich aus.

Wieder öffnete sie den Mund und beugte sich zum Glas hin.

»Durst«, flüsterte sie, und wir versuchten es noch einmal.

Diesmal stellte ich mich geschickter an. Mary nahm ein paar kleine Schlückchen Wasser und schüttelte dann den Kopf.

»Willst du ein bisschen schlafen?«, fragte ich und stellte das Glas auf den Tisch zurück. Sie nickte, die Augen fielen ihr bereits zu.

Ich ging zum Fenster und schaute in den Garten hinaus. Er sah so friedlich aus. Von diesem Frieden hätte ich ganz dringend etwas gebraucht, und wenn es nur für einen Augenblick war. Ich drehte mich wieder zu Mary. Unvermittelt öffnete sie die Augen und sah mich an.

»Was ist?«, fragte ich.

»Meinst du, dass ich Harold wiedersehe?«

Zuerst kapierte ich nicht, von wem sie da sprach. »Harold?«

»Mein Hamster! Glaubst du, dass Harold im Himmel ist?«

»Warum nicht?«, fragte ich und lächelte ihr zu. »Aber es wird sicher noch lange dauern, bis du ihn wiedersiehst.«

»Gut!«, meinte sie und schloss die Augen wieder.

Marys Hamster, Harold Pickles! Ich musste lächeln. Mary hatte Harold zu ihrem neunten Geburtstag bekommen. Wir hatten Stunden damit zugebracht, ihm beizubringen, über Streichholzschachteln zu springen. Ich konnte mich noch immer an den Tag erinnern, an dem Mary mir von Harolds Unfall berichtet hatte.

Ich hatte an der Bushaltestelle auf sie gewartet, was ungewöhnlich war, denn sie war sonst immer zuerst dort gewesen. Mary stoppte genau die Zeit, die sie von zu Hause bis zur Haltestelle brauchte, und jeden Morgen versuchte sie, ihren eigenen Rekord zu brechen. Ich dachte schon, dass ich an jenem Tag allein in den Bus steigen müsste und keine Mary Pickles da war, um mich gegen Dominic Roberts zu verteidigen, wenn der mir androhte, mir mein Gesicht zu verunstalten. In diesem Augenblick kam sie um die Ecke. Sie weinte und schaute ganz jämmerlich und mitleiderregend drein. Ich überschlug mich fast bei dem Versuch, sie wieder fröhlich zu machen. Ich konnte Mary nicht weinen sehen.

»Was ist denn nur los?«, fragte ich und legte ihr den Arm um die Schultern.

»Es ist wegen Harold Pickles«, sagte sie.

»Was ist mit ihm?«, fragte ich und machte mich auf das Schlimmste gefasst.

»Also«, schniefte Mary, »die Zwillinge haben Harold gestern Abend im Bootsteich Schwimmunterricht gegeben, und dabei ist er ertrunken!«

»Welcher von beiden?«, fragte ich überrascht, denn beide Zwillinge waren sehr gute Schwimmer.

»Doch nicht die Zwillinge!«, kreischte Mary. »Harold Pickles, und jetzt ist er tot!«

»Oh, Mary«, sagte ich, »das tut mir ja so leid!«

»Danke«, sagte sie und wischte sich die Tränen mit dem Ärmel ihres Schulblazers fort.

Den ganzen Schulweg über war Mary sehr still. Ich setzte mich einfach neben sie und nahm ihre Hand. Als der Bus anhielt, drängelten alle zum Ausgang. Dabei stieß ich Fiona Ferris versehentlich am Rücken. Fiona hatte dreimal die Woche Ballettunterricht, und bei den Sandwiches, die sie aß, waren die Krusten abgeschnitten. Mary nannte sie Finicky Ferris, die Zimperliche.

»Pass doch auf, wen du da schubst«, sagte Fiona. »Eines Tages werde ich eine berühmte Tänzerin sein – du könntest meine Beine ramponieren, und die sind schließlich mein Vermögen!«

»So ein Glück«, entgegnete Mary, »denn mit deinem Gesicht könnte man nicht mal ein Konto bei der Postbank eröffnen!« Beleidigt zog Fiona von dannen.

Mary und ich hakten uns unter, und ich versprach ihr eines von meinen Bananenbroten in der großen Pause.

»Das mit Harold tut mir wirklich leid«, wiederholte ich. »Er war ungemein begabt.«

»Ich weiß, dass er das war«, sagte Mary. »Es wird nie wieder einen Hamster wie ihn geben!«

»Was hast du mit ihm gemacht?«, fragte ich sie.

»Ich hab ihn in Zellophan gewickelt und in einen Schuhkarton getan. Nach der Schule werden wir ihn beerdigen. Wenn du magst, kannst du kommen.«

»Sehr gerne«, sagte ich und dachte daran, welch eine Zeitverschwendung das ganze Training mit ihm gewesen war.

Als ich an jenem Nachmittag von der Schule kam, saß Mum im Wohnzimmer und las ihr neuestes Buch aus der Bücherei.

»Bin zu Hause, Mum«, rief ich.

»Prima, Schatz«, gab sie zurück und blickte kaum auf.

»Was liest du da?«

»Es heißt: Arabische Leidenschaft.«

»Und um was geht's?«, fragte ich und verdrehte den Hals beim Versuch, den Einband zu sehen.

»Es geht um einen attraktiven Scheich, der eine wunderschöne junge Dienerin entführt und sie in seinen Harem in der Wüste bringt.«

»Was ist ein Harem?«

»Hm, so eine Art großes Zelt.«

»Ich gehe rüber zu Mary«, sagte ich beiläufig.

»Ist gut, mein Schatz«, sagte Mum und steckte ihren Kopf wieder in das Buch.

Als ich gerade in die Küche gehen wollte, um mir ein Glas Wasser zu holen, polterte Clark herein.

»Abendessen schon fertig?«, fragte er.

»Ich denke, das wird noch einen Moment dauern. Der attraktive Scheich ist gerade mit der Putzfrau zum Zelten unterwegs.«

»Du bist verrückt geworden«, sagte er.

»Besser, als einen an der Klatsche zu haben.«

»Bitte sag mir, dass ich adoptiert worden bin!«

»Du bist adoptiert worden.«

In diesem Augenblick kam Rita durch die Hintertür. In ihrer Schule war gerade das Vorsprechen für die Rollen im »Sommernachtstraum« gewesen. »Ich hab die Hippolyta gekriegt!«, verkündete sie und lehnte sich in theatralischer Pose in den Türrahmen.

»Und das erste Symptom dieser tödlichen Krankheit«, sagte Clark, »ist ein geschwollener Kopf.«

Rita starrte ihn zornig an. »Du bist nicht halb so witzig, wie du immer glaubst, Clark Perks«, gab sie zurück.

»Und du bist nicht halb so wichtig, wie du immer tust«, sagte Clark.

Ehrlich gesagt – ich fand meinen kleinen Bruder wahnsinnig witzig. Ich überließ die beiden sich selbst und rannte zu Mary hinüber.

Mr. Pickles war im Vorgarten und jätete Unkraut, als ob sein Leben davon abhinge. William kickte einen Ball herum, und Wallace saß auf der Gartenpforte und schwang hin und her. Als er mich sah, sprang er hinunter. »Wir werden wie Mörder behandelt!«, sagte er.

»Na ja, war ja auch ziemlich bekloppt, was ihr da getan habt«, sagte ich.

»Wir konnten ja nicht wissen, dass er absäuft«, verteidigte sich William.

»Harold war ein Hamster, William«, sagte ich zu ihm, »nicht ein Schwimmer, der den Ärmelkanal durchquert.« Ich ließ ihn stehen und ging zum Hintereingang des Hauses. Marys Mutter war gerade in der Küche und rührte in einer Schüssel.

»Hallo, Dottie«, sagte sie. »Kommst du zur Beerdigung?«

»Ja, Mrs. Pickles«, antwortete ich.

»Da wirst du dir etwas anderes anziehen müssen«, sagte sie.

»Wie bitte?«

»Für die Beerdigung«, erklärte sie.

»Oh«, sagte ich. »Daran hab ich gar nicht gedacht.«

»Würde es dir etwas ausmachen, Mr. Pickles davor noch eine Tasse Tee nach draußen zu bringen?«

»Natürlich nicht«, sagte ich.

»Er hat schlechte Nachrichten bekommen, und wenn er sich aufregt, arbeitet er immer im Garten. Möge Gott mir verzeihen, aber manchmal wünschte ich, dass er sich öfter mal ein bisschen aufregt, weil er sich nur dann um den Garten kümmert.«

»Es ist doch nichts Schlimmes, oder?«

»Tommy Dorsey ist gerade gestorben.«

Ich wartete, dass sie näher darauf einging, aber sie reichte mir einfach nur den Becher mit Tee. Ich nahm ihn und ging damit zu Mr. Pickles hinaus.

»Ich bringe Ihnen einen Tee«, sagte ich.

Mr. Pickles richtete sich auf. »Danke, Dottie«, sagte er und nahm den Becher.

»Das mit Ihrem Freund tut mir leid.«

»Welchem Freund?«, fragte Mr. Pickles und wischte sich mit dem Handrücken den Schweiß von der Stirn.

»Tommy Dorsey«, erklärte ich.

»Oh, er war nicht mein Freund. Ich habe ihn nie kennengelernt, auch wenn ich mir das gewünscht hätte. Es ist ein großer Verlust. War erst einundfünfzig, Dottie, das ist wirklich kein Alter.«

»Nein, kein Alter«, sagte ich so feierlich, wie ich konnte.

Leicht verwirrt ging ich ins Haus zurück. Mrs. Pickles sah von ihrer Rührschüssel auf und wischte sich die Hände an ihrer Schürze ab.

»Jetzt zu den Kleidern«, sagte sie.

Sie ging hinaus und kam mit einem von Waynes Mänteln zurück.

»Und jetzt brauchen wir nur noch eine Kopfbedeckung.« Sie wühlte in einer Schublade und zog einen braunen Teekannenwärmer heraus.

»So sollte es gehen«, sagte sie und lächelte. Ich zog den Mantel an und setzte mir den Kannenwärmer auf den Kopf. Er hatte die Form einer Hütte, und auf dem Dach ragte ein Kamin heraus.

In diesem Moment kam Wesley in die Küche. Er stibitzte ein wenig von dem Kuchenteig und sagte: »Sieht gut aus, Dottie.« Ich merkte, wie ich rot wurde, also ging ich schnell in den Garten hinaus, um Mary zu suchen. Sie stand in ihrem alten Hexenkostüm vor einem frisch ausgehobenen Loch in der Erde.

»Was ist das denn auf deinem Kopf?«, fragte sie lachend.

»Eine Hütte«, erklärte ich.

»Wir sind so weit, Mum«, rief sie durch den Garten.

Ich hörte, wie Marys Mutter die Jungen zusammentrommelte.

»Ich mag mir gar nicht vorstellen, dass Harold da in der Erde liegen wird«, sagte Mary traurig.

Ich legte meinen Arm um sie. »Er war ein guter Freund«, sagte ich.

Da öffnete sich die Hintertür, und Marys Brüder kamen alle nach draußen. Sie liefen paarweise mit langsamen Schritten durch den Garten und balancierten einen Schuhkarton von

Freeman, Hardy & Willis über ihren Köpfen. Sie legten die Schachtel zu Marys Füßen nieder, und Mary versenkte sie in dem Loch. Dann versammelten sich alle mit gesenktem Kopf um das Grab.

»Ich dachte, wir könnten *All Things Bright and Beautiful* singen«, sagte Mary schniefend.

»Gute Wahl, Mary«, sagte Warren.

Ich fand die Beerdigung sehr würdevoll, wie sie einem Hamster gebührte, der es beinahe geschafft hatte, über fünf Streichholzschachteln zu springen.

Ich ging ins Haus zurück und zog die Sachen wieder aus, und Mary begleitete mich noch bis zum Anfang des Verbindungsgässchens.

»Wer ist Tommy Dorsey?«, fragte ich.

»Ein Jazzmusiker. Es hat meinen Dad ganz schön getroffen, dass er gestorben ist. Er hat alle Platten von ihm.«

Nun ergab es einen Sinn. Ich rannte durch das Gässchen, und wir riefen uns nach, bis ich am anderen Ende angelangt war: »Mary!«

»Dottie!«

»Mary!«

»Dottie!«

38. KAPITEL

Ich fing an, sehr abergläubisch zu werden, lief nicht mehr unter Leitern durch, warf mir Salz über die Schulter, klopfte auf Holz, sagte Elstern Guten Morgen und hielt ständig die Daumen gedrückt. Ich sagte zu Gott: ›Du lässt Mary wieder gesund werden, und dafür werde ich mich für den Rest meines Lebens nie wieder über irgendetwas beklagen.‹ Alle negativen Gedanken verbannte ich aus meinem Kopf, gestattete mir keinen noch so kleinen Augenblick, daran zu denken, wie die Welt wohl ohne Mary aussehen würde. Und zumindest nach außen hin hatte es den Anschein, als ob alles ganz gut liefe. Die neuen Tabletten schienen zu wirken. Aber sie hatten Nebenwirkungen, und manchmal wurde Mary übel. Ihr Gesicht quoll auf, und ihre Haut wurde ganz trocken und schuppte sich, doch sie blieb frohen Mutes. Sie hatte eindeutig wieder etwas zugenommen und war es absolut leid, im Krankenhaus zu liegen.

Mary erzählte mir, dass sie gehört hatte, wie die Ärzte sich unterhielten. Sie hatten wohl gedacht, dass Mary nicht verstehen würde, wovon sie redeten, doch sie war ja nicht blöd. Sie erfuhr also, dass ihr Körper nicht so gut auf die Tabletten ansprach wie erhofft und dass sie besorgt waren.

Als ich eines Tages allein mit Mary war, nur wir beide, erzählte ich ihr, wie all die Mädchen im Fernsehen immer kreischten, wenn sie die *Beatles* sahen, und sie sagte: »Das ist nicht fair! Ich bin schließlich keine ältere Dame, ich bin ein Teenager! Ich will auch Spaß haben!«

»Hmmm«, machte ich. Dann beugte ich mich zu ihr und flüsterte: »Darfst du eigentlich das Krankenhaus verlassen, oder müssen wir dazu eigens ein Fluchtkomitee einsetzen?«

Mary kniff die Augen zu schmalen Schlitzen zusammen und spähte theatralisch nach allen Seiten.

»Hier sind überall Spione«, flüsterte sie. »Wir müssen uns wohl einen Tunnel nach draußen graben!«

»Wir könnten unter deinem Bett zu graben beginnen.«

»Die Erde füllen wir uns dann in die Taschen, und wenn niemand hinsieht, kippen wir sie in den Garten.«

»Und sobald der Tunnel dann lang genug ist, kriechen wir hindurch und kommen auf der anderen Seite des Zauns wieder heraus!«

»Wir brauchen noch falsche Papiere und eine Verkleidung.«

»Und ein Motorrad.«

»Ja genau, ein Motorrad!«

»Hat Winston das in eurem Vorgarten schon fertig repariert?«

»Ich kann ihn ja mal fragen.«

»Aber falls man uns erwischt, werden wir hart bestraft!«

»Fürchterlich!«

In diesem Moment kam eine Krankenschwester mit einem Plastikbecherchen mit Marys Tabletten und einem kleinen Glas Wasser.

»Was hecken Sie beide da aus?«, fragte sie und reichte Mary die Tabletten.

»Wie wir mich hier wieder rausbekommen«, sagte Mary.

»Das ist ja kein Gefängnis hier«, sagte die Krankenschwester und lächelte. »Ich werde mal mit dem Arzt reden, und vielleicht kann Ihre Freundin Sie ja bald einmal ein wenig an die frische Luft bringen.«

In dieser Woche ging ich täglich ins Krankenhaus. Es war fast wie in alten Zeiten zwischen Mary und mir. Wir brauchten sonst niemanden, wir waren einander genug. Nur wir beide, Mary und ich. Auf seltsame, verdrehte Weise war diese Woche eine der schönsten meines Lebens. Es war fast so, als hätte ich

Ralph nie kennengelernt und Mary sich nie nach Elton verzehrt. Irgendwie hatte das alles keine Bedeutung mehr.

Meine Welt drehte sich jetzt um ein junges Mädchen in einem Krankenzimmer. Es gab keinen anderen Ort, an dem ich sein wollte.

Ich hatte schon fast vergessen, wie lustig es mit Mary sein konnte. Im Krankenhaus gab es jede Menge Dinge, über die wir uns lustig machen konnten: die überheblichen Fachärzte mit ihren langen Nasen und den Brillen darauf, die von allen wie Götter behandelt wurden, und die anderen Patienten mit ihren komischen Aussprüchen. Eine Frau sagte zum Beispiel immer: »Oooh! Meine Hüfte!« Eine andere: »Nun komm schon, fass dir ein Herz!«

Wir foppten Marys Brüder, wenn sie zu Besuch kamen, versuchten, ihren Eltern Mut zu machen, und benannten die Krankenschwestern nach berühmten Leuten; da waren Ursula Andress, Audrey Hepburn, Marianne Faithfull, Cilla Black und Hattie Jacques. Der attraktive junge Arzt, dem der weiße Doktorkittel um die Schenkel flatterte und der Mary jedes Mal zuzwinkerte, wenn er vorbeiging, war Steve McQueen. Wir taten so, als wären wir Teil dieser erdachten Welt, und Louise, die ständig ein und aus ging, gehörte auch dazu. Mary war natürlich der Star, ich ihre Bedienstete, und Louise lieferte uns die Stichwörter. Ich war damit glücklich, dass Mary die Rolle des Stars hatte. Sie liebte dieses Spiel, lag dann auf dem Bett, schnippte mit den Fingern und gab mir alberne Anweisungen, wie zum Beispiel: »Hol mir die Bettpfanne, Mädchen!«, oder: »Aber Beeilung! Mr. McQueen schaut jeden Moment vorbei, und ich möchte gut aussehen für ihn!« Wir mussten so sehr lachen, dass uns die Schwestern immer wieder ermahnten, leiser zu sein.

Nur manchmal huschte ganz plötzlich ein Schatten über Marys Gesicht, und die Augen fielen ihr zu. Es war so, als ob jemand ein Licht in ihrem Innern ausgeschaltet hätte. Ich versuchte dann immer, es ihr so angenehm wie möglich zu machen, deckte sie zu, damit sie es warm hatte, saß einfach neben ihr und hielt ihre kühle kleine Hand in meiner.

Einmal gingen Mrs. Pickles und ich zusammen ins Krankenhaus. Es machte mir nichts aus, sie zu begleiten, und sie hatte allein im Bus ihre liebe Mühe mit Peggy und dem Kinderwagen. Auch wenn es nicht viel war, was ich tat, wenn ich mich um Peggy kümmerte, hatte ich immer das Gefühl, wieder etwas von dem gutzumachen, was ich Mary angetan hatte. Ich hatte kein Problem damit, mir Mrs. Pickles' endlose Klagen über ihr beschwerliches Leben anzuhören. Ich sah ihr an, wie erschöpft sie war, und ich wusste, dass sie Mary damit nicht behelligen konnte.

Mary hatte keinen guten Tag. Die Vorhänge um ihr Bett herum waren zugezogen, als wir ankamen. Die Stationsschwester sagte uns, dass der Arzt bei ihr sei, und wir mussten warten, bis er mit der Visite fertig war, bevor wir sie sehen durften.

Es war dieser hagere, hochgewachsene Arzt, der mir eher Furcht einjagte. Gefolgt von Assistenzärzten kam er mit schwungvoller Geste hinter dem Vorhang hervor, als ob er eine Theaterbühne betreten würde. Er erblickte Mrs. Pickles, die mit mir am Ende der Station wartete, und schritt auf uns zu.

»Es gibt gute und nicht so gute Neuigkeiten«, sagte er heiter. Ich spürte einen Stich im Bauch und sah, wie Mrs. Pickles sich am Griff des Kinderwagens festhielt.

»Die gute Nachricht ist«, sagte der Arzt, »dass wir Mary ein Einzelzimmer geben werden. Das ist doch sehr angenehm, nicht wahr? Dann können Sie sie so lange besuchen, wie Sie möchten. Wir werden sie verlegen, sobald etwas Passendes frei wird.«

Er strahlte uns an, rieb sich die Hände und ging mit großen Schritten durch die Doppeltür auf den Flur hinaus.

Die jungen Assistenzärzte tappten ihm hinterher, und die Absätze ihrer Schuhe klapperten übers Linoleum. Mrs. Pickles sah zu Boden. Er hatte uns die schlechte Nachricht nicht überbracht. Das war auch nicht nötig.

Wir saßen bei Mary, bis sie eingeschlafen war. Dann ging Mrs. Pickles sich eine Tasse Tee holen. Ich blieb bei Mary, legte mir Peggy auf den Schoß, ihr Gesichtchen mir zugewandt, und spielte mit ihren kleinen dicken Beinchen. Das Zahnen bereitete ihr noch immer Schmerzen, und sie kaute ohne Unterbrechung auf ihrer Rassel herum. Ich hörte nicht, dass jemand auf mich zukam. Plötzlich spürte ich eine sanfte Berührung an der Schulter. Als ich aufblickte, sah ich in Ritas Gesicht. Sie lächelte mich an. Nigel stand ein paar Schritte hinter ihr und drehte seinen Hut in den Händen. Er sah blass aus.

Peggy wand sich in meinem Schoß.

»Wie geht's Mary?«, fragte Rita.

»Sie schläft«, antwortete ich. »Sie wollen …«

»Ja?«

»Sie wollen sie in ein Einzelzimmer verlegen.«

Rita seufzte.

»Setz dich doch«, sagte ich zu ihr.

Rita setzte sich neben mich und kitzelte Peggy am Kinn. Peggy grinste sie an und gluckste.

»Sie ist einfach hinreißend!«, meinte Rita.

»Ja«, stimmte ich zu. »Willst du sie mal nehmen?«

Ritas Gesicht leuchtete auf. »Darf ich? Meinst du, das ist in Ordnung?«

»Aber klar«, sagte ich. »Ich wäre dir dankbar. Allmählich wird sie mir ganz schön schwer, ich hab schon richtig taube Beine.«

Ich reichte Peggy zu meiner Schwester hinüber. Übertrieben vorsichtig nahm Rita sie, doch da das Baby ganz vertrauensvoll war und sie anstrahlte, entspannte sie sich sofort. Rita hielt Peggy auf ihrem Schoß, und sie federte auf Ritas Beinen auf und ab und zog am Kragen ihres Kleids. Rita himmelte Peggy an, und Nigel stand dahinter und sah den beiden zu. So waren die Dinge nun mal, dachte ich bei mir. Das Leben läuft nicht immer so, wie man es sich vorstellt. Manches geht schief, und uns bleibt nur übrig, das Beste daraus zu machen.

Liebes Tagebuch,

sie haben mir jetzt ein Zimmer für mich allein gegeben, also schätze ich mal, dass die Dinge ziemlich schlecht stehen. Ich weiß, dass mit meinem Blut etwas nicht stimmt, aber daran möchte ich jetzt gar nicht denken.

Vor meinem Fenster steht ein großer Baum, und immer wenn es windig ist, klopfen seine Zweige an die Scheibe. Ich mag das Geräusch. Es macht patt, patt, patt, als ob er anklopfen würde. Es zeigt mir, dass er lebendig ist, und genau das will ich jetzt. Ich will Leben haben, neue Anfänge. Peggy ist mein Neuanfang, in ihren Adern fließt mein Blut. Nur, dass es gutes Blut ist, nicht verrückt gewordenes wie meines.

Ich bin müde.

Tschüss,
Alles Liebe von Mary Bennett
Neunzehn Jahre

39. KAPITEL

Neben dem Bootsteich saß ich auf einer Bank. Ich hatte mir angewöhnt, Orte aufzusuchen, an denen Mary und ich als Kinder gewesen waren. Irgendwie fühlte ich mich ihr dadurch näher. Es war einer dieser perfekten Tage. Die Sonne schien, und ein laues Lüftchen strich übers Wasser, kräuselte es und ließ die Flaggen der kleinen ferngesteuerten Motorboote flattern. Da waren so viele Erinnerungen an unsere Kindheit, an die vielen verrückten Situationen, in die Mary mich gebracht hatte. Wenn Mary etwas vorgeschlagen hatte, war ich bereitwillig dabei gewesen. Erst wenn wir schon mitten im Schlamassel steckten, begann ich Zweifel an ihren Ideen zu entwickeln.

Einmal wollte sie, dass ich während der morgendlichen Schulversammlung vorgab, ohnmächtig zu werden, sodass sie früher von der Schule gehen konnte, um mich nach Hause zu begleiten, denn sie wollte einen Blick auf die *Beatles* erhaschen, die kamen, um im Dome zu spielen. Als sie mich hinaustrugen, schlug ich mir den Kopf an der Tür an und handelte mir ein blaues Auge ein. Ein andermal hatte sie mich überredet, den Fotografen vom *Argus* ein Foto von uns beiden am Strand machen zu lassen, »weil wir so toll« aussahen. Er ließ uns für das Foto auf Eseln sitzen, und ich sah aus wie ein Elefant. Und dann hatte sie mich noch dazu gebracht, an einem Talentwettbewerb teilzunehmen, weil Elton daran teilnahm und sie ihn besser kennenlernen wollte. Ich sang also *The Merry Merry Pipes of Pan* und trug ein gestreiftes Badetuch dabei. Es war nicht gerade einer meiner stolzesten Momente gewesen. Aber es machte Spaß, mit Mary zusammen zu sein, mit ihr war mein Leben einfach schöner.

So war die Mary, die ich kannte, die Mary, an die ich mich

erinnerte. Das Mädchen, das die Aufnahmeprüfung fürs Gymnasium bestanden hatte und sich dann geweigert hatte hinzugehen, obwohl fast alle sie davon überzeugen wollten, dass sie das müsse. Das Mädchen, das mich bei der Hand genommen und mich hatte glauben lassen, ich könne so mutig sein, wie sie selbst es war. Das kleine Mädchen, das kopfüber hängend die Welt betrachtet und sie so aus einer Perspektive gesehen hatte, die den meisten kleinen Mädchen verborgen blieb.

Sie war mir eine Zeit lang verloren gegangen. Vielleicht hätte ich sie ja wiederfinden können, aber ich hatte es nicht getan. Sie hätte mich gefunden, wenn ich mich verirrt hätte, ich weiß, dass sie das getan hätte. Meine Freundin Mary Pickles war ein besonderer Mensch, und das würde ich ihr jeden Tag ihres Lebens zeigen.

Ich erhob mich von der Bank und lief zum Krankenhaus hinüber. Heute hatte ich etwas ganz Besonderes vor.

Pünktlich zur Besuchszeit ging ich hinein. Am Schwesternzimmer der Station erwartete mich Louise.

Sie ergriff meine Hände und drückte sie.

»Sie ist schon bereit!«, sagte sie. »Warte nur, bis du sie siehst!«

Gemeinsam betraten wir die Station und gingen einen kleinen Flur entlang, der zu Marys Einzelzimmer führte. Die Tür war nur angelehnt, und Gelächter drang zu uns nach draußen.

Mary war nicht nur aus dem Bett aufgestanden, sie war sogar richtig angezogen und saß mit gelocktem Haar und Make-up im Rollstuhl.

»Ich werd verrückt«, rief ich. »Wie siehst du denn aus!«

Mary tätschelte sich das Haar. »Umwerfend, nicht wahr?«

»Und das ist noch bescheiden ausgedrückt«, sagte Schwester Brigitte Bardot. Sie war um die sechzig und hatte Mundgeruch. Jetzt sah sie so stolz aus, als wäre sie Marys Mutter.

»Ich komme schon klar, Schwester«, sagte Mary. »Ab jetzt wird sich meine Chauffeurin um mich kümmern!«

Die Krankenschwester legte eine Decke um Marys Knie und drückte ihr die Schulter.

»Sie passen auf sie auf, ja?«, sagte sie zu mir. »Und egal, was sie sagt, Sie dürfen sie auf keinen Fall aus dem Rollstuhl lassen! Wenn sie es übertreibt, kann sie alle möglichen Schwierigkeiten bekommen.«

»In Ordnung«, versprach ich und lächelte Mary zu. Ich war so stolz auf sie, doch in diesem Moment sprang mir etwas ins Auge, und es durchzuckte mich heiß. Mich irritierte nicht die Decke um ihre Beine, es waren die Schuhe, die darunter hervorlugten – dieselben, die sie am Tag ihrer Hochzeit mit Ralph getragen hatte. Jetzt waren sie abgewetzt und verschlissen. Ich dachte daran, was seit damals alles passiert war, und versuchte, es zu verdrängen.

»Kommen Sie schon, Dottie, beeilen Sie sich und bringen Sie mich hier raus, bevor die es sich noch anders überlegen!«, wies mich Mary an.

»Sehr wohl«, gab ich zurück.

»Wo bringen Sie mich hin?«

»Zum Pier, die Dame«, sagte ich.

Ich brauchte ein wenig, bis ich damit klarkam, den Rollstuhl zu schieben. Er war schwer. Auch wenn es auf geraden Strecken ganz gut ging, bekam ich Schwierigkeiten, sobald wir um eine Ecke biegen oder Stufen hinauf- und hinabmussten. Mary konnte nicht damit aufhören, Bemerkungen über meine schlechten Qualitäten als Chauffeurin zu machen. Es amüsierte sie endlos. Die Leute drehten sich nach uns um.

Ich schob sie bis ans Ende des Piers, der gerammelt voll war an diesem schönen sonnigen Tag. Ich bekam feuchte Achseln, denn das Manövrieren des Rollstuhls zwischen den Leuten hindurch und um ihre Beine herum war keine leichte Angelegenheit. Schließlich stellten wir ihn hinter einem Stapel Liegestühle ab.

»Ich möchte heraus«, sagte Mary.

»Das darfst du nicht! Die Schwester hat gesagt, unter keinen Umständen …«

»Sie ist aber nicht da! Du musst es ihr ja nicht sagen!«

»Mary!«

»Ach, komm schon, Dottie, hilf mir heraus! Es ist das Mindeste, was du tun kannst!«

Lachend verdrehte ich die Augen. Ich half Mary auf die Füße, und als wir die Spielhalle betraten, stützte sie sich auf mich. Aus der Jukebox dröhnte Musik, und überall standen Kaugummi kauende junge Leute, die sich schick gemacht hatten. Sie riefen laut, tanzten und hatten einfach Spaß. Ich sah, wie Marys Augen aufleuchteten – genau hier wollte sie sein. Irgendwie hatte ich noch Bedenken, ob sie sich nicht übernahm. Ich wusste ja, dass sie den Rollstuhl nicht verlassen, sondern ruhig sitzen bleiben sollte, aber ich hatte Louise in das, was ich vorhatte, eingeweiht. Sie hatte zugestimmt, dass es für Mary jetzt das Allerwichtigste war, Freude zu empfinden. Und Mary war glücklich, ich wusste es. Ich konnte ihr das einfach nicht versagen.

Auf mich gestützt, spielte sie an ein paar Münzautomaten, dann machten wir uns in Richtung Eistheke auf. Wir hatten uns gerade in der Schlange angestellt, als jemand Mary auf die Schulter tippte und sagte: »Hallo, du!«

Ganz langsam drehte sie sich um und lugte unter ihrem Pony hervor.

»Hallo, Elton«, sagte sie.

Elton schluckte. An seinem dünnen Hals konnte ich sehen, wie angespannt er war.

Er hielt einen Hut in der Hand, eine Art Kappe, wie sie gerade Mode war. Ich bemerkte, dass Elton freundliche Augen hatte. Er mochte ein arroganter Schnösel sein, aber er hatte ein nettes Gesicht. Mary strahlte wie ein Honigkuchenpferd.

»Du siehst gut aus«, sagte Elton.

»Danke«, erwiderte Mary.

Unaufgefordert nahm er sie am Arm. Sie hielt sich an ihm fest.

Ich trat etwas zur Seite, um den beiden zuzusehen. Sie hing an seinem Blick, und er sah ihr so tief in die Augen, als wäre sie das einzige Mädchen auf der ganzen Welt. Genau das hatte sie sich immer gewünscht.

Er schob seinen Kaugummi hinten in die Backe.

»Hör mal, Ralph hat mir erzählt … Es tut mir leid …«, sagte er zu ihr. Mary schüttelte kaum merklich den Kopf und lächelte Elton an. Sie schenkte ihm ihr schönstes, verführerischstes Lächeln, das sie Stunden vor dem Spiegel geübt hatte. Damals hatte sie immer wie ein Kind ausgesehen, das so tat, als wäre es erwachsen. Doch jetzt sah sie aus wie eine Frau. Eine wunderschöne Frau. Auch Elton sah das. Mit einer winzig kleinen Verbeugung nahm er ihre Hand in seine.

»Möchtest du mit mir tanzen, Mary?«, fragte er.

»Sehr gern«, antwortete sie.

So tanzten Mary Bennett, geborene Pickles, und Elton Briggs also zum ersten und letzten Mal zu Cliff Richards *The Young Ones*.

Elton hielt Mary in seinen Armen, sie hatte die Wange auf seine Brust gelegt, und sie bewegten sich ganz langsam. Obwohl noch mindestens ein Dutzend weiterer Paare auf der Tanzfläche waren, schienen die zwei die einzigen beiden Menschen auf der Welt zu sein.

Ich setzte mich auf einen Hocker und sah ihnen einen Augenblick lang zu, aber es kam mir nicht richtig vor. Dies war ihre Zeit – ihre einzige Zeit. Also schlenderte ich zum Geländer und lehnte mich dagegen. Ich schaute zu, wie die Wellen herankamen und sich ausrollend an den muschelbesetzten Pfeilern des Piers brachen.

Als das Lied zu Ende war, ging ich wieder hinein. Ich sah an Marys Augen, wie die Müdigkeit zurückkehrte, es war, als ob sich ein Vorhang schloss, und auch Elton bemerkte es. Er machte kein Aufhebens und hob sie einfach hoch, und mit Mary auf seinen Armen folgte er mir nach draußen zu der Stelle, wo wir den Rollstuhl stehen gelassen hatten. Er küsste ihr die Stirn und setzte sie dann ganz behutsam hinein. Ich breitete ihr die Decke über die Beine. Mary versuchte, sich nichts anmerken zu lassen, doch es strengte sie sehr an.

Elton stand noch einen Augenblick da. Er wirkte etwas unbeholfen.

»Also, wir sehen uns dann«, sagte er zu Mary.

»Ja«, erwiderte sie. »Wir sehen uns dann.«

Dann warf er mir einen Blick zu und lächelte. Er hatte ganz glasige Augen. Einen kurzen Moment lang erkannte ich den Jungen in ihm, wie ihn Mary immer gern gehabt hätte. Lautlos formte ich mit den Lippen ein ›Danke‹, und er nickte kaum merklich mit dem Kopf. Ich hatte befürchtet, dass Elton nicht auftauchen würde, doch er hatte es getan. Er hatte genau das getan, was er versprochen hatte, und ich würde ihm für immer dankbar dafür sein.

Mary sah ihm nach, bis er nur noch ein winziger Punkt in der Ferne war, und schaute weiter in diese Richtung, bis man auch diesen nicht mehr erkennen konnte. Ich biss mir auf die Lippe und löste die Bremse des Rollstuhls.

Ich schob Mary den Pier entlang zurück, und die Räder holperten über die Planken. Ihre Haut war beängstigend blass geworden, weißer als weiß. Sie hatte fast die Farbe des Wassers angenommen – die Hautfarbe der sterbenden Leute auf ihrer Krankenstation.

»Mary«, flüsterte ich, und es war fast ein Flehen. »Mary, halte durch, alles wird gut, ich bring dich ins Krankenhaus zurück! Dir geht's gleich wieder besser, du wirst sehen!«

Sie antwortete nicht. Ihre Augenlider zuckten hin und wieder, aber sie bewegte sich nicht. An der Ampel mussten wir stehen bleiben und warten, um die Straße zu überqueren, und als ich mich zu ihr hinunterbeugte, um die Decke glatt zu ziehen, nahm ich wahr, dass ein ganz leises Lächeln um ihre Lippen spielte, obwohl sie schlief.

40. KAPITEL

Freitag ging ich nicht ins Krankenhaus. Marys Onkel und Tante aus Worthing kamen sie besuchen und wollten den ganzen Tag bleiben, und Mrs. Pickles befürchtete, dass es zu viele Leute für das kleine Zimmer werden könnten. Als ich dann am Samstagmorgen wieder hinging, durfte ich Mary nicht sehen. Am Empfang der Station saß eine Schwester, die ich nicht kannte, und sie wollte mir nicht sagen, was los war.

»Stirbt sie?«, brach es aus mir heraus. Die Krankenschwester legte den Finger auf die Lippen und sagte: »Psst! Sie werden noch alle aufregen!«, und dann geleitete sie mich so schnell sie konnte aus der Station.

Ich sah Ralph, noch bevor er mich wahrnahm. Er stand im Schatten einer großen Rosskastanie und schaukelte den Kinderwagen. Er trug seine schwarze Jacke, und seine Haare waren länger geworden und lockten sich über dem Kragen. Sein Gesicht war fast gänzlich im Schatten, doch auf seinem Nacken, seinem Ohr und der Schulter lag helles Sonnenlicht. Mit einer Hand hielt er den Griff des Kinderwagens und schob ihn vor und zurück, doch sein Blick war nicht auf Peggy, sondern zu Boden gerichtet. Er war völlig in seine Gedanken versunken.

Ich setzte mich auf die Bank. Irgendwann bemerkte er mich. Wir lächelten uns an, und er setzte sich zu mir. Das Laub verfärbte sich bereits, und im Gras unter dem Baum lagen überall glänzende braune Kastanien und die grünen aufgeplatzten Schalen, aus denen sie sich gelöst hatten. Er legte seine Hand auf meine. So blieben wir sitzen, bis wir zu Mary gehen durften.

Irgendwie schleppte ich mich durch diese Tage hindurch. Ich funktionierte, doch ich war nicht richtig anwesend, war wie in Trance. Trotz meiner Erschöpfung konnte ich kaum schlafen. Nachts lag ich im Bett, es war dunkel, und mein Kopf war voller Gedanken an Mary.

Wenn ich dann doch einnickte, war mein Schlaf leicht, ich träumte von Mary und wachte ständig auf. Ich träumte, wie sie am Strand entlangrannte und sich zwischen den Urlaubern hindurchschlängelte, winkte und lachte. Ich rannte ihr nach, doch ich konnte sie einfach nicht einholen, und wenn ich am Pier ankam, war sie verschwunden. In anderen Träumen hörte ich ihre Stimme irgendwo im Raum, aber ich schaffte es nicht, zu ihr zu gelangen, weil mir immer wieder Leute im Weg waren. Ich erwachte dann, war schweißgebadet und hatte Panik.

Ich hatte Angst, dass Mary starb, ganz allein, während ich schlief. Meine erwachsene, gute Seite wollte natürlich bei ihr sein, wenn es so weit war, doch der kindlichen Seite graute fürchterlich davor, wie es wohl sein würde. Ich hatte noch nie jemanden sterben sehen, wusste nicht, was mich erwartete. Eigentlich wollte ich nicht wirklich dabei sein.

Marys kleines Krankenzimmer war jetzt der einzige Ort, an dem ich Frieden fand. Dort fühlte ich mich sicher und geborgen. Meine ganze Welt hatte sich auf dieses eine Zimmer reduziert, konzentrierte sich auf dieses Bett und auf Marys Atmen. Hier fühlte ich mich gefestigt und ausgeglichen. Ich mochte die Gerüche und den durchorganisierten Tagesablauf im Krankenhaus, und ich wusste, dass Mary und ich dort von Menschen umgeben waren, die an den Tod und das Sterben gewöhnt waren. Sie wussten, wie man damit umgehen musste, es machte ihnen keine Angst, und ihre Liebenswürdigkeit beruhigte mich. Ich war mir sicher, dass sie sich nicht nur um Mary, sondern auch um mich kümmern würden. Ich gehörte genauso hierhin wie Mary.

Eines Abends war ich ein bisschen früh dran, und Marys

Familie war noch da. Also ging ich zum Strand hinunter und setzte mich auf die Kiesel. Die Sonne ging allmählich unter, und der Himmel präsentierte sein allabendliches herrliches Spiel aus Farbe und Licht.

Ich beobachtete die Stare, die zu Tausenden in Schwärmen über den Palace Pier zogen, und lauschte den Geräuschen der Stadt, die sich auf das Abendprogramm aus Vergnügungen und Unterhaltung vorbereitete.

Nach einer Weile hörte ich hinter mir Schritte auf dem Kies knirschen. Ich blickte auf und sah Marys älteren Bruder Wayne auf mich zukommen.

»Hi«, sagte er.

»Hi.«

Wayne setzte sich neben mich. In seiner Jeans wirkten seine Beine sehr lang und dünn. Er zog eine Schachtel *Embassy* aus der Tasche seiner Lederjacke und klopfte eine Zigarette heraus. Dann steckte er sie sich in den Mund und zündete sie an.

»Bist du in Ordnung?«, fragte ich.

»Alles gut«, sagte er.

»Wie geht's Mary?«

»Unverändert.«

Ich seufzte.

»Kommt es dir nicht auch ungerecht vor, dass außerhalb des Krankenhauses das Leben ganz normal weitergeht, und da drinnen ist alles so …«, sagte Wayne. Es war einer der längsten Sätze, den ich je aus seinem Munde gehört hatte.

»Ich weiß, was du meinst«, sagte ich.

Ich verstand auch nicht wirklich, wie es sein konnte, dass die Lichter sich noch immer im Meer spiegelten, der Mond am Himmel aufging, die Leute in Pubs, Vergnügungshallen und an die Pommesbuden gingen, dass alles ganz normal weiterging, obwohl nichts je wieder normal sein würde.

»Ist eure Mutter noch bei Mary?«, fragte ich.

Er nickte und bot mir eine Zigarette an, aber ich schüttelte den Kopf.

Dann nahm er einen tiefen Zug, legte den Kopf in den Nacken, sodass ihm das Haar auf die Schultern fiel, und blies den Rauch wieder aus. Er schwebte in einer kleinen Wolke über uns.

Die Sommerferien waren vorbei, es wurde schon kühler, und die Kinder mussten wieder zur Schule.

Nach der Arbeit ging ich ins Krankenhaus. Ich kam gerade an, als der Teewagen herumgefahren wurde. Es war die beste Zeit auf der Station. Patienten und Krankenschwestern waren entspannt und unterhielten sich. Ich durchquerte die Station und ging zu Marys Zimmer.

Zum ersten Mal seit Tagen saß Mary aufrecht an die Kissen gelehnt.

»Na, was hältst du davon?«, sagte Marys Mutter zu mir und sah so erfreut und stolz dabei aus, als hätte Mary gerade einen Oscar gewonnen.

»Ich kann es kaum glauben!«, rief ich und ging hinüber zum Bett. Ich beugte mich zu Mary und küsste sie auf die Stirn. »Na, du«, sagte ich zu ihr.

»Hallo, Dottie«, flüsterte sie. Ihre Stimme war so schwach, dass ich sie kaum hören konnte.

Ihre Mutter erhob sich. »Dann gehe ich jetzt mal«, sagte sie. »Ralph bringt Peggy später vorbei. Bis morgen früh, mein Schatz!«

Mary nickte.

Ich hockte mich zu Mary aufs Bett. Aus ihrer Brust kam ein schwaches, rasselndes Geräusch, wenn sie ausatmete. Es gefiel mir gar nicht. Obwohl es nur ganz schwach wahrzunehmen war, ließ es nichts Gutes ahnen. So wie man eine Veränderung in der Luft wahrnimmt, wenn ein Sturm im Anzug ist. Ich strich Mary ganz sanft über die Wange.

»Wie geht es dir?«, fragte ich sie.

»Ich würde dir gern etwas sagen.«

Sie schluckte und machte eine Pause. Ich dachte schon, sie wäre vielleicht eingeschlafen, da öffnete sie die Augen wieder. Ihre Brust hob sich, und erneut hörte ich das Rasseln beim Ausatmen. Am liebsten hätte ich sie darum gebeten, aufzuhören, so zu atmen, wollte dieses Geräusch aus meinem Kopf verbannen.

»Du musst mir etwas versprechen«, flüsterte sie.

»Was denn?«

»Versprich es zuerst!«

»Und wenn ich es dann nicht halten kann?«

»Versprich es einfach«, bat Mary.

»Okay, ich verspreche es. Und was ist es?«

»Ich wünsche mir, dass du aus Brighton wegziehst, aus der Siedlung. Du hast mehr drauf, als bei Woolworths zu arbeiten. Ich möchte, dass du die Orte besuchst, die ich nie mehr sehen kann. Ich möchte, dass du auf goldfarbenem Sand unter Palmen liegst und in Wasser schwimmst, das so warm ist wie ein Bad. Ich wünsche mir, dass du all das für mich siehst, was ich nicht mehr sehen werde, Dottie.«

»Mach dir doch um all das keine Gedanken«, sagte ich und griff nach ihrer Hand.

Sachte schob sie meine Hand fort und öffnete die Augen. »Ich bin noch nicht fertig«, sagte sie und holte tief Luft. »Ich will, dass du eines Tages mit dem Mann, den du liebst, oben auf dem Eiffelturm stehst.«

Ich wusste nicht, was ich darauf erwidern sollte.

»Dottie?«

»Ja?«

»Wenn Ralph dieser Mann ist, dann ist das okay für mich.«

»Bitte, Mary …«

»Du musst wissen, dass mir das recht ist … weißt du, es macht mir nichts aus, wenn ihr zusammen sein wollt … ich meine … danach.«

»Aber du gehst doch nicht fort«, sagte ich.

»Oh, Dottie!«, sagte sie, »wir wissen doch beide, dass das nicht stimmt! Ich kann es auf allen Gesichtern lesen. Ich höre, was die Ärzte sagen, wenn sie glauben, dass ich schlafe.«

Nun liefen mir die Tränen über die Wangen. Ich wusste, dass ich nicht weinen sollte. Marys Mutter hatte mir gesagt, dass es Mary ängstigen würde, wenn sie uns weinen sah, aber ich konnte es nicht zurückhalten.

»Ich will nicht mit Ralph zusammen sein«, sagte ich schluchzend. »Das Einzige, was ich will in dieser Welt, ist, dass du wieder so bist, wie du einmal warst, und das alles wieder normal ist, so wie früher!«

Mary blinzelte langsam.

»Vielleicht möchtest du ja jetzt nicht daran denken, aber möglicherweise später einmal, und dann will ich, dass du weißt, dass es in Ordnung ist für mich … es würde mir nichts ausmachen. Schließlich bist du das Mädchen, das Ralph liebt, nicht ich.«

»Du darfst nicht aufgeben, Mary! Das hört sich so danach an …«

»Ich gebe nicht auf, Dottie, ich akzeptiere es bloß.«

»Für mich hört sich das nach Aufgeben an, und das lasse ich nicht zu! Was ist mit Peggy und deinen Eltern und allen, die dich lieben? Was ist mit mir, Mary? Wie soll ich ohne meine allerbeste Freundin klarkommen?«

Sie sah mich an und lächelte. Dann atmete sie aus, und ich

hatte den Eindruck, dass sich das rasselnde Geräusch verstärkt hatte und bei jedem Atemzug ein wenig hartnäckiger war.

»Vielleicht ist es ja fabelhaft im Himmel«, sagte Mary und schloss dann die Augen.

»Wenn du da bist, wird es das sein«, sagte ich flüsternd. Ich hielt Marys kleine Hand und weinte, als ob es mir das Herz zerreißen würde.

Liebes Tagebuch,

es ist jetzt Zeit zu gehen. Ich bin ja so müde, so ungemein müde. Die Leute wollen mich nicht gehen lassen. Sie halten mich an der Hand, als ob sie mich dadurch hierbehalten könnten. Ich wünschte, sie ließen mich gehen.

Auf Wiedersehen, Peggy, mein kleines Mädchen, ich liebe dich sehr. Ich wünschte, ich hätte dir eine bessere Mami sein können.

Auf Wiedersehen, Dottie, meine Freundin auf ewig.

Auf Wiedersehen, Tagebuch.

Alles Liebe
Mary Pickles
Nur neunzehn Jahre. xxx

41. KAPITEL

Später kam Ralph. Er brachte Peggy und setzte sich neben Mary aufs Bett. Sie schaute ihr Baby an und lächelte.

Als es draußen dunkel wurde, nahm ich Peggy auf den Schoß und gab ihr das Fläschchen. Ralph saß auf der anderen Seite neben Mary und erzählte ihr von seiner Arbeit, von Brighton und von Dingen, die er im Radio gehört hatte. Er brachte sie zum Lächeln, beruhigte sie. Ich erkannte, dass er sie verstand. Er wusste genau, was er zu ihr sagen musste.

Ralph war Mary ein guter Ehemann.

Eine der Krankenschwestern steckte ihren Kopf durch die Tür.

»Alles in Ordnung?«, fragte sie.

Ich lächelte ihr zu und nickte. »Danke, alles in Ordnung.«

Ich wickelte Peggy auf dem Bettende und weichte die benutzte Windel in dem Badezimmer auf der anderen Seite im Waschbecken ein. Dann legte ich Peggy wieder in den Kinderwagen. Ralph und ich saßen zu beiden Seiten von Marys Bett und hielten jeder eine ihrer Hände, bis sie eingeschlafen war.

Es war ein kleines Zimmer, in dem gerade mal ein Bett, zwei Stühle und eine Kommode Platz hatten. Das war meine Welt. Stunde um Stunde verstrich. An den folgenden Tagen waren Mary und ich nur noch selten ganz allein im Zimmer; Tanten, Onkel, Cousins und Cousinen kamen, um sich von Mary zu verabschieden. Sally schaute vorbei, die direkten Nachbarn kamen. Wenn der Arzt nach ihr schaute, benutzte er nicht einmal mehr das Stethoskop, um Marys Brust abzuhören. Er lächelte nur und sagte: »Gut, gut.«

Manchmal schlief ich mit dem Kopf auf dem Bett, doch meistens stand ich ruhig neben dem Fenster, um Mr. und

Mrs. Pickles mit Peggy nicht im Weg zu sein. Ich sah den fallenden Blättern des Rosskastanienbaums nach, durch dessen Zweige der Wind fegte und dabei jedes Mal eine Handvoll Blätter mit sich riss, um sie über die Gebäude des Krankenhauses zu treiben.

Ich sah den Kindern beim Aufsammeln der Kastanien zu.

Mir war warm in dem Zimmer. Ich lauschte Marys Atmen.

Ich wollte nirgendwo anders sein.

Um vier Uhr nachmittags kam der Pfarrer. Ich wartete draußen auf dem kleinen Flur. Es dauerte nicht lang, bis die Tür sich wieder öffnete und er herauskam. Mit einem Lächeln sagte er zu mir: »Sie können jetzt wieder hineingehen.« Er roch nach Pfefferminz. Dann fügte er hinzu: »Gott segne dich, meine Tochter.«

Ich ging zurück ins Krankenzimmer.

Marys Familie und Ralph standen um das Bett herum wie auf einem Gemälde. Ein paar ihrer Brüder waren im Zimmer, einige standen noch auf dem Flur. Winston war zum Rauchen nach draußen gegangen. Ralph stand am Kopfende und sah auf Mary hinunter. Er schaute nicht auf.

Peggy lag neben Mary auf dem Bett, nuckelte an ihrem Fäustchen und strampelte mit den dicken, kleinen Beinchen. Sie gab fröhliche glucksende Geräusche von sich. Alle blickten auf Peggy. Vom Zahnen hatte sie zwei rote Kreise auf ihren Bäckchen. Sie sah aus wie ein Püppchen. Wir alle sahen Peggy zu und lächelten sie an, sodass zunächst niemand bemerkte, dass Mary zu atmen aufgehört hatte. Plötzlich hörte ich, wie Marys Mutter wie unter Schmerzen aufschrie, und da begriff ich es. Auch Peggy hatte etwas gemerkt; sie hatte wohl die veränderten Ausdrücke in den Gesichtern der Erwachsenen wahrgenommen. Sie hörte auf zu glucksen, reckte die Ärmchen nach oben und wollte hochgenommen werden. Marys

Vater nahm sie auf seinen Arm und drückte sie an sich, wiegte ihr Köpfchen in seiner großen Hand.

Die Krankenschwester kam herein. Sie sagte: »Entschuldigen Sie bitte«, und bahnte sich einen Weg zum Bett. Sie nahm Marys Handgelenk und hielt es einen Moment lang zwischen ihren Fingern. Wir beobachteten sie alle gebannt und hofften, dass sie irgendetwas Beruhigendes sagen würde, hofften, dass sie einen Puls fand. Doch sie legte Marys Hand vorsichtig auf die Bettdecke zurück und sagte: »Ich rufe den Doktor.« Dann verließ sie das Zimmer.

»Warum holt sie den Arzt?«, fragte William. »Kann er Mary zurückbringen?«

Marys Vater sagte: »Nein, mein Sohn. Niemand kann sie mehr zurückbringen.«

Mit seiner freien Hand zog er ihn an sich, und William schlang seine Arme um seinen Vater und brach in unbändiges Schluchzen aus. Wallace hatte dem Zimmer den Rücken zugekehrt und starrte aus dem Fenster.

Als ich aufsah, traf ich Ralphs Blick. Wir sahen uns einen Augenblick lang an, dann ging er zu Marys Mutter hinüber, um sie zu trösten.

Ich wusste nicht, was ich tun sollte. Zuerst hatte ich den Drang, das Zimmer zu verlassen, doch das wäre nicht richtig gewesen. Alle um mich herum weinten, doch ich fühlte mich einfach nur wie betäubt. Ich wollte weinen, doch es kamen keine Tränen; das Atmen fiel mir schwer, und mir war schwindlig, sodass ich mich an eine Wand anlehnen musste. Noch nie in meinem ganzen Leben war ich ohnmächtig geworden, doch jetzt sehnte ich es regelrecht herbei, nur um dieser schrecklichen Leere zu entfliehen. Mein Verstand meldete mir, dass meine beste Freundin gestorben war – Mary Pickles war tot. Doch mein Herz wollte es nicht wahrhaben. Ich konnte kaum atmen, als hätte mein Körper vergessen, wie das geht. Ich hätte weinen sollen – warum nur weinte ich nicht? Fast neidete ich den anderen ihre Tränen, denn ich wusste, wie befreiend sie für sie waren.

In diesem Moment betrat ein Arzt, gefolgt von einer Schwester, das Krankenzimmer.

Er ging direkt auf das Bett zu. Ich wandte mich ab. Seit dem Augenblick, in dem Mary aufgehört hatte zu atmen, war ich außerstande, sie anzusehen.

»Sie war ein sehr tapferes junges Mädchen«, sagte er leise. »Es tut mir sehr leid.« Dann ging er aus dem Zimmer.

Das war mir nicht genug – es war einfach zu endgültig. Monatelang hatten wir Mary beim Sterben zugesehen, und jetzt war nichts mehr da. Hätte er da nicht ein paar Worte mehr finden können? Wusste dieser Arzt nicht, wie wichtig das war? Wusste er denn nicht, dass wir so nicht weiterleben konnten? Er war doch der Arzt, er hätte uns sagen müssen, wie es weiterging. Das war mir nicht genug.

Die Krankenschwester wandte sich an Warren.

»Wenn Sie mit Ihrer Mutter und der Familie dann bitte in ein anderes Zimmer gehen würden. Ich werde Ihnen allen etwas Tee bringen.«

Warren nickte. Er war froh, etwas tun zu können. »Komm, Mum«, sagte er liebevoll zu seiner Mutter, nahm sie behutsam am Arm und führte sie aus dem Zimmer. Die anderen folgten ihnen, nur ich konnte mich nicht bewegen. Mir war, als fehlte ein Teil von mir, und wenn ich versuchen würde zu laufen, fiele ich hin. Ralph drehte sich zu mir um.

»Dottie?«, sagte er fragend.

»Ich komme gleich.«

Ich hatte zu große Angst davor, aufs Bett zu sehen. Ich ging zum Fenster hinüber und sah auf die Straße hinaus. Es hatte zu regnen angefangen. Die Blätter der Rosskastanie glitzerten, und an der Scheibe rann das Wasser herab. Mütter mit Kinderwagen beeilten sich, ihre Kinder nach Hause ins Trockene zu schaffen. Ein Mann hielt sich eine Zeitung über den Kopf. Sie wussten nicht, dass Mary tot war. Ich sah, wie Wayne zu Winston hinüberging, der in dem kleinen Gärtchen auf einer Bank im Regen saß. Ich sah, wie Winston zu seinem Bruder aufblickte und dann den Kopf in die Hände legte. Ich wandte mich wieder vom Fenster ab, atmete tief ein und sah zu Mary hinüber. Ich hatte keine Angst mehr.

Ich trat näher ans Bett heran, beugte mich über Mary und küsste sie auf die Wange.

»Ich werde mein Versprechen halten«, sagte ich. »Ich werde all diese Orte besuchen, genau, wie du es dir gewünscht hast, und bei jedem Schritt, den ich dabei gehe, wirst du dabei sein.«

Ich sah in Marys liebes kleines Gesicht.

»Danke, dass du meine Freundin warst«, sagte ich und strich ihr ganz sachte das Haar aus den Augen. »Du siehst klasse aus«, flüsterte ich.

Eine Schwester kam ins Zimmer. Sie reichte mir ein Buch.

»Mary bat mich, Ihnen das hier zu geben«, sagte sie.

Ich nahm das Buch und verließ das Zimmer. Mary Pickles war nicht mehr da, und ich musste sie unbedingt finden.

Ich eilte über die Strandpromenade nach Hause. Der Schauer war in einen feinen Nieselregen übergegangen, der kühl auf mein Gesicht fiel. Ich lief quer durch Kemp Town und weiter in Richtung der Siedlung. Dann rannte ich los, ich rannte und rannte, bis ich oben am Gässchen angelangt war. Erst dort spürte ich, dass sie bei mir war, und erst jetzt erlaubte ich mir, daran zu denken, wie wir gewesen waren – meine Freundin Mary Pickles und ich. Mir war fast, als könnte ich hören, wie wir uns immer zugerufen hatten:

»Mary!«
»Dottie!«
»Mary!«
»Dottie!«

Ich öffnete das Buch und begann, auf der ersten Seite zu lesen.

Dieses Buch gehört Mary Pickles
See Saw Lane 46
Brighton
Die Welt.

Meine Augen füllten sich mit Tränen. Ich schloss das Buch wieder und legte es auf den Boden.

Ich setzte mich oben aufs Geländer und hielt mich fest, dann schloss ich die Augen und ließ mich ganz langsam nach hinten gleiten. »Jetzt schau mir mal gut zu!«, rief ich, als ich die Gitterstäbe losließ. Plötzlich hing ich nur noch an den Beinen. Ich öffnete die Augen, und zum ersten Mal in meinem Leben sah ich eine auf den Kopf gestellte Welt.

EPILOG

Bis zur zweiten Ebene des Eiffelturms sind es 674 Stufen. Ich weiß das, weil ich beim Hochklettern mitgezählt habe, und jeden Schritt habe ich meiner Freundin Mary Pickles gewidmet.

Es war ein bitterkalter Februartag. Paris war eiskalt, alles war grau und steif gefroren, selbst die Tauben, die von den Dachrinnen aufflatterten, waren grau, als wären sie aus Stein gemeißelt. Nachdem ich an diesem Morgen das Hotel verlassen hatte, lief ich durch die Straßen der Stadt. Ich ging über breite graue Gehwege, schlängelte mich zwischen in Mäntel und Pelzkragen gehüllten Menschen hindurch, die sich die Kapuzen über die Ohren und Schals vor Mund und Nase gezogen hatten. Die Kälte hier war ganz anders als in Brighton. Sie hatte etwas Berauschendes und Fremdartiges. Alles war anders in dieser Stadt der Träume.

Ich sah einen Mann mit einer Drehorgel und einem Affen. Eine Frau beugte sich über ein Brückengeländer und warf Rosen ins Wasser. Ein Mann fuhr mit dem Fahrrad vorbei, eine Posaune auf den Rücken geschnallt. Mary wäre begeistert gewesen, das alles zu sehen, dachte ich und lächelte. Ich steckte die Hände tiefer in die Manteltaschen und vergrub mein Kinn im Kragen.

Aus den Cafés und Bars drang ein warmes gelbes Licht und fiel auf die grauen eiskalten Gehwege. Durch die Fenster sah ich Kellner, die ihre Tabletts auf Schulterhöhe hielten und den Leuten an den Tischen Kaffee und Gebäck servierten. Graublauer Zigarettenrauch waberte durch das Café, an den Spiegeln vorbei und durch die Kronleuchter und kräuselte sich vor den Rot-, Gold- und Grüntönen der Gemälde, die in prachtvoll verzierten Goldrahmen an den Wänden hingen.

Ich nahm alles wahr, versuchte, mir alles einzuprägen und in meinem Herzen aufzubewahren – für Mary.

Ich lief durch die breiten Boulevards mit den hohen, eindrucksvollen Gebäuden mit ihren kleinen schmiedeeisernen Balkonen, ich ging am Ufer der grauen und öligen Seine entlang zum Eiffelturm. Und dann erklomm ich die 674 Stufen zur zweiten Plattform.

Dort oben war die Luft noch kälter. Ich hatte das Gefühl, Millionen Meilen von zu Hause entfernt zu sein. Und wenn ich die Arme ausbreiten würde und tief Luft holte, könnte ich davonfliegen – zu Mary.

Die Stadt lag vor mir ausgebreitet, als hätte sie jemand auf ein Stück Papier gezeichnet. Der Fluss, der sich hindurchschlängelte, die Inseln und Kirchtürme, Plätze und Parkanlagen, der ganze Zauber dieser Stadt. Ich lief einmal um die ganze Plattform herum, von einem rauen Wind gebeutelt, und besah Paris aus jeder Blickrichtung. Dann bestieg ich einen kleinen quietschenden Aufzug, dessen Tür von einem Mann in Uniform zugekurbelt wurde, und fuhr damit bis zur Spitze hinauf. Der Fahrstuhl rappelte und quietschte beim Emporsteigen. Ich dachte an die Ketten und Räder, die mich mit dieser kleinen Aufzugskabine nach oben zogen. An den Wind, der durch die Stadt fegte. Daran, wie wenig Kontrolle wir über all das hatten. Wir konnten nichts weiter tun, als anzunehmen, was auf uns zukam.

Die Spitze des Eiffelturms ist kleiner, als man erwarten könnte. Ein kleiner Balkon geht einmal rundherum – aber was für eine Aussicht! Die Gartenanlagen und die parallel dazu verlaufenden Straßen erstreckten sich in der Ferne. Dahinter, am Horizont, trafen die Wolken auf die Stadt. Letztendlich ging alles seinen vorbestimmten Weg, dachte ich. Atemwölkchen standen vor meinem Gesicht. Ich hielt mich am Geländer fest und ließ den Blick schweifen.

Das hier war Marys Traum gewesen, nicht meiner. Mary war es gewesen, die immer mit dem Jungen, den sie liebte, nach Paris gewollt hatte. Mary hatte immer zur Spitze des Eiffelturms klettern wollen, das sehen, was ich nun sah, das tun, was ich jetzt tat, das Leben leben, das ich lebte.

Von alldem hatte ich niemals geträumt. Alles, was ich mir immer gewünscht hatte, war, Ralph Bennett zu heiraten, mit ihm eine Familie zu gründen und alt zu werden – in unserer Siedlungswohnung in Brighton.

Ich vermisste Mary so sehr, dass es mir fast das Herz zerriss. Ich betrachtete all die Sehenswürdigkeiten, die sie niemals würde sehen können, und dachte daran, wie es wäre, mit ihr zusammen hier zu sein.

»Das ist alles für dich, Mary«, flüsterte ich.

Ich stellte mir vor, wie sie ihre Hand auf meinen Arm legte, wie sie lächelte, und einen Augenblick lang war es so, als stünde sie neben mir, um die Aussicht mit mir zusammen zu genießen.

»Wow«, flüsterte sie in meinem Kopf, »ist das nicht toll? Ist das nicht einfach genauso absolut unglaublich und unerhört fabelhaft, wie ich dir immer gesagt habe?«

Ich kämpfte mit den Tränen und blickte über Paris.

»Ja, meine allerliebste Freundin, es ist absolut unglaublich und unerhört fabelhaft, genau, wie du mir gesagt hast.«

NOTIZ VON SANDY TAYLOR

Vielen Dank für das Lesen meines Buchs *»Du und ich und das Meer«*. Brighton in den Sechzigerjahren war wirklich toll. Es war wunderbar, damals dort Teenager zu sein.

Es war die Zeit der Cafés, der Milchkaffees, der *Beatles*, der Strandpromenade und des Kieselstrands. Ich hoffe, diese Geschichte konnte einen Eindruck von dem Ort in jener Zeit vermitteln.

Ich habe über Freundschaft geschrieben, denn mein ganzes Leben lang waren meine Freunde sehr wichtig für mich – und sind es immer noch. Hoffentlich sind Ihnen die Charaktere Dottie und Mary im Laufe des Buches so sehr ans Herz gewachsen wie mir selbst.

Nochmals danke fürs Lesen, das hoffentlich so vergnüglich war wie das Schreiben der Geschichte.

Wenn sie Ihnen gefallen hat, darf ich Sie darum bitten, eine kurze Rezension zu verfassen? Mir als Neuling im Land des Schreibens würde das sehr helfen.

Sie möchten wissen, wie es weitergeht? Die Fortsetzung von *»Du und ich und das Meer«* wird voraussichtlich im Frühsommer 2016 auf Englisch erscheinen.

Um über meine Neuveröffentlichungen auf dem Laufenden zu bleiben, tragen Sie sich bitte auf folgender Webseite in meinen Verteiler ein:

www.bookouture/sandy-taylor

DANKSAGUNG

Da sind so viele Leute, denen ich danken möchte: Meinen wunderbaren Kindern und Enkeln Kate, Bo, Iain, Kerry, Millie, Archie und Emma danke ich für all die Freude und Liebe, die sie mir geben. Meinen Geschwistern Margaret, Paddy, John und Marge dafür, dass sie immer für mich da waren und stolz darauf sind, dass ich schreibe. Allen meinen Freunden danke ich für ihren Zuspruch und den Glauben daran, dass ich das Buch eines Tages veröffentlichen würde.

Herzlich danke ich Louie und Wendy und meiner begabten Freundin Lesley für ihre anhaltende Unterstützung und Hilfe. Ich danke Richenda Todd für die unschätzbaren Einsichten, die sie mir vermittelt hat, und ihre wertvollen Ratschläge in den Anfangsstadien dieses Buches. Außerdem danke ich dem Mitarbeiterteam von *Bookouture*, allen voran Kim Nash, die die Öffentlichkeitsarbeit macht: Vielen Dank für die herzliche Aufnahme in die *Bookouture*-Familie. Ich danke der liebenswürdigen Cheflektorin Claire Bord dafür, dass sie für die bestmögliche Betreuung dieses Buches gesorgt hat. Nicht zuletzt danke ich meiner fantastischen Agentin Kate Hordern, die in meiner kleinen Geschichte (trotz Unzulänglichkeiten in der Grammatik und dergleichen) etwas gesehen und mir eine Chance gegeben hat. Sie ist nicht nur eine wunderbare Agentin, sondern eine echte Freundin. Danke.